Amadeus à bicyclette

Du même auteur

Jongleries, Jacqueline Chambon, 2014

Rolando Villazón

Amadeus à bicyclette

roman

Traduit de l'espagnol (Mexique)
par Jean-Marie Saint-Lu

Philippe Rey

7, rue Rougemont – 75009 Paris

www.philippe-rey.fr

À Lucía toujours,
Et à Darío et Matéo, formidables esprits mozartiens.

« Tous les enfants, sauf un, grandissent. »
James Matthew Barrie,
Peter Pan[1]

« *Don't ever forget your true and faithful friend.* »
Wolfgang Amadeus Mozart,
dans le livre de citations de Joseph Franz von Jacquin

1. Traduction de Maxime Rovere, Rivages, 2013. (*Toutes les notes sont du Traducteur.*)

I. La forteresse paternelle

1

La première chose que je fis en sortant de l'agitation de la gare fut de lever les yeux pour repérer la Forteresse au sommet du mont. Mon père la mentionnait chaque fois qu'il parlait de ses séjours dans cette ville. Je ne pus voir que des nuages, des toits et l'ombre lointaine des montagnes. Le soleil tapait fort. De quelque part dans les arbres me parvenaient des chants d'oiseaux.

J'étais venu à Salzbourg pour réaliser un double projet : tenir la promesse qu'enfant j'avais criée au visage impassible de mon père, entrevu derrière la fumée de son cigare, et, en même temps, pour enterrer le rêve qui avait surgi de cette promesse et dont le fruit, après tant d'années d'efforts, est aujourd'hui un rêve bien différent – rachitique et insipide de celui, splendide et juteux, que j'avais imaginé savourer un jour.

Mon père avait l'habitude d'assister, tous les deux ans, au célèbre festival de musique de la ville natale de Mozart, en alternant chaque été avec un autre festival renommé, celui de Bayreuth. Il avait inauguré cette tradition, encore célibataire, sitôt que ses ressources économiques lui avaient permis de s'offrir ces coûteuses expéditions du Mexique en Europe. Après son mariage, il avait associé ma mère à ces étés lyriques – comme il avait décidé de les appeler – et même la naissance de leurs enfants n'avait pas signifié de pause dans leurs voyages. Ils nous laissaient dans le sud de l'Allemagne, chez nos oncles allemands qui y possédaient une ferme, pour que nous enrichissions notre grammaire de la langue et acquérions le goût de la nature et de la vie rustique, pendant qu'eux-mêmes buvaient des vins qui perlaient dans leurs verres, mangeaient du gibier baignant dans des sauces épaisses et compliquées, et nourrissaient leur âme – et le recueil d'anecdotes avec lesquelles se faire valoir devant les amis qu'ils invitaient à dîner à leur retour à la maison – avec la musique des immortels. Ce n'est qu'après la mort de ma mère, alors que j'étais déjà adolescent, que mon père espaça de plus en plus ses étés lyriques, jusqu'au jour où il y renonça totalement.

Il avait décidé que l'âge correct pour inclure ses enfants dans la tradition serait douze ans. Quand je naquis, mon frère aîné avait assisté deux mois plus tôt à son deuxième été lyrique, et ma sœur s'était préparée à participer au premier des siens. J'étais le fruit d'une grossesse tardive et non planifiée. « Un accident », disait mon père en ébouriffant mes cheveux, sur un ton tendre et condescendant que je détestais. Ce commentaire me donnait le sentiment d'être un os cassé, un visage tordu ou un verre de vin renversé sur la table. Et tandis que la famille partait pour ses festivals de musique, l'« accident » passait ses étés dans le paysage monotone de la ferme des oncles, parmi des poules coureuses et de lentes vaches ruminantes, en rêvant d'aller à Salzbourg. J'imagine que, si je préférais Salzbourg à Bayreuth, c'était à cause d'un CD de Mozart que ma mère me faisait écouter à l'heure des devoirs. Je voulais donc que mon premier voyage lyrique me mène à Salzbourg. Mais quand j'eus une certaine conscience arithmétique et que je sus me servir de mes petits doigts pour compter les années qui me manquaient avant que j'aie douze ans et que je respecte l'ordre des visites aux festivals, je compris, pour la première fois de ma vie peut-être, que ce qu'on désire coïncide rarement avec ce qui arrive. Quand j'aurais douze ans, ce serait l'année de Bayreuth. Je soupirai, appris à me résigner, revins chaque année à la ferme et enfin, bien des vaches et des poules plus tard, arriva l'été de mon entrée dans la tradition.

Mon père aurait aimé que soient programmés cette année-là *L'Or du Rhin* ou *Le Vaisseau fantôme*, tous deux d'une durée parfaite pour introduire le petit « accident » dans le monde de l'opéra. Mais en cette année 1999, on ne donnait aucun des deux. Mon père réfléchit à la possibilité de reporter mon entrée dans la tradition. Même si cela devait faire de Salzbourg la destination de mon premier voyage, j'étais saturé de vaches et de poules, et je brûlais du désir de voyager avec la famille. Mes supplications furent si véhémentes, si convaincante ma promesse formelle de me préparer pour l'occasion, que mon père accepta, me confia le CD de l'opéra que je verrais pour la première fois, et je jurai de ne pas le décevoir.

Tristan et Isolde. Cinq heures de musique.

Je décidai que le mieux serait d'écouter chaque soir un acte avant de dormir. Et donc pendant plusieurs semaines, dans mon lit, je mettais un CD différent. Cette version, comme me le fit savoir mon père, était légendaire : Furtwängler à la baguette, Flagstad et Suthaus dans les premiers rôles et un jeune Fischer-Dieskau dans celui de Kurwenal. Mon père ne mentionnait pas le nom des autres interprètes, mais en revanche il me citait celui d'une autre soprano extraordinaire, Elisabeth Schwarzkopf, qui, à ce que contait l'histoire, avait prêté à la Flagstad, à sa demande, la paire d'aigus dont celle-ci manquait désormais pour réussir son interprétation discographique d'Isolde.

Au début, l'immensité de cette musique me laissait perplexe, ce n'était qu'un amoncellement sonore qui dépassait mon entendement, mais en même temps mon esprit expérimentait certaines altérations, agréables et inattendues, qui nourrissaient ma curiosité. Plutôt que d'essayer de comprendre, je me concentrai sur les petites explosions émotives. Je fis bien, car très vite je commençai à y prendre du plaisir et à anticiper mon interaction avec elle. Peu m'importait si à certains endroits de l'enregistrement (toujours les mêmes) je m'endormais. J'étais convaincu que même en dormant je continuais à assimiler la musique et son histoire.

Durant les nuits du premier acte l'ouverture enflammait ma poitrine et provoquait mes premières rêveries. Je l'écoutais, les yeux fixés sur l'obscurité du plafond. Les ombres semblaient prendre vie et bouger, se rapprocher, s'unir, danser jusqu'à se fondre voluptueusement dans le doux flux de la marée mélodique. Puis venait le calme. La voix du jeune marin, lointaine et bondissante, commençait à me bercer, mais la soudaine fureur d'Isolde conjurant les tempêtes destructrices me réveillait de nouveau. Et je continuais à écouter la fanfaronnade de Kurwenal, l'émotion avec laquelle Isolde décrit à Brangäne le regard pénétrant de Tristan, mais au moment où Brangäne demandait au chevalier Tristan d'aller voir Isolde, je m'endormais.

Les nuits du deuxième acte, le sommeil me prenait après les avertissements de Brangäne et le duo des amants défiant le jour qui approchait. Et lors des nuits du troisième acte, je m'endormais juste avant la mort de Tristan. Vers la fin de l'enregistrement, toutefois, quand la Flagstad faisait flotter les phrases sublimes du *Liebestod*, je me réveillais bouleversé et en pleurs.

C'est ainsi que je passais mes nuits avant le voyage, écoutant, rêvant, préparant avec une émotion croissante ma présence à mon premier été lyrique. Je me laissais prendre par cette harmonie souple et riche en mélodies qui se dressait comme un énorme serpent translucide et merveilleux, anaconda invisible qui me pressait le corps, qui accentuait son étreinte avec une douceur caressante et une détermination assassine jusqu'à m'arracher un soupir, une larme, l'inconscience.

Vint enfin le jour du départ. La famille au complet irait pour la première (et dernière) fois à Bayreuth. Mon frère et ma sœur, un peu ronchons, faisaient le voyage davantage pour faire plaisir à mon père que pour assouvir leur propre désir. À l'aéroport, mon père me donna mon passeport. C'était la première fois qu'il me rendait responsable de ce document. Cette confiance m'émut et confirma mon entrée dans la tradition musicale.

Nous passâmes les contrôles de sécurité, déjeunâmes d'enchiladas vertes dans un des restaurants décorés de piñatas et de sombreros de mariachis, et nous fîmes le tour des boutiques. Quand nous embarquâmes, on nous demanda nos papiers d'identité. Comme je m'apprêtai à présenter mon passeport, je découvris, horrifié, qu'il n'était plus dans la poche où je l'avais glissé. Mon père poussa des jurons et des exclamations, me traita d'imbécile et d'irresponsable. Mon frère et ma sœur observaient la scène avec un certain espoir devant la possible annulation du voyage. Ma mère me prit par le bras et me traîna, très nerveuse, jusqu'au restaurant où ma bonne fortune voulut que nous trouvions mon passeport par terre, presque caché dans un coin proche de la table où j'avais dévoré les enchiladas. Nous fûmes les derniers à embarquer. Mon père garda mon passeport jusqu'à la fin du voyage.

Le jour de la représentation, on me passa un smoking qui me faisait ressembler à un gnome pomponné. Mon nœud papillon me serrait trop le cou, ma veste me piquait aux aisselles et le gel avec lequel on avait aplati mes cheveux répandait un parfum intense et désagréable. Mais rien de tout cela ne m'importait, l'émotion que je ressentais en ces moments me faisait supporter tous les inconvénients.

Nous occupâmes nos sièges. Les musiciens s'accordèrent, mon cœur battait comme un fou. L'accord à l'unisson de l'orchestre finit par se dissoudre dans des gammes individuelles, des notes isolées et des pizzicatos, puis dans le silence. Les lumières s'éteignirent. Contaminé par l'électricité annonciatrice d'une gloire anticipée, je commençai à applaudir. J'ignorais que dans ce théâtre on ne salue pas le chef d'orchestre avec les applaudissements qui l'accueillent dans tous les autres.

– Il ne se passe rien encore, contrôle-toi, murmura mon père, avec la suffisance du connaisseur qui méprise le brouhaha spontané. Il se trompait, pour moi il se passait beaucoup de choses, il se passait tout, et bien que son commentaire m'ait fait rougir et ait interrompu mes applaudissements ignorants, dans mes veines mon pouls continua à exprimer la joie frénétique qui m'inondait.

Deux minutes s'écoulèrent et soudain ce fut le noir, puis du silence Daniel Barenboim fit surgir l'inoubliable premier accord de l'œuvre et commença à ériger avec inspiration et savoir, comme seuls les grands peuvent le faire, l'immense colonne du monument musical. Cette colonne en direct fut plus grande, plus impressionnante, plus prodigieuse que lorsqu'elle montait de l'enregistrement, et l'anaconda en quoi elle se transforma saisit non seulement mon cœur mais celui de tout le public, nous ne fûmes plus qu'un seul corps délicieusement étouffé, bouleversé, envoûté. À la fin du prélude, je m'avançai tout au bord de mon inconfortable siège pour que mon père ne voie pas la larme qui m'avait échappé. Le jeune marin chanta à l'horizon et sa voix était plus douce, plus lointaine que dans le disque. Isolde lança ses désirs de tempête. Je ne fis pas qu'écouter la voix prodigieuse de Waltraud Meier, mon corps tout entier ressentait ce son, vibrait avec le chant et l'orchestre. Tout se passait là, dans cet instant unique et non dans un studio plusieurs décennies plus tôt. Ma petite personne était un résonateur qui apportait la vie à ce moment.

Kurwenal chanta ses protestations, suivies du dialogue entre Brangäne et Isolde, puis de la prière faite à Tristan d'aller retrouver Isolde. Tout à coup, les chanteurs sur la scène commencèrent à perdre leurs couleurs, se métamorphosèrent en ombres mouvantes, semblables à celles qui dansaient au plafond de ma chambre. Mon esprit commença à se brouiller, mes paupières s'alourdirent, je m'endormis profondément à l'instant musical précis où je le faisais durant mes nuits préparatoires. Inutiles furent les douces poussées et les pincements discrets avec lesquels ma mère tenta de me sortir de mes rêves. Je fus réveillé par les applaudissements de la fin du premier acte.

Pendant le repas de l'entracte, mon frère et ma sœur firent des plaisanteries sur le petit dormeur, ma mère caressa de temps en temps mes cheveux durcis par le gel et mon père s'abstint de commenter l'épisode.

Avant de retourner à nos places pour le deuxième acte, j'allai aux toilettes, me mouillai la figure avec de l'eau glacée, me tapotai les joues jusqu'à ce qu'elles deviennent rouges et regagnai mon fauteuil, plus réveillé qu'une chouette. Les lumières s'éteignirent, mon père me chuchota à l'oreille :

– Fais de beaux rêves.

Mes joues ne furent plus les seules parties rouges de ma peau. Je brûlai tout entier de rage. Je me mordis la lèvre au point d'y faire perler une goutte de sang. Le deuxième acte commença. Mon père allait voir à quel point j'appréciais cette musique. Plus que lui, qui assistait à ces représentations davantage pour leur caractère pompeux, qui lui fournissait du matériau pour ses futures manifestations de vanité, que par amour de l'art. Cela s'était transformé en une lutte entre l'amateur naturel, nouvel initié dans le genre, et le mélomane empanaché insensible, à la connaissance si superficielle.

Les minutes passèrent, je suivais chaque instant sans ciller, le dos bien droit, les ongles de mes mains enfoncés dans mes cuisses. Brangäne annonça les périls du matin, les amants dédaignèrent la lumière qui montait, mes paupières tombèrent, ma mâchoire tomba, ma tête tomba sur le dossier de mon siège.

Quand je me réveillai, avec les applaudissements du final du deuxième acte, je vis sur le visage de mon père une expression railleuse, et son doigt accusateur qui indiquait mon épaule. Il se leva et éclata de rire en me voyant découvrir la tache de salive que ma bouche ouverte avait laissée sur ma veste, et il se dirigea vers la deuxième partie du dîner.

À table, j'eus droit à d'autres plaisanteries de mon frère et de ma sœur, à d'autres interventions en ma faveur de la part de ma mère, à une nouvelle indifférence paternelle.

Désormais, cela m'était égal de m'endormir pendant le troisième acte, je l'espérais presque. Mais cette fois non seulement mes paupières, ma tête et mes mâchoires tombèrent, vaincues, mais à la honte du sommeil s'ajouta celle de mes ronflements. Ce qui me réveilla alors, ce ne furent pas les douces poussées de ma mère ni les applaudissements enthousiastes du public reconnaissant, mais le coude que mon père planta d'un coup précis sur mon bras, le laissant bleui et douloureux pour plusieurs jours. Je passai le reste de l'œuvre à dodeliner de la tête, vaincu et humilié, jusqu'à ce que la glorieuse Waltraud Meier commence à chanter le *Liebestod.*

Je suivis chaque phrase de son monologue avec une émotion croissante, et j'étais le plus éveillé de toute l'assistance. Avec chaque phrase, chaque consonne unie par le cristal impeccable des voyelles, sa voix pénétrait dans les pores de mon corps. Mon bras semblait vouloir éclater de douleur, mais l'explosion de mon âme était plus forte et plus rien ne m'importait, rien que la voix de la Meier, Isolde transfigurée, et la méthodique direction de Barenboim reliant patiemment chaque mesure, créant dans un nuage acoustique quelque chose de plus que des notes de musique combinées, c'était la sonore éternité d'une émotion pure en mouvement. Je me changeai en fontaine. Mes larmes n'arrêtaient pas de couler, je n'essayais même pas de les en empêcher, au contraire, ces larmes étaient la première expression d'un bonheur que je n'avais jamais connu jusque-là. Je devins cascade, je sanglotais bruyamment. Personne n'osait me faire taire maintenant.

Plus tard, mon père nierait toute valeur à mes pleurs. Il annoncerait à quiconque commenterait l'affaire que, si j'avais pleurniché, c'était à cause de la douleur qu'il avait légitimement infligée à mon bras, pour le bien de l'œuvre et du public. Je n'essayai même pas de corriger la fausseté de son argument. Je devinais qu'il était incapable de comprendre un ravissement qu'il n'avait jamais ressenti.

Les jours suivants, on ne parla plus de cette histoire et j'assumai stoïquement mon injuste honte. Toutefois, en rentrant au Mexique, je décidai d'en finir avec la comédie du « il ne s'est rien passé » et d'expliquer à mon père qu'il avait fait une erreur dans ma préparation, qu'en permettant à la musique de l'opéra de me bercer le soir il m'avait habitué à m'endormir à certains moments précis de chaque acte.

Je le trouvai en train de fumer un cigare dans le salon, il lisait le journal derrière un nuage de fumée. Je commençai par m'excuser (de quoi ?) et lui promis que rien de tout cela n'arriverait l'année suivante à Salzbourg.

– Ne sois pas triste, mon garçon – il coupa mon discours en levant son visage du journal et en ôtant son cigare de sa bouche –, je n'ai pas à t'imposer mes goûts. L'an prochain ton frère et ta sœur ne viendront pas. Tu peux te réjouir, toi non plus. Nous avons décidé de t'envoyer dans un camp à Boston pour que tu pratiques ton anglais, qui aujourd'hui laisse beaucoup à désirer.

Je protestai, lui donnai des explications précipitées et, comprenant que sa décision était prise, je le suppliai. Il me déclara qu'avec le temps j'apprendrais à ne pas confondre mon jeune désir de lui faire plaisir avec une authentique inclination esthétique, que la perte de mon passeport à l'aéroport, avant de partir, était un signal clair de mon inconscient, et qu'en réalité jamais je n'avais voulu aller avec eux.

– Mais, papa...

– Mais rien.

Mon père retourna à son cigare et à son journal. Une bouffée de fumée rendit son visage flou. Mon audience était terminée. La sentence était tombée.

Je sentis de nouveau la rage étouffante qui m'avait envahi quand mon père m'avait souhaité de faire de beaux rêves, avant le deuxième acte. Je tapai du pied sur le tapis.

– Aucune importance ! criai-je d'une voix entrecoupée. Plus tard, je serai un grand chanteur d'opéra et j'irai à Salzbourg, non en touriste mais pour être applaudi et alors – ici je brandis fermement un index accusateur – tu te souviendras de l'injustice de ce jour !

Je n'avais pas l'habitude de parler quand je me fâchais et je fus surpris moi-même de cette phrase hyperbolique, une phrase d'opéra, presque. Derrière son nuage de fumée, mon père m'examina avec un peu de curiosité, et un peu de colère. Il haussa les sourcils. Il étudia l'« accident » qui venait d'émettre avec une audace impertinente cette si mélodramatique sentence. Lentement, il retira le cigare d'entre ses dents, exhala une nouvelle bouffée et répondit :

– Être chanteur d'opéra n'est pas quelque chose qu'on décide. On a du talent, ou on n'en a pas. Celui qui découvre du talent en lui doit entreprendre un long chemin de travail, de grande discipline, de grand courage, avec beaucoup de chance. Seul un sur mille de ces gens talentueux parvient à faire du chant sa profession. On verra, petit – ici mon père tendit son cigare vers moi et fit deux mouvements giratoires légèrement méprisants –, on verra si tu réussis à être l'un d'eux.

Suivit un pesant silence. Son regard sévère et incisif derrière la fumée fit trembler mes genoux. J'avalai ma salive. Je me sentis étourdi. La conviction avec laquelle j'avais prononcé ma phrase s'était évaporée.

– Viendras-tu m'applaudir quand ce jour sera venu? demandai-je, et je fus surpris de ma voix, si proche du sanglot.

Mon père esquissa une moue, exhala avec force et je ne sus pas si ce rire d'air était une expression de tendresse, de moquerie ou de dégoût.

Seize ans plus tard, ce jour était arrivé.

2

Je traînai ma valise jusqu'à l'arrêt des bus qui vont au centre de la vieille ville. Il y en avait déjà un avec des passagers et le moteur en marche. Je courus, trébuchai contre une valise rose, arrivai à l'entrée et, quand je voulus mettre un pied dans le véhicule, ses portes de verre se fermèrent sous mon nez. Un instant, avant que le bus s'éloigne, je pus voir le reflet de mon visage, la surprise dans mes petits yeux bleus, somnolents, mon large front couvert de sueur et mon nez proéminent aux narines dilatées.

Si quelqu'un m'avait observé pendant les dix minutes que mit à arriver le bus suivant – et je suis sûr que ce fut le cas, il y a toujours quelqu'un qui m'observe –, il avait dû penser que je souffrais d'un handicap moteur ou que j'étais un boxeur qui s'entraînait pour monter sur le ring. Je n'avais pas de problème de mobilité, mais d'une certaine façon cette histoire de boxeur n'était pas tout à fait inexacte. Je sentais approcher un combat avec mes ombres, celles du passé, celles de toujours, et celles à venir. Pourtant, ce n'était pas pour cette raison que je fléchissais les genoux, que je me dandinais, que je redressais mon torse en diagonale et remuais tout mon corps en faisant de petits pas répétés, pendant que j'attendais sur le quai. Une guêpe s'obstinait, menaçante, à voleter autour de ma tête et j'essayais, en vain, de l'esquiver. Le bus arriva, la guêpe resta dehors, j'entamai le dernier tronçon vers la ville désirée.

Peu avant de terminer le lycée, j'avais dit à mon père que j'entrerais au Conservatoire national de musique et non dans une université, comme il le souhaitait. Il avait réagi avec calme, avait tardé à répondre, mais quand il parla ce fut sans grands gestes ni rage, du haut de la tranquillité de celui qui a le pouvoir. Il jura qu'il me retirerait tout soutien économique et moral, et menaça même de me chasser de la maison si je m'entêtais à suivre cette voie absurde. Il m'assura, avec la suffisance de l'adulte qui explique à un enfant pourquoi il ne doit pas toucher le feu, que la formation académique serait la base de ma vie professionnelle et que consacrer ces années décisives à une possible carrière artistique revenait à établir des bases trop fragiles et trop instables pour l'avenir. Il fit une pause et posa sa grosse main sur mon épaule. Ce geste se voulait peut-être chaleureux, mais il me fit plutôt l'impression d'un lourd pont-levis qui, s'il ouvrait en se baissant un accès au château, écrasait aussi toute tentative d'argument contre le raisonnement du monarque. Après un soupir, la forteresse reprit :

– Et pour que tu ne penses pas que je suis un ogre sans cœur, je m'engage à soutenir ta vocation lyrique si à la fin de tes études universitaires, diplôme en main, tu la ressens toujours.

Il me regarda longuement dans les yeux, le pont toujours jeté au-dessus du fossé qui nous a séparés toute la vie. Il attendait une réponse. Une voix de vent entre les montagnes m'ordonnait de rester ferme sur ma décision. Durant deux secondes, j'imaginai la bataille qui était sur le point de se déclencher, l'incertitude dans laquelle je serais précipité, et je pressentis le terrible vertige de la liberté. Une autre voix, de raton tout tremblant celle-là, et conciliatrice, me suggérait d'accepter la proposition de mon père, après tout si ce dont il avait besoin pour croire en mon talent, c'était d'un titre universitaire, il me suffisait de le lui donner pour éviter les problèmes. Sa main imprima un peu plus de poids sur mon épaule, il n'était pas disposé à attendre toute la journée. J'avalai ma salive, retins ma respiration et, timidement d'abord, puis, devant l'insistance des yeux implacables de la forteresse, avec une conviction soumise, j'accédai à sa proposition. Il releva le pont-levis, satisfait, et s'en alla.

Je commençai des études d'administration d'entreprise à l'université ibéro-américaine mais en parallèle, sans rien dire à mon père, je cherchai des professeurs de chant et de solfège pour me préparer à ce que je considérais comme ma véritable vocation. Quatre ans plus tard, j'obtins mon diplôme, avec de médiocres résultats. Mon père ne cacha pas sa déception, mais maintint fermement sa promesse et me dit qu'il m'entretiendrait pendant un an. Tel était le temps dont je disposais pour me consacrer à mon rêve sans préoccupation économique, pour me rendre compte que c'était une chimère, ajouta-t-il.

Je voulais par-dessus tout être un grand ténor, mais en dépit de l'acharnement avec lequel je faisais mes exercices et mes gammes, en dépit des changements de professeurs et de techniques, en dépit des heures que je passais à écouter des enregistrements des plus éminents ténors du passé en essayant de déchiffrer leurs secrets, en dépit de tous mes efforts, je ne parvenais pas à dominer mon registre des aigus. Parfois, avec de la chance, je réussissais à entonner un bon *la*, mais à partir du *si* bémol je ne produisais plus que des cris soutenus, des notes lisses ou râpeuses, des sons flatulents. Je ne me décourageais pas, j'étais convaincu que ma constance dans le travail porterait ses fruits, que je finirais par maîtriser ma technique et que je pourrais conquérir les sommets vocaux après lesquels je soupirais. Pour tester mes progrès face à un public, je chantais des œuvres sacrées pas trop aiguës à l'occasion de mariages d'amis, de connaissances et de parents. Lors d'une de ces cérémonies, je reconnus parmi les invités le professeur Murillo, le maître le plus renommé du minuscule milieu de l'opéra mexicain, et directeur de l'académie de chant de l'École nationale de musique. Au cours de la soirée je l'abordai, nous eûmes un échange de points de vue, bûmes un verre du vin épouvantable qu'on servit au dîner et quand nous nous quittâmes, pour ma joie et comme pour me confirmer que j'avais reçu l'appel du chant, le professeur Murillo me proposa de prendre des cours avec lui.

J'allais à son studio trois fois par semaine, mon père payait mes cours de mauvaise grâce. Après la quatrième semaine de travail le professeur me dit que la raison de mes problèmes avec les aigus était qu'en fait j'avais une voix de baryton et non de ténor. Mon cœur plongea dans mon estomac. Baryton ? Que savais-je de cette voix grave et séductrice ? Très peu de chose, presque rien. Je ne pouvais pas être baryton, j'avais fondé toute la théorie de ma personnalité sur la prémisse que j'étais ténor. Je voulais que Mimi et Violetta et Carmen entonnent leurs derniers soupirs dans mes bras, je voulais chanter les morts de Werther, d'Edgar, de Lensky et de Cavaradossi, je voulais unir ma voix aux triomphes de Nemorino et d'Almaviva. Seul celui qui chante sait à quel point sa tessiture définit la personnalité d'un chanteur. Changer de tessiture n'implique pas seulement d'apprendre un nouveau répertoire et de découvrir comment placer physiquement sa voix. Cela signifie aussi une reconstruction de la personnalité et de l'idée qu'un chanteur se fait, comme être humain, de lui-même. J'aurais dû aller voir un psychologue, à cause du professeur Murillo. Les nuages de mon paysage, toujours sombres par nature, étaient plus noirs que jamais. Je ne sus même pas quoi dire au professeur, je balbutiai un au revoir, sortis de son studio et n'y retournai pas. Je passai des jours à réfléchir, perdu dans mes cogitations. Je n'étais pas disposé à faire marche arrière pour reconstruire ma technique vocale, je n'avais pas suffisamment de force d'âme, ne fût-ce que pour entreprendre ce trajet inverse. Je décidai de renoncer à ma vocation, il était encore temps de donner un autre sens à mes aspirations.

Je parlai avec mon père, il me consola du haut de la cime d'où il avait toujours regardé la chimère et su que tout cela n'était qu'une obsession idiote. Ses murailles protectrices m'accueillirent. Il m'obtint un emploi dans une société de conseil où je pourrais, avec le temps et son aide, grimper les échelons professionnels. Je me sentis en sécurité et protégé, et en même temps vide et désespéré. Les jours passaient, les uns semblables aux autres. J'avais cessé d'écouter des enregistrements de chanteurs. Je m'éloignai du chant et de l'opéra, mais ils me manquaient. Mes soupirs exaspéraient mon père. Un soir, je le trouvai au bureau en train de bavarder avec le patron de l'entreprise qui m'avait embauché et nous dînâmes ensemble tous les trois. Nous parlâmes d'opéra et mon père évoqua ma tentative de devenir ténor, ma rencontre avec le professeur Murillo et mon renoncement au rêve de mon enfance. Dans sa bouche, l'histoire eut la tournure d'une longue et amusante blague que nous saluâmes tous les trois par des rires copieux et des verres entrechoqués, mais en moi le guerrier se réveilla, furieux. Ça, oui, c'était une offense. Je n'avais pas vécu ma vocation et ma laborieuse préparation comme chanteur pour qu'elles se changent en une anecdote drôle que mon père s'amusait à raconter. Je compris que, si ma vocation était authentique, je devrais vaincre tous les obstacles, toutes les moqueries, tous les contretemps. Si ma tessiture était celle d'un baryton, alors je devais la travailler et la maîtriser au point de tomber amoureux de ses possibilités pour accomplir mon destin artistique. Je fis marche arrière et recommençai à zéro. Je retournai aux leçons du professeur Murillo qui fut ravi de m'accueillir de nouveau, compatissant et heureux de récupérer les honoraires de mes cours. Je n'en dis rien à mon père, je n'avais pas besoin de lui, je pouvais désormais payer mes leçons avec mon salaire, et j'économisais scrupuleusement ce qu'il en restait. J'avais imaginé un plan et je le mettais en route. Je changeai d'objectif, je devins baryton.

Après un an de travail ardu je renonçai à mon emploi, écrivis une longue lettre à mon père et sans aller le voir pour ne pas lui donner l'occasion de me dissuader, je pris un avion et partis pour l'Europe passer des auditions. Il pouvait bien continuer à rire. Si tout se passait comme je l'espérais, je resterais sur le Vieux Continent et deviendrais chanteur professionnel.

3

Les passagers du bus parlaient dans des langues différentes. Je continuais à scruter l'horizon pour découvrir la Forteresse. Je ne la connaissais même pas en photo. J'en avais évité toute image car je voulais que ma première impression soit celle que j'aurais en la découvrant en vrai et de face. J'avais l'impression que mes paupières ne s'étaient pas fermées depuis que j'avais pris le train à Munich. Dans mon cœur se mêlaient l'anxiété, une joie douloureuse et l'incertitude. L'aventure finale de ma jeunesse était en marche et je ne voulais en perdre aucun détail, pour insignifiant qu'il semblât. C'était ma façon de classer ma vaine recherche de gloire dans le monde de l'opéra, le dernier chant de mon poème épique raté. Je n'exagère pas en appelant odyssée le voyage que j'avais entrepris, même si je ne savais pas alors que je le vivrais comme tel. Mon odyssée. Mais si le retour d'Ulysse à Ithaque fut sa victoire, la perspective de rentrer à Mexico à la fin de l'été, après avoir vécu quatre ans à Berlin à me battre pour occuper une place sur scène, était déjà ma défaite.

J'étais allé à Prague pour ma première audition. Avant d'entrer dans l'Opéra d'État, j'avais été arrêté par le regard vide d'un fantôme sans visage. Il était assis sur l'un des côtés de l'édifice, couvert d'une longue cape de bronze sombre et oxydée. Ses mains, dissimulées, reposaient paisiblement sur ses cuisses et se confondaient avec les plis durs du vêtement. Là où aurait dû se trouver sa tête encadrée par la capuche il y avait un vide, un abîme minuscule et horrible ; du vent dormant qui regardait. La sculpture d'Anna Chromý m'observa avec le néant contondant de son visage vide avant de chanter. Je lus son nom : *Il Commendatore*, comme le personnage-statue de *Don Giovanni*. Je m'arrachai à la vue de ce visage à l'air sombre, chassai les mauvais présages qu'il inspirait et me glissai dans le théâtre par l'entrée des artistes.

J'attendis mon tour debout dans un couloir froid parmi d'autres chanteurs qui se promenaient d'un côté à l'autre en faisant des vocalises bouche fermée. Un jeune homme aux lunettes sales et au visage luisant de graisse, l'air dégoûté, prononça mon nom et me guida jusqu'à la scène. Je donnai ma partition au pianiste et me disposai à chanter comme je ne l'avais jamais fait jusque-là. J'avais préparé quatre airs, on m'en fit interpréter trois. Ma nervosité se transforma en enthousiasme. L'intérêt des quatre auditeurs était évident. Ils faisaient beaucoup de commentaires entre eux pendant que je chantais. Quand j'eus terminé, ils me demandèrent d'attendre dans le couloir. Je vis entrer un à un les autres chanteurs, presque tous repartirent tête basse après n'avoir chanté qu'un morceau. Le pianiste sortit pour téléphoner, le jeune homme à lunettes et visage luisant sortit, trois de ceux qui m'avaient écouté sortirent, apparemment très pressés, et sans me regarder. Quand je vis sortir le quatrième des examinateurs synodaux, je l'abordai avec un peu de désespoir, et lui rappelai qu'ils m'avaient demandé d'attendre. Il tarda un instant à me reconnaître, puis aspira une longue exclamation, le corps rejeté en arrière en joignant les mains et me remercia pour mon interprétation, enfin m'informa que malheureusement il n'y avait pas de rôle pour moi et que, si ma qualité artistique avait plu à tous ceux qui m'avaient écouté, ils jugeaient de manière unanime que j'essayais vainement et artificiellement de noircir une voix claire et brillante de nature.

– Vous n'êtes pas baryton, mais ténor, conclut-il, et il s'en fut sans me tendre la main.

Je restai pétrifié et bouche bée au milieu du couloir. J'avalai ce mauvais coup, décidai d'ignorer le commentaire et me préparai à passer les autres auditions que j'avais programmées. Mais mon enthousiasme initial souffrait maintenant d'une infection dubitative chronique. Je chantai faux à Munich, peu inspiré à Mannheim, avec des trous de mémoire à Berlin, sans graves à Paris et grippé à Londres. Personne ne me dit quoi que ce fût d'autre, et je n'obtins aucun rôle.

À mon père, je dis que j'avais été accepté dans trois de mes auditions. J'inventai des cours et des ateliers d'opéra. Il ne me pardonnait pas d'être parti sans un regard pour lui, me souhaita bonne chance et ne m'offrit aucune aide économique. Je trouvai du travail comme serveur dans un restaurant mexicain, puis un autre, à faire des photocopies de partitions dans une école de musique. Je travaillai de nouveau ma voix avec deux professeurs. L'un m'affirmait que j'étais baryton, l'autre que j'avais une voix de ténor. Finalement, tout ce que je gagnai, ce fut une monumentale confusion paralysante. Là où je fus le plus proche de mon rêve artistique, ce fut comme figurant dans des productions d'œuvres pour l'opéra. Moi qui avais cru être né pour chanter, je me déplaçais sur scène comme un muet, comme une ombre, comme un silence lourd de cris. J'envoyais à mon père des photos en costume et lui disais que je chantais de petits rôles dans les opéras, et que je grimpais peu à peu dans ma carrière artistique. Ces mensonges m'enthousiasmaient comme si c'était là mon histoire dans une réalité parallèle. Je jouissais de cette fiction. Sur l'une des photos que j'envoyai, j'apparaissais en soldat romain. J'écrivis à mon père que j'interprétais le rôle de Flavio dans *Norma*. En réalité, ce que je faisais dans cette production, c'était rester debout avec quinze autres figurants au début et à la fin de l'opéra, et déplacer une chaise pour que le rideau puisse tomber librement. Le metteur en scène trouva sympathique le Mexicain qui déplaçait la chaise, il m'invita à participer à sa nouvelle production de *Don Giovanni* à Salzbourg. J'acceptai aussitôt, heureux de voir s'accomplir ma promesse d'enfant. Je dis à mon père que j'avais été engagé à Salzbourg pour assurer le rôle de Masetto dans *Don Giovanni* et que, si le chanteur tombait malade, je chanterais à sa place. « Un début à Salzbourg, papa, tu imagines ! » Il vint sans me prévenir à Berlin, je le trouvai un soir en train de m'attendre dans la chambre que je louais.

– Tu me prends pour un idiot, Vian ?

Je commençai à me défendre, je le traitai de flic, lui affirmai que tout était vrai, que tout marchait à merveille, qu'il verrait bien que tout allait parfaitement pour moi. Je haussai le ton et remuai beaucoup les bras. Mon père ne disait mot, il se contentait de me regarder avec attention, scrutait chacun de mes balbutiements, chacune de mes explications maladroites, chaque goutte de sueur sur mon visage échauffé en remuant à peine la tête. Il profita d'une pause dans mon discours précipité pour se lever, marcher jusqu'où je sentais que le monde s'écroulait et, comme il l'avait fait des années plus tôt, laisser retomber le pont-levis sur mon épaule.

– Tu me prends pour un idiot, Vian ? répéta-t-il d'une voix ferme, autoritaire et dévastatrice, la même qui me faisait avouer, enfant, le vol d'un morceau de chocolat et, comme alors, cette fois aussi je craquai. Je lui dis toute la vérité, depuis mes auditions sans succès jusqu'à mon véritable rôle de figurant. Je retenais difficilement mes larmes rageuses et désemparées. Toutes ces années, je m'étais caché derrière les mensonges que je lui racontais, les photos que je lui envoyais pour continuer à rêver. Son regard rendait définitif mon échec démasqué.

– Il est temps que tu deviennes raisonnable et que tu laisses tous ces rêves absurdes derrière toi, dit-il avec calme et autorité. Rentre avec moi à Mexico, je peux encore te trouver un poste dans une entreprise pour que tu commences à vivre dans la réalité.

Il laissa passer quelques secondes et, constatant que je n'avais rien d'autre à dire, il déplaça sa main de mon épaule à ma tête et en m'ébouriffant les cheveux, il ajouta :

– Ah ! cet « accident », quel numéro ! Prépare tes affaires, m'ordonna-t-il en allant prendre son attaché-case, nous partons aujourd'hui même.

– Je ne peux pas, j'ai déjà signé mon contrat pour Salzbourg, mentis-je, et après un silence lourd de reproches j'ajoutai, suppliant : S'il te plaît, papa, cette fois laisse-moi aller à Salzbourg.

J'eus l'impression que des dards empoisonnés auraient pu sortir de ses yeux. Il grinça des dents, fulmina et frappa sur ses cuisses avec ses poings. En général, mon père ne perdait pas son contrôle.

– Tu as vingt-huit ans, Vian, tu es un homme maintenant, cria-t-il, avec une impatience exaspérée. Fais ce que tu as envie de faire, putain, mais si tu n'es pas de retour à Mexico en septembre, tu peux oublier tout soutien de ma part.

Avant de partir il me fit promettre, en le regardant dans les yeux, que je rentrerais à Mexico à la fin de l'été. Nous nous séparâmes avec une poignée de main.

Je vécus les jours suivants enveloppé dans une lumière qui semblait faible et nerveuse, et dans une ombre qui s'annonçait lourde et inévitable. Je quittai ma misérable chambre, puis allai à Munich où je pris le train pour la ville si désirée. En regardant par la fenêtre défiler le paysage, je me promis de m'accrocher de toutes mes forces à la lumière faible et nerveuse, de ne pas laisser l'ombre lourde et inévitable obscurcir les jours qui viendraient, et de vivre mon séjour à Salzbourg comme une victoire.

4

Nous nous entassâmes tous, accablés de chaleur, dans le bus qui avançait par secousses. Devant les fenêtres glissaient des maisons aux couleurs suaves, jaunes, bleues et blanches, des terre-pleins verts, une papeterie, des piétons en bermuda et en minijupe, un bureau de poste. Premier arrêt. L'un des passagers prononça le nom « Mirabell » en désignant le parc que nous longions. Feux rouges, banderoles annonçant des titres d'opéras. Deuxième arrêt. Mon cœur battait en accéléré, plus encore qu'en cet après-midi lointain, quatre ans plus tôt, où j'avais pris l'avion qui m'emmènerait en Europe passer mes auditions. Mais alors mon émotion était le produit d'une inconscience rafraîchissante, d'un enthousiasme aveuglant face à l'inconnu, tandis que celle de maintenant naissait d'une certitude face à des adieux définitifs.

Le bus tourna à droite, je vis une sculpture en bronze qui me fit penser à un escargot en train de fondre puis, derrière ses plis qui se perpétuaient et entre lesquels il me sembla percevoir un profil souriant, apparut la maison où avaient vécu les Mozart. Un large écriteau en métal sur la façade grise l'annonçait : *Mozart-Wohnhaus*. Troisième arrêt.

Durant de longues années, tout ce que j'avais connu de Mozart, c'était le disque contenant un choix de ses œuvres les plus populaires que ma mère me faisait écouter pendant que je faisais mes devoirs. Quelqu'un lui avait dit que cette musique stimulait le développement intellectuel des enfants. Ma pauvre mère, tellement crédule, tellement insaisissable, tellement morte.

Le bus tourna de nouveau pour prendre le pont vers la vieille ville. À l'un des coins de rue que nous laissâmes derrière nous je distinguai une boutique qui exposait ses fameux bonbons, les Mozartkugeln, les boules de Mozart. Je souris et en eus l'eau à la bouche. Quand mon père rentrait à Mexico après ses visites à Salzbourg, il organisait des dîners pour quelques invités choisis. Après de prétentieux plats autrichiens, il servait ces chocolats sphériques avec le café. Puis – brandy huileux dans une main et cigare fumant dans l'autre –, l'hôte commençait à raconter ses fabuleuses anecdotes de l'été. J'avais interdiction de goûter à ces gourmandises. Il m'arrivait d'en voler une et de la manger avec une délectation telle que c'est à peine si je gardais en bouche le goût du nougat, du massepain et du chocolat noir, mais mon père, qui tenait une comptabilité rigoureuse des boules, comme de tout ce qui concernait sa maison, ne laissa jamais mes larcins impunis. Mon père. Tellement pompeux, tellement discipliné, ah ! tellement vivant.

De grands drapeaux autrichiens tombaient presque sans flotter des hauts mâts qui se dressaient, sveltes, tout au long du pont. J'aurais pu voir la Forteresse pour la première fois si je n'avais pas été distrait par la large, verte et bondissante présence de la Salzach. Je levai les yeux et vis une construction sur la colline. Si c'était la Forteresse, ses proportions étaient modestes, mais très vite un touriste donna un nom à l'édifice en le montrant. C'était le musée d'Art moderne. À cet instant, je n'avais pas la moindre idée de l'importance qu'aurait ce lieu dans ma vie. *Altstadt Zentrum*, dit une voix féminine enregistrée, provoquant un chœur d'enthousiasme polyglotte. Quatrième arrêt. Le mien.

Les portes s'ouvrirent, nous fûmes plusieurs à descendre. Sur le trottoir, un homme gros et très grand essayait d'esquiver deux guêpes, avec des mouvements de boxeur. Je me sentis solidaire. Je traversai l'étroite rue couverte et je vis, sur ma droite, une boutique de chapeaux. Ma petite taille se refléta dans la vitrine où étaient exposés des bérets, des couvre-chefs à large bord, des chapeaux melons, des bicornes et d'autres encore, ornés de plumes d'oie. Un instant, un chapeau haut de forme sembla couronner le reflet transparent de ma tête. Je sortis de la rue ombreuse, entrai sur la Marktplatz. La fontaine du centre chantait. Une banderole en tissu rouge et dentelée annonçait en lettres dorées l'entrée de la Goldgasse. Je restai debout sur cette petite place, parmi les gens qui allaient et venaient lentement, à écouter le murmure de la fontaine, sous un soleil qui éclairait les surfaces, et durant une minute pléthorique de joie, ni ce qui viendrait ni ce qui s'était passé jusqu'ici n'eut plus d'importance. Ni le chapitre qui allait se refermer à la fin de l'été ni le douloureux retour qui s'ensuivrait ne m'intéressaient. J'étais là, cela suffisait, et le lendemain commençaient les répétitions. Comme si je le portais, je soulevai le haut-de-forme qui avait coiffé la tête de mon reflet et, d'un geste théâtral, je saluai la vétuste cité vénérée.

– Salut, Salzbourg. Me voici enfin.

À quelques pas de mon salut spontané, un homme à l'épaisse moustache arquée, coiffé d'un chapeau alpin en feutre et vêtu d'une chemise à carreaux, d'une culotte de cuir avec des bretelles, une pipe courbée à la main, me regarda, tout surpris. Le portrait de Mozart souriait légèrement depuis une boutique de chocolats. Une guêpe passa devant mon visage. J'étais arrivé.

5

Pour avoir évité un petit tas de crottin, je fus victime d'un accident heureux. Je m'étais arrêté pour lire la plaque qui indique la maison où la veuve de Mozart vécut avec son second mari et ses enfants, à côté du café Tomaselli. Je dus m'écarter pour laisser passer les chevaux foncés couverts de sueur qui tiraient, en sens contraire de celui où j'allais, une carriole du haut de laquelle trois touristes prenaient des photos. En la suivant des yeux je découvris au loin, par chance, le musée de Salzbourg, ce qui me fit comprendre que je m'étais trompé en tournant après la place. Je devais trouver une rue de galeries qui débouchait sur le large escalier par lequel on accédait au mont des Nonnes. La maison où j'habiterais pendant les trois semaines à venir était située près de cet escalier et la personne chargée de m'accueillir m'attendait depuis plus d'une demi-heure. Mon père m'avait de multiples fois recommandé d'être ponctuel au rendez-vous. Il ne voulait pas avoir d'histoires avec les propriétaires, qui étaient des clients à lui. Ils louaient cette maison à la semaine aux artistes qui se présentaient pendant les différents festivals de l'année, et comme personne n'avait demandé à l'occuper les premières semaines de cet été, ils la lui avaient proposée pour que je m'y installe gratuitement. J'aurais voulu refuser cette aide, mais la légèreté de mes poches s'était avérée plus convaincante que le poids de ma fierté. J'avais accepté. Cela résolvait la question de mon loyer pour quelques jours. Je n'avais pas encore trouvé de logement pour la suite de la saison, mais de cela je me soucierais plus tard.

Je rectifiai mon itinéraire, traînai de nouveau ma valise et suivis la carriole. Je regardais les fenêtres des bâtiments historiques, le ciel limpide et éblouissant, la grande fontaine au centre de la place dont j'approchai. J'avais chaud. Les sabots des chevaux fatigués frappaient les pavés. Le battement de mes tempes semblait leur faire écho. La lumière du soleil égalisait les surfaces ; le nom de Mozart sur la plaque du café Tomaselli se reproduisait en palpitant dans ma tête, qui se mit à tourner. Je voulus profiter de ce vertige pour me transporter au XVIIIe siècle, celui de Mozart, avec ses perruques et ses visages poudrés, son humeur piquante et ses faux grains de beauté. Le désir de rêver ne fut pas suffisant. Mon ignorance s'opposa à mon imagination et ma rêverie fut réduite à un morcellement d'images mutilées. J'essuyai la sueur de mon front. Je pressai le pas.

La carriole tourna vers l'endroit où d'autres, toutes semblables, attendaient de nouveaux clients. J'eus un pressentiment, une odeur amère me fit plisser le nez et la voix de mon père surgit de mes souvenirs pour me rappeler de ne pas garder les mains dans mes poches en marchant, et de faire attention où j'allais. Oui. Oui, je trébuchais toujours en marchant. Mais cette fois la voix de mon souvenir, l'odeur intense et mon pressentiment m'alertèrent à temps. Je vis le crottin dans lequel j'allais mettre le pied et fis un grand saut de côté. L'exagération de ce bond fut proportionnelle à la joie que je ressentis d'avoir évité cette saleté. Cette joie ne dura pas longtemps. Suivit un cri en italien : « *Ma che pazzo !* », le son tardif d'une cloche, un coup sec dans les côtes et après les exclamations de peur, de douleur et de surprise, je me retrouvai par terre devant une roue de bicyclette qui tournait inutilement, à l'envers, près d'une dense chevelure frisée qui essayait de se relever. Un grand nombre de personnes approchèrent pour aider la cycliste. Je me relevai tout seul et lorsque je regardai autour de moi, le nombre de secouristes et de curieux me sembla excessif.

– Je vais bien, je vais bien, disait la cycliste dans un anglais à l'accent italien, en même temps qu'elle se relevait prestement en repoussant aimablement ceux qui essayaient de l'aider.

Je voyais la scène du coin de l'œil. Je cherchais des yeux ma valise, sans trouver où elle avait atterri. La cycliste s'approcha de moi.

– *E tu, stai bene?*

– Ce n'est rien, tout va bien, dis-je en rougissant, et sous prétexte de remettre de l'ordre dans mes vêtements et d'en secouer la poussière j'évitai de la regarder, pour qu'elle ne voie pas la honte sur mon visage.

D'autres gens approchaient.

– *Are you sure?* insista-t-elle d'un ton sérieux, en posant une main sur mon épaule.

Je sentis son regard scrutateur. J'acquiesçai sans un mot et tandis que je la regardais pour la première fois, j'ouvris des yeux grands comme des assiettes, je sentis mon estomac se retourner. C'était la mezzo-soprano qui jouissait du plus grand prestige, la plus célèbre de la planète, c'était Cecilia Bartoli.

– Je suis vraiment désolé, dis-je, mais le ton de ma phrase voulait plutôt dire « je-ne-peux-pas-croire-que-c'est-avec-vous-que-je-parle-vous-que-j'admire-tant ».

– Ne t'en fais pas, dit-elle en ajustant son casque sur sa chevelure, qui était un éclair de boucles. Nous allons tous bien, ce n'est rien du tout. *Che pazzo!* s'exclama-t-elle en riant. Tu t'es envolé de je ne sais où comme une sauterelle effrayée!

Quelqu'un lui approcha sa bicyclette, elle remercia avec un sourire. Des mains des curieux surgirent des portables en mode appareil photo. Elle signa quelques autographes. Je vis un homme écrire quelque chose à mouvements rapides dans un petit carnet qu'il tenait à la main et une petite fille qui me jetait un regard plein de haine tout en donnant de furieux coups de langue à sa sucette de couleur. Une femme bien vêtue portait un parapluie inutile en cette chaude journée au ciel dégagé.

La Bartoli signa un dernier autographe, enfourcha sa bicyclette, en lança le moteur électrique et se tourna vers moi, sûrement pour dire *arrivederci*.

– Moi aussi je travaille à l'opéra cet été, dis-je en élevant trop haut la voix, dans le désir de prolonger l'entretien. Dans la nouvelle production de *Don Giovanni*, ajoutai-je, et je sentis les regards de quelques curieux se poser sur moi.

– Ah oui? demanda Cecilia, sincèrement intéressée. Quel rôle chantes-tu?

Je me lançai alors dans une explication très précipitée et confuse, en disant que je ne chantais aucun rôle, que je participerais à la production comme figurant mais qu'en réalité j'étais chanteur, j'étudiais le chant, pour être exact, et que c'était une grande opportunité pour moi, c'est pourquoi j'avais accepté, que je vivais depuis plusieurs années à Berlin, que j'avais très très envie de venir à Salzbourg et que ma rencontre avec elle était la preuve qu'il valait la peine d'être au festival, ne fût-ce que comme extra, qui savait, peut-être qu'un jour nous partagerions la scène mais que bien entendu c'était un rêve, non, je ne me jugeais pas à la même hauteur artistique qu'elle mais que, bon, si on ne rêvait pas, si on ne poursuivait pas ses rêves jusqu'à leurs dernières conséquences, on finirait tous enfermés pour toujours dans de froids bureaux à faire des travaux sans inspiration, que ce serait sans doute mon destin à moi mais que pour le moment j'avais au moins ça et que cet accident était peut-être un signe, je ne savais pas très bien si c'était le signe de quelque chose de bon ou de mauvais, mais déjà avoir fait sa connaissance c'était très bon et mon père serait très impressionné par cette rencontre et…

Cecilia Bartoli avait suivi ma labyrinthique explication d'un air perplexe, comme si ce qu'elle écoutait était un long galimatias incertain et compliqué.

– *Bene*, conclut-elle, et elle ajusta de nouveau son casque d'amazone triomphatrice. On se reverra par là – ses mains se posèrent sur le guidon. Comment t'appelles-tu ?

– Vian, répondis-je.

– *In bocca al lupo*, Vian, me souhaita-t-elle chaleureusement, et elle s'en alla en distribuant à tous ceux qui la regardaient des sourires qui étaient comme des bulles de savon ou des cœurs d'étoile.

Elle accéléra et salua de nouveau de loin en agitant beaucoup la main. Le groupe de curieux applaudit avec enthousiasme son dernier geste. Alors, comme si elle avait attendu ce moment, la femme au parapluie inutile s'avança jusqu'à ceux qui applaudissaient, ouvrit très grands les bras – son parapluie accroché par le manche à son poignet – et se mit à pousser des hurlements qui prétendaient être, sans y parvenir, de climaciques aigus de soprano. Les applaudissements cessèrent, les regards passèrent de la diva à la femme qui hurlait. « C'est la folle chantante », dit une voix, comme si elle la connaissait. La curieuse dame poussa un dernier aigu, faux, jusqu'à épuiser l'air de ses poumons. Puis ce fut le silence. Elle porta ses petites mains à sa poitrine en attrapant au vol le manche de son parapluie, que ce mouvement avait fait glisser, salua d'une lente et solennelle révérence et s'en alla, heureuse, à petits pas rapides. Le groupe se dispersa parmi les exclamations et les commentaires. Personne ne m'adressa un regard. Je relevai ma valise.

– Excusez-moi, comment avez-vous dit que vous vous appeliez ? me demanda l'homme qui avait pris des notes dans un carnet.

– Vian, dis-je comme si je témoignais sous serment. Vian Mauer.

Je restai un moment, un peu hébété, au centre de la place. J'entendis des coups de marteau, un violon lointain et le murmure de l'eau de la fontaine. Mes tempes se remirent à palpiter. J'eus l'impression de sortir d'un rêve étrange, mais les douleurs de mon corps me confirmèrent que tout cela n'avait pas été qu'une illusion. La tête que ferait mon père quand je lui dirais que j'avais bavardé avec la Bartoli ! Je pensai tout à coup à la gérante qui m'attendait à la maison de location et me remis en marche. Je sentis une chaleur inattendue sur le cou-de-pied. L'homme qui prenait des notes ressortit très vite son smartphone et fit une photo. Je venais de poser le pied dans le tas de crottin.

6

Je nettoyai ma chaussure du mieux que je pus et je n'avais pas fait dix pas que, par pure intuition, je levai la tête, la main en visière sur mes yeux. Je la vis pour la première fois entre deux façades opposées. Sobre, silencieuse, lointaine. Plus étendue que haute. Là-haut, au-dessus de la ville, c'était la Forteresse sur la montagne. Elle était enveloppée d'un nuage effiloché qui me fit penser à la fumée du cigare de mon père autour de son visage. Une lumière rouge clignotait sur sa façade. Comme un œil insomniaque qui m'observait.

La vibration de mon téléphone me tira de ma contemplation de l'édifice tant de fois rêvé. Tant de fois redouté. Sur l'écran apparut un message opportun de mon père. Il me demandait où putain j'étais car la gérante de la maison m'attendait depuis presque une heure. « J'ai eu un contretemps, papa », lui répondis-je, et je profitai de l'occasion pour l'impressionner : « J'ai croisé Cecilia Bartoli dans la rue et nous avons bavardé un long moment. » Sa réponse fusa : « Je me fiche pas mal de qui tu as croisé. Va immédiatement à cette maison si tu ne veux pas coucher dehors ce soir et cesse de me mettre mal avec les gens. »

Je lui répondis que j'étais presque arrivé, et je repris ma marche. Mon moral s'assombrit. Le malaise lié à l'échec de mon rêve reparut et donna un sérieux coup à l'humeur de conquérant avec laquelle j'étais descendu du bus pour entrer dans la vieille ville. Je marchais maintenant vers une maison que mon père avait trouvée pour moi, tout comme à la fin de l'été je me dirigerais vers le bureau d'une agence froide où mon père aurait aussi réussi à me placer. J'en eus l'estomac retourné ou peut-être est-ce simplement maintenant qu'il se retourne, alors que j'écris ces lignes et que je découvre à quel point je me sentais incapable de chercher d'autres solutions, avec quelle facilité je me laissais conduire vers l'issue de mes tentatives par la main protectrice, autoritaire et trompeusement bienfaisante de mon père. Je pressentis un bruit d'ailes et le lointain croassement de mon corbeau. Du maudit corbeau qui me poursuit depuis aussi loin que je me souvienne. Ce vilain oiseau était sorti un jour des nuages de mon âme comme un éclair sombre et bruyant pour venir planter avec son bec toute la noirceur des nuages et de son plumage dans mon moral. Il n'a jamais cessé de me poursuivre. Dans mon enfance son tenace et infatigable battement d'ailes a bien souvent assombri mes états d'âme, ses croassements putrides ont rendu encore plus épuisantes les inexplicables tristesses de mon adolescence et durant ces jours-là, avant mon arrivée à Salzbourg, sa prédatrice présence blessait d'une obscurité plus empoisonnée, et avec un plus grand nombre de compagnons, mon humeur variable d'homme sans projets clairs ni certitudes.

J'accélérai pour fuir le corbeau. Non que je puisse lui échapper, bien sûr, car je le portais en moi, mais l'énergie du mouvement m'aidait à le dédoubler et à dévier son vol de ma route. Le coup léger de mon pas et les roues de ma valise triturant les petits cailloux s'unirent au mélange sonore qui accompagnait mon allure rapide : rires, eau de la fontaine, un avion qui laissait son sillage blanc dans le ciel, une mélodie de Morricone qu'un violoniste s'efforçait de glisser entre le bruit obstiné des coups de marteau, un vacarme de ferrailles et de grosses planches qui venait de la place du Dôme, où les ouvriers installaient les tribunes et la scène pour les traditionnelles représentations de *Jedermann*. Je passai devant le monument de Mozart presque sans le regarder et tournai à droite. Un homme grillé par le soleil, avec une épaisse moustache à la Radetzky, me doubla en vociférant quelque chose dans un dialecte allemand que je ne compris pas. Je m'engageai dans une rue étroite et longue, puis une autre. Je transpirais. Je me retrouvai en face du violoniste sous une haute arcade en béton. Je m'arrêtai pour observer les alentours. Ni les galeries ni le grand escalier que je cherchais n'étaient en vue. À un moment donné j'avais pris la mauvaise rue. Je décidai de revenir sur mes pas, tournai le dos au violoniste, mais ne pus continuer. Je fus arrêté par le regard d'un nouveau fantôme sans visage assis dans l'ombre d'un arc. C'était une autre version de la sculpture d'Anna Chromý, celle qui m'avait regardé du même regard vide, du même implacable néant devant l'Opéra d'État de Prague. À Salzbourg elle ne s'appelle pas *Il Commendatore*, mais *Die Pietà*. J'étais allé à Prague pour passer ma première audition européenne dans le théâtre où avait eu lieu la première de *Don Giovanni*. J'étais à Salzbourg pour participer comme figurant à une nouvelle production du même opéra. Le destin me plaçait devant la même cape de bronze, le même volume sans corps, à mon arrivée dans les deux villes. La superstition et la coïncidence me firent voir dans le double visage vide des fantômes un miroir d'air et d'ombre où se reflétaient les deux extrémités de ma défaite. Trouver le même fantôme recouvert de bronze au début et à la fin de mon aventure fut comme voir se joindre le point de départ de la ligne que j'avais commencé à tracer dans la ville tchèque et son extrémité finale dans la ville autrichienne, pour former un cercle vide, le visage de la statue, la figure de ma défaite consommée.

Le corbeau lança un croassement assourdissant. Ses plumes noires et effilées blessèrent l'air qui m'environnait. Il fallait que je crée dès que possible un refuge de lumière. Quand je me le proposais, je parvenais parfois à ouvrir un espace d'optimisme sous mes sombres nuages d'incertitude et de découragement – j'appelais ça mon refuge de lumière. Tout jeune, j'avais appris à chercher la clarté de cette zone intérieure, son calme, sa fraîcheur d'oasis où je peux me cacher par moments, quelques heures, quelques jours parfois des regards du noir corbeau dévastateur.

Première stratégie : je commençai à déclamer des vers isolés. Ceux qui me restaient des nombreux poèmes qu'enfant j'avais appris par cœur. Pour oublier mes corbeaux et me rassurer, je lisais et mémorisais des poèmes. Plus ils étaient abstraits et plus ils me plaisaient, plus je trouvais dans ces mots qui infléchissaient leur signification pour dire d'autres choses l'espace où situer les hiéroglyphes de mes propres mots, ceux de mon langage individuel non encore déchiffré. J'en ai appris beaucoup, je les ai tous oubliés. Il ne me reste que des vers qui sautent parfois jusqu'à mes lèvres quand je les invoque et qui s'envolent dans le vent, orphelins, tristes de se savoir un poème mutilé. Ce sont les lambeaux de tissu de drapeaux que j'ai fait ondoyer au cours d'autres batailles. En remuant à peine les lèvres, j'avançais en déclamant des vers de Gabriela Mistral, de Poe, de Baudelaire, de Rimbaud.

Pour la seconde fois je passai près de la statue de Mozart, je m'enfonçai dans une large rue piétonne et trouvai la rue des galeries. Sur le trottoir, une femme demandait l'aumône. Le noir battement d'ailes fonçait sur la coupole de vers tronqués.

Je baissais la tête à l'intérieur de mon refuge de lumière mal construit. Les vers ne suffisaient pas. Deuxième stratégie : trouver une géométrie polychrome. Quand les poèmes ne furent plus suffisants je découvris que je pouvais trouver aussi l'énergie pour me protéger dans certains agencements combinant des couleurs de manière ordonnée : roses de kaléidoscope, arcs-en-ciel qui se forment quand on appuie le pouce sur la sortie d'un jet d'eau à contre-soleil, peintures de Kandinsky. Combien d'heures ai-je passées à éclairer des feuilles quadrillées pour me protéger de l'attaque des corbeaux, ou à regarder les dessins si colorés des alebrijes mexicains. Je devais trouver une combinaison polychrome pour consolider mon refuge de lumière. Ma valise fit un saut et perdit une de ses roues. Je jurai. Le corbeau approchait. Qui étais-je, moi, là, dans cette ville de triomphes et de triomphateurs ? me demanda l'oiseau noir qui se jetait sur moi. Ni baryton, ni ténor, ni chanteur, ni rien ; rien d'autre qu'une obscurité s'inventant des refuges métaphysiques, un accident, le vide dans le visage d'un fantôme. La femme qui mendiait me regarda et il me sembla distinguer un peu de pitié dans ses yeux. J'eus honte de mes corbeaux face à sa misère. Je devrais maintenant porter la charge d'une culpabilité ajoutée. Et ma lourde valise jusqu'au grand escalier. À ce moment-là, il me vint une idée qui était comme un jeu et qui pouvait être salvatrice. Je pensai au Pípila, le mineur insurgé de l'Indépendance mexicaine, qui, durant la prise de l'Alhóndiga de Granaditas, un édifice monumental – véritable forteresse ! –, se mit une dalle sur les épaules pour se protéger des balles et arriva jusqu'à la porte pour y mettre le feu, ce qui donna une victoire aux insurgés. Je soulevai ma valise boiteuse, courbai l'échine et la portai comme si c'était une dalle. Maintenant, les corbeaux pouvaient toujours venir me transpercer de leurs croassements tranchants.

J'arrivai au pied du grand escalier, trempé de sueur et tout endolori. Je commençai l'ascension. Un groupe d'étudiants montait parmi les rires et les bousculades amicales, et quand ils passèrent près de moi je pus percevoir leurs regards curieux. Mes genoux tremblaient à chaque pas ; j'avais l'impression que le poids de ma valise m'écrasait contre les marches et que les muscles de mes bras qui la soutenaient étaient des cordes tendues sur le point de se rompre.

Voyaient-ils en moi le héros qui se protégeait des flèches des corbeaux pour conquérir une indépendance ? Non, leurs petits rires moqueurs et les murmures amusés qu'ils émirent après m'avoir dépassé me confirmèrent que ce qu'ils voyaient, c'était une bouffonnerie, un acte carnavalesque exécuté par un fou, par un homme-tortue qui haletait.

Je me demandai pourquoi tant de gens montaient et descendaient l'escalier. Mon téléphone vibra. C'était sûrement un nouveau message impatient de mon père. Je m'arrêtai un instant, hésitant à continuer de monter ou à poser ma valise pour répondre. Un type en costume argenté, bas argentés, perruque à chignon et visage argentés où la sueur formait de fins sillons tout aussi argentés passa rapidement près de moi en descendant les marches deux par deux. C'était Mozart. Je ne sus pas très bien si mon épuisement me faisait avoir une hallucination, voir un esprit intempestif, ou si celui qui descendait était un acteur déguisé en compositeur qui courait vers son poste de statue humaine pour gagner quelques pièces. Je décidai de ne pas répondre au téléphone, il aurait fallu que je pose ma valise et, comme je n'avais pas encore trouvé de couleurs, les corbeaux me cribleraient de coups.

Je repris ma marche. De temps à autre je levais la tête pour voir la numérotation des maisons et des immeubles qui bordaient l'escalier. Les numéros dansaient devant mes yeux. Mes jambes étaient de plomb et chacun de mes pas était un miracle de volonté et de mouvement. Je ne sais pas comment je pus éviter un escargot qui se traînait sur la marche suivante. Mon pied se déplaça juste à temps. Je m'arrêtai pour le regarder. Quelqu'un allait laisser retomber la semelle de sa chaussure sur ce petit animal avant qu'il parvienne à atteindre l'autre bout de la marche. J'en éprouvai de la peine. De mon visage tombaient des gouttes de sueur qui formaient des taches d'humidité sur le ciment; le soleil les faisait disparaître presque aussitôt. En dépit de l'attaque des corbeaux je devais sauver cette petite vie qui avait croisé mon chemin. Je posai ma valise sur une marche, sans la lâcher, je me baissai lentement, tout endolori (les séquelles de l'accident avec la Bartoli se manifestaient), et avec deux doigts de ma main libre je saisis l'escargot qui, se sentant attrapé, raccourcit ses cornes et rentra dans sa coquille. Mon téléphone vibra, je sursautai à peine, mais suffisamment pour lâcher la poignée de ma valise. L'estomac comprimé et les yeux agrandis je la vis rouler en bas des marches, s'ouvrir en deux, cracher une partie de ses entrailles et atterrir sur un des paliers dix degrés plus bas que l'endroit d'où je la regardais, hébété et tout essoufflé, tenant l'escargot entre le pouce et l'index. Une fille qui avait sauté à temps pour ne pas être renversée par le projectile inattendu me regardait. Mes yeux brillèrent, un sourire se dessina sur mon visage sans que je le veuille. Les corbeaux s'enfuirent, épouvantés. J'avais trouvé les couleurs de mon refuge de lumière.

7

Elle avait les cheveux teints de plusieurs couleurs : bleu, vert, un peu de jaune et de rouge et une touche de pourpre aux pointes. Elle me regarda, je la regardai, elle regarda le désordre dans l'escalier, sourit à peine et commença à remettre dans ma valise ce qui en était sorti. Je descendis aussi vite que mes jambes tremblantes me le permettaient, sans faire attention aux regards amusés et curieux de ceux qui passaient. Je posai l'escargot sur mon épaule pour libérer la main qui le transportait et commençai moi aussi à ranger mes affaires.

– *Danke*, dis-je à la fille.

– *Kein problem*, dit-elle sans me regarder, s'appliquant à remettre mes vêtements à leur place. Elle les manipulait avec art et délicatesse, les pliant, les caressant presque comme si c'étaient des pièces magiques, des objets de musée. Elle ne portait pas de bijou. Une fine couche de sueur faisait luire ses épaules nues. Je pensai qu'elle devait sentir la fraîcheur d'un parfum printanier ou la rébellion des cigarettes et de la bière. J'aspirai à fond pour percevoir son parfum ; je le fis lentement pour qu'elle ne le remarque pas. Elle ne sentait rien… un peu la terre mouillée, peut-être… et la peau tannée par le soleil. Entre ses longs doigts aux ongles courts et sans vernis apparut un de mes slips imprimé d'images de Bugs Bunny. Je me mis en quête de mes chaussettes et d'un pyjama pour cacher mon expression rougissante. Quand tout le linge fut de retour dans la valise, je ramassai mon tube de dentifrice, un kaléidoscope et elle, un livre. Elle examina la photo d'Antonin Artaud sur la couverture et lut le titre à voix haute :

– *D'un voyage au Pays des Tarahumaras*. Tu aimes ? me demanda-t-elle en espagnol, et elle commença à feuilleter le livre sans s'arrêter sur aucune page.

– Oui, beaucoup. Tu l'as lu ? répondis-je, ravi de parler dans ma langue.

– Pas celui-ci. D'autres livres de lui, oui, dit-elle.

– Artaud était un fou illuminé.

Elle s'arrêta sur un paragraphe souligné et en suivant les lignes du doigt, comme une bonne petite élève, elle lut à voix haute :

– *Il y a dans la Kabbale une musique des Nombres, et cette musique, qui réduit le chaos matériel à ses principes, explique, par une sorte de mathématique grandiose, comment la Nature s'ordonne et dirige la naissance des formes, qu'elle retire du chaos…* Artaud était fou… – elle ne finit pas sa phrase, chercha en l'air le mot qui lui manquait, puis ajouta en allemand : *erhaben*.

– Oui, oui, sublime, traduisis-je avec enthousiasme, et furieux et créatif, et génial. Mais il l'a payé cher. Les gens sensés l'ont enfermé.

– Les gens sensés ont peur de ceux qui attentent à l'ordre et aux règles qu'ils ont établies – elle haussa les épaules et fit disparaître le livre entre deux chemises et les slips de Bugs Bunny. Moi j'aime bien les fous.

J'eus l'impression que cette inconnue faisait allusion à mon père en parlant de gens sensés, et à ce moment-là un désir impérieux de devenir fou se saisit de mon esprit exultant.

Nous nous relevâmes. Elle semblait maintenant porter son attention sur autre chose. Moi je voulais prolonger la conversation, je la remerciai de nouveau, et ne trouvant rien de plus à lui dire je lui demandai si elle savait pourquoi tant de gens montaient et descendaient ce grand escalier.

– C'est le chemin qui mène à la Forteresse, répondit-elle en me regardant, l'air un peu étonné.

Un frisson me parcourut le dos. Je lui expliquai que je venais d'arriver dans la ville, puis, avec une certaine fierté, j'ajoutai que je venais travailler dans une nouvelle production pour le festival.

– Alors comme ça, à l'opéra…, commenta-t-elle, pensive, comme si elle s'adressait à quelqu'un d'autre. Eh bien, nous nous reverrons, conclut-elle sur un ton mystérieux, puis elle leva la main à la manière des Apaches, ajouta un rapide « *Tschüss* », fit demi-tour et s'en alla mains dans les poches de son pantalon bouffant.

Il y avait longtemps que je ne croyais plus au coup de foudre, pourtant quelque chose m'avait attiré chez cette fille et ce quelque chose n'était ni un fantasme érotique ni une élucubration romantique. Plutôt le soupçon d'avoir rencontré un être merveilleux, une personne insolite. Belle à sa façon et cruelle (peut-être) ; secrète et extraordinaire (sûr) comme une créature mythologique. Il fallait que je la revoie. Je sentis une pointe d'audace dans la poitrine, une goutte brillante qui répandait son énergie jusqu'à l'endroit où naissent les mots. Il fallait que je crie quelque chose. Commencer par un « Encore merci » de stentor et exagéré qui la fasse se retourner et sourire. Puis je devais lui demander n'importe quoi d'autre : son nom, son numéro de téléphone, et si elle aussi travaillait au festival. Une réponse viendrait bien de ses lèvres et alors… Une nouvelle vibration dans la poche de mon pantalon ôta tout son élan au cri qui était sur le point de jaillir de ma gorge. L'impatience de mon père me fit retomber sur terre et la pointe d'audace de ma poitrine fondit comme les gouttes de ma sueur sur le pavé. Avant que la fille disparaisse en tournant en bas de l'escalier, je distinguai une forme tatouée sur sa nuque, mais sans parvenir à la déchiffrer. Mon regard se concentrait tout entier sur sa chevelure en couleurs.

8

Je posai ma valise sur le palier, soulagé d'être enfin devant le numéro que je cherchais. Avant que mon doigt appuie sur le bouton de la sonnette, la porte s'ouvrit avec énergie. Une dame âgée, bien vêtue, se découpait sur le seuil. Elle avait des cheveux blancs noués en chignon, pinçait ses lèvres minces, et ses yeux gris et sévères me transperçaient.

– Ah, le jeune Mauer, enfin ! s'exclama-t-elle en joignant les mains, comme quelqu'un témoigne d'un miracle ou d'une énorme calamité. Frau Schmulzen, ajouta-t-elle en me tendant sa main osseuse, qu'elle me permit de serrer une demi-seconde.

– Enchanté. Je sais que je suis en retard, commençai-je à expliquer, excusez-moi, j'ai eu quelques accidents…

Je m'arrêtai au milieu de mon explication, devant le mélange de surprise et de dégoût qui apparut sur le visage ridé de l'administratrice quand son regard gris sauta de mes yeux à mon épaule.

– Oh ! m'écriai-je avec une feinte incrédulité en regardant l'escargot. Comment diable est-il arrivé ici ?

Je décollai le petit mollusque de mon T-shirt, sentis la trace collante qu'il laissait sur mon épaule, et le déposai avec soin près de la mince frange d'herbe qui naissait à l'intersection du mur et des marches.

– Voilà, dis-je en tapant des mains.

La femme observa la trace humide, m'adressa un sourire miséricordieux et soupira, avec tendresse ou désespoir, je ne saurais dire. Elle regarda sa montre.

– Suivez-moi, dit-elle, et je lui obéis sur-le-champ.

La maison était fraîche, sobre et accueillante. Elle avait un étage. Celui-ci comportait un salon, une salle à manger et une étroite kitchenette oblongue. Du salon, on pouvait aller sur une terrasse carrée occupée par une table, des chaises en fer blanches et deux pots de fleurs au-dessus desquelles flottaient plusieurs guêpes. Pendant la visite, Frau Schmulzen m'expliqua, avec une précision hâtive, le fonctionnement des machines à laver, du chauffage, des bacs poubelles, du chauffe-eau, des appareils électriques et m'indiqua la clé Internet. Aux murs blancs étaient accrochées quelques lithographies encadrées : cartes anciennes de la ville, dessins de Dürer, une nature morte. L'attention était attirée par les nombreux obélisques qui se dressaient partout : sur les petites tables, entre les piles de livres aux pages lustrées, entre les deux niches encastrées dans les murs. « Je suis dans la maison aux obélisques », pensai-je. Sur une des étagères reposait un jeu d'échecs auquel manquait un pion blanc. Mon père nous avait appris à jouer, à mon frère, à ma sœur et à moi, mais il n'avait jamais partagé avec nous les secrets de sa stratégie. Il aimait gagner et être généreux dans la victoire, et se montrait compréhensif envers nos limites stratégiques et intellectuelles. Ma sœur aimait bien raconter l'occasion où j'avais été à deux doigts de le battre. Elle était pliée en deux de rire en rappelant que le sourire affectueux et tutélaire avec lequel mon père jouait contre n'importe lequel de nous trois avait disparu lorsqu'il avait compris que, pour une fois, j'avais acculé son roi. Il se fit un silence de pierre qui enveloppa la pièce tout entière. Ses sourcils froncés faisaient penser à un ciel couvert sur le point de se changer en orage. Jusqu'à ce qu'un coup imprudent de ma part le tire d'embarras et lui accorde la victoire, et qu'il redevienne aussitôt l'adversaire généreux de toujours. Quand mon frère et ma sœur rappelaient avec étonnement que le plus jeune de nous trois avait été sur le point de vaincre l'invincible, je ne leur avouais pas combien il m'importait, à moi, que mon père me batte. En échange de mes défaites, j'obtenais un sourire de lui, mes cheveux étaient ébouriffés avec tendresse par sa grande main, et sa voix aimable me disait qu'il fallait que je m'entraîne beaucoup plus sérieusement si je voulais le battre un jour. Je me demande aujourd'hui si penser que ça m'était égal qu'il me batte revient au même que de dire « j'aime perdre ». Je comprends que cette question est comme demander si le *do* dièse et le *ré* bémol, notes situées sur la même touche noire du piano, sont la même note.

– Il lui manque une dent, plaisantai-je en montrant l'échiquier sans pion.

La vieille dame énergique sourit en silence et continua à me montrer la maison.

Nous descendîmes par un escalier en colimaçon. Le rez-de-chaussée était occupé par la salle de bains, la chambre et un bureau. De là, on pouvait passer dans un jardinet où se trouvaient deux fauteuils qui, dès que je les vis, m'invitèrent au farniente, à la lecture et à la sieste. Frau Schmulzen sembla remarquer mon désir de paresse, secoua la tête et alla fermer la porte de la salle de bains. Je profitai de cette pause pour enfin envoyer un message à mon père, lui annonçant que j'étais arrivé et que tout était en ordre. Lorsque je levai le nez de mon téléphone, je rencontrai les yeux gris de Frau Schmulzen qui me regardaient avec l'expression d'une maîtresse d'école venant de surprendre un élève en train de faire une polissonnerie.

– C'est un message pour mon père, lui expliquai-je du ton coupable de l'élève pris sur le fait, il se faisait du souci parce que j'étais en retard à mon rendez-vous avec vous.

– Un vrai gentleman, monsieur votre père, décréta la vieille dame.

« Ce n'est pas votre cas », m'aurait-elle dit sans doute si sa hâte de terminer la visite de la maison n'avait pas écourté ses commentaires.

– Un vrai gentleman, répéta-t-elle en remuant la tête d'un côté et de l'autre, comme si elle le niait.

Je savais que ma sœur avait loué cette maison quelques étés plus tôt, mais je n'étais pas certain que mon père le savait. Frau Schmulzen dirait-elle que mon père était un vrai gentleman si elle connaissait l'histoire de ma sœur ?

Avant ma naissance, avant l'« accident », mon père avait voulu, pendant un temps, s'installer en Allemagne, le pays de ses parents, mais il n'avait jamais trouvé de situation qui lui permît de mener en Europe le même train de vie qu'au Mexique. Dès qu'il eut compris qu'en Allemagne il serait privé du luxe, des commodités et de la supériorité de *güero* – il était blond – dont il jouissait à Mexico, il renonça à son projet migratoire. On n'en reparla plus. L'Allemagne était simplement la destination des étés lyriques et de visites sporadiques aux oncles dans leur ferme. Après avoir travaillé deux ans dans l'industrie pharmaceutique à Mexico, ma sœur se vit offrir un poste de direction à Francfort. En apprenant que sa fille avait obtenu la mutation transatlantique qu'il avait désirée jadis, mon père transforma la chose en offense personnelle, il cacha son envie sous le déguisement de la douleur que lui causait l'abandon de sa fille. Il voulut la persuader, il lui obtint un poste mieux payé dans l'entreprise d'un de ses amis, offrit même de lui acheter un appartement. Non seulement ma sœur suivit son chemin, mais de plus elle opta pour une vie peu conventionnelle, décidant de ne pas avoir d'enfants et de vivre sans attaches ni engagement avec le compagnon de son choix, jusqu'à la fin de leur amour, et de retourner alors à sa vie de célibataire. Que la réussite professionnelle de sa fille l'envoie sur l'autre continent, c'était déjà pour mon père une gêne considérable, mais qu'elle ne soit pas l'épouse pudique et zélée, la maîtresse de maison qu'il espérait qu'elle deviendrait, et qu'elle ne lui donne pas de petits-enfants, c'était quelque chose qu'il ne pouvait supporter. Il ne lui parla plus.

Peu après cette rupture, mon frère arriva un jour à la maison, radieux, pendant que nous mangions, mon père et moi. Ma mère n'était déjà plus avec nous. Tout son être transpirait la plénitude et le bonheur. Il se planta devant la table et expliqua, avec nervosité, le motif de sa joie : il était gay, il était tombé amoureux d'un garçon de son âge, et ils avaient décidé tous les deux d'entamer une vie de couple.

Aussitôt, j'observai mon père. Il restait muet et regardait, immobile, un point fixe au-delà de la salle à manger. Un de ses doigts commença à tambouriner sur la table, accélérant peu à peu son rythme. Le tambourinement cessa et fut remplacé par un violent coup du plat de la main qui fit vibrer les assiettes et les couverts. Mon père planta son regard dans les yeux de mon frère.

– Je n'ai qu'un fils, prononça-t-il, et il m'entoura de son robuste bras droit, fort de quarante minutes d'exercices quotidiens. Tu peux ficher immédiatement le camp de cette maison décente.

Le visage de mon frère se crispa. Il avala sa salive avec effort, tordit la bouche, déçu, émit un rire bref et triste. La fierté retint à temps sur ses pupilles les larmes qui s'apprêtaient à couler. Il fixa sur nous ses yeux aqueux. J'aurais dû aller vers lui, j'aurais dû lui dire que j'étais heureux de son bonheur et qu'il pouvait compter sur moi pour tout ce dont il aurait besoin. J'aurais dû courir vers mon frère pour le serrer dans mes bras, pour lui faire savoir qu'il n'avait pas perdu sa famille, que je me moquais complètement qu'il se marie avec un homme ou une femme. À l'instant où j'ébauchai mon mouvement vers mon frère, mon père écrasa un peu plus mon dos avec son bras et serra un peu plus les doigts qui tenaillaient mon épaule. Ces deux gestes suffirent à me paralyser : la serre qui se refermait, le poids de son bras sur mon dos. Je ne bougeai pas. Mon frère ébaucha un sourire résigné et m'offrit son pardon d'un regard compréhensif et tendre. Combien de fois un bonheur que j'éprouvais a-t-il sombré dans le souvenir de ces yeux remplis de larmes immobiles ! De sous l'arche que formait le bras musculeux de mon père, je le vis partir à tout jamais de la forteresse. Il ferma la porte derrière lui d'un coup léger, aussi ténu qu'un dernier battement de cœur. Il aurait mieux valu qu'il la claque violemment, qu'il l'arrache de ses gonds, qu'il ébranle les murs sous un coup formidable pour nous faire frissonner de culpabilité, mon père et moi. Ni mon frère ni ma sœur ne reçoivent plus d'appels de notre père. Échec et mat. Tous perdent. Forteresse close. Il les a définitivement exilés de sa vie, l'un parce que c'était un « pédé » et l'autre une « féministe ingrate ». C'est comme ça qu'il me l'avait dit, sans peine ni remords, un soir à Berlin. Pourquoi aucun de ses enfants n'était-il comme ceux de ses amis, attachés à la richesse et aux commandements paternels, fiers dissipateurs de leur héritage, fainéants bénéficiaires de l'effort de leur géniteur, éternellement reconnaissants de l'immense chance de ne s'être jamais retrouvés parmi les perdants ? Il se demandait tout cela, ce soir-là à Berlin, tout en m'assurant qu'il aurait préféré des bons à rien reconnaissants aux rats ingrats et dévoyés dont il avait bien fait de se détacher. « Toi, il ne faut pas que tu me déçoives », me disait-il. C'était sur moi que retombaient ses espoirs et je sentais que mon avenir était en train de pourrir.

– Ma sœur a habité dans cette maison il y a deux ans, dis-je.

– C'est une belle maison, répondit Frau Schmulzen, et elle me guida à petits pas rapides dans l'escalier. Elle me conduisit au salon pour me montrer, télécommande en main, le fonctionnement du téléviseur. Par la fenêtre entrait un bloc lumineux où dansait la poussière. La lumière tombait sur un livre montrant Mozart en couverture. De la fenêtre, on voyait le petit balcon de la maison voisine, et en tournant un peu le regard vers la gauche, un mur bas avec des taches de moisissures derrière lequel apparaissait un morceau du grand escalier avec son flux de personnes qui montaient et descendaient. Je me surpris à chercher un visage particulier parmi ceux qui passaient à cet instant. Bien sûr, aucun n'était celui de la fille qui avait fait de ses cheveux une rose de kaléidoscope.

– Bien, je crois que c'est tout, dit Frau Schmulzen avec un sourire. Vous trouverez le reste par vous-même. Je dois partir. Je vous ai laissé une bouteille d'eau minérale et quelque chose à manger, si vous n'avez pas le temps d'aller au supermarché cet après-midi. Vous trouverez dans le placard du café, du sucre et des sachets de thé. Au fait, quel est votre prénom ? me demanda-t-elle.

– Vian, répondis-je, pour la troisième fois depuis mon arrivée à Salzbourg.

– Ah, vous avez pour prénom le nom d'un écrivain français.

– Exact, m'exclamai-je, et je m'apprêtais à lui raconter l'absurde histoire de l'origine de nos prénoms, quand avec deux gestes sur lesquels il était impossible de se méprendre (coup d'œil à sa montre et exclamation d'alarme presque muette) elle me fit clairement voir qu'elle devait s'en aller.

– Pardonnez ma hâte et la manière un peu brusque dont je vous ai tout montré. Sachez que l'urgence où je suis de vous laisser est due au fait que j'ai un rendez-vous et je suis déjà en retard. Je vais donner des cours d'allemand aux enfants du centre de réfugiés. Voici mon numéro de téléphone, si quelque chose n'est pas clair ou si vous avez besoin de quoi que ce soit, je vous prie de ne pas hésiter à m'appeler. Au fait, bien que je ne l'aie pas beaucoup vue, je conserve un agréable souvenir de votre sœur.

Je la remerciai et cette fois je serrai sa main osseuse avec effusion. À peine eus-je refermé la porte qu'un crissement minuscule comme le son d'une mâchoire mordant des chips me parvint de l'extérieur et provoqua en moi une légère angoisse. L'escargot ! J'attendis quelques instants puis ouvris précipitamment la porte. Sur le pavage chaud il y avait un amas visqueux de chair et de morceaux de coquille broyée. J'en ressentis un profond chagrin. J'avais conduit ce pauvre escargot à sa mort et le hasard avait voulu que son bourreau soit une altruiste qui allait faire une bonne œuvre. Je contemplai les visages de ceux qui montaient et descendaient. Je me souvins que cet escalier menait à la Forteresse. Je levai les yeux plus haut pour regarder le parallélogramme de ciel entre les deux lignes d'immeubles et j'eus l'impression de deviner une gigantesque semelle de chaussure cachée derrière les nuages passagers. Un nouveau frisson me glaça le dos et de ma poitrine obstruée surgirent de lointains croassements. Je soupirai. Je jetai un dernier regard au coin vert où j'avais d'abord déposé le pauvre escargot. Il y était ! C'était un autre qui avait été écrasé. Je le pris et rentrai dans la maison, euphorique. J'avais envie de danser, de rire, de chanter. De me frapper la poitrine comme un puissant gorille. J'allai au salon et pris le livre aux pages brillantes sur lequel tombait la lumière de la fenêtre. *Mozart Bilder*, tel était son titre. Je l'ouvris au hasard et déposai l'escargot sur la page. Je restai un long moment à regarder le lent petit animal visqueux se promener sur le ravissant costume bleu d'un Mozart tout enfant, prenant la pose, une main dans son gilet et l'autre sur la taille. Je ne pensai plus à ce qui était resté dehors : la Forteresse perchée, le passage des gens, la menaçante chaussure invisible et – oh, petite tristesse – l'autre escargot, l'escargot écrasé.

9

J'avais donné trois fois mon prénom en arrivant à Salzbourg ; la première, à l'une des artistes les plus célèbres et les plus admirées de la planète, la deuxième à un chauve inconnu qui notait des choses dans un carnet et la troisième à une altruiste. À aucun des trois je n'en avais expliqué la pittoresque origine.

Au cours d'un de mes séjours à la ferme des oncles, ma tante me raconta que ma mère, lorsqu'elle avait été enceinte pour la première fois, ne voulait pas connaître le sexe de son fils ou de sa fille avant sa naissance, mais mon père, sans rien lui dire, avait obtenu l'information du docteur, après l'une des échographies. Non seulement ma mère avait fini par l'apprendre, en dépit de son désir, mais elle fut la dernière à le savoir. Elle en fut extrêmement contrariée et décida que vu ce coup de poignard dans le dos, elle s'adjugeait le droit de choisir le prénom de son aîné. Il s'appellerait Johannes, en l'honneur de son grand-père, qui l'avait aimée comme le père qu'elle n'avait pas eu, car il était mort à la guerre. Mon père s'y opposa catégoriquement et dit que son premier enfant, que cela ne fasse pas le moindre doute, porterait son prénom, comme lui-même portait celui de son père : Helmut. Ce fut le début de la première des nombreuses batailles qu'ils se livrèrent tout au long de leur mariage. À l'époque, ma mère avait encore une force d'âme assez grande pour affronter le tempérament dictatorial de mon père. Quand elle me mit au monde, elle était devenue une femme résignée. Je ne saurais pourquoi qu'après sa mort. Ils discutaient jour et nuit. La famille était préoccupée, mes parents se disputaient devant tout le monde. Quelqu'un suggéra de donner au bébé les deux prénoms, mais la bataille n'avait pas simplement pour objet de l'appeler comme chacun des deux voulait, mais aussi de ne pas lui donner le prénom que l'autre avait choisi. Les jours et les semaines passèrent, et mon frère n'avait toujours pas de prénom. Les contractions commencèrent et il n'en avait toujours pas. Ils allèrent à l'hôpital, et toujours pas de prénom. Et enfin, après un accouchement qui avait duré six heures, il vint au monde… sans prénom. C'est ma tante qui mit de l'ordre à tout cela. Elle emmena le couple dans son bureau et leur dit qu'ils n'en sortiraient pas avant d'avoir donné un prénom à leur fils. Johannes, disait ma mère, Helmut, répondait mon père, inébranlable. Ma tante eut alors l'idée qui devait convertir en rite le choix des trois prénoms des enfants Mauer : vu que cette maison était l'héritage du père de mon père, et vu que cette bibliothèque était l'héritage du grand-père de ma mère, il n'y avait qu'à prendre un des livres qu'elle contenait et donner à l'enfant le nom de l'auteur du roman choisi. Dans ce prénom se logerait, pour ainsi dire, l'esprit de chacun des deux testateurs. Il n'était pas nécessaire qu'un des deux cédât. Sans attendre la fin des protestations que ma mère esquissait, mon père tendit au hasard sa grosse main vers le dos d'un des livres, le tira de son rayon et le posa sur la table du centre de la pièce. « Voilà le prénom », dit-il, satisfait. « Hermann ? » demanda ma mère. Et mon père qui, comme en tout, devait avoir le dernier mot, dit que non, que son fils ne porterait pas le prénom de l'auteur, mais son nom de famille, ce qui le rendrait, outre littéraire, original. Ma mère laissa échapper un rire conciliateur et c'est ainsi que le premier-né de mes parents fut enregistré sous le nom de Hesse Mauer. Quant à lui, ce prénom ne lui plut jamais.

Deux ans plus tard, avant la naissance de ma sœur, ils préparèrent une étagère ne contenant que des livres de femmes écrivains. J'imagine la nervosité de ma mère au moment d'en extraire un, en pensant que sa fille pourrait s'appeler Yourcenar Mauer ou Arendt Mauer, ou pire encore Woolf Mauer, toutes artistes et penseuses merveilleuses, mais prénoms imprononçables pour sa petite fille. À sa grande joie, le livre que mon père tira fut *La Séduction du minotaure*, d'Anaïs Nin. Ma sœur Nin est heureuse de son prénom.

Dans mon cas, ils furent d'accord pour prendre plusieurs livres. Vargas Llosa leur sembla terriblement compliqué et Dostoïevski Mauer était d'une insupportable prétention. Joyce Mauer n'aurait été pas mal du tout, toutefois ce ne fut pas *Ulysse*, le roman du Dublinois, que saisit la paluche de mon père mais son voisin, *Zorba le Grec*. J'aurais dû m'appeler Kazantzákis Mauer (je me suis toujours demandé où se trouvait Kafka dans cette bibliothèque), mais avant que le prénom soit déclaré choisi, la main bénie de ma mère désigna un dernier livre et tous deux furent ravis du nom de l'auteur de *L'Écume des jours*. C'est ainsi que je reçus non seulement mon prénom, mais aussi une précoce curiosité littéraire.

Je descendis au bureau, escargot en main. Je repoussai l'idée qu'en l'enlevant de la marche je l'avais éloigné de l'endroit où il voulait se rendre, et en revanche je préférai me convaincre que cela avait été un événement heureux, quasi miraculeux, dans sa vie. Je l'avais sauvé d'une mort pareille à celle de son congénère devant la maison, et je le menais à un paradis vert insoupçonné dans le jardin. Auparavant, nous devions faire une escale dans le bureau.

Parmi les livres alignés sur la table, je fus ravi d'en trouver un traduit en espagnol : *Lettres à Poséidon*, de Cees Nooteboom. J'élevai l'escargot à la hauteur de mon visage pour que ses petits yeux, au bout de ses tentacules, puissent me voir au moment même, insignifiant pour lui, de son baptême.

– Tu t'appelleras Nooteboom, lui dis-je, et il resta bien à l'abri dans sa coquille.

Je sortis dans le jardin avec les deux Nooteboom, un dans chaque main. Je posai le mollusque sur le bord du trottoir près de la pelouse, lui apportai plusieurs feuilles et pris pour de la joie d'escargot le curieux mouvement que firent ses tentacules quand il sortit la tête de sa carapace. J'emportai le poète sur la chaise longue où je m'allongeai pour le lire. Le livre avait vécu, les coins de la couverture étaient striés, çà et là sur ses pages apparaissaient des taches de café ou de tomate, de nombreuses phrases étaient soulignées. Je commençai à le lire en sautant d'une lettre à l'autre, d'un passage souligné à une page au coin plié. J'étais bercé par les bruits de Salzbourg à la tombée du jour : le chant des oiseaux, le ronronnement de la circulation, la course de la Salzach au loin et les sonneries des cloches. Je levai les yeux du livre et regardai, derrière une coupole dorée qui s'élevait entre toits et antennes, la montagne verte qui se découpait sur l'horizon. Par association d'idées, je découvris que de là où je me trouvais elle avait la forme d'une baleine. (La dernière lettre que j'avais lue parlait de la mort des cétacés.) Je décidai que cette montagne était une baleine millénaire allongée au-dessus de Salzbourg. Elle n'avait pas été mangée par les crustacés, les mollusques, les anguilles ni les bactéries, comme c'était le cas de ses sœurs marines, sur celle-ci avaient poussé des arbres et de la terre et des marcheurs et des cerfs et des écureuils et deux hôtels jaunes. Je l'appelai Josefina, en souvenir d'un personnage de dessins animés (j'étais vraiment enclin à baptiser ce soir-là). Quelque chose bougea dans un coin des arbustes taillés en cubes pour faire office de murs de séparation du jardin. Je ne pus voir qu'une petite couleuvre grosse et velue qui disparaissait dans la ramure bien peignée. C'était la queue noire d'un chat. Je respirai profondément l'odeur d'herbe du jardin et regardai l'endroit où Nooteboom continuait, avec une folâtre lenteur, à se déplacer sur les feuilles. La lecture, les sons, la faune dans le jardin, l'odeur de l'herbe, le sauvetage de l'escargot, la rencontre avec la Bartoli et le souvenir de l'arc-en-ciel dans les cheveux de la fille, tout cela avait ramené un peu de l'humeur fulgurante où je me trouvais en arrivant à Salzbourg. Je m'accrochai à cet agréable chatouillement. Ce n'était pas le bonheur ni le coin éclairé, mais cela suffisait pour éloigner les croassements, pour rêver que derrière l'obscurité des nuages il y avait dans mon cœur une chance pour la lumière, il devait y en avoir une, et que j'étais dans l'obligation de me sentir heureux. Qu'importait si quelques semaines plus tard je devais recommencer à zéro! Demain j'aurais répétition. J'étais à Salzbourg et demain j'aurais répétition. Je voulais agrandir ce petit espace de bonheur, en faire une pièce, une maison, un pays, un monde de joie dans mon âme. Mon téléphone vibra: c'était mon père qui s'accrochait au seul de ses trois enfants avec lequel il gardait contact. Oui, son bras protecteur m'atteindrait à la fin de l'été, ce destin était pour moi inévitable et je ne pouvais pas, je ne devais pas le décevoir, mais pour cette fois je laisserais de nouveau son message sans réponse. Demain j'aurais répétition. En fin de compte, j'étais en train de réussir, fût-ce par à-coups, à tenir la promesse de mon enfance. Demain j'aurais répétition. J'étais capable d'atteindre mes buts. Là-bas, à Mexico, je m'en inventerais d'autres. Ceux que je déciderais. Demain j'aurais répétition. « Et qui sait, pensai-je, guère convaincu encore de mon optimisme, il arrivera peut-être quelque chose durant ces jours-ci, peut-être qu'au cours des semaines qui viennent il se produira un événement prodigieux et insoupçonné qui me permettra de supporter la tête haute le souvenir de toutes ces années, de leurs épuisantes péripéties et de leur désastre final, avec l'âme fière du voyageur qui a survécu aux coups, aux malheurs et aux contretemps que toute bonne aventure comporte. Peut-être que, comme pour l'escargot Nooteboom, il se produira sur mon chemin un fait heureux qui me portera et m'éloignera d'un destin non désiré pour me mener à un autre, au début d'une nouvelle aventure que je ne peux même pas imaginer. »

Je ne pouvais savoir alors, allongé sur ma chaise longue face à la coupole dorée et à la baleine végétale, entre guêpes et Nooteboom, plongé dans les sons crépusculaires de Salzbourg, qu'il y en aurait bien un, que l'événement prodigieux se produirait au détour du jour, qu'à la différence de mon escargot je pourrais décider si je me laissais entraîner par lui ou si je renoncerais au vertige auquel il m'invitait, qui avait un nom et qui s'appelait Wolfgang. Demain j'aurais répétition.

Mon téléphone vibra de nouveau.

II. L'arc-en-ciel et le diable

1

Je me réveillai multiplié.

L'effroi de mon visage tout juste sorti du sommeil, la raideur de mon cou et mes poils hérissés se reflétèrent, à coup sûr, dans les nombreux yeux de l'araignée qui, muette et immobile, me regardait à l'envers, du haut du mur au-dessus de ma tête de lit. Perclus de crampes, je l'observai horizontalement sous les draps.

Toutes les araignées – les vraies, les rêvées, les araignées jouets, celles qui sont imprimées ou dessinées sur des vignettes – génèrent en moi un haut-le-cœur singulier et irrationnel. Un haut-le-cœur minéral, montagneux et lent, solidifié dans les contractions de Dieu sait combien de muscles glacés et qui me transforme en nausée pétrifiée, constante, sans s'achever en vomissement ni en soulagement.

Si j'aperçois des araignées dans la nature, ou dans la rue, il me suffit de m'en éloigner et de les ignorer pour retrouver le calme, mais si je les vois dans un lieu fermé, je ne peux être tranquille avant de les savoir exterminées. Il m'est arrivé bien souvent, lors d'une réunion entre amis, dans une salle d'attente chez le médecin, du fauteuil moelleux d'un salon de coiffure ou du tabouret d'un bar, de me lever intempestivement pour aller écraser une araignée.

Une seule araignée ne m'a pas paralysé. J'étais face à elle à Londres et elle était géante. Chacune de ses pattes mesurait plusieurs mètres de hauteur et pour voir le corps noir d'où elles sortaient il fallait lever la tête comme si on regardait une lampe noire au plafond.

Après mon audition ratée pour le programme de jeunes artistes de l'opéra de Covent Garden, j'étais allé à la Tate Modern chercher la sérénité dans les couleurs opaques de Rothko. Mais, de façon inattendue, ce fut sous une des pattes irrégulières de l'araignée géante au corps de fer tressé, immobile dans le vaste *lobby* du musée, que je trouvai le calme. Il y avait de chaque côté des couchettes où reposaient des livres. Quelques enfants couraient entre les pattes métalliques et, à ma grande surprise, je ressentis un grand calme en la regardant. Un long moment je l'observai, émerveillé de ce qui m'arrivait. Comme je me disposais à faire la queue pour acheter un billet, je vis deux enfants assis au pied d'une des pattes. Ils lisaient un livre, têtes jointes, et la patte, loin de les menacer, semblait leur offrir sa protection, comme un tronc d'arbre ou la base du fauteuil où s'assied une grand-mère affectueuse. Je pris le livre de Don DeLillo que je venais d'acheter, m'assis, adossé moi aussi à l'une des pattes, et passai le reste de l'après-midi à lire sous la protection de l'araignée géante, jusqu'à l'heure de fermeture du musée. En sortant, je me dis que cette rencontre m'avait peut-être guéri de mon arachnophobie et que rien que pour cela, et en dépit de mon échec lyrique, il avait valu la peine d'aller à Londres. Il n'en fut rien, bien d'autres araignées m'obsédèrent par la suite, y compris celle qui avec son regard pauvre, multiple et scrutateur, me réveilla ce premier matin à Salzbourg.

D'un coup de pied, je poussai les draps par terre, mis la main droite dans la chaussure de mon pied gauche, me hissai d'un bond sur le matelas et laminai l'araignée avec une célérité et une force démesurées. Je me débarrassai de ma chaussure comme si c'était un revolver encore fumant et pour me tranquilliser je murmurai un vers de Vallejo : *Et, la voyant pétrifiée dans cette triste situation, aujourd'hui quelle peine j'ai ressentie pour cette voyageuse.* Le vers ne changea rien, ni la mort, ni la tache sur le mur, ni le calme que je retrouvai peu à peu, mais au moins il donna un sens, je ne sais pas bien lequel, mais à coup sûr un sens tragique, à l'action exécutée et lui vola son apparente insignifiance.

Je m'empressai d'ouvrir les volets de bois. Le soleil fit irruption dans la chambre avec une force chaude et lumineuse identique à celle avec laquelle le projet de ce jour éclatait dans ma poitrine. J'avais répétition. Je sortis dans le jardin, saluai la baleine, perçus avec plaisir la rumeur de la circulation et le son des cloches qui étiraient leurs échos métalliques. Des vers de Huidobro dédiés à Apollinaire me vinrent aux lèvres : *Mais quand viendra le printemps / L'arbre du jardin / Fleurira d'yeux / Comme la canne d'un aveugle.*

Je me douchai en sifflant la mélodie bien connue du Figaro de Rossini. Je ne m'aventurai pas à la chanter. Je savais que si je le faisais la voix d'un juge assassin surgirait aussitôt en moi pour anéantir ma joie spontanée en me signalant chaque fausse note, chaque son mal placé, chaque respiration trop rapide. La musique et le chant n'ont jamais été pour moi, comme ils le sont pour tant d'autres, un refuge ou une consolation. Je remplissais de couleurs des pages quadrillées, je collectionnais des alebrijes, je lisais et mémorisais des poèmes. Je faisais du vélo. Le chant et la musique ont depuis toujours été un but et un défi, non un lieu de repos.

J'allai dans le bureau dire bonjour à Nooteboom, que j'avais laissé sur une autre des pages du livre qui contenait des portraits de Mozart (il avait été si heureux, la veille, de se promener sur le portrait enfantin). Je le trouvai immobile sur le bras enveloppé de la veste de velours rouge du jeune maître de quatorze ans assis au piano. C'est à peine s'il bougeait ses cornes. *« Prendre son temps ! » cri de l'âme / « Prendre son temps, prendre son temps ! » nous crie l'être tout entier. / Notre désir est de prendre notre temps.* Ces vers de Pedro Salinas me vinrent en mémoire en voyant le lent escargot et la peinture d'une autre époque.

Quelque chose attira mon attention dans le regard de ce Mozart adolescent : il avait l'air à la fois de voir et de ne pas voir le peintre qui à l'époque faisait son portrait, et celui qui aujourd'hui observait le tableau. Je bouchai son œil gauche avec mon pouce, le droit regardait directement le portraitiste. Je mis le pouce sur l'autre œil et maintenant celui qui était libre semblait regarder quelque chose ou quelqu'un derrière le peintre ; ou plutôt, il semblait avoir vu tout à coup ce qui était derrière et c'était la direction de ce regard qu'avait saisie l'artiste. Peut-être son père regardait-il la peinture derrière le peintre. Peut-être Mozart se distrayait-il en pensant à une ligne mélodique.

Je pris dans le réfrigérateur le sachet de salade et avec les feuilles froides de la laitue je fis un lit où je déposai Nooteboom. Je nettoyai du mieux que je pus la bave qu'il avait laissée sur la page, feuilletai le livre, constatai que presque aucun des portraits ne ressemblait aux autres, et je m'arrêtai sur une photo de la sculpture dressée au centre de la Mozartplatz. J'appris que son auteur était Ludwig von Schwanthaler, que cette effigie aussi pompeuse que le nom du sculpteur ne ressemble pas au véritable Mozart et qu'en 2006 elle avait été recouverte par tout un tas de Caddies de supermarché empilés, pour dénoncer l'atroce commercialisation dont le nom et la personne de Mozart étaient l'objet, particulièrement en cette année du deux cent cinquantième anniversaire de sa naissance. À coup sûr, l'artiste manifestant avait raison. À Salzbourg, entre les marionnettes, les canards en plastique, la statuette, les fanions, les crayons, les pantins, les bustes en céramique, les chocolats, etc., il y a plus de mozarts que d'araignées, ce qui, de mon point de vue personnel, n'est pas si mal. Et peut-être de celui du Maître non plus. Serait-il indigné de voir Salzbourg transformé en une sorte de Mozartland ? Je ne le pense pas, mais comme je ne savais pas grand-chose, à peu près rien de la vie du compositeur, je ne pouvais répondre à cette question. Je ne savais pas encore qu'il avait détesté sa ville natale.

Je me fis deux œufs brouillés et sortis les manger sur le balcon. À peine avais-je posé mon assiette sur la table en fer que trois guêpes vinrent partager mon déjeuner. Elles prenaient des morceaux de jambon avec leurs mandibules saillantes et s'envolaient en les emportant. Elles ne paraissaient pas importunées par la fourchette qui allait et venait dans l'assiette. À un certain moment, j'en comptai six. Je voulus d'abord les chasser en soufflant, elles s'éloignaient pour éviter le courant d'air mais revenaient aussitôt. Si petites et tellement insistantes. Et moi si grand et si conformiste. Je pris mon assiette, me levai pour aller finir de manger à l'intérieur, et de deux claques violentes je les éloignai enfin. Je m'arrêtai en voyant en bas, dans un coin du jardin, le propriétaire de la queue noire qui la veille au soir s'était perdue entre les arbustes. Le chat noir me regardait avec des yeux d'obsidienne claire, tout son corps de panthère bonsaï tendu.

– *Vade retro*, Satanas, lui dis-je, et presque au même instant je reçus la punition d'un croc qui s'enfonçait dans ma nuque. La foudre éclata dans tout mon corps, mes yeux se remplirent d'ombres, l'assiette avec mon déjeuner tomba par terre et se brisa. Tout ne dura que deux secondes. Quand la lumière revint je pus voir mon bourreau qui se retirait : c'était une guêpe sombre et impétueuse qui déjà rejoignait ses sœurs pour continuer le banquet répandu par terre sur le balcon. La peur irrationnelle de l'araignée avait été suivie par l'attaque sournoise d'une guêpe. « Et tout ça parce que j'avais invoqué le diable », pensai-je en extrayant l'aiguillon de ma nuque avec une carte de crédit (qui n'en avait plus).

Étourdi et en proie à des vertiges, je restai à regarder le vol suspendu des guêpes. Puis le va-et-vient à peine perceptible de la queue du chat noir dans le jardin. Le temps ralentit, devint souple et poisseux. Comme une toile d'araignée. Une douce immobilité se répandit dans mes articulations. J'allais rester là, sur le balcon, coincé. J'arriverais en retard à la répétition. À la fin de l'été je rentrerais à Mexico avec mon père. La fatalité était une araignée. La rumeur du vent et la douleur de la piqûre à la nuque commencèrent à exister dans le lointain. Ce lointain était la réalité. Et depuis cette réalité qui s'éloignait les clochettes d'un carillon annoncèrent l'heure avec des sons cristallins. Le son ouvrit la chausse-trappe. De nouveau, la réalité fut dans mon corps. Je me secouai énergiquement et m'extirpai du piège. Je rentrai dans la maison. J'arriverais à l'heure. La mélodie des cloches qui surgissait d'un édifice du centre provenait de *La Flûte enchantée* de Mozart.

2

La matinée était déjà chaude, malgré un petit vent frais qui ne parvenait pas à ralentir l'ascension du mercure dans le thermomètre, mais quand je sortis de la maison la chaleur n'était pas la seule raison pour laquelle mon front était perlé de gouttes de sueur. À cette gêne contribuait l'anxiété irrationnelle que provoquait en moi la présence de la Forteresse (je descendis les marches deux par deux, comme l'avait fait l'homme-Mozart argenté de la veille) et les regards des passants qui ce matin-là semblaient s'arrêter sur moi une fraction de seconde de plus que pour l'habituel examen superficiel que les curieux consacrent à tout inconnu. Aussi loin que je me souvienne, j'ai toujours vécu avec l'impression absurde que ceux qui m'entourent, s'ils m'observent avec attention, sont capables de fouiller dans ma tête et mon cœur, de découvrir mes défauts les mieux cachés, mes envies secrètes, mes peurs et mes angoisses, mes rêves innocents et risibles. Combien de fois me suis-je surpris à présenter d'inutiles excuses, à donner des explications pour des actes que mes interlocuteurs ignoraient, honteux devant le regard d'une femme qui, sitôt que je la voyais, m'inspirait des fantasmes érotiques !

En arrivant au pied du grand escalier, je donnai une pièce au mendiant qui était déjà à son poste entre les deux supermarchés, et qui répétait une formule à tous les passants dans un mélange d'allemand et d'italien – « *Alles gute la famiglia* » – que j'entendrais plus tard dans la bouche de nombreux autres mendiants de la ville. Sur le trottoir d'en face une dame très maquillée, très grandes lunettes de soleil et très foulard sur la tête me regarda attentivement. Trouvait-elle positif mon geste altruiste ? Négatif le montant misérable de la pièce que je venais de donner ? Réprouvable la contribution avec laquelle j'aidais à entretenir les « envahisseurs de sa patrie » ? Elle sourit et passa son chemin, en me laissant un peu perplexe. Que voulait dire ce sourire ? Je passai mon chemin moi aussi. J'allais louer une bicyclette et, ayant les yeux fixés sur le papier où j'avais noté l'adresse, je faillis me cogner contre une petite pyramide publicitaire en bois sur les coins de laquelle figurait la photo du ténor Jonas Kaufmann, qui annonçait la sortie de son dernier disque. Tout au long du parcours je continuai à voir des noms et des photos de chanteurs célèbres. Dans une des galeries où étaient exposées des aquarelles colorées avec pour motifs les lieux emblématiques de la ville et des chanteurs dans les costumes et attitudes des rôles qu'ils avaient interprétés au festival, je reconnus le ténor Piotr Beczała en Rodolphe de *La Bohème*, la soprano Nino Machaidze en Juliette, Ildebrando D'Arcangelo en Figaro portant un ange. Sur le comptoir de la galerie trônait, dessiné entre des signatures d'autres chanteurs, l'autoportrait en caricature de Rolando Villazón, au-dessus de son volumineux paraphe. Plus loin, dans la vitrine d'une bijouterie, se dressait une grande photo de la soprano Anna Netrebko, toute parée de bijoux élaborés et de grand prix, et dans le coin opposé une autre photo, du même format que celle de la soprano, montrait le ténor Plácido Domingo, portraituré dans une pose intense et captivante avec le costume et le maquillage du Maure de Venise. Entre deux hauts poteaux s'étendait une banderole publicitaire pour le récital du baryton américain Thomas Hampson, et chez un disquaire était annoncée la date où la soprano Angela Gheorghiu serait présente pour signer des autographes ; à côté de la photo de la souriante diva, le portrait de Bryn Terfel dans le rôle principal du *Vaisseau fantôme* faisait la promotion de la sortie en DVD de l'opéra de Wagner, et les étagères de la boutique regorgeaient de disques du ténor Juan Diego Flórez.

Je me demandais ce que pouvaient ressentir ces artistes, ces êtres humains qui mangent et dorment, qui ont une mauvaise haleine au réveil et sont ébouriffés comme n'importe lequel d'entre nous, en voyant leurs noms et leurs portraits exposés partout. Sur eux, ici, bien sûr, tous les regards s'arrêtaient. Comment la célébrité affectait-elle leurs ambitions artistiques, leurs buts dans la vie ? Bien que j'aie nourri des rêves de gloire, je prends pour ma part bien plus de plaisir à passer inaperçu pour me protéger du regard pénétrant des autres, qui dans mon imagination découvrent l'autre Vian, le petit, peureux et perdu Vian qui guide d'une main maladroite et sans instructions (ou sans les avoir vraiment comprises) le corps Vian, la façade Vian, le 1,67 mètre de taille Vian, les yeux bleus, les cheveux châtains et raides tombant comme l'eau d'une pomme d'arrosoir, joufflu au gros nez Vian. Ce regard capable de refléter l'autre Vian dans le cristal liquide des pupilles d'autrui fut, à y penser rétrospectivement, un de mes plus gros problèmes à l'heure de passer mes auditions. Quand je me trouvais debout dans la courbe du piano devant mes juges, prêt à chanter, ce n'était pas sur la technique vocale, ni sur la diction, ni sur l'interprétation, ni sur les écueils de la partition qu'il me fallait me concentrer, mais sur la nécessité de gratter la couche d'invisibilité avec laquelle je me présentais dans le monde pour en sortir et montrer l'artiste que je prétendais être. Jamais je n'y suis tout à fait parvenu, jamais je n'ai pu accoucher de l'artiste qui m'habitait, je restais coincé dans le placenta, avec une moitié visible et vulnérable, l'autre cachée et protégée. Comme mon escargot. Je suis convaincu que ces limbes entre l'aversion ou la peur de la notoriété et le désir de conquérir la célébrité ont fait de moi un figurant parfait : celui qui offre à la scène à laquelle il participe l'élément humain nécessaire pour que les artistes principaux acquièrent plus de force et de réalité, et, en même temps, celui qui abdique de façon naturelle, sans avoir à y travailler, le rôle de premier plan qui habite en tout animal de scène. J'ai été l'homme du peuple adéquat, le soldat juste, l'ivrogne précis, le serviteur mesuré et même, dans une mise en scène qui provoqua des hurlements et des manifestations de mépris, l'homme-chien doux et impassible à l'heure des fellations exécutées au troisième acte d'une plus que controversée *Traviata*.

En cet instant où j'allais louer une bicyclette, je n'avais aucune idée du rôle que je tiendrais dans *Don Giovanni*. J'imaginais que j'interpréterais un invité durant le banquet du premier acte, ou un serviteur durant le dîner final de l'opéra, ou un fossoyeur dans la scène du cimetière.

J'eus l'impression que l'un des jeunes gens du groupe assis dans un café me montrait du doigt. Auparavant déjà il m'avait semblé que deux hommes qui bavardaient mains dans le dos me faisaient un léger salut de la tête. Parce que je passais mon temps à voir des peintures, des photos et des annonces d'artistes célèbres, mon imagination (mon délire ?) me faisait croire que j'étais remarqué par des regards furtifs, montré par des doigts avertis, salué par de petits hochements de tête. Pourquoi étais-je toujours agressé par d'obscures impressions, corbeaux d'angoisse, vers de terre de culpabilité, peurs de forteresses et maintenant faux regards inquisiteurs qui me pêchaient hors de mon anonymat ? Toujours un motif d'angoisse. Toujours les tenailles glacées qui me serraient l'estomac.

Près de moi passa l'homme pourvu d'une moustache à la Radetzky que j'avais vu la veille. Ce matin aussi il murmurait des phrases incompréhensibles. Il me regarda une seconde sans s'arrêter et prononça quelque chose qui ne cachait pas son caractère méprisant.

Je continuai à marcher, entrai sur la Kapitelplatz et à ma grande surprise je découvris Poséidon dressé à quelques mètres d'un écran géant où le soir seraient retransmis les spectacles du festival. Il était debout sur ses tritons, trident en main, derrière la formidable crinière d'eau d'une fontaine gardée par deux saules pleureurs qui balayaient le sol avec leur cascade de branches, déversant des feuilles vertes. Je me promis qu'un de ces jours je lui lirais une des lettres de Nooteboom. De l'autre côté de la place, derrière les bancs installés là pour les futurs spectateurs des représentations retransmises sur l'écran, une énorme sphère dorée me fit penser à la coupole qu'on voyait en face du jardin de ma maison, puis aux Mozartkugeln que je mangeais en cachette quand j'étais enfant. Debout sur cette sphère, à l'angle opposé à la fontaine de Poséidon, il y avait un simple bonhomme sculpté dans du bois, bras sur les côtés, vêtu d'une chemise blanche et d'un pantalon noir. Je ne sais pourquoi, je pensai à deux lutteurs sur le point de commencer leur affrontement : « Combattront en trois manches ou un tombé, sans limite de temps, dans ce coin le dieu, et l'homme dans celui-ci. » Tout là-haut, je pus voir la Forteresse. Un frisson me parcourut l'échine, je revins sur mes pas, changeai de direction et découvris le magasin de bicyclettes au bout d'une rue pavée qui menait à la Mozartplatz.

Deux agents de police venaient vers moi. J'avalai ma salive, ressentis un léger trouble, vérifiai très vite que j'avais mon passeport – l'idée de me trouver sans papiers au cas où un représentant de la loi me les demanderait, comme cela m'était arrivé à l'aéroport de Mexico avant de monter dans l'avion pour Bayreuth, me terrifiait –, je portai le bout de mes doigts dans la poche où je l'avais mis, sentis le bord de sa couverture et me dirigeai, fier et soulagé, vers le magasin de bicyclettes. Je souhaitai qu'ils me contrôlent pour pouvoir montrer mon document en règle, pour qu'ils me donnent quelques petites tapes dans le dos : « Bravo, Vian Mauer, vous êtes un citoyen respectueux des lois, continuez comme ça, jeune homme. » Tandis que nous nous rapprochions, je vis que l'un des agents était une femme et qu'elle me souriait. Sous le coup de la surprise, je ne répondis pas à ce signe aussi inattendu qu'aimable. La femme murmura quelque chose à l'oreille de son compagnon et lui, en me voyant, fit oui de la tête. Qu'est-ce que cela signifiait ? Au lieu d'éprouver un petit élan d'euphorie causé par l'amabilité dont l'autorité faisait preuve envers moi, je ressentis de la méfiance. Mon cœur se mit à battre plus vite et tout à coup je n'avais plus aucun désir qu'ils m'arrêtent ni qu'ils m'interrogent. Et si mon passeport était périmé ? Et si la photo ne me ressemblait pas vraiment ? Et s'ils me prenaient pour un délinquant depuis longtemps recherché et que le sourire de la policière ne soit pas aimable, mais triomphant, du genre : « Enfin nous te tenons » ? C'était ce qu'ils me diraient en m'arrêtant et j'aurais beau leur donner toutes les explications du monde ils me conduiraient, prisonnier, dans un commissariat, et je perdrais mon premier jour de répétition à éclaircir la confusion.

Je vis une librairie et y courus. J'épiai à travers les vitrines pour m'assurer que je les avais semés. Une des vendeuses me regarda d'un air surpris et, pour couper court à tout soupçon, je me dirigeai vers le rayon où étaient présentées des biographies de Mozart dans plusieurs langues. Pour continuer à la rassurer – il n'aurait pas fallu qu'elle pense que j'étais un voleur en fuite ou sur le point de commettre un larcin –, j'en achetai une. Je négligeai les gros volumes érudits et optai pour une version peu épaisse et accessible. Je sortis lentement de la librairie, en regardant de tous côtés pour être sûr que les agents n'étaient pas cachés et ne préparaient pas une capture par surprise. Je courus et finis par arriver sain et sauf à destination.

– Je viens louer une bicyclette, annonçai-je presque en criant, et en me remettant de mon fantasme policier.

Le gérant cessa de lire son journal, me jeta un coup d'œil furtif et, avec un haussement d'épaules apathique, paumes ouvertes, il souligna le caractère évident de ma demande en montrant les vélos proposés. J'en essayai deux ou trois et en choisis un, probablement pour adolescent, et parfait pour ma petite taille. Je l'informai que je travaillais à l'Opéra et qu'on m'avait dit que les participants au festival jouissaient d'un tarif réduit. Il fit oui de la tête et me dit qu'il allait s'occuper de moi. Une mélodie se superposa à celle de sa radio. C'était celle que beaucoup de gens associent à une volée d'hélicoptères inondant un ciel de guerre et que la plupart situent à l'endroit qui lui correspond, à savoir dans l'opéra de Wagner. Bien qu'appauvrie par l'interprétation d'une seule trompette électrique, elle ne perdait rien de sa force conquérante et provenait de la poche de mon pantalon : c'était un appel de mon père.

– Salut, papa, dis-je en essayant de contrôler le choc que j'avais éprouvé en entendant la sonnerie.

Il me revint que j'avais laissé ses messages sans réponse.

– Où diable étais-tu passé, Vian, maudit vaurien ? me reprocha-t-il. Tu ne me parles plus depuis que tu es devenu célèbre, c'est ça ? ajouta-t-il d'un ton ironique.

Je restai muet, sans comprendre ce qu'il voulait dire, et dans l'attente du commentaire blessant qu'il avait certainement préparé en guise de punition pour n'avoir pas répondu à ses messages.

– Tu ne dis rien ?

– Je ne vois pas de quoi tu parles, papa.

– J'ai mes espions, Vian. Ne me dis pas que tu n'as pas vu la une du *Salzburger Nachrichten*. Bon, poursuivit-il sans attendre ma réponse, profite bien de tout ce carnaval, on fêtera ça quand tu rentreras. J'ai parlé avec Ignacio, tu te souviens de cet ami à moi ? Il est ravi de t'offrir un poste dans son entreprise. Et pas n'importe quel poste, un bon, vraiment bon, Vian. Ça te fait plaisir ?

– Oui, papa… merci.

Toujours ironique, il me recommanda de ne pas me laisser éblouir par la renommée, et avant de raccrocher il éclata de rire.

Je demandai au gérant la permission de regarder le journal qu'il parcourait du regard. C'était là. En bas à gauche de la première page, il y avait une photo où l'on voyait la bicyclette roues en l'air, Cecilia Bartoli se relevant en souriant, la chevelure à mi-chemin entre la cascade bouillonnante et la coiffure de salon disciplinée, et moi, profil gauche de trois quarts, cheveux raides légèrement ébouriffés et regard perplexe qui me donnait un air un peu idiot. Tout était clair maintenant. Chaque doigt qui m'avait désigné, chaque sourire, chaque salut amical et la curiosité des agents de police revinrent à mon visage, sous la forme d'une belle rougeur.

– Ah, s'écria le gérant, amusé, et il suivit la note, sous la photo, qui indiquait d'aller à la page 8 pour lire l'article correspondant. On y parlait succinctement de l'accident sans conséquence et de la présence de la diva à Salzbourg. La photo qui l'accompagnait fit rire le gérant et rougir davantage mon visage. C'était celle que l'homme avait prise à l'instant même où je mettais le pied sur le tas de merde.

– Vous êtes célèbre, dit plaisamment le gérant.

– Non, répondis-je sèchement, et je lui demandai de se dépêcher de remplir les papiers car j'étais pressé.

Il me réclama une pièce d'identité. La photo avec mon nom dans le journal, c'était évident, ne lui suffisait pas. Tandis que je remplissais le formulaire, une cycliste vêtue d'une extravagante robe fleurie traversa la place en direction de la Festspielhaus. Elle pédalait lentement. Les gens prirent leurs appareils photo, la montrèrent du doigt, la saluèrent au passage. C'était Anna Netrebko, celle-là même que j'avais vue sur la publicité, la soprano la plus célèbre de la planète. Quand elle eut disparu et que les gens retournèrent à leur promenade et à leurs bavardages, je posai la question au gérant : au cas où elle viendrait chez lui louer une bicyclette, lui demanderait-il une pièce d'identité à elle aussi ? Il me répondit qu'il ne voyait pas pourquoi, concernant quelqu'un d'aussi célèbre. Ce que je lui demanderais, en revanche, dit-il, ce serait un autographe. Il me regarda deux secondes sans rien dire, puis la photo du journal, sourit et continua à noter les données de mon passeport sur le formulaire de location.

3

Quand j'arrivai à la répétition, mon cœur chavira par deux fois. La première, d'épouvante, à peine étais-je entré dans la grande salle où serait réalisée la présentation du projet scénique ; la seconde, de joie, d'enthousiasme et de nervosité, lorsque à la moitié de la présentation je tournai les yeux vers le groupe des retardataires.

Après avoir loué ma bicyclette j'avais pédalé jusqu'au Lehrbauhof, l'académie d'architecture et d'arts appliqués située à plusieurs kilomètres du centre-ville, dont le festival loue les vastes espaces comme salles de répétition. Le rendez-vous était à 11 heures du matin, et j'étais arrivé avec une demi-heure d'avance. J'avais eu le temps de m'offrir un *espresso* amer et trop chaud au distributeur de café, de suivre le couloir long et mal éclairé malgré les baies vitrées des salles, en faisant passer mon gobelet en plastique d'une main à l'autre pour ne pas me brûler, et de voir arriver peu à peu tous ceux qui allaient assister à la présentation du concept de la mise en scène. Je pouvais presque distinguer, à leurs costumes ou à leurs gestes, la fonction de chacun des arrivants : machinistes hommes et femmes, musclés, en maillot sans manches ou bleu de travail en denim, qui se déplaçaient avec l'aisance et la confiance de dianes chasseresses ou de guerriers ; danseurs et danseuses peu vêtus, ou certains de vêtements superflus révélant leurs corps magnifiques, se tenant bien droit, le cou très svelte, les épaules tombantes et la démarche de canard ; maquilleuses et coiffeurs au regard particulièrement attentif, habitués aux plus fins détails et porteurs d'une touche d'extravagance (un anneau dans le nez, un tatouage sur l'épaule, un long collier africain au cou) ; figurants paraissant aussi heureux et perdu que moi ; habilleurs dépositaires des secrets de mille angoisses, caprices, souffrances, bonheurs, visites clandestines et autres perturbations chez les chanteurs dont ils s'occupent, secrets qui leur confèrent un air de confidents mystiques, gardiens de l'étrange trésor immatériel auquel tant de gens voudraient avoir accès ; administrateurs de l'Opéra, plus élégants que les autres, plus éveillés aussi, moins magiques ; riants solistes à voix de stentor, distribuant baisers et poignées de main avec une allégresse histrionique ; accessoiristes aux mouvements rapides ; éclairagistes sereins ; assistants metteurs en scène avisés – tout ce monde se débrouillant avec l'assurance et la fierté, avec l'exactitude gestuelle de ceux qui jouissent de faire partie d'un cortège royal : ducs, comtes, marquis, pages, princes, ministres et bouffons de la cour de l'Opéra. Je tentais de reconnaître, parmi ces travailleurs de l'art de la scène, les envieux, les délateurs, les ennuyeux, les frustrés et les hypocrites. S'il y en avait (et il devait y en avoir, il y en a toujours) rien ne les trahissait, ils maîtrisaient l'art du camouflage. Tout le monde semblait enthousiaste et sincère. J'avais parfois l'impression que quelqu'un me reconnaissait, à cause de la photo du journal, alors je baissais la tête et m'écartais. Brusquement, je me sentis inquiet, pas à ma place. Après celle-ci, tous ces gens participeraient à une autre production, puis à une autre et une autre encore. Pas moi. Moi, ce qui m'attendait, c'était la routine d'un bureau et un destin de sédentaire.

Le long tube fluorescent du plafond semblait diffuser plus d'ombres que de lumière dans le couloir le long duquel tous se mouvaient comme des poissons dans l'eau, et que je suivais, moi, pélican englué dans le pétrole. J'entrai dans la salle où aurait lieu la *Konzeptionsgespräch*, mon gobelet en plastique à la main contenant un fond de café froid. Le metteur en scène et son équipe créative se préparaient à présenter leur idée, leur conception, leur réinvention de l'œuvre. J'allai m'asseoir à l'avant-dernier rang sur une des chaises pliantes qui, je le constatai avec un peu de dégoût, était chaude. Je regardai devant moi et mon cœur chavira pour la première fois.

Sur la table de production était exposé le modèle réduit de la scénographie. Le centre de la maquette était occupé par une réplique en miniature de la sculpture de Chromý, le fantôme sans visage sur lequel j'étais tombé en arrivant à Prague puis à Salzbourg. Avec une effronterie tranquille, il montrait au public le trou minuscule qu'il avait à la place de la figure. Je m'immobilisai, troublé. Mes corbeaux croassèrent et c'est en vain que j'essayai de chasser, avec des arguments raisonnables, la peur superstitieuse que m'inspirait cette présence sans visage. L'image du fantôme se multipliait. Il n'était pas seulement présent dans la maquette, mais apparaissait aussi sur les aquarelles et les dessins au crayon représentant des costumes, des scènes et des personnages qui tapissaient le mur derrière la table de production. Sur l'un d'entre eux, on pouvait le voir entouré de diables ; sur un autre, derrière deux personnages en noir et blanc ; sur un autre encore, aussi haut qu'une montagne. J'entendis un petit crissement et sentis que ma main était humide. Je m'aperçus que de mon poing crispé tombaient des gouttes noires. Sans m'en rendre compte, j'avais écrasé mon gobelet avec le reste de café. Après m'être assuré que mes voisins immédiats n'avaient par bonheur rien remarqué, je cachai ma main mouillée sous mon siège, ouvris mon sac à dos de l'autre et posai le pied sur la tache de café au sol.

Une voix réclama le silence, le directeur du festival se leva, s'interposant devant les images de fantômes, et commença à présenter les artistes invités. La première mention fut pour Eduardo Montes, jeune sensation de la direction d'orchestre, qui salua l'ovation enthousiaste de l'assistance en agitant amicalement la main avec laquelle il manierait sa baguette. Pendant ce temps, je fouillais dans mon sac à la recherche d'une serviette ou d'un morceau de papier pour m'essuyer la main. Mes doigts touchèrent maladroitement des crayons, le livre sur Mozart que je venais d'acheter, les clés de ma maison et une BD d'Enki Bilal que j'emportais partout avec moi. Le directeur du festival continua la présentation des solistes. Chacun d'entre eux se levait en entendant son nom pour recevoir les applaudissements de bienvenue. Les réceptions les plus chaleureuses furent pour le baryton Richard Fellow, qui interpréterait le rôle principal, et Dorothea Röschmann, qui serait Donna Elvira. Ma main sale m'empêchait d'applaudir et je craignais, si quelqu'un s'en apercevait, qu'il prenne ça pour une incorrection ou une marque d'arrogance de ma part. Je jetai le gobelet sous ma chaise et, ne trouvant rien pour m'essuyer la main – pour rien au monde je n'abîmerais la BD qui me plaisait tant ou la biographie de Mozart –, je me servis de l'extérieur de mon sac à dos. L'intendant annonça que la soprano qui tiendrait le rôle de Donna Anna avait eu un contretemps et qu'elle avait appelé pour dire qu'elle arriverait un peu plus tard. On entendit à la table de production un raclement de gorge embarrassé qui provenait, me sembla-t-il, de celle du metteur en scène. Regula Mühlemann, qui chanterait Zerlina, tourna sur ses talons en souriant pour saluer tout le monde. Quand le directeur du festival nomma le chanteur qui incarnerait Masetto, le rôle que j'étais venu tenir à Salzbourg d'après le mensonge que mon père avait décelé à Berlin, la honte de l'usurpateur et une peur irrationnelle s'emparèrent de moi. Je n'avais pas seulement inventé ce mensonge, mais pour croire moi-même à mon bobard j'avais appris le rôle par cœur. J'eus peur que le chanteur ne me voie et ne me montre d'un doigt accusateur. Avec mon pied sur la flaque de café, je faisais des cercles nerveux qui l'étalaient sur le sol. Je pressentis des regards curieux à côté de moi. Le jeune baryton qui chanterait Masetto remerciait pour les maigres applaudissements reçus. Avait-il arrêté une seconde son regard sur le mien ? Bien que je fusse convaincu que tout cela n'était qu'une élucubration de mes corbeaux, je préférai regarder derrière moi pour échapper à ma honte fabriquée, et c'est alors que mon cœur chavira pour la seconde fois. Debout, parmi les retardataires, se trouvait la fille à la chevelure kaléidoscopique. Deux pensées presque absurdes me traversèrent l'esprit : « Artaud n'était pas fou » et « Jamais je ne me masturberai en pensant à elle ». Le temps me montrerait que de ces deux affirmations spontanées, une au moins se révélerait fausse. Je plissai les yeux et regardai de nouveau la jeune femme pour m'assurer que c'était bien elle ; non qu'elle se trouvât très loin de moi, mais ma vue semblait voyager au ralenti et esquiver des obstacles en chemin. Oui, elle était là, debout, les mains croisées sur la cuisse de la jambe sur laquelle elle faisait peser son corps, le regard posé sur un point bien au-dessus du mur orné des images de la production, indifférente à une guêpe qui voletait autour de son épaule. Je voulus attirer son attention. Je levai la tête autant que je pus, forçai mon regard comme pour envoyer une énergie télépathique afin qu'elle m'aperçoive et me reconnaisse, je remuai emphatiquement le torse d'un côté et de l'autre. En vain, le flux télépathique sembla dévier et atteindre une mauvaise cible. Un type aux cheveux ébouriffés, au visage effilé et anémique, aux yeux incendiés et intelligents, aux fines lèvres humides et prédisposées à la moue sarcastique fixa son regard sur ma figure, étira le cou comme un reptile, fronça les sourcils, pencha la tête puis d'un mouvement bref et provocateur la renversa en arrière, comme s'il se demandait ce que je pouvais bien regarder, putain, ou ce que je faisais en ce lieu auquel je n'appartenais pas. Je haussai les épaules, honteux, et regardai de nouveau devant moi.

À ce moment-là, le directeur du festival présentait le très controversé metteur en scène Friedman Schuff, qui avait fait hurler de colère plus d'un public. Il reçut des applaudissements modérés et des chuchotements.

Schuff prit le micro et entreprit de présenter son équipe de travail, en commençant par le scénographe, Johannes Leiacker. Je continuai à étendre du pied la flaque de café, en dessinant un continent où je puisse fuir. Le regard et l'expression du type à côté de la fille aux cheveux de couleurs avaient accentué mon malaise et je me sentais de plus en plus déplacé, de plus en plus étranger dans cette patrie d'acteurs. La chaleur suffocante ne m'aidait pas. Leiacker prit la parole et d'un air bohème, avec des manières de peintre, il commenta sa maquette. Nous apprîmes alors que le fantôme sans visage était la statue du Commandeur assassiné, qu'à chaque scène sa taille augmenterait, jusqu'à ce qu'il devienne un monument géant d'où sortiraient, comme des cafards, de petits démons qui emporteraient *Don Giovanni* dans l'inframonde, et que l'espace où se mouvraient les chanteurs était une sorte d'énorme mausolée qui selon les besoins tiendrait lieu de chambre, de maison abandonnée, de salle à manger, de cimetière et de clinique. Puis Schuff présenta Bettina, la créatrice des costumes, qui en clignant ses yeux immenses et gais expliqua avec intelligence et bonne humeur les raisons pour lesquelles elle avait combiné dans ses dessins mode théâtrale d'époque et moderne en se servant de capes, de bas, de denim, de chapeaux à la Schomberg, de gilets de cuir, de tatouages, etc. Parmi toutes ses raisons je ne pus discerner que trois mots, qui revenaient souvent sur les lèvres de la ravissante Bettina : atemporel, libre et condamnation. Il y eut des applaudissements, Bettina sourit et passa le micro, qui lui allait si bien, à l'éclairagiste du spectacle, à qui il allait fort mal. Il ne put que graillonner et dire quelque chose d'inintelligible, un peu avant que Schuff le lui enlève, avec délicatesse, s'emmêle dans le câble, laisse son assistant défaire le nœud et finalement entreprenne d'expliquer son concept avec une certaine indifférence, comme s'il accomplissait une obligation qu'il aurait préféré éviter.

J'ai assisté à plusieurs expositions de concept. Il y a des metteurs en scène aussi précis, directs et clairs que des chirurgiens ; il y en a d'aussi grandiloquents, profus et alambiqués que des professeurs de philosophie ; et il y en a d'aussi désorientés, vagues dans leurs idées et confus que des étudiants qui ont mal fait leurs devoirs et compensent le manque d'informations par des blagues et des anecdotes. Schuff est une combi naison de tout cela.

Avant de commencer, il balaya rapidement l'assistance du regard, comme s'il l'étudiait, et me donna l'impression de s'arrêter un instant presque imperceptible sur moi. M'avait-il reconnu ? Se souvenait-il de la façon dont il avait célébré mon rôle de mystérieux voleur de chaises dans sa mise en scène de Berlin ? Combien des figurants qui attendaient là avait-il invités personnellement ? Un chatouillis de fierté essaya de dissiper la vague de malaise qui m'avait envahi. Je tournai la tête et essayai de repérer du coin de l'œil la fille au fond de la salle, je m'arrêtai en voyant l'expression sourcilleuse de mon voisin qui observait la tache sombre que mon pied avait dessinée sur le sol.

Schuff commença par citer un essai de Gounod sur *Don Giovanni*, un livre « un tantinet halluciné » d'Anthony Burgess sur la personne de Mozart et le traitement de l'érotisme dans l'œuvre du compositeur écrit par le philosophe Kierkegaard. Il parla de la présence de Casanova à la première de l'opéra et finalement, après quelques autres détails tout aussi prétentieux qui provoquaient plus de bâillements que d'admiration, il annonça que la liberté, comme une maladie terrible, virus que propageait Don Giovanni parmi ses congénères et auquel tous succomberaient peu à peu jusqu'à devenir fous avec la disparition de l'antihéros, était la base toute simple de son concept. J'appris que j'interpréterais l'un des nombreux démons qui seraient sur la scène, un de ceux qui serviraient à faire masse. D'autres danseurs, pas des extras, auraient de plus grandes responsabilités. Il mentionna un démon majeur, le petit Satan, leader des diables, qui serait interprété par un acteur que le metteur en scène désigna du doigt au fond de la salle, mais que je ne pus voir car mon regard recommença à chercher, en vain, les yeux de la fille aux cheveux de couleurs, qui s'était plongée dans un carnet où elle prenait des notes. Nous apprîmes qu'il y aurait une scène lesbienne entre Donna Anna et Donna Elvira, que Don Ottavio serait séduit par deux diablesses, que Don Giovanni assassinerait Satan et assumerait la condamnation de sa liberté totale.

Mais nous n'en sûmes pas davantage ce jour-là sur la scène sadomasochiste entre Zerlina et Masetto, ni sur l'orgie sur laquelle déboucherait la fête de la fin du premier acte, pas plus que sur la folie avec laquelle chanteraient les personnages perturbés survivant au noceur qui les avait infectés, entre vêtements arrachés, cheveux ébouriffés et gesticulations désespérées, la morale de l'œuvre en forme de farce, d'emportement collectif, le message grotesque des marionnettes auxquelles Don Giovanni a coupé les fils. Nous saurions tout cela les semaines suivantes, pendant les répétitions, mais pas alors, car l'exposition du concept s'arrêta quand Schuff se tut en voyant une secrétaire s'approcher du directeur du festival, lui murmurer à l'oreille quelque chose qui provoqua un trouble colérique. « Elle ne viendra pas ? » demanda le metteur en scène en observant la réaction mal dissimulée du directeur du festival. « Elle ne viendra pas », se répondit à lui-même Schuff, incrédule et indigné, et l'intendant se leva pour expliquer la situation.

Des murmures montèrent de la salle. Les cris de Schuff firent taire les commentaires. Il protestait, disait qu'on lui avait menti, qu'on lui avait promis qu'il pourrait compter sur tous les chanteurs de la distribution dès le début des répétitions, et que c'était la seule raison pour laquelle il avait accepté de travailler avec ladite distribution. Les explications et les excuses volaient. La raison de cette colère soudaine passa de bouche en bouche parmi ceux qui, comme moi, étaient restés assis. Apparemment, non seulement la soprano n'arriverait pas ce jour-là comme on l'avait annoncé au début de la séance, mais on ne savait pas quand elle viendrait. On disait qu'il y avait eu entre le metteur en scène et elle des précédents rugueux, une querelle à cause de certaines chaussures que la diva n'avait pas voulu changer dans une production où ils travaillaient tous les deux. « *Sempre lo stesso con quella* », entendit-on, de la voix haut perchée du ténor à cause de qui l'assistance était en train de cuire dans son propre jus, parce qu'il avait exigé qu'on éteigne la climatisation. « Celui-là, il ferait mieux de se taire », dit quelqu'un dans les premiers rangs.

Schuff disparut après avoir donné quelques indications à son assistante, une fille qui avait l'attitude de l'entraîneuse prête à rattraper la gymnaste qui vient de faire trois sauts périlleux pour éviter qu'elle ne se brise la nuque. L'intendant sortit derrière le metteur en scène, calmement et sans perdre un instant la dignité que lui conférait sa charge. On fit un rappel à l'ordre, Claudia, l'assistante, déclara terminée la présentation du concept, invita ceux qui le souhaitaient à voir de près la maquette de la scénographie et les images du vestiaire, demanda aux danseurs et figurants de se rendre dans la pièce contiguë pour faire des essais de costumes, et annonça que la répétition débuterait une demi-heure plus tard.

Nous nous levâmes tous, certains figurants sortirent en courant pour gagner des places dans la queue. Je cherchai aussitôt la fille à la chevelure multicolore mais elle n'était plus là où je l'avais vue, en revanche je croisai de nouveau le regard inquisiteur et arrogant du type au visage effilé et anémique qui se tenait débout, bras croisés. Il m'observait avec un léger sourire, comme s'il venait de découvrir un secret dans mon esprit. Je me sentis nu, transparent. Je baissai les yeux, pressai le pas, heurtai une robuste machiniste, m'excusai en m'éloignant du lieu où l'énigmatique type plantait son regard sur moi comme un dard, et sortis dans le couloir sombre. J'avais mal à la nuque là où la guêpe m'avait piqué. Mon front était couvert de sueur.

4

Cela faisait plus de vingt minutes que j'attendais mon tour pour essayer mon costume, en lisant la biographie de Mozart. Nous étions environ trente-cinq figurants assis sur un long banc collé au mur, et tous de petite taille. Dans cette mer humaine, homogène, qui ne dépassait pas 1,67 mètre de hauteur, se trouvait l'explication de ma présence à Salzbourg. Tous les diables devaient être petits et parmi les volontaires du cru, ceux qui participaient chaque année aux différentes productions, il n'y en avait pas assez. Ce n'était pas à cause de mon merveilleux talent histrionique démontré par la subtilité avec laquelle j'avais volé une chaise que Schuff m'avait appelé, mais parce que j'étais de petite taille. Toutefois, au lieu d'aggraver le malaise que j'avais éprouvé en sortant de la salle de répétition, ce qui aurait été normal, cette pensée fit naître en moi une soudaine hardiesse.

Nous nous trouvions dans une salle oblongue séparée d'une cour, où certains sortaient fumer, par une baie allant du sol au plafond. Il y régnait une atmosphère silencieuse, malgré les faibles chuchotements qui formaient un seul bourdonnement continu, de la même intensité que le sédiment sonore, presque muet, qui vibrait dans ma tête endolorie. Ce n'était pas du silence, mais un tremblant squelette du silence. Absence d'oxygène. Des poissons dans leur aquarium.

Le figurant assis à ma droite lâcha un rot sonore qui brisa ce silence d'aquarium. Il ne s'en excusa pas. Celui qui était assis à ma gauche laissa fuser en guise de rire deux petits couinements de rat. Il avait l'air en catatonie, comme un somnambule.

– Au suivant, dit la voix de la costumière depuis le vestiaire.

Un des figurants se leva et nous nous déplaçâmes tous d'un cran vers la droite.

En levant les yeux de mon livre, je vis, de l'autre côté de la grande baie vitrée, la fille à la chevelure teinte. Elle allait et venait en fumant, les yeux au sol. De temps à autre elle s'arrêtait pour pousser quelque chose de la pointe de son pied nu dans sa sandale : une feuille sèche, un caillou, un mégot. Elle fumait avec aisance, lentement, élégamment, comme si elle s'adonnait à un luxe extraordinaire et non à un acte quotidien. Elle exhalait des volutes de fumée que le vent lui ramenait dans la figure. Fumer lui allait bien. C'était une chose curieuse que de la voir de ma place, comme un poisson qui regarde de son aquarium le visiteur distrait, les rôles de captif et d'observateur un instant intervertis. La fille s'arrêta, tira une dernière bouffée de sa cigarette, leva le visage au ciel pour l'expulser puis, en même temps que le nuage s'effilochait au-dessus de ses cheveux de couleurs, se tourna vers les poissons de l'autre côté de la baie vitrée. Elle promena un regard indifférent sur la rangée de figurants avant de l'arrêter sur moi, le poisson qui l'observait avec le plus d'attention. Elle parut reconnaître quelque chose ou quelqu'un, sans pouvoir le situer dans ses souvenirs. Je soulevai une valise invisible et y déposai trois objets fantômes, et alors elle ouvrit la bouche, sourit et me salua de la main, comme si elle chassait une mouche. J'allais me lever pour la rejoindre – non sans remarquer la voracité avec laquelle le somnambule à ma gauche évalua la possibilité d'occuper la place que je m'apprêtais à libérer – mais juste à ce moment-là elle me fit au revoir de la main, jeta son mégot par terre, l'éteignit du bout de sa sandale et rentra dans le bâtiment par une porte latérale.

– Ça sent le café brûlé, dit mon voisin de droite sur un ton de reproche dégoûté. J'avais reposé mon livre sur mes genoux, où se trouvait aussi mon sac à dos, sur la toile duquel je m'étais essuyé la main.

– Non, commençai-je à répondre, ça sent…

Je laissai ma phrase en suspens. Je fixais des yeux la porte par laquelle avait disparu la fille. Je réfléchissais. Nous avions pris contact. Et ensuite ? J'explorai mes émotions. Je ne la trouvais pas belle, je ne la désirais pas, je ne la connaissais pas. Qu'est-ce qui m'attirait tant chez cette femme ?

– Les cheveux, dis-je à voix haute.

– Ça sent les cheveux ? demanda le somnambule à ma gauche d'un ton traînant. De qui ?

– Le café, dit celui de droite. Et le mauvais café, de distributeur.

– Au suivant, cria la voix depuis la cabine d'essayage.

Nous nous déplaçâmes tous d'une place vers la droite et nous renfermâmes dans notre silence d'aquarium. Je retournai à la biographie de Mozart. Chaque fois que quelqu'un se montrait dans la cour je levais les yeux, dans l'espoir que ce soit elle. Trois danseurs sortirent du bâtiment, allumèrent leurs cigarettes, fumèrent comme des affamés, nous observèrent et s'en allèrent. La soprano qui chantait Zerlina alla jeter quelque chose dans un grand conteneur, nous regarda quelques secondes, retourna à la répétition. Le baryton qui interprétait Masetto apparut, comme s'il se cachait de quelqu'un, alluma une cigarette mais, nous voyant à travers la vitre, la jeta et l'écrasa d'un air coupable. Puis rien. D'une page à l'autre de mon livre, l'histoire de Mozart avançait, année après année, très vite. Dans l'aquarium, le temps passait lentement comme s'il stagnait sur une couche de chaleur, de murmures en flux continu. Le premier chapitre se terminait sur une description de l'expression ample et intense de Mozart, de ses yeux sérieux et de son grand nez qui me fit penser aux portraits sur lesquels se promenait mon escargot Nooteboom, au regard du chat dans le jardin de la maison, à mon propre nez prononcé.

Une ombre s'interposa entre la lumière de la fenêtre et ma lecture.

– On lit une des innombrables biographies de Johannes Chrysostomus Wolfgangus Theophilus Mozart – ce n'était pas une question, la voix sibylline affirmait ce que j'étais en train de faire.

Je levai les yeux et rencontrai le regard pénétrant du démon. Il tenait entre ses lèvres écorchées un cure-dents qu'il n'enlevait pas pour parler, les mains plongées jusqu'à la moitié dans les poches plaquées de son jean, un pull rayé léger qui me fit penser à l'image du gondolier vénitien typique et un foulard rouge autour du cou. Son visage effilé et anémique n'avait pas perdu l'expression arrogante et moqueuse qu'il m'avait adressée quelques moments plus tôt, du fond de la salle.

– On a écrit des milliers de livres, continua-t-il en m'arrachant le mien des mains, indifférent à ma protestation, des centaines de milliers d'articles et d'essais et d'analyses et de biographies sur le plus grand compositeur de tous les temps. Lequel lis-tu ?

Il examina le livre, le reconnut et déclara en le jetant à mes pieds :

– Ne perds pas ton temps avec ça. Lis ses lettres, écoute-le de vive voix. En fin de compte, la seule chose vraiment importante dans l'étude de la vie d'un grand créateur, ce sont les passages qui jettent une lumière sur son œuvre. Écoute sa musique. La seule chose importante, c'est l'œuvre, rien d'autre. – Conscient de la curiosité qu'il suscitait, il commença à monter de ton, à remuer les doigts en l'air comme de petites baguettes magiques, à hypnotiser ses troupes. C'était l'acteur qui jouerait Satan. – Certains disent ceci, les autres cela, aimait-il sa femme, ne fut-elle qu'un substitut de sa sœur, l'exploita-t-elle, l'aimait-elle, son père était-il un salaud abusif et manipulateur, fut-il un homme sacrifié et un éducateur plein d'amour envers le miracle qu'il avait pour fils, le coup de pied au cul qu'il reçut à la cour de Salzbourg était-il réel ou métaphorique, avait-il toutes sortes de syndromes et de problèmes psychologiques, était-il plus sain qu'un ingénieur – il énumérait chaque point avec un mouvement de main circulaire, levant les yeux au ciel avec un désespoir ennuyé, lançant des soupirs entre les phrases et déplaçant de haut en bas le cure-dents entre ses lèvres. Est-il mort pauvre, avait-il un tas de biens, était-ce un catholique engagé, un franc-maçon par intérêt, un athée non sorti de l'armoire, Salieri l'a-t-il empoisonné, sa mort fut-elle un rite organisé par les maçons, est-il mort de maladie – il fit une pause, se pencha pour rapprocher son visage du mien et reprit : le vrai Mozart, le Mozart en chair et en os, celui qui s'est promené dans ces rues, avec ses perruques bien amidonnées et ses partitions sous le bras est autre, toujours autre. Ressemblant, peut-être, mais autre, inatteignable, indéchiffrable, inexplorable et tous les autres « ables » qui l'éloignent des prisons académiques dans lesquelles nous désirons l'enfermer. Tu veux une biographie du maître ? Il est né et a tété de la musique, il a grandi et a joué avec de la musique, il a voyagé et a fait pleuvoir de la musique, il a été très souvent amoureux et a éjaculé de la musique, il s'est libéré et a déchaîné de la musique, il s'est marié et a accouché de la musique, il a dansé, il s'est déguisé, il a joué au billard et a effectué les plus belles acrobaties avec de la musique, il est tombé malade et a répandu de la musique, il est mort et ressuscité musique, son cadavre gonflé a pourri et a fertilisé de la musique. Fin de la biographie. Tout le reste n'est que jouer comme l'enfant qui met sa poupée en pièces pour découvrir quel mécanisme la fait marcher et qui se retrouve avec une poignée de ressorts muets, des pièces d'un puzzle à monter.

– Amen, dit le type à ma droite, puis il rota de nouveau et le somnambule à ma gauche émit son petit rire de rat.

– Comment oses-tu parler ainsi de Mozart ? l'apostropha, indigné, un figurant à l'air de connaisseur. Éjaculer, accoucher, répandre, fertiliser ? Mozart est ce qu'il y a de plus élevé au monde.

– *Oh elevated! Elevated!* psalmodia le diable… *The only thing a man should elevate is his doodle.* Mozart n'est pas élevé, animal. Mozart est, et basta. Et toi tu peux te mettre des étiquettes pompeuses dans les trous de nez.

– Oui, répliqua le connaisseur, mais Mozart a dû découvrir son talent, le chercher et le trouver, le polir et…

– Arrête avec des bêtises, interrompit le diable sans me quitter des yeux, comme si ce symposium improvisé sur Mozart était une étrange pantomime interprétée pour moi. Mozart, continua-t-il, a porté son talent tout au long des peines et des joies de sa vie avec la même élégance désinvolte que le dandy qui porte ses costumes immaculés. Il s'en est servi avec le même détachement et l'absence d'ostentation que le millionnaire qui dispose de son incommensurable fortune, et il l'a porté collé à sa peau aussi inévitablement que celui-ci – son doigt, comme un dard, me désigna – porte son nez et sa défaite sur la figure.

Le somnambule émit son rire de rat et moi je me levai. Je ne savais pas si je désirais frapper cet imbécile ou partir en courant. Je sentis le rouge brûler mes joues devant le mur de son sourire moqueur.

– Et toi, dis-je finalement, d'une voix hachée, pour qui te prends-tu, clown vaniteux, pour savoir tout ça ?

– Je sais tout, créatures pusillanimes, dit-il en se détournant de mon visage pour embrasser théâtralement un espace infini et lointain, parce que j'ai été Mozart.

– Au suivant, cria la voix depuis le vestiaire.

Le diable cracha son cure-dents et, passant devant tous ceux qui attendaient, entra dans le vestiaire, indifférent aux protestations irritées qui s'élevaient. Tout le monde se rassit.

– Ça sent le café, dit mon voisin de gauche, un petit gros frisé que je n'avais pas vu.

– Non, dit le somnambule assis maintenant à ma droite. Ça sent la chlorophylle.

Son voisin de droite émit un rot victorieux. Ils m'avaient pris ma place. Du vestiaire parvinrent des éclats de rire. Le diable était à l'œuvre.

5

Je mis presque deux heures à arriver à la porte du vestiaire. J'y entrai, ôtai tous mes vêtements sauf mon slip. L'assistante de la styliste donnait des indications à deux couturières qui me mesuraient, me faisaient tourner dans un sens ou dans l'autre, selon ce dont elles avaient besoin, et me laissaient bras écartés comme un épouvantail pendant qu'elles parlaient et déroulaient leurs mètres rubans. J'étais un mannequin obéissant et malléable. Tant dans la vie que dans le vestiaire.

En sortant du bâtiment, je respirai l'air pur avec délectation. L'enfermement et mon mal de tête m'avaient lourdement affligé. J'avais besoin de me reconstruire rapidement un refuge de lumière. Les corbeaux étaient aux aguets. Je récitai Bolaño à voix haute : *Ce peut être la défaite / mais aussi la mer / et les tavernes / Le signe qui équilibre / ton immaturité préméditée et les allégories / Être soi et faible et bouger*[2].

J'ôtais l'antivol de ma bicyclette quand je vis sortir quelques solistes de la répétition. Ils riaient, gesticulaient, se disait

2. Traduction de Robert Amutio et Jean-Marie Saint-Lu, Éditions de L'Olivier, 2020.

au revoir en faisant de grands gestes. Je les détestai. Ils chantaient Mozart, moi non. Étaient-ils conscients du privilège dont ils jouissaient ? Certains chanteurs oui, peut-être, mais je décidai, tout en enfourchant mon vélo, que ces types-là sûrement pas, obnubilés qu'ils étaient par leurs égos démesurés. Ma haine était justifiée. Je les haïssais au nom de Mozart. Je pédalai avec force, accélérai, passai devant la limousine qui attendait l'un des solistes et en voyant mon visage obscur reflété dans l'une de ses vitres opaques, je me sentis honteux du poison de l'envie qui me parcourait. Esclave de mes émotions. « Liberté », criait une voix en moi. Je pensai que, si quelqu'un comme Mozart naissait dans son destin, comme l'avait dit le diable, personne ou presque ne pouvait avec succès aller à la recherche du sien et le trouver. Ou bien était-ce l'inverse ? Ces chanteurs, avaient-ils cherché leur destin ou étaient-ils depuis toujours immergés en lui ? « Liberté », criait une voix dans ma tête qui éclatait. Après tout, quelle putain de besoin avons-nous de nous chercher des destins ?

Un reflet pâle d'écailles, au loin, attira mon attention. Ce n'était pas le destin, mais je pédalai plus fort encore, comme si c'était le cas, pour le suivre. C'était le tatouage sur la nuque de la fille aux cheveux de couleurs.

Je suivais un dragon et un papillon déguisé en fée (ou était-ce une fée déguisée en papillon ?). Mon intention n'était pas de les rattraper, mais de les suivre calmement, sans les perdre de vue, en attendant le moment propice où une intuition soudaine me dicterait ce que je devais faire. La chaleur était intense, humide et poisseuse. Je transpirais. Pédaler me nettoyait de ma mauvaise humeur. Rouler à bicyclette me remontait le moral, je me sentais libre. Une chanson évidente se répétait sans que je le veuille dans ma tête, pas avec la voix aiguë et impossible à confondre de Freddie Mercury, mais avec la voix désaccordée de mon frère Hesse :

Bicycle, bicycle / I want to ride my bicycle…

Je devais avoir six ou sept ans quand je demandai à mon père de m'acheter une bicyclette. Il me répondit que si on ne savait pas en faire, en avoir une n'avait aucun sens. Son argument me sembla irréfutable. Ayant demandé son aide à ma mère, je reçus en réponse un sourire résigné et une caresse sur la joue. Mais mon frère, qui n'en avait jamais eu non plus, en emprunta une au voisin et, à l'insu de notre père, m'apprit à monter. Derrière la selle un tube d'aluminium arqué servait de dossier. Hesse courait derrière moi, tenant le tube à deux mains pour stabiliser la bicyclette, et chantait d'une voix horrible la chanson de Queen. Moi, pour me calmer les nerfs, je lui racontais sans m'arrêter un épisode du dernier film pour enfants que j'avais vu. Un jour, sans rien me dire, il me lâcha. Je ne m'en rendis pas compte, continuai à pédaler en lui parlant de *Barbapapa*, mon dessin animé préféré.

Je pensai que, si je ne l'entendais plus chanter, c'était parce que cet épisode était vraiment très bon ou (version préférable) que je le racontais vraiment très bien. Lorsque j'entendis sa voix qui me criait de loin, pleine d'émotion : « Ça y est, tu sais faire du vélo », j'allai tout droit m'écraser contre des poubelles. Mais je savais monter à bicyclette et fort de cette expérience, avec Hesse pour témoin, je me plantai devant mon père et réfutai son argument. Il fut d'accord pour m'en acheter une, et, bien qu'il mît six mois à faire l'achat – six mois ! –, il arriva avec la bicyclette par un après-midi infesté de moustiques et me demanda de lui montrer les résultats de mon apprentissage. J'enfourchai le vélo, pédalai et tombai.

Il éclata d'un rire que j'encaissai dans l'estomac. Je remontai sur le vélo, furibond, plein d'orgueil blessé et, d'abord en zigzaguant, puis en contrôlant parfaitement le guidon, je m'éloignai en pédalant. Mon père était déjà rentré dans la maison. Il n'avait rien vu. Cet après-midi-là je roulai aussi vite et aussi loin que je pus, me couvris le visage de sueur et de moustiques kamikazes, et rentrai chez nous ivre de liberté. Rien ne me plaisait davantage que d'aller à bicyclette. Les heures passaient sans que je m'en aperçoive. Parfois, je m'imaginais sur un tapis volant. D'autres fois, que j'étais une fusée spatiale, et d'autres fois encore que je poursuivais des dragons.

I don't believe in Peter Pan / Frankenstein or Superman / All I wanna do is bicycle, bicycle…

Un cycliste fit retentir une sonnette impatiente derrière moi, me dépassa par la gauche sans me regarder, j'eus peur qu'il ne s'intercale entre le dragon et moi, mais il dépassa aussi le dragon sans faire attention à lui et poursuivit sa route. Moi je continuai à suivre les corps plats de la fée et du dragon qui brillaient de toute la sueur de la peau sur laquelle ils étaient dessinés.

Nous laissâmes derrière nous des maisons typiques à grandes fenêtres. Quelques femmes prenaient le thé dans leurs vérandas en regardant passer piétons, cyclistes et voitures. Sur la girouette d'un des toits un coq en métal foncé signalait un nord erroné. Soudain, sur la droite, s'étendit un vaste terrain non bâti, couvert d'une herbe très verte, où quatre vaches paissaient tranquillement et regardaient passer piétons, cyclistes et voitures. Je pédalais toujours, poisson heureux qui s'est échappé de son bocal et suit sans répit l'appât qui marque sa route : un dragon et une fée habillée en papillon, tatoués respectivement sur la nuque et l'épaule de la fille à la chevelure kaléidoscopique.

Bicycle, races are coming your way / So forget all your duties oh yeah! / Fat bottomed girls they'll be riding today / So look out for those beauties oh yeah…

Parfois, je rentrais très tard à la maison et mon père se fâchait. Qui tient compte du temps quand il va à bicyclette? Je tombai plusieurs fois, connus des incidents avec d'autres garçons, heurtai des arbustes, des voitures en stationnement, des poteaux électriques. Je rentrais le pantalon déchiré par la chaîne et les vêtements tachés d'huile, ce qui me valait gronderies et punitions. Rien ne me décourageait. Je continuais à monter sur mon vélo, à déraper, à me dresser sur une roue, à chercher des rampes pour prendre de l'élan et décoller les pneus du sol, à faire la course avec des chiens, contre la montre, contre d'autres cyclistes, à poursuivre des dragons. Si j'avais su me servir de ma voix comme je savais me servir de ma bicyclette, je serais à Salzbourg non comme un diable mineur mais comme interprète de Mozart. Je souris en pensant que Mozart aurait adoré faire du vélo.

I want to ride my bicycle / I want to ride it where I like…

Je vis le feu rouge au loin et compris que c'était l'occasion pour moi d'atteindre le dragon et bavarder avec la fille aux cheveux multicolores. Je me sentis plein d'audace et en sécurité sur mon roussin d'acier et de caoutchouc. Je me préparai à le rattraper. J'imaginai Mozart roulant à mes côtés à pleine vitesse, sentant le vent sur son visage, écoutant une musique que son cerveau composerait pendant qu'il pédalait, sa perruque voltigeant dans l'air et sa casaque ondoyant comme la cape d'un superhéros.

Je me penchai sur le guidon et redoublai de vigueur. Je voulus chanter. Un moustique s'écrasa dans ma gorge.

6

Je ne tomberais pas amoureux, me répétais-je, je ne pouvais me laisser attraper par cette monumentale distraction. J'avais beaucoup à voir, beaucoup à ressentir, beaucoup à vivre pendant les deux derniers mois de ma carrière lyrique – le temps qu'il en restait – à Salzbourg. L'amoureux se change en île, en parenthèses de sa propre réalité. Tout s'estompe autour de lui pour permettre à l'éclat de l'être aimé de briller de sa pleine intensité ou, pour être plus précis, de l'intensité presque douloureuse que le sentiment même lui confère. Non, je ne pouvais pas tomber amoureux. Alors, pourquoi suivais-je cette inconnue ? À cause de sa chevelure en couleurs. Point.

Nous approchâmes du feu tricolore et je priai, d'abord tous les dieux, puis, en repensant à ma rencontre du matin, le seul Poséidon, pour que le feu soit rouge quand le dragon et le papillon, ou quoi que ce soit, arriveraient au carrefour. Juste comme le dragon accélérait pour éviter de s'arrêter, le feu passa du vert à l'orange et presque aussitôt au rouge. Le coup de frein fit crisser les pneus. Quelques secondes plus tard je m'arrêtai en douceur à côté de la fille, deux centimètres devant elle pour que ce soit elle qui me reconnaisse. Je l'épiai du coin de l'œil, la fille était concentrée sur la musique de ses écouteurs. Je me penchai et la saluai. Elle mit sa main en visière, sourit sans envie et ôta ses écouteurs, qui émirent un murmure de musique rythmique, riche de violons et de flûtes. Du baroque, pensai-je, et je décidai de commenter la première chose qui m'était passée par la tête quand je l'avais localisée dans le groupe des retardataires.

– En fait, Artaud n'était pas fou.

– Je ne sais pas, répondit-elle sans s'étonner, et elle regarda le feu tricolore. Je suppose que ça dépend de ta définition de la folie. Van Gogh, comme a dit Artaud, a été suicidé. On a pris le génie d'Artaud pour de la folie. Tu imagines, si on avait enfermé Mozart neuf ans dans un asile ? Évidemment, le génie d'Artaud n'est pas comparable à celui de Mozart. Celui de Rimbaud oui, peut-être. Celui de Kafka, à coup sûr. Tu as lu *Héliogabale* ?

Elle continuait à regarder le feu en parlant. De temps à autre, elle se touchait le visage du bout des doigts.

– Non, répondis-je, en regrettant mon honnêteté.

– Le livre d'Artaud que Jacques préfère est *Héliogabale*. Tu as vu qu'on va donner *La Conquête du Mexique* de Rihm au festival ? Il utilise les textes d'Artaud.

– Qui est Jacques ?

Elle me regarda, en écartant des doigts une mèche verte sur son front. J'aspirai profondément. Je constatai qu'elle ne sentait pas un parfum artificiel, qu'elle sentait la peau, la terre, la sueur amère des aisselles, l'amande, peut-être ; elle sentait elle.

– Je m'appelle Vian – me hâtai-je de dire, parce que j'avais peur que le feu ne passe au vert et qu'elle ne parte sans rien dire d'autre –, comme l'auteur de *L'Écume des jours*.

– Jacques est le type qui bavardait avec toi pendant que tu attendais avec les autres figurants.

– Oh, mais il ne bavardait pas avec moi, il faisait une espèce de discours pour tout le monde.

– Non. C'est bien pour toi qu'il parlait. Il dit que tu es un perdant, que tu peux devenir beau si tu permets à ton échec de t'ennoblir. Il pense aussi que tu vas tomber amoureux de moi. Je lui ai rappelé que c'est quelque chose d'impossible – de nouveau, elle regarda le feu. Je m'appelle Julia, comme Julio l'auteur des *Cronopes*. Tu veux manger une saucisse dans le centre ?

Le feu venait de passer au vert et Julia, sans attendre ma réponse, appuya sur les pédales avec force et continua en danseuse. Mon pied à moi glissa et la pédale tourna toute seule ; je l'arrêtai d'un coup de talon désespéré et me dépêchai de suivre Julia. J'avais à peine eu le temps de traiter tout ce qu'elle m'avait dit. Perdant, amoureux, impossible, auteur des *Cronopes*... manger ensemble. Qui donc était ce Jacques ? Il était clair que quelqu'un qui disait avoir été Mozart était un déséquilibré mental. Mais, et c'était plus important, pourquoi se permettait-il de faire des conjectures sur ma personne ? À quel moment ces deux-là s'étaient-ils mis à parler de moi ? J'aurais dû être indigné, ressentir une fureur me ronger l'œsophage, m'enflammer de colère et, malgré tout, ce que j'éprouvais tandis que nous roulions sous le long tunnel qui débouche exactement à côté de la place où se trouve l'Opéra principal, c'était de la joie. Dans ma poitrine bouillonnait le même entrain exultant que celui qui avait fait trembler mon esprit lorsque j'étais arrivé à Salzbourg. Au sortir du tunnel le dragon tourna à droite et en passant devant la Grosses Festspielhaus Julia jetait des regards intermittents aux affiches encadrées sur le long mur, avec la photo et le titre des productions qui seraient présentées pendant le festival. Elle me signala celle qui concernait l'opéra de Rihm. Je réussis à distinguer furtivement le A d'Antonin, et bien qu'elle ne pût me voir parce qu'elle regardait devant elle, j'acquiesçai comme si le dragon qui me regardait de sa nuque pouvait m'accuser de ne pas avoir répondu à temps. Nous passâmes devant l'entrée des artistes, plusieurs photographes étaient à l'affût de l'arrivée et de la sortie de divos et maestros pour réaliser des images inédites qu'ils pourraient vendre aux journaux et revues. Personne n'avait la moindre intention de me photographier, et pourtant je cachai mon visage. Je craignais qu'une grande vedette ne sorte à l'instant précis où je passais à toute allure devant la haute porte en métal, et qu'on ne me voie de nouveau dans le journal.

Je ne m'en aperçus que lorsque nous mîmes pied à terre : Julia était plus grande que moi. La distance qui me séparait d'elle quand je l'avais vue parmi les retardataires ou derrière la vitre, dans la cour, ne m'avait pas permis de me rendre compte de notre différence de taille, et la veille, dans le grand escalier, je m'étais toujours tenu deux marches plus haut qu'elle. Elle me dépassait d'une tête… Brusquement, j'eus l'impression d'être un nain de jardin, une fourmi, un petit grain de sel déconcerté. Le soleil tapait fort sur les terrasses, elle marchait quelques pas devant moi, et moi j'étais ébloui. Une voix familière s'éleva parmi les convives du restaurant bondé près duquel nous passâmes – des tables étaient dressées jusque dans la rue – et me tira de mon éblouissement.

– Surtout, ne t'amuse pas à sauter, si tu ne veux pas te faire renverser par une autre bicyclette.

C'était la Bartoli. Elle se tenait debout entre les tables, avec à la main un sac en papier gonflé et noir qu'elle montrait à un homme en chemise blanche, aux yeux clairs et attentifs. J'allai la saluer, Julia me suivit.

– Tu as vu que nous sommes dans le journal ? dit Cecilia Bartoli en riant.

Soudain je ne fus plus un petit grain de sel déconcerté. J'étais de nouveau moi, un peu plus fier, nain de jardin qui s'approche d'une amazone.

– Oui, oui, quelle honte, répondis-je en me grattant la nuque, et je lui présentai Julia.

– Comment se passent les répétitions de… ? demanda-t-elle.

En essayant de se rappeler la production dont je faisais partie, elle m'invitait à la lui rappeler. Son visage était un intense théâtre de mille expressions.

– *Don Giovanni*, complétai-je. Nous avons commencé. Ce sera une production curieuse.

– Intéressante, corrigea Julia.

– Je veux le croire, dit la Bartoli.

Son attention passa de moi à Julia puis de nouveau à moi, avec la rapidité de ses parfaites coloratures. Elle nous présenta l'homme avec qui elle parlait, Franzi, le patron du Triangel. Elle lui montrait une méthode pour chasser les guêpes qui cette année-là étaient partout, plus désinhibées que jamais, et gênaient les clients de la terrasse. Le sac noir en papier, suspendu au-dessus des tables oblongues, ferait croire aux guêpes que c'était un essaim d'abeilles et provoquerait leur départ.

– Comme c'est ingénieux, dis-je. Moi je me suis fait piquer.

– Ouille, mon pauvre, dit Franzi en émettant un rire bref, à deux tons.

Suivit un de ces silences lourds si fréquents dans les conversations entre inconnus. Avant qu'un nouvel état minuscule n'essaie de s'instiller en moi, je les saluai d'un profond mouvement de tête et ils revinrent à leur sac. Juste au moment où ils l'accrochaient, un photographe arriva en courant et saisit l'image avec un flash inutile. Cette fois, je fis attention à ne pas apparaître dans le cadre.

– Eh bien, dis donc, tu connais la Bartoli, me dit Julia.

Nous marchions parmi les touristes vers le stand de saucisses juste avant le marché, d'où parvenaient des odeurs de charcuterie et de fromage. Je confirmai vaguement, sans donner de précisions pour ne pas gâcher la pointe d'admiration qu'il m'avait semblé percevoir dans sa voix. Nous nous arrêtâmes devant une galerie qui exposait de l'art chinois contemporain. Dans l'une des vitrines, il y avait des pénis bleus dotés de visages souriants. Nous commandâmes deux saucisses piquantes, qu'elle paya.

– Alors comme ça tu es figurant, constata Julia en m'observant avec attention.

Je répondis oui et en balbutiant des phrases précipitées j'expliquai qu'en fait j'étais chanteur d'opéra, baryton pour être plus précis, et que si j'étais là comme figurant c'était pour avoir l'occasion de participer au festival.

– Je dois rentrer bientôt chez moi, conclus-je. Et pourquoi cet halluciné de Janis, James, Jacques dit-il que je suis un perdant ? demandai-je pour changer de sujet.

Alors que je recevais des mains du serveur mon assiette en carton avec sa grosse saucisse luisante de graisse, un instant j'eus l'impression qu'elle me souriait comme les pénis bleus de la galerie.

– Moi je suis assistante metteur en scène, dit Julia.

Elle coupa un morceau de saucisse avec sa fourchette, le barbouilla de moutarde et le porta à la bouche. Elle avait des dents un peu séparées et deux d'entre elles de travers.

– La version transgressive de Schuff m'intéresse, reprit-elle.

Je lui expliquai que je préférais quant à moi les productions traditionnelles. Julia les qualifia d'œuvres de musée et se lança dans une longue défense des mises en scène modernes et risquées qui rendaient l'œuvre transcendante, de nos jours, qui faisaient du public un participant prêt au débat, qui invitaient à la contribution de la pensée active. Quelque chose de ce genre. Elle admit que cela donnait parfois des résultats merdiques, mais m'affirma que c'était encore préférable à la version commode d'interprètes en crinolines mitées et en vieux costumes d'époque que n'importe quel film faisait mieux voir, debout au bord de la scène bras tendus et bouches grandes ouvertes. J'acquiesçais d'un hochement de tête à l'enthousiasme débordant de ses arguments et ma respiration s'accélérait.

Par deux fois, il lui resta des traces de moutarde au-dessus de la lèvre, par deux fois elle le devina dans mes yeux et s'essuya en sortant le bout de sa langue, qui se dressa jusqu'à la tache comme un petit animal humide qui attrape une fleur.

Nous parlâmes de livres, d'auteurs latino-américains, qu'elle connaissait très bien. Je lui demandai d'où lui venait son goût pour cette littérature. Elle me dit que sa mère était chilienne, émigrée en Europe après le coup d'État, et mariée avec un Irlandais à moitié fou. Elle était le produit de ce mariage. Son père les avait abandonnées quand il avait découvert que sa mère le trompait avec un peintre allemand, dont il était tombé amoureux lui aussi. Julia avait cinq ans. Sa mère avait quitté le peintre trois ans après et avait épousé plus tard un Français taciturne, végétarien et bon, qui tolérait ses escapades érotiques. Julia parlait les langues de sa mère, de l'amant de sa mère, de son père et de son beau-père, grâce auquel, de plus, elle avait appris à aimer la musique de Monteverdi, Bach, Lully, Gluck, Haendel, Rameau, échelons qui l'avaient conduite au plus haut de la musique, à l'épiphanie de Mozart. C'est ce qu'elle dit et ses yeux s'illuminèrent.

– Maintenant c'est toi qui as de la moustache sur la bouche, dit-elle en riant.

Elle me montra du doigt le dessus de sa lèvre, comme un miroir. Je remarquai que l'ongle de son doigt était mordillé. Je m'essuyai maladroitement avec le dos de la main.

– Quant à Jacques, il ne faut croire que la moitié de ce qu'il aboie, dit-elle sans aucune transition, et il faut douter de l'autre moitié. C'est à tout instant un acteur qui interprète un personnage. En ce moment, il joue le rôle du diable qu'il interprétera dans l'opéra.

– Évidemment, que peut-on croire d'un fou qui dit avoir été Mozart ?

– Mais c'est vrai. Jacques a été Mozart.

Elle avait parlé très sérieusement et ne rit pas de mon air perplexe. Elle fit un petit paquet de son assiette en carton et le jeta dans la poubelle.

– Il faut que j'y aille, dit-elle en cherchant quelque chose dans son sac. Je dois faire quelques courses avant de retourner à la répétition. On se reverra bien ici ou là, Vian.

Je la remerciai pour la saucisse, et nous nous quittâmes avec deux baisers sur les joues. J'étirai le plus possible la commissure de mes lèvres pour toucher un petit morceau de sa peau. J'aspirai profondément. Elle sentait elle, elle sentait Julia. Et un peu la moutarde. Avant de disparaître dans la foule du marché elle me demanda en criant si je connaissais la pièce *Amadeus*, de Shaffer. Je lui criai que non, mais que j'avais vu l'adaptation au cinéma de Forman.

– Jacques a été Mozart, il a joué le rôle dans un théâtre de province en France, cria-t-elle, et elle partit en riant.

La dernière chose que je vis d'elle fut l'éclat pâle du dragon captif sur sa nuque. J'émis un rot au goût de saucisse. Je restai à regarder l'endroit par où Julia était partie, jusqu'au moment où mon assiette en carton me tomba des mains. Je la ramassai et allai la jeter à la poubelle. Dans mon esprit passèrent quelques vers de Sor Juana, très doucement, presque sans que je m'en aperçoive : *Si sous le coup de la passion / je dis quelque chose contre mon amour / est mon plus grand ennemi / quiconque me donne raison.*

– Merde, dis-je à voix haute.
J'étais amoureux.

7

J'allais donc, un peu courbé, par les rues de la ville natale de Mozart, les mains agrippées au guidon de ma bicyclette que je rangerais près de la maison aux obélisques ; j'allais donc, inquiet et perplexe de me savoir amoureux. Le chatouillis de mon estomac ne me laissait aucun doute, pas plus que ma respiration accélérée, ni le souvenir de l'électricité qui avait parcouru mon corps quand, à un moment fugace, ma main avait effleuré le contour d'un bras de Julia. J'étais amoureux. Comment était-ce possible ? Je m'expliquai que le désarroi qui m'habitait depuis quelques jours avait préparé le terrain, en ramollissant mes sentiments jusqu'à les rendre vulnérables et prédisposés à l'éblouissement. Et en disant éblouissement au lieu de coup de foudre, je pensai que définir ce que j'éprouvais par ce mot qui représentait une stupeur passagère était plus précis que choisir l'autre, qui invitait à de dangereuses insomnies. Ce dont j'avais le moins besoin dans ma situation.

Dans combien de mes épisodes amoureux puis-je affirmer que j'ai été réellement épris ? Le premier – quelque chose entre le sérieux et le jeu – m'était arrivé à mon retour de l'été lyrique. Ce furent deux mois de baisers maladroits, d'inconfortables embrassades et de mains explorant sans boussole une peau interdite. Deux mois de poèmes à l'eau de rose et de chocolats avec rubans et fleurs blanches cueillies dans le jardin. Deux mois de Claudia. Dans les lettres qu'elle me remettait, pliées en six, elle écrivait son prénom avec un K: Klaudia, qui t'aime. Je ne savais pas trop si cette étrange orthographe provenait de son acte de naissance ou si elle mettait un K pour faire l'intéressante. Un jour, je lui posai la question et elle me répondit qu'elle ne voulait plus être ma petite amie. Je lui répondis que si c'était à cause de son prénom, elle pouvait bien l'écrire avec un Q si ça lui faisait plaisir. Qlaudia me caressa la joue, Klaudia sourit avec tristesse et compassion et Claudia s'en alla. Dans ma main ne resta plus que le pingouin en peluche que j'allais lui offrir cet après-midi-là, et dans mon cœur la première estocade du désamour. Ma timidité et la crainte de nouveaux coups de sabre invisibles me poussèrent à me forger une armure qui me permit de supporter les assauts de la puberté durant les cinq années qui suivirent, jusqu'à ce qu'apparaisse Guadalupe, la protagoniste de mon deuxième épisode amoureux. Elle se fâchait si on l'appelait Lupe et, pire encore, si on s'adressait à elle en disant Lupita. Elle était belle, brune, intelligente et, en dépit d'une forte tendance à la mélancolie, souriante. Elle avait de longs cils avec lesquels elle me chatouillait les paupières quand nous nous embrassions, ses cheveux raides étaient plus noirs que le café bien fort avec lequel elle commençait toutes ses journées. Elle aimait la poésie de Sor Juana Inés de la Cruz. Si on appelait celle-ci poétesse au lieu de poète, Guadalupe se fâchait plus encore que lorsqu'on l'appelait Lupe. C'est avec elle que je fis l'amour pour la première fois, et j'aurais tout quitté pour elle : le chant, les couleurs, ma famille, les poèmes, les araignées et même la vie. Mon père la détestait. Il était convaincu que nos « différences de race et de classe » étaient des obstacles insurmontables à nos fiançailles. « Elle est presque noire, criait-il, scandalisé, et sa famille est communiste. » Je ne discutais pas avec mon père, je le laissais vomir ses arguments et je ne répondais que par trois mots : « Je l'aime. » Il riait de bon cœur et m'assurait que j'étais, en fait, un peu excité, et que lorsque ça me passerait je lui donnerais raison. Ses arguments n'avaient pas place dans mes sentiments ni dans ma façon de penser, mais j'eus la maladresse de vouloir faire part à Guadalupe de la scandaleuse et stupide posture de mon père. Et ce qui pour moi était une preuve d'amour fut pour elle une terrible offense, un coup de poignard sans poignard. Il lui sembla que ma pensée coïncidait avec la vision de « ton porc de père ». Ce furent ses propres mots. Je la priai de ne pas insulter mon papa et la discussion fit alors un nœud impossible à défaire. Tout fut fini. Nous cessâmes de nous voir. Elle ne répondit jamais à mes nombreux e-mails de désespoir, ni aux messages implorants que je lui envoyai sur son téléphone. La dernière fois que je la vis ce fut en passant, dans la rue : elle fumait, au bras d'un homme plus âgé qu'elle.

Avant que la blessure soit cicatrisée, je trouvai, comme on dit, le clou qui chassa ce clou, mon troisième épisode amoureux.

Victoria – qu'on appelait Bicha – avait trois ans de plus que moi. Elle sentait le tabac et les vêtements sales, avait des cernes et était pleine d'obscurité. Elle parlait peu et lisait moins encore. Nous fréquentions des antres où on jouait du rock en *live* et nous regardions des films d'horreur. Elle s'endormait au milieu du film et moi j'étais le reste de la nuit en proie à des cauchemars. Nous nous tripotions beaucoup mais jamais elle ne voulut coucher avec moi. Chaque fois que nous atteignions le point culminant de notre round de mains, de langues et de sueurs, au lieu de passer au déshabillage et à la rencontre de nos corps nus elle m'écartait avec la paume de ses mains sur mon cœur en mode accéléré et me disait, avec des yeux qui semblaient vouloir sortir de leurs orbites : « Non, pas encore. » Et je me retrouvais avec un renflement de mes testicules endoloris que je devais endurer jusqu'à la fin de la séance de musique métallique à laquelle elle me soumettait, contraint d'attendre le moment où nous finissions par nous dire au revoir et où je rentrais chez moi soulager mon désir engorgé. Pendant les mois où nous sortîmes ensemble, je dus battre un record de masturbation. Tout cela s'acheva sans esclandre quand je partis pour l'Europe.

C'est alors qu'apparut Magdalena. J'avais fait sa connaissance dans un bar de Berlin. C'est elle qui avait engagé la conversation (nous parlâmes de Prague, sa ville natale, de Martinu, de Smetana et de Kundera), puis c'est elle également qui m'emmena dans son lit. Je compensai avec Magdalena tout l'amour que je n'avais pu obtenir de la gothique mystérieuse du troisième épisode. Nous faisions l'amour comme nous pouvions, quand nous pouvions et même si nous ne le pouvions pas (je n'aurais jamais imaginé à quel point le sexe par téléphone pouvait être merveilleux). À force de me promener entre les innombrables taches de rousseur de sa peau, collé à ses lèvres humides et fendillées, de me plonger avec un délire de suicidaire dans ses baisers longs, profonds, affamés et joueurs, de me laisser gagner par son sauvage appétit sexuel, j'allais par les rues de Berlin comme un zombi, le cerveau sucé, mes yeux comme des billes rougies, ma peau pâle vidée du sang qui allait matin, soir et nuit gonfler le protagoniste des assauts amoureux. Notre relation s'éteignit peu à peu dans l'intensité répétée du formidable feu vif, avide et violent qui nous consumait, jusqu'au soir où il ne nous resta plus que des cendres. Tant qu'elles restèrent chaudes nous pûmes nous tromper encore, nous mentir, reproduire des gémissements et des spasmes qui avaient plutôt l'air de simulacres. Accoutumés que nous étions au brasier, nous nous rendîmes compte bientôt que tout était terminé. Une fois le feu éteint, les restes du bûcher ne furent ni de son goût ni du mien. Nous nous quittâmes bons amis. Nous buvions des bières, allions ensemble au concert et parfois nous nous délections de l'étincelle d'une braise vive inattendue. La dernière nuit à Berlin, avant que je parte pour Salzbourg, tandis que nous nous étions régalés par trois fois de braises inattendues, Magdalena me demanda juste avant que je m'endorme profondément comme un zombi de ne pas oublier que plus qu'aucune autre sa ville natale, Prague, avait fêté et porté Mozart aux nues.

Avaient été jusqu'alors les protagonistes de mes épisodes amoureux : Klaudia (ou Claudia ou Qlaudia), Guadalupe (jamais Lupe et encore moins Lupita), Victoria (alias Bicha), Magdalena (tout court). Julia (l'arc-en-ciel) était-elle celle du cinquième ? Si oui, cet épisode ne durerait que cet été-là, alors pourquoi s'y lancer ? De plus, Julia n'avait-elle pas dit qu'il était impossible que je tombe amoureux d'elle ?

Je passai près de l'homme en bois solitaire sur sa sphère dorée. « Aller seul par le monde, pensai-je avec héroïsme, comme cette statue. Orgueilleusement seul. À pousser ma bicyclette, agonisant et seul. » Ma petite phrase me fit rire. Je saluai Poséidon de la main, comme si je lui lançais du bout des doigts par-dessus le bord de mon front mes turbulences sentimentales. C'est alors que j'entendis un cri aigu, mi-hurlement, mi-essai raté de climax musical. Je reconnus la folle chantante. Elle portait une autre tenue, tout aussi élégante, et le même parapluie accroché à son bras tendu, comme une note de musique enveloppée dans une aile de chauve-souris. Les gens la regardaient, mi-étonnés, mi-goguenards. Elle termina, fit une révérence et, comme la veille, s'en alla avec un sourire béat. Je souhaitai alors être piqué par une folie de ce genre. Qui ne soit pas trop gênante, qui constitue elle-même ma défense contre les rires ou le dédain qu'elle provoquerait. Une folie qui nettoie et qui libère, et qui arrache aux obligations inventées par les autres. Et non, l'amour n'était pas cette folie. Et non, l'art non plus.

Je m'arrêtai un moment devant le monument dédié à Mozart. Haut et digne, le regard fixé sur l'infini de sa postérité, une plume d'oie à la main droite, une partition déroulée tombant des doigts de la gauche. Deux couronnes de fleurs sèches et un bouquet de roses fraîches reposaient près du piédestal, sous le nom du compositeur. Je le lus à l'envers, comme il signait parfois ses lettres : Trazom. Le diable gondolier, Jacques, m'avait recommandé de lire la correspondance de Mozart. Je le ferais, oui. Il affirmait que l'essentiel, c'était l'œuvre mais moi, après avoir lu sa petite biographie, j'avais envie de connaître l'être humain Mozart, de tout lire sur la vie de l'artiste, de trouver toutes ces biographies dont Jacques disait que Mozart y était toujours différent. Je voulais connaître tous les autres Mozart. Peut-être était-ce pour découvrir dans ma rencontre avec Mozart un destin tapi que j'étais venu à Salzbourg. « L'épiphanie Mozart », avait dit Julia. Julia l'arc-en-ciel.

– Bonne nuit, Trazom, dis-je en saluant la statue, et je partis d'un pas lent pour la maison aux obélisques, en répétant le nom de l'arc-en-ciel comme un vers appris dans mon enfance.

III. Au bord de la Salzach

1

Durant les trois premiers jours de répétitions, les figurants ne furent pas convoqués. Pour que ces jours solitaires à Salzbourg ne soient pas trop difficiles à supporter, j'établis une routine plus ou moins confortable qui m'évitait de trop penser à la vie qui m'attendait à la fin de l'été, et qui donnait à mon absurde mal d'amour pour une fille avec qui je n'avais passé que deux heures le temps et l'espace nécessaires pour que je puisse soupirer à mon aise. Si la fin de l'été approchait, comme le sol sale et gris et épouvantablement solide s'approche pour qui a sauté d'un immeuble, mon train-train était le parachute troué avec lequel je cherchais à retarder ma chute et à amortir, peut-être, l'inévitable choc.

J'aimais aller au bord de la Salzach et perdre la notion du temps dans la contemplation de son inarrêtable course murmurante, dans la vision de ses eaux, vertes et opaques à cause de tous les produits chimiques qui y avaient été déversés tout au long de son histoire. J'aimais bien aussi me présenter devant Poséidon le recueil de lettres de Nooteboom à la main, l'ouvrir au hasard et lui lire la première chose qui jaillissait d'une page. Puis interpréter son silence de dieu et de statue, et écrire le résultat dans mon carnet de notes. Et aller à bicyclette par des chemins inconnus, jusqu'à me perdre et devoir demander mon chemin pour rentrer. Et soupirer involontairement à cause de Julia. Et regarder l'homme en bois debout sur sa sphère dorée. Admirer son héroïsme solitaire. Sa permanence stoïque dans ce monde lisse sans baobab ni rose. Et écouter sur mon appareil stéréo les concertos pour piano n° 20 et n° 21, les 38ᵉ et 39ᵉ symphonies, et le concerto pour violon n° 1 de Mozart que j'avais trouvés dans la maison aux obélisques. Les écouter à plein volume, une bière ou un café à la main, en pyjama ou une serviette de bain autour de la taille, l'âme enflant dangereusement de quelque chose qui était un mélange de joie, de nostalgie, d'envie de miauler, de me jeter par la fenêtre pour voler ou être enlevé par un des oiseaux grands et noirs que je voyais du jardin planer dans le ciel de Salzbourg ; les écouter en faisant ma vaisselle, en mettant des feuilles de laitue dans la boîte de l'escargot, tout en contemplant la montagne que j'avais changée en baleine derrière la fumée inattendue d'une des cheminées en face du jardin, debout au milieu du séjour, entouré d'obélisques, immergé dans le flux transparent de cette musique, dans son indestructible fragilité comme dans un indispensable nouvel élément, un élément nécessaire à la vie. Et le soir, quand sur les places il n'y avait plus ni touristes, ni mendiants, ni peintres portraitistes, quand seuls restaient les derniers ivrognes, les vagabonds occasionnels et les couples sporadiques qui marchaient vers leur hôtel avec des murmures prometteurs, aller visiter le monument à Mozart pour lui raconter ce qui m'était arrivé pendant la journée et le quitter en prononçant son nom à l'envers.

Un après-midi sans répétition, je passai le pont piétonnier qui porte, comme tant de choses et tant de lieux à Salzbourg, le nom du compositeur étoile. Je continuai de l'autre côté et arrivai à une rue étroite le long de laquelle on voyait se succéder des restaurants accueillants, une galerie, un petit bordel, « Maison de Plaisir*[3] », ouvert de 2 heures de l'après-midi à 2 heures du matin, un magasin de parapluies et un peu plus loin, entre deux hautes maisons anciennes, une librairie. J'y entrai et commençai à parcourir les livres sur Mozart. Je regardai le prix de l'un sur la quatrième de couverture, faisais mes comptes, en prenais un autre. Je recomptais les billets que j'avais sur moi. Un long moment je feuilletai des biographies écrites par Hidelsheimer, Einstein, Robbins Landon, Maynard, Leisinger et Nettl.

Je prenais un livre sur son rayonnage et déjà me tournais, plein d'envie de le lire, vers celui qui le suivait dans sa rangée. Plus je feuilletais de livres sur Mozart, plus je sentais le désir impérieux d'emporter quelque chose de leurs pages. Je savais que je ne pourrais en acheter aucun. Je vainquis ma timidité, m'approchai du libraire et inventai que je devais deux heures plus tard faire un petit speech sur Mozart, que j'avais oublié mes notes à la maison, et je lui demandai la permission de copier quelques passages des livres que, bien sûr, je possédais dans ma bibliothèque personnelle. Il m'examina quelques secondes en silence et je pus deviner sur son visage ridé, à barbe grise, moustache jaune de nicotine, longs sourcils ébouriffés, cernes sous ses yeux bleus et aqueux derrière des verres épais, qu'il n'avait pas cru un mot de ce que je lui avais dit. Il me répondit malgré tout oui d'un léger signe de tête et sa main couverte de taches de rousseur et de grains de beauté m'invita à retourner à l'étagère où se trouvaient les biographies. J'en ouvris une au hasard, cherchai un passage qui puisse m'intéresser et le notai dans mon carnet rouge. Morceaux du Mozart amusant et joueur, du Mozart fils qui se

3. Les mots et expressions suivis d'un astérisque sont en français dans le texte.

libère du guide paternel, de l'époux affectueux, du génie sans égal qui se retrouvaient recopiés à traits rapides dans les pages de mon carnet. Je ne me rendis pas compte du moment où le libraire s'était approché, et brusquement il fut à côté de moi.

– Je vous le prête, dit-il avec une expression neutre, et il me tendit un tome usé de la correspondance de Mozart. Si après l'avoir lu il vous plaît et que vous ayez de quoi l'acheter, vous revenez me le payer, sinon vous me le rendez. D'accord ?

Je me sentis un peu honteux. Je rangeai mon carnet rouge dans mon sac. Je pensai que personne ne faisait ce genre de choses, sans attendre quoi que ce soit en retour. Si j'acceptais ce livre, je devrais tôt ou tard payer d'un service celui qu'il me rendait maintenant, et peut-être que ce service ne serait pas de mon goût. Je pensai que tout ça pouvait n'être qu'un piège – de mon père ? Je pensai que, peut-être, à peine serais-je sorti de la boutique le vieux me dénoncerait au commissariat comme voleur d'un livre ancien et cher. Je pensai que ce livre était une antiquité de prix et que, dès que je l'aurais emporté, il ferait une déclaration à son assureur pour toucher l'argent de sa perte.

– Alors ? demanda le libraire, un peu impatienté par mon silence.

J'acceptai, le remerciai profusément, mais en sortant j'étais toujours méfiant. Quand je commençai à le lire je découvris dans ses pages des phrases et des paragraphes soulignés.

Je revins le surlendemain, disposé à faire face au piège, au chantage ou à la faveur infâme que je devrais payer en échange du prêt. Non seulement le libraire ne me demanda rien, mais il me permit d'emporter un autre livre. Je le lui rapportai deux jours plus tard, et peu à peu, après les brèves conversations que nous entamions, les craintes et les soupçons que j'avais nourris envers lui lors de notre première rencontre se dissipèrent. Et je me sentis de plus en plus à l'aise dans la petite librairie, entouré des rayonnages débordants de livres, immergé dans l'odeur concentrée du papier et du bois, à écouter la voix grosse et rauque du libraire fumeur. Presque imperceptiblement, mes visites à la librairie devinrent un autre raccommodage pour le parachute de mes routines. Nous parlions de livres et d'auteurs. Je lui racontai l'origine de mon prénom et de ceux de mes frère et sœur, ce qu'il trouva fort drôle, et il me dit que lui, à notre place, il aurait été enchanté de s'appeler Perec ou Musil ou Melville ou Benjamin. Dès lors, je l'appelai Perec.

– Alors, comme ça votre frère s'appelle Hesse, dit Perec, et il se leva lentement, lourdement, pour extraire d'une des étagères un livre à la couverture épaisse. Vous vous rappelez la dernière phrase du *Loup des steppes* ?

Je ne me rappelais même pas l'intrigue, et bien sûr l'ignorance se refléta sur mon visage.

– *Mozart m'attendait*[4], lut Perec et il toussa à la fin de la phrase. Une belle coïncidence, vous ne trouvez pas ? Vous ici, qui cherchez des citations sur Mozart, et le prénom de votre frère qui me rappelle la fin de ce livre.

– Ce que j'aimerais, c'est que cette phrase soit le début de mon histoire, dis-je.

– Maintenant écoutez ça, reprit Perec – il tourna plusieurs pages et trouva ce qu'il cherchait : *J'entendis alors derrière moi un rire, un rire clair et glacial, venu d'un au-delà inaccessible aux hommes, né de l'expérience de la douleur et du sens divin de la dérision*[5]. Ne pensez-vous pas, continua Perec en se levant pour remettre le livre à sa place, que ce paragraphe a bien pu inspirer le rire cinématographique de l'*Amadeus* de Forman ?

4. Traduction d'Alexandra Cade, Calmann-Lévy, 2004.
5. *Ibid.*

– Peut-être, fis-je sans être bien sûr de ce que je pensais à ce sujet, sans comprendre quelle était l'importance de la chose.

Perec éclata d'un rire ni clair ni glacial, mais sombre et glaireux, qui vira à l'accès de toux sèche. Je lui expliquai ce que je faisais dans la ville, je lui parlai un peu de mes soucis en tant que chanteur d'opéra et lui dis que la raison pour laquelle je ne pouvais acheter plus de livres était ma situation financière précaire, la nécessité où je me trouvais d'économiser le peu d'argent qui me restait et le peu que je touchais comme figurant pour pouvoir louer une chambre à partir de la semaine suivante.

– Je pourrais vous en louer une, dit-il, et il ôta ses lunettes pour les nettoyer avec le bord de sa chemise blanche. Mon fils a quitté cette année la maison pour aller à Graz et sa chambre est libre. Ma femme ne veut pas que quelqu'un l'occupe, mais si je peux tirer quelques euros de sa location, elle finira par accepter.

Il remit ses lunettes, posa ses deux mains sur ses genoux écartés et soupira.

– Cet argent nous ferait du bien. Il est chaque jour plus difficile de vivre de la bonne littérature, mon cher ami – il embrassa d'un geste les rayonnages de sa petite librairie –, je me refuse à vendre des livres de développement personnel, de cuisine, de codes et d'alchimistes. Tu ne trouveras pas ici de ces scénarios faciles qui rêvent de devenir des films. Non. Celui qui entre chez moi se retrouve uniquement avec les grands, qu'ils soient essayistes, philosophes, poètes, romanciers, dramaturges ou musicologues. Mais les grands se vendent de moins en moins. Bref, si tu veux t'installer dans la chambre disponible chez moi, entendons-nous sur le prix et elle est à toi aussi longtemps que tu en auras besoin. La seule chose qui doit être bien claire, c'est que tu devras la payer d'avance, sinon ma femme me met dehors. Marché conclu ?

Un mouvement soudain sur le mur me tira de ma joie. C'était une araignée. Comme une tache qui prend vie et commence à salir, comme un point final auquel poussent des pattes et qui court pour que la phrase ne finisse pas, pour que l'histoire continue, comme une note de musique décoiffée et incompréhensible. Une petite araignée. Un frisson me parcourut tout le corps. Perec dut remarquer mon air décomposé car il haussa les sourcils. Il fallait que je la tue. Je sortis en courant. Ce n'était pas l'araignée que je fuyais, mais mon geste de mort. Je m'arrêtai, rentrai dans la librairie et expliquai à son propriétaire que je souffrais d'arachnophobie. Perec sourit, découvrit la cause de mon agitation, et de sa grosse main il prit doucement l'araignée et la fit sortir par la fenêtre.

– Marché conclu ? demanda-t-il de nouveau.

Et il tendit la main. Cette main sur laquelle avaient marché les pattes affilées de l'araignée. Je fermai les yeux, la serrai et allai raconter à Trazom que j'avais trouvé un logement pour après mon séjour dans la maison aux obélisques, mais qu'il y avait une araignée en liberté qui me suivait partout.

– Ma voix est une araignée, lui dis-je. Bonne nuit, Trazom.

Et je courus me laver la main.

2

Quand enfin je fus appelé pour répéter, j'imaginai, le cœur battant, que je verrais Julia assise sur la chaise la plus éloignée de Schuff, en train de prendre des notes sur la longue table de l'équipe de production, que je pourrais épier ses actions et ses regards tout en exécutant les mouvements que devait faire mon personnage de démon mineur. Je me trompais. Oui, elle était bien dans la salle, Jacques et les danseurs aussi, mais nous, les figurants, on nous réunit ailleurs pour travailler avec le chorégraphe.

C'était en vain que je me montrais à la cafétéria ou dans la cour des fumeurs pendant les pauses, dans l'espoir de rencontrer Julia. Les horaires des solistes et ceux des figurants ne coïncidaient pas. Quelquefois, je sortais en courant sitôt finie notre répétition pour arriver à la voir, mais la sienne était terminée depuis longtemps et tout le monde était déjà parti. D'autres fois, c'était la nôtre qui s'achevait beaucoup plus tôt, et j'avais beau chercher des prétextes pour prolonger mon séjour dans le Lehrbauhof, j'en arrivais à un point où j'avais peur de me trahir. Il faut dire que je n'étais pas n'importe quel figurant, je jouissais d'une popularité discrète dans la compagnie, vu qu'en plus des photos de l'accident on m'avait vu deux fois encore dans le journal. La première, sur la photo à laquelle j'avais cru, à tort, avoir échappé, celle où Cecilia Bartoli suspend, à côté de Franzi, le sac en forme de nid d'abeilles au Triangel. Ma tentative avait été convenablement saisie comme une fuite devant les guêpes. Et la seconde, pendant que je demandais, à l'extérieur de la Haus für Mozart, un autographe à Ildar Abdrazakov. Ces apparitions dans le journal m'avaient valu le surnom de Zelig, le personnage du film de Woody Allen qu'on voit partout. Mon père m'envoyait des sms moqueurs et moi je vivais tout cela avec un peu d'orgueil, un peu de honte et beaucoup de confusion. En tout cas, mes déambulations dans les couloirs, la cafétéria ou les jardins du Lehrbauhof ne passaient pas inaperçues. Et toujours, après avoir constaté qu'une fois de plus je ne pourrais ni voir Julia ni bavarder avec elle, je finissais par m'en aller en pédalant, ronchon et abattu.

Je ne la vis qu'une fois. Elle s'était arrêtée dans le cadre de la porte, nous avait regardés en train de répéter, couverts de sueur et malodorants, avait plissé le nez et était partie. Elle ne m'avait pas repéré, mais moi, en revanche, j'avais remarqué des changements dans ses cheveux. Elle avait davantage de mèches jaunes, le violet avait presque disparu, l'orange était plus intense, et le vert, clair et brillant, s'efforçait, avec les deux autres couleurs, de conquérir toute la chevelure, où prédominait un bleu plus foncé que les jours précédents.

Philippe, le chorégraphe, nous faisait tenir debout sur un pied, tomber à quatre pattes, marcher dans cette position, nous relever d'un bond, nous baisser, rester immobiles un moment que je jugeais éternel, nous déplacer brusquement et avec beaucoup d'énergie, à toute vitesse, d'un côté à l'autre pour ensuite, obéissant à l'ordre d'un claquement de ses mains, nous arrêter pile là où nous nous trouvions. Nous avions d'abord pratiqué cet enchaînement très lentement, guidés par ses indications et par le rythme de ses coups de talon sur le plancher. L'objectif était de calquer notre chorégraphie sur la musique de l'ouverture de *Don Giovanni*. Philippe contrôlait bien son désespoir. Il avait l'habitude de travailler non seulement avec des danseurs mais aussi avec des choristes et, comme dans notre cas, avec des figurants auxquels il mettait beaucoup de temps à faire assimiler contorsions et mouvements compliqués. Un après-midi, il fit enfin diffuser par la sono l'ouverture, celle que, dit-on, Mozart n'avait composée que juste avant la première représentation. Nous exécutâmes la chorégraphie avec entrain et concentration. Lors de l'exercice il y eut deux collisions qui eurent pour résultat une lèvre en sang et une pommette enflammée avec rire de rat criard. Philippe fut satisfait et nous laissa partir avant la fin de la répétition. J'allai à la cafétéria, achetai une bouteille d'eau minérale et me mis à lire la correspondance de Mozart. Je guettais du coin de l'œil ceux qui entraient, dans l'espoir de voir Julia. Mais ce ne fut pas elle qui se montra.

– *Salut, mon petit!** dit Jacques, et il s'assit en face de moi.

« Mon petit*, et ta sœur », pensai-je, et je lui rendis son salut d'un mouvement de tête qui se voulait dédaigneux et suffisant, mais qui se révéla plutôt timoré.

– Ah, magnifique, s'écria-t-il en m'arrachant cette fois encore mon livre des mains, tu fais tes devoirs, tu lis les lettres de Mozart comme je te l'ai recommandé. Oh! continua-t-il avec une admiration feinte en feuilletant l'ouvrage. Et pas seulement, ça, Monsieur est de ceux qui soulignent. Bravo, Vian.

Jacques arrêta son doigt sur un paragraphe du livre, je tentai de le lui prendre, toutefois il le retira à temps, claqua la langue et brandit un index long et tendu pour dire non. Je restai pétrifié, mais pas comme devant les araignées, ma paralysie était semblable à celle qui me garrottait, enfant, quand mes professeurs du Colegio Alemán me grondaient parce que je n'avais pas fait entièrement mon devoir ou parce que je n'avais pas rendu mon bulletin signé par mes parents. Je laissais passer des jours avant de leur montrer mes notes médiocres pour éviter leur laïus humiliant et les punitions qui incluaient la confiscation de ma bicyclette.

– Écoutons ce que nous apprend le *Maître**, dit-il posément.

Il ouvrit de nouveau le livre à l'endroit qu'il avait choisi et lut à voix haute un passage où Mozart expliquait à son père qu'il ne pouvait pas écrire poétiquement parce qu'il n'était pas poète, ni organiser ses mots dans la lumière et l'ombre parce qu'il n'était pas peintre, ni s'exprimer par une pantomime parce qu'il n'était pas danseur, mais qu'en revanche il pouvait faire tout cela avec de la musique. « Je suis un *Musikus* », affirmait-il.

Je ne me sentais plus pétrifié. La voix du diable m'hypnotisait avec les mots de Mozart. Jacques changea bruyamment de page, émit un raclement de gorge histrionique et lut un beau et labyrinthique passage qui aurait pu sortir des meilleures pages d'*Alice au pays des merveilles*.

Deux danseurs installés au bar de la cafétéria lui jetèrent des regards contrariés et lui demandèrent de baisser un peu le volume de sa lecture. Il leva la main, comme pour s'excuser, feuilleta de nouveau le livre et se lança, en élevant progressivement la voix, dans la lecture d'un autre passage où Mozart décrit un bruit comme celui du tonnerre suivi d'une odeur de brûlé qui le distrait de son travail et qui, finalement, s'avère être, comme sa mère le lui a indiqué en passant, une sonore flatulence du Maître.

J'allais rire de bon cœur, mais le plus maussade des danseurs dit à Jacques que ça suffisait comme ça et exigea, en de très mauvais termes, qu'il baisse la voix. Jacques ébaucha un demi-sourire, s'excusa tout bas, chercha une autre page, trouva la formule de politesse d'une des lettres et commença à lire en criant :

– « Je suis, je fus, j'étais, j'ai été, j'eus été, j'aurais été, oh si j'étais, oh que je sois, je désirerais sur Dieu être, que je sois, je serai, si je pouvais être, oh que je sois, j'aurais pu être, je vais être, oh si j'ai été, oh que j'aie été, je désire sur Dieu avoir été, quoi ? Un simplet. »

Il lança le dernier mot comme un crachat vers les danseurs. Celui qui avait parlé grinça des dents et descendit de son siège dans un élan furieux. L'autre essaya de le retenir en assurant que ça ne valait pas la peine, mais le premier s'arracha des mains de son camarade et s'approcha, décidé et menaçant. Jacques se leva avec agilité. Il prit quelque chose dans sa poche, appuya sur un bouton et je restai glacé devant l'éclat de son couteau.

– Ça va pas la tête, ou quoi ? dit le danseur qui était resté au bar, et il accourut aux côtés du premier, qui regardait, stupéfait, la lame d'argent.

– Moi ? demanda Jacques, l'air innocent. Ah, c'est à cause de ça – il prit son couteau entre l'index et le pouce, comme un poisson mort. N'ayez pas peur, les gars, il me sert à me couper les ongles.

Et aussitôt il le lança en l'air, le rattrapa de l'autre main, en porta la lame à son petit doigt et rogna une minuscule lune d'ongle. Puis il se piqua le bout du doigt, y appuya le pouce pour provoquer une expulsion exagérée de sang, se dessina une raie rouge sur le front et sourit avec une grimace de méchant dans une BD comique.

– Sauf si on me provoque. Un problème ? demanda-t-il, sur un ton un peu efféminé. Allez, les pédés, retournez à vos cafés, c'est mon ami qui vous les offre pour la gêne occasionnée, dit-il en me montrant, comme ça tout le monde est content, non ? La lecture est terminée.

Il poussa le volume de correspondance de Mozart vers moi, se pencha au-dessus de la table, et moi en arrière sur le dossier de ma chaise. Il me demanda si je savais qu'avant d'être précipité en enfer Lucifer avait été l'ange chargé de la musique au ciel. Sans attendre ma réponse, il s'en alla en déclarant que mon prochain devoir consistait à étudier la biographie du diable.

– Et pourquoi ? criai-je, contrarié et confus, en direction de son dos en retraite.

– Parce que tu en joues un, répondit-il sans se retourner.

Les deux danseurs me regardaient, amusés, et souriaient en haussant les sourcils. Apparemment, ils n'étaient plus en colère.

– Merci pour le café, Zelig, dit l'un.

L'autre porta la main à ses lèvres, m'envoya le baiser qu'il venait de déposer sur sa paume et ils s'en allèrent.

– Ils se croyaient dans un film de cow-boys, de pirates ou de bandits, non ? commenta la gérante de la cafétéria en me tendant la note du bar.

Je payai et sortis à grandes enjambées rapides et furibardes. Je regardai le livre, Jacques en avait taché la couverture et le profil de Mozart s'ornait maintenant de deux cornes de sang.

3

Les jours passaient et je ne rencontrais toujours pas Julia. Cela m'affligeait. Parfois, je la voyais passer au loin, quand elle arrivait ou repartait, comme une apparition à bicyclette, l'arc-en-ciel de sa chevelure se perdant à l'horizon. Dans ces instants-là j'étais toujours loin d'elle et mes cris de baryton ne l'atteignaient pas.

En revanche, Jacques reparut un matin où je revenais de la librairie de Perec. Je me trouvais sur le pont Mozart, d'où j'essayais, vainement, de plonger mes regards dans les eaux sombres et vertes de la Salzach.

Un bras mince et robuste prit le mien et m'entraîna loin du pont. Comme une mitraillette, la voix de Jacques commença à débiter un discours sur les démons. De sa bouche pétaradaient des histoires sur Lilith, Belzébuth, Bélial et Azazel. Il parlait de Satan comme s'il s'agissait d'un proche parent à lui.

Nous marchions aussi vite que Jacques parlait. Nous traversâmes la Mozartplatz (j'adressai un regard déconcerté à Trazom), puis la Residenzplatz (la fontaine en son centre était plus bruyante que le cours de la Salzach), nous longeâmes la Sigmund-Haffner-Gasse (dans mon esprit sonnèrent quelques accords de la sérénade que Mozart a composée pour le monsieur qui a donné son nom à la rue) et nous arrivâmes sur l'esplanade des Franciscains pour entrer dans l'église Saint-Pierre.

– C'est ici qu'a été donnée pour la première fois la messe en *ut* mineur, dit Jacques, et quelques touristes le regardèrent avec curiosité. Mozart dirigeait l'orchestre, Constance chantait la partie de soprano et le poste de premier violon était occupé par papa Léopold, à qui les jeunes époux venaient rendre visite pour la première fois depuis leur mariage. Et là, dit-il en tendant bien le bras pour que, outre moi-même, les curieux qui l'écoutaient le voient, là, mesdames et messieurs, là est le diable. Prière de faire la queue si vous voulez lui baiser les lèvres.

Jacques se dirigea vers ce qu'il venait de signaler mais, pas plus que les autres et pour le contredire, je n'allai voir la sculpture en pierre du démon. Je déambulai dans les nefs latérales de l'église, contemplai les saints enveloppés dans des capes d'or, appréciai les hautes lampes allumées, trouvai près de l'autel la niche contenant les restes de Nannerl, la sœur de Mozart, et aussi celle de son ami le compositeur Michel Haydn. Mais ce ne furent pas ces sépultures qui attirèrent le plus mon attention. Au bout du déambulatoire, je restai un long moment à en contempler une autre. Sur son couvercle sombre gisait, en bronze, la représentation du chevalier Georg Anton Freiherr von Mozel, revêtu d'une armure, sa tête nue reposant sur un coussin, son heaume à ses pieds, visière relevée, une main sur la poitrine, l'autre agrippée pour l'éternité à la poignée de son épée et, près de ses pieds, l'écu désormais superflu contre l'assaut définitif de la Mort. Je pensai au Quichotte. Je pensai à Lohengrin. Je pensai à ce que serait ma tombe. Je pensai que je n'étais presque jamais allé sur celle de ma mère.

De l'autre côté de l'église, la voix de Jacques me rappela, dans un murmure sonore et long comme un sifflement de serpent, ce que nous étions venus faire là.

– Le diaaaableeeee, dit-il.

Les gens qui priaient sur les bancs cherchèrent des yeux à qui appartenait cette voix qui nommait le malin. Pour que Jacques cesse d'insulter les lieux en mentionnant le démon, j'allai immédiatement regarder la représentation en pierre où le diable est sur le point de perdre la bataille contre l'archange saint Michel.

L'expression de l'archange qui plante dans la gorge de son ennemi sa lance terminée en croix ne me plut pas : sobre, sereine, presque, celle d'un témoin de la scène plutôt que de celui qui fait l'action. J'éprouvai plus de sympathie pour le diable et ses oreilles pointues, ses cornes recourbées de bélier, ses ailes de dragon, ses seins de femme et ses pattes de chèvre, et son expression qui pouvait bien être de moquerie ou d'effroi. La scène manquait d'intensité. Je pensai que d'un moment à l'autre diable et archange pouvaient se relever, étirer leurs membres pour se dégourdir les muscles et aller boire une bière ensemble (double pour le diable, sans alcool pour Michel) puis revenir occuper la même place, dans la même posture dramatisée.

– Tu te rends compte ? demanda Jacques derrière moi, et moi, qui ne l'avais pas vu venir, je faillis sursauter. L'archange est aussi grand que la statue de Mozart et le démon est tout petit, comme le Mozart en chair et en os qui s'est promené ici pendant sa vie.

Je ne sus pas trop ce qu'il avait voulu dire par là. Avant de sortir, Jacques s'agenouilla pour se signer. Il mit deux doigts dans le bénitier et dessina un cercle humide sur son front. Puis il saisit l'un des gros livres qui se trouvent près de la porte d'entrée pour que les fidèles les prennent au début des cérémonies, unissent leurs voix aux prières et aux chants et les remettent à leur place en sortant. Jacques mouilla son doigt sur sa langue et tourna d'un air dédaigneux les pages de papier bible. Une femme s'approcha pour regarder les brochures de l'église près des livres de prières.

– Ne soyez pas si dévote, s'écria Jacques en refermant le livre d'un coup.

La femme le regarda, indignée.

– Cette phrase, *madame**, continua Jacques avec un énorme sourire, c'est Mozart qui l'a écrite sur une des pages du livre de prières de sa femme.

Il sortit en marchant très vite, le livre à la main. Je courus derrière lui. Je forçai beaucoup ma voix pour l'élever au-dessus du bruit des sabots des chevaux qui tiraient une calèche, et lui dis qu'il devait rapporter le livre à l'église.

– Demain, dit Jacques, le regard fixé sur le cadran solaire du bout de la rue, les figurants répéteront avec nous. Tu verras Julia, *mon petit**. Réjouis-toi et souffre. Après, on pourra aller boire une bière. Prends-le, je te l'offre, ajouta-t-il en écrasant le livre à couverture noire sur ma poitrine.

– Et que veux-tu que j'en fasse ? répliquai-je, effrayé, en cherchant à le lui rendre.

– Tu peux t'en servir comme oreiller, dit-il, et il partit en courant.

Je voyais déjà venir une armée de prêtres pour me punir du vol, il y aurait parmi eux une paire d'exorcistes prêts à faire tourner ma tête comme un hibou. La femme que Jacques avait importunée me dénoncerait et ensuite viendraient les deux agents que j'avais croisés le matin où j'étais allé louer ma bicyclette, pour me passer les menottes et me dire avec un grand sourire que cette fois, oui, ils m'arrêtaient.

Je transpirais et mon cœur battait à tout rompre. Sûr que j'allais voir une araignée. J'entrai dans la galerie en face du bâtiment des Franciscains et me mis à rechercher le calme devant une des lithographies de Chagall accrochées aux murs. Les représentations d'acrobates et de clowns au cirque, de cités volantes et de scènes de la Bible étaient toutes trop fantasmatiques et éloignées des images exactes d'une rose de kaléidoscope. Je m'arrêtai devant un tableau sur lequel une sirène rousse géante flottait au-dessus de la mer et de la plage. Elle avait un énorme bouquet de fleurs dans les mains. La base du tableau était d'un bleu semblable au dernier ton que j'avais vu sur les cheveux de Julia, mais le jaune, le vert et l'orange des fleurs se reflétaient, comme s'ils voulaient peu à peu conquérir tout le paysage avec leurs nuances, dans les écailles de la queue de la sirène et dans le contour d'une grande lune. Je serrai le livre sur ma poitrine, comme si c'était le mât d'un bateau auquel je m'agrippais pour que le chant de la sirène ne me rende pas fou. Le lendemain je verrais Julia.

Un des vendeurs vint à moi avec un sourire professionnel, la tête un peu penchée.

– Vous cherchez quelque chose de particulier ? me demanda-t-il, et ses yeux allèrent de mon visage au livre que je serrais sur ma poitrine.

– Des couleurs ! répondis-je d'une voix nerveuse. Mais je les ai trouvées.

Je sortis très vite, sans ajouter un mot. J'avais un sourire d'enfant espiègle et l'image de la chevelure de Julia était une étoile dans mon estomac, qui me faisait des chatouilles cosmiques. Je me détachai du mât, rangeai le livre dans mon sac à dos et sans effacer le sourire de mon visage je continuai à marcher. Je savais où me portaient mes pas pressés. J'allais à la Mozartplatz, pour dire ma joie à la statue de Trazom.

4

Un homme est en train de nettoyer l'*Esprit de Mozart*. Je pensais à la pantomime de l'archange et du diable, à l'arc-en-ciel de ma sirène que je verrais le lendemain, aux pets de stentor de Mozart, quand je le vis. Il avait des rides brûlées par le soleil, une casquette enfoncée sur la tête, d'où sortaient de grosses mèches grises et ébouriffées, un jean foncé et un T-shirt noir avec des motifs du festival. J'ouvris mon carnet rouge et écrivis : « Un homme est en train de nettoyer l'*Esprit de Mozart.* » J'écrivis aussi que l'œuvre est de Marina Abramović, que l'*Esprit de Mozart* comprend huit chaises en acier inoxydable face à une chaise de quinze mètres de haut dont l'assise manque (le trône de l'esprit ?) et qu'elles sont toutes fixées dans le gravier blanc d'un terre plein en forme de triangle bordé de pierres couleur café, que l'homme nettoyait.

Il était à genoux et plongeait un pinceau de taille moyenne dans un pot, puis répandait sur chaque pierre un liquide transparent. Sans qu'il me voie, je passai un doigt sur une des pierres ainsi traitées. La substance avait la consistance de l'huile diluée. Je pénétrai sur le terre-plein, comme le suggérait la plaque sur laquelle on lisait, dans deux langues, des informations sur l'artiste. L'homme, concentré sur son travail avec une attention de chirurgien en train d'opérer à cœur ouvert, ne s'aperçut même pas de ma présence. Je m'assis sur une des chaises. À ma droite, les voitures s'arrêtaient et avançaient, selon les ordres du feu tricolore; à ma gauche, la rivière coulait sans obéir à personne; autour des chaises se promenaient plusieurs pigeons, qui faisaient de petits bonds maladroits en cherchant quelque chose à picorer dans le gravillon. Je changeai de chaise et constatai qu'elles étaient toutes de hauteurs différentes. Je m'assis sur chacune d'elles. La seule qui était inaccessible était la très haute qui leur faisait face. Ses longs pieds brillants offraient, selon la chaise d'où on la regardait, des cadres différents au paysage qui s'étendait au loin, des éclats de soleil reflétés sur ses différents angles argentés, et dans l'espace vide de l'assise, tout là-haut, apparaissait un ciel dégagé.

L'homme qui nettoyait le terre-plein consacrait à son travail l'attention et le soin de quelqu'un qui s'adonne à la joie d'un hobby, à une activité qui le passionne. C'était peut-être un fan de Mozart ou un amateur d'art contemporain, ou un travailleur livré à sa tâche avec un enthousiasme inusité.

Je crois que j'essayai deux fois chaque chaise. Ma préférée était la cinquième, au milieu du deuxième rang, la plus haute des huit qui se trouvaient face à la très haute, celle de Mozart. Je pouvais ainsi balancer mes pieds, qui n'atteignaient pas le sol où picoraient les pigeons. Cela me rappelait l'heureux temps de mon enfance, quand mes jambes pendaient de toutes les chaises où je m'asseyais, quand mon père était un dieu puissant et protecteur et que j'étais encore incapable de comprendre son langage de méchanceté et de suffisance, quand je répétais avec un enthousiasme amusant le mot par lequel il me nommait parfois et qu'alors je trouvais beau. « Atcidan, atcidan », fredonnais-je gaiement et mon père ébouriffait alors mes cheveux plats. Jusqu'au dimanche ensoleillé où, alors que nous étions au zoo, je m'écartai de ma famille et fus hypnotisé par les grognements, les bâillements et les ébrouements des animaux en cage, et où, dans un instant d'audace enfantine, j'essayai de passer de l'autre côté de la grille pour aller nager avec les ours polaires. Un gardien me vit à temps et vingt minutes plus tard mon père, transpirant la fureur, et ma mère, enveloppée dans son angoisse, me récupéraient au bureau des renseignements d'où on les avait appelés à grands cris. Je compris ce jour-là que le mot « accident » que mon père m'expédia du haut de son mur facial par le canon de sa bouche n'était pas, n'avait jamais été et ne serait jamais beau.

Depuis lors, les ours polaires m'inspirent une sympathie douce, mélancolique presque. Pendant mon séjour dans la capitale allemande, j'allai souvent m'asseoir, les pieds bien fermes sur le sol, devant la fosse aux ours polaires du Zoologische Garten. Il y en avait un qui m'attristait. Il marchait du bord de son faux iceberg jusqu'au mur blanc de sa captivité et retour. Toujours le même petit parcours en remuant sans répit son long cou comme un pendule, comme un fou enfermé dans sa chambre aux murs blancs. Il s'asseyait quelques secondes et recommençait. J'appris à aimer cet être malheureux et à avoir la nostalgie de la liberté qu'on lui refusait. Je pensai à l'une des images d'*Animal'z*, ma BD d'Enki Bilal. Dans le ciel des paysages en noir et blanc d'une de ses vignettes mélancoliques, violentes et chargées de poésie, volent des éléphants et des tortues et des ours polaires. J'aimais imaginer qu'un jour l'ours captif, « fou » de Berlin, prendrait son élan, bondirait et s'envolerait comme les ours polaires de Bilal.

Je regardai de nouveau en direction du terre-plein et ne vis plus l'homme qui nettoyait l'*Esprit de Mozart*. Je courus vérifier s'il n'était pas en bas, sur le dénivelé, en train de marcher dans les rues qui bordent la rivière quand elle passe sous le pont et qui remontent pour déboucher dans la rue principale. Il y avait des gens qui marchaient, patinaient ou allaient à bicyclette, des personnes assises sur les bancs devant la rivière, d'autres qui entraient ou sortaient des toilettes publiques, mais aucune d'entre elles n'était l'homme que je cherchais. De l'autre côté de la rue, derrière le trafic, plusieurs enfants criaient et couraient autour des jets sauteurs d'une fontaine au ras du sol, au-dessus de laquelle était tendue une banderole qui annonçait les représentations d'un opéra de Gluck dont Cecilia Bartoli tenait le rôle principal. Je ne le trouvai pas là non plus, ni parmi ceux qui traversaient le large pont, ni parmi ceux qui attendaient que le feu passe au vert pour traverser la rue, ni nulle part où je dirigeai mes regards. Je marchai en sens contraire des voitures. Je chassai une guêpe et je le revis, en train de remuer la terre et d'arroser les plantes d'une jardinière en face du café Bazar. Il le faisait avec le même soin, le même calme et la même attention que lorsqu'il nettoyait les graviers. Je m'approchai de l'un des serveurs et lui demandai qui était cet homme. Mon agitation contrastait avec l'insouciance des clients qui buvaient leurs cafés et mangeaient leurs gâteaux et leurs crêpes à la confiture d'abricot sur la terrasse.

– Un fou, dit le serveur en secouant la tête et en souriant avec tendresse, comme quand on fait allusion à un enfant mal élevé. Il s'appelle Herr Wolfgang, vit depuis quinze ans sous le pont et s'occupe des jardinières, plante des fleurs, peint les plaques d'égout…

– Et nettoie l'*Esprit de Mozart*, l'interrompis-je sans cesser de regarder Herr Wolfgang.

Le serveur retourna à son travail d'homme sensé, les clients continuèrent à manger leurs gâteaux, entourés de guêpes, et Herr Wolfgang, qui avait terminé de s'occuper de la jardinière, se dirigea vers la rue d'un pas rapide, en direction de l'œuvre d'Abramović. Je le suivis. Je me crus dans un film policier. Il descendit l'escalier qui menait au dénivellement, laissa ses instruments de jardinier dans un coin sous le pont et revint s'asseoir sur le banc en face de la rivière. Dans la niche de la fenêtre enfoncée des toilettes publiques il y avait un nain de jardin souriant et un écriteau en carton sur lequel on lisait :

BONJOUR AMIS DES ANIMAUX ET DES FLEURS
NOUS VOUS SOUHAITONS UN BON ÉTÉ.
SALUTATIONS, MISTER WOLFGANG ET TEAM

Je m'assis à l'autre extrémité du banc, près de l'entrée des toilettes d'où Herr Wolfgang regardait la rivière, bras croisés sur la poitrine. Je remarquai que la longue frange d'herbe qui sépare les voies piétonnes et cyclistes avait été transformée en un beau jardin étroit. Il y poussait deux hauts tournesols et toutes sortes de fleurs brillantes. Les plaques d'égout et l'entrée des toilettes étaient décorées de points de couleur, et çà et là, selon une symétrie particulière et l'ordre des couleurs des plaques, on voyait quelques pierres ornées de discrets traits géométriques. Attaché à la fine tablette de métal qui se dressait au milieu de la bande herbeuse, il y avait un plateau de bois sur lequel brillait un porcelet tout rose, tout souriant avec sa fente sur le côté. Si quelqu'un y glissait une pièce, Herr Wolfgang remerciait d'un simple signe de tête. Je regardai en direction du pont. Dans un coin, garé, un Caddie de supermarché contenait divers ustensiles et vêtements bien rangés. J'observai du coin de l'œil le visage grillé par le soleil de Herr Wolfgang, ses bras musculeux, le calme avec lequel il regardait le cours de la Salzach. « Un fou », avait dit le serveur sain d'esprit, et si c'était bien le cas, le tournesol, le nain de jardin, le cordon de pierres huilées, les fleurs, les plaques d'égout décorées étaient les œuvres de sa folie. Mais pourquoi fou ? Pourquoi ne pas l'appeler vagabond, artiste, philosophe, poète, jardinier ? Je pensai, en regardant le petit paradis que j'avais sous les yeux, assis à côté de son créateur qui restait bien calme à contempler la bruyante cavalcade de la rivière, que si cela se trouvait Herr Wolfgang n'était ni un fou, ni un poète, ni un philosophe, mais un dieu en exil, oublié peut-être, mais immortel, en fin de compte, comme le Poséidon éternel de la fontaine, et héroïquement solitaire comme l'homme en bois sur sa sphère et librement ludique comme le génie Trazom. Ou peut-être était-ce l'ours de Berlin qui s'était envolé. Il s'était fait homme et était assis là près de moi.

Je montai l'escalier et retournai au terre-plein aux chaises. Je m'arrêtai sous la plus haute, celle en acier argenté. Tous les pigeons avaient disparu. Tous sauf un. Je rejetai la tête en arrière. Le vide de l'assise encadrait un ciel gris parsemé de nuages pâles, comme dans une vignette de BD. J'aurais aimé voir des éléphants et des dauphins et des ours polaires traverser ce carré mat de leur vol plein de lenteur. Je ne vis que le pigeon qui se reposait sur la haute traverse du dossier. Je baissai les yeux. Par terre il y avait une plume. Je la pris avec deux doigts. J'imaginai la main de Mozart portant sa plume de l'encrier au papier réglé où il a éternisé son esprit, et de l'encrier à la page blanche où il a éternisé un peu de sa voix, une voix qui s'adressait à un destinataire particulier qui finirait par être, en dépit des policiers esthétiques et moraux, jaloux de la pureté de l'art et de la morale, l'humanité tout entière. Je sentis une tape amicale. Il n'y avait personne à côté de moi. Je portai la main à mon épaule et la retirai aussitôt, dégoûté. Je levai la tête. Une seconde décharge fécale éclata, minuscule, en plein sur mon front. J'adressai au pigeon une très mexicaine imprécation. Je cherchai quelque chose pour m'essuyer et mon regard tomba, de nouveau, sur les petits cailloux brillants. Un peu de leur quiétude huilée caressa ma colère, comme un coup de langue long et affable. Je regardai le tournesol planté dans le petit royaume de Herr Wolfgang et un peu de sa circonférence jaune commença à gratter, comme une grande patte velue, mon torse angoissé. Je regardai le ciel et la possibilité d'un ours polaire commença à se graver sur ma rétine. Je me sentis joyeux. Je me frottai le nez avec la plume, puis me la mis derrière l'oreille. Peut-être la folie de Herr Wolfgang était-elle contagieuse. J'émis un miaulement, souris comme un bienheureux et ne m'essuyai pas le front, parce que je venais de décider que l'*Esprit de Mozart* m'avait baptisé.

5

Il y a un livre de Philip K. Dick qui commence plus ou moins comme ceci : « Il était une fois un type qui avait passé sa journée à chasser des insectes de ses cheveux. Le docteur lui dit qu'il n'y avait aucun insecte dans ses cheveux. Après être resté pendant huit heures sous la douche, debout, sous l'eau chaude, en souffrant heure après heure du fléau des insectes, il sortit de la cabine, s'essuya, et il avait encore des insectes dans les cheveux ; en fait, il en avait sur tout le corps. Un mois plus tard, il en avait dans les poumons. » Le personnage finit enfermé dans un asile en se croyant toujours contaminé, perpétuellement envahi par les insectes. Sa vie biologique se poursuit, mais un court-circuit se produit dans son esprit, qui se détériore à tout jamais.

Non, en fait moi je ne voulais pas être victime d'un court-circuit, je ne désirais pas voir des ours polaires voler partout comme des guêpes à Salzbourg. La folie comme métaphore poétique peut être très séduisante, mais vivre avec elle dans notre réalité de sains d'esprit doit être épouvantable. C'est ce que je me disais tout en revêtant mon costume provisoire de démon mineur pour aller à la répétition. J'étais le seul figurant dans le long vestiaire. Les autres étaient déjà en train de répéter. J'avais rêvé que je vivais sous un pont, que dans le ciel volaient des ours et des éléphants et des baleines que j'étais seul capable de voir, qu'ils me bombardaient de leurs excréments et que Mozart riait aux éclats. Je m'étais réveillé agité, nerveux, ne sachant pas où je me trouvais. Puis j'avais compris et je m'étais senti heureux du plafond au-dessus de ma tête en sueur, de l'eau tiède qui m'attendait sous la douche, de la poêle où je ferais frire mes œufs au lard. Il me suffisait d'être libre avec un minimum de sécurité et fou avec un minimum de sagesse pour me balader parmi les autres comme un type un peu bizarre, rien de plus, comme un extravagant de belle allure, peut-être. Mais même cela me semblait bien loin. Mon éducation m'avait lié par la force et la crainte aux règles et aux conventions sociales, j'avais en moi une indestructible timidité qui m'empêchait de livrer les rênes de mon existence à une imagination débridée. Mon père avait raison, ce qui me convenait c'était un bureau impersonnel, des horaires fixes et sûrs, des cravates pendant à la tringle près de cinq costumes alignés, un pour chaque jour de la semaine, les réunions du jeudi où l'on critique les folies des autres.

– Et qu'attend donc monsieur Vian pour venir répéter ?

C'était un reproche aimable, une bienvenue sans salut, c'était Julia. J'aurais pu pousser un cri de joie. Sa voix claqua dans l'air comme un fouet et mon cœur bondit hors de ma poitrine pour aller, obéissant, faire des pirouettes avec mes ours polaires imaginaires. Julia était debout, mains sur les hanches, un léger sourire sur son visage pâle, qui laissait à peine voir ses dents de travers, une impatience amusée dans le regard et un nouveau changement dans les cheveux. Les teintes jaunes étaient plus douces, le bleu général plus clair et le violet semblait vouloir manger les taches vertes et orange. « Comme dans le tableau de la sirène », pensai-je, tout étonné.

– Schuff est furieux parce que tu n'es pas arrivé, me dit-elle d'un ton pressé.

– Furieux… ? demandai-je, surpris et contrarié.

Il n'était pas inhabituel que durant la période des répétitions d'une nouvelle production un ou plusieurs figurants arrivent en retard ou manquent une séance, en raison de leurs occupations. Moi, je n'en avais pas d'autre, mais j'arrivais presque toujours en retard à cause de la relation naturelle et souple que tout Mexicain entretient avec le temps. Cinq minutes mexicaines ont une étendue plus grande, plus inexacte et plus imprévisible que les minutes du reste du monde. Jamais je n'ai vu un metteur en scène faire un scandale à cause de l'absence d'un figurant, à condition que le figurant absent puisse être remplacé et que le remplaçant remplisse son rôle comme l'original. De plus, la scène que je devais répéter ce matin-là était nouvelle et, en général, tout ce que nous faisons pendant les nouvelles scènes, nous autres figurants, c'est attendre et attendre pendant que le metteur en scène travaille avec les solistes.

– Moi, la cause de la colère de Schuff? demandai-je, déconcerté.

– Oui, toi, me dit Julia. Il n'est pas de bonne humeur ces derniers temps. Nadia Tchenova n'est toujours pas là. Un jour on nous dit qu'elle sera présente dans la matinée, on prépare les scènes de Donna Anna qui ont été travaillées en son absence avec María, sa *cover*, puis on nous dit qu'elle n'arrivera pas ce matin mais dans l'après-midi. Et quand on a repris l'ordre du jour et qu'on a fait les appels pour avertir les autres solistes des changements, on vient nous avertir qu'apparemment elle vient de perdre sa grand-mère, ou qu'elle a été mordue par un chien enragé, ou qu'elle a glissé dans sa baignoire et est allée chez le docteur pour voir si elle n'a pas une côte cassée. Et c'est comme ça depuis une semaine. Et elle n'est toujours pas là. Schuff est furibard et prêt à hurler. Si on lui en donne le prétexte il ne rate pas une occasion de se décharger de sa frustration et de sa colère. Ça nous est arrivé à tous. Accroche ta ceinture, prends un parachute ou ce que tu voudras. J'ai bien peur que ce matin ce soit toi la victime. Allons-y.

Aucun doute, une atroce réprimande de Schuff m'attendait, le mécontentement des autres, le renvoi et la grosse paluche de mon père m'ébouriffant les cheveux, sa voix me disant, avec un sourire fanfaron, une tendresse et une supériorité écœurantes : « Ah, l'accident. » Je transpirai, eus envie de m'enfuir en courant, d'éviter le coup infâme qui m'attendait. Vingt mille corbeaux jaillirent des nuages noirs et croassèrent en un chœur dissonant. Je pensai que si j'étais un peu fou rien de cela ne m'importerait. Je rejoignis Julia.

– Tu as lu quelque chose de Philip K. Dick ? lui demandai-je.

– Non, pourquoi ?

– Ce matin il m'a fait penser à la folie.

– Comme Artaud.

– Plus ou moins.

– Je sais seulement qu'un de ses livres a inspiré un de mes films préférés. *Blade Runner*.

– Exact.

– Tu as aimé *Blade Runner* ? me demanda-t-elle en s'arrêtant.

– Oui, mais je préfère *Solaris* de Tarkovski, répondis-je, en jouant les intellectuels.

– *Blade Runner* ! s'écria-t-elle, enthousiasmée, et ses mains serrèrent mon épaule avec force.

À ce contact tout mon corps fut parcouru de chatouilles cosmiques. Depuis combien de temps n'avais-je pas ressenti quelque chose de semblable ? Qui donc m'avait causé ce vertige de jouissance ? Pas Magdalena, ni Bicha. Peut-être un peu Guadalupe. Le courant que les mains de Julia généraient sur mon épaule était nouveau, violent et conquérant, et projetait des étincelles dans toutes mes cellules et tous mes neurones. Ah, que ces mains ne cessent jamais d'emprisonner mon épaule, tout comme l'amour inattendu qui était en train de faire son nid dans ma poitrine enfonçait ses griffes dans la chair de mon cœur dément !

– *Blade Runner* et *Mon voisin Totoro* sont les deux films que je revois régulièrement. Tu te souviens du monologue final du *replicant* avant de mourir ? demanda-t-elle.

– Je crois que oui, dis-je, et il me revint à l'esprit l'image d'un type blanc et nu sous la pluie, disant quelque chose avec difficulté et tenant une colombe dans ses mains.

Julia lâcha mon épaule, recula de deux pas, pencha la tête, regarda par terre, joignit les mains comme si elles protégeaient un trésor secret en forme de colombe blanche, leva les yeux et répéta mot pour mot le monologue.

– « J'ai vu des choses que vous ne croiriez pas, des navires de guerre en flammes au-delà d'Orion… J'ai vu des rayons C briller dans l'obscurité près de la porte de Tannhäuser… Tous ces moments seront perdus… dans le temps… comme des larmes… dans la pluie… Il est l'heure de mourir. »

Elle inclina son visage, comme un rideau sans plis ni rides, à peine agité par le vent, accroché à l'arc-en-ciel fou de ses cheveux, et ouvrit les mains. Je jure que j'en vis sortir, prenant son vol, blanc et lent, un petit ours polaire libéré. Mon cœur donnait de violents coups de pied contre le mur de ma poitrine. J'aurais dû la prendre dans mes bras abruptement, là, au milieu du couloir mal éclairé, me dresser sur la pointe des pieds et coller ma bouche sur la sienne avec la passion longue et plastique et exagérée des vieux films en noir et blanc. J'aurais dû enfouir mon visage dans l'arc-en-ciel de ses cheveux, combler son cou de petits baisers mordeurs et respirer tout l'arôme de ses épaules et écraser ma poitrine contre sa poitrine pour que les battements débridés de la mienne lui communiquent le rythme de leur surprise, et répéter à son oreille tiède et tendre son prénom en le laissant fondre sur ma langue comme un bonbon empoisonné, comme un vers impossible, comme la dernière prière d'un condamné à mort. Mais non, je n'avais pas assez de folie et de liberté pour faire tout cela, j'étais lié par trop de règles, de concepts, de timidité au lieu où j'étais resté immobile pour dire les mots inoffensifs qui sortirent de ma bouche :

– Ce n'est pas Philip K. Dick qui a écrit ça.

– Ah, dit Julia, déçue, je ne savais pas.

Elle sourit, secoua un peu la tête et se remit en marche vers la salle de répétition.

J'aurais au moins pu la complimenter pour son interprétation du monologue ou commenter ce texte, rappeler la scène, n'importe quoi sauf : « Ce n'est pas Philip K. Dick qui a écrit ça. » L'avais-je offensée ? Dirait-elle à Jacques que tout bien réfléchi elle n'avait pas envie d'aller boire une bière avec le nain ennuyeux ? Le mieux serait de me dépêcher de lui dire quelque chose. Nous arrivions, déjà nous parvenaient le son du piano et les cris de Schuff.

– Julia..., murmurai-je, mais elle ne m'entendit pas ou ignora mon appel.

Elle ouvrit la porte et alla occuper sa place à la table de la production.

Vivre dans la peur, voilà le véritable esclavage. C'est quelque chose de ce genre que dit aussi le *replicant* avant le petit monologue qu'avait récité Julia, avant de sauver la vie à celui qui essayait de l'exterminer.

6

– Eh bien, voilà enfin notre célébrité, cria Schuff en interrompant l'explication de la scène qu'il était en train de monter. Sentons-nous reconnaissants de l'honneur qu'il nous fait de sa présence.

Tout le monde me regardait. Si une voiture était venue dans ma direction, elle se serait arrêtée devant le feu rouge catégorique de ma figure. Mais il n'y avait pas de voiture, simplement cette allure de locomotive sans freins avec laquelle Schuff fonçait sur moi.

– Ne savez-vous pas qu'arriver en retard à une répétition est un péché mortel ? N'avez-vous pas lu Stanislavski ? Mais non, vous n'êtes pas acteur, ni chanteur, ni rien. Un fan à qui on a donné l'opportunité de monter sur une scène. Mon Dieu. Et tout à coup voilà qu'une renommée de pacotille lui tombe dessus. Ici, nous faisons de l'art, monsieur, ici votre célébrité de deux jours sert à se moucher, compris ?

Ces mots étaient ceux qu'il aurait voulu dire à la soprano, et non à moi. La renommée dont il parlait était une renommée pour rire, rien de semblable à la célébrité de Nadia Tchenova ; moi, personne ne prenait mon histoire au sérieux. Pas même moi. Aux photos du journal s'était ajoutée mon apparition aux infos de la veille au soir. Pendant l'après-midi, une équipe de télévision était venue filmer un moment de la répétition de Philippe. Elle faisait un reportage sur la nouvelle mise en scène de *Don Giovanni* et cherchait à obtenir des extraits de chaque facette de la préparation. Philippe avait accordé cinq minutes de repos et la télévision en avait profité pour lui poser quelques questions. Au milieu d'une de ses réponses, tout au fond, j'avais glissé à cause de la sueur sur le parquet et j'étais tombé sur le dos, comme une planche. En entendant le coup, Philippe s'était retourné, avait repris son micro et déclaré en souriant qu'il n'était pas toujours facile de travailler avec des figurants. À ce moment-là, ignorant la caméra qui tournait, je m'étais relevé en me frottant la tête. La scène avait paru aux journaux télévisés et Vian alias Zelig avait une nouvelle fois été reconnu dans la rue.

– Ne restez pas planté là, Mexicain. Prenez votre place une bonne fois, cria Schuff, et il cessa de me prodiguer cette malheureuse attention.

Je n'avais pas la moindre idée de l'endroit où je devais me placer. La scène qu'on répétait se situait à la fin du premier acte et nous ne l'avions pas encore travaillée avec Philippe. J'arpentais l'espace scénique, regardais à droite et à gauche en évitant les visages que j'imaginais hilares et moqueurs, et cherchais à trouver un endroit éloigné où je ne gênerais pas l'action. Une poigne saisit mon avant-bras, m'entraîna et me déposa près d'une des colonnes en carton.

– Quelle entrée triomphale tu as faite, dit Jacques, qui lâcha mon bras et alla s'installer à sa place à côté de la sculpture du Commandeur, près du fantôme sans visage.

Je restai au même endroit jusqu'à la fin de la répétition. Schuff s'occupait de Jacques et des solistes, et Philippe des danseurs. Nous autres figurants, chacun à notre place, nous faisions la même chose : nous attendions, debout ou assis, comme des meubles ou comme une partie de l'architecture, que quelqu'un nous dise ce que nous devions faire. Personne ne s'occupait de nous. Schuff interrompait la musique pour mieux modeler ses idées avec tel ou tel des solistes, pendant que Philippe improvisait de subtiles chorégraphies avec les danseurs, jusqu'au moment où Schuff demandait de remettre la musique pour crier presque aussitôt « Stop, stop ! » et parler avec un autre soliste. Et ainsi de suite, sur la musique de Mozart bafouillant, comme bègue. Vittorio Grazziemille (Leporello) secouait la tête, contrarié, Ernesto Pesado (Don Ottavio) répondait à des messages sur son téléphone, et Richard Fellow (Don Giovanni) essayait de séduire vraiment (et vainement) l'intelligente Regula Mühlemann (Zerlina). Masetto bâillait et regardait sa montre toutes les deux minutes. Le chœur parlait comme dans une réunion entre amis, et Claudia, l'assistante de Schuff, commençait à s'enrouer à force de demander le silence. Moi, j'épiais Julia qui notait chacune des explications de Schuff et je me demandais si elle était fâchée contre moi à cause de mon commentaire sec et sot à la fin de son monologue.

Lors d'une de ces innombrables interruptions, Jacques s'approcha de Julia, lui dit quelques mots brefs à l'oreille et retourna à sa place. Julia sortit de la salle de répétition et revint quelques minutes après avec un café dans un gobelet en plastique qu'elle apporta à Jacques, à l'insu de Schuff. Et si moi je lui demandais un café, me l'apporterait-elle ? En revenant à sa place elle me regarda, leva les yeux au ciel et sourit. Et ce sourire me tira du chagrin dans lequel j'étais en train de me noyer. Si Julia s'était fâchée contre moi, son sourire me pardonnait ; si elle ne s'était pas fâchée, son sourire était un simple signe de complicité. Dans un cas comme dans l'autre, ce sourire était pour moi ce que les épinards étaient pour Popeye et il me faisait sentir, comme lui, rénové, important, fort et enhardi. Pour combattre l'ennui, je commençai à improviser des positions de diable comme celles que j'avais vues chez celui, en pierre, qui était en train de perdre son combat avec l'archange saint Michel à l'église Saint-Pierre. Je crispai les doigts, étirai le cou comme si j'avais reçu un coup de lance dans la poitrine, levai une de mes pattes, plissai le visage et tirai une langue de serpent.

– Bon, dit Schuff en avisant, pendant une des reprises de la musique, ma pantomime, au moins, vous, votre imagination fonctionne. Vous, ajouta-t-il en s'adressant aux autres figurants, faites comme le Mexicain. Ne restez pas là comme des mannequins cassés, bon sang. Faut-il que je dise tout ce que vous devez faire ?

La musique reprit et ma récompense ne fut pas le bref éloge de Schuff, mais le nouveau sourire de Julia après le bravo silencieux qu'elle m'adressa du bout des doigts. Je lui souris en retour et me transformai de nouveau en faune épileptique, en reptile pris de crampes d'estomac, en démon amoureux.

– Stop ! cria Schuff, et il alla parler à Vittorio.

De nouveau, il lui expliqua ce qu'il désirait pour cette scène, mais avant qu'il puisse terminer Vittorio l'interrompit : ce n'était pas ce que Mozart voulait pour son personnage.

L'idée de Schuff était qu'au moment où Don Giovanni chante « *Viva la libertà* » et contamine par son chant les autres personnages qui se réunissent en chœur pour chanter avec lui, tous perdent momentanément la raison et se retrouvent dans les bras de quelqu'un qu'ils n'auraient jamais imaginé étreindre. Que leurs mains aillent dans des endroits interdits sur les corps d'autrui, que jambes, torses et cous s'entremêlent pendant que les bouches, tout près les unes des autres, chantent « *Viva la libertà* ». Et qu'au moment où la nouvelle musique reprendrait l'histoire, ils se découvrent avec stupéfaction dans leurs honteux rapprochements et reviennent sur-le-champ à l'instant qui avait précédé leurs excès.

– Tout ça c'est très bien, dit Vittorio, mais je sais qui est Leporello et je dois respecter mon personnage. Cette histoire d'orgies et de grossièretés généralisées n'a rien à voir avec l'œuvre originale. Ce n'est pas si compliqué, non ?

– Si l'art n'est pas compliqué, répliqua Schuff en se tirant les cheveux, s'il ne fait pas mal, s'il ne fait pas trembler nos convictions, alors ce n'est pas de l'art. Ce n'est pas de l'art ! Faites ce que vous pouvez, conclut-il.

Il se laissa tomber sur sa chaise en essayant de garder un calme qui se vit de nouveau menacé quand l'assistant du chef d'orchestre s'approcha pour lui signaler que dans cet espace, et avec la disposition actuelle des acteurs, il n'y aurait pas assez de place pour les trois orchestres que Mozart veut voir interpréter les trois danses différentes et simultanées de la fête.

– Il y en aura assez, il y en aura assez, répondit Schuff en agitant un ballon invisible entre ses mains, ce n'est qu'un premier schéma.

– Je le dis pour qu'après il n'y ait pas de problèmes, précisa l'assistant.

– Après il y a toujours des problèmes. Après et avant et pendant.

Il fit demi-tour et alla s'asseoir à sa place à la table de la production. Musique !

– Mesure vingt-huit, s'il vous plaît, Carrie-Ann, indiqua Claudia à la pianiste, et la répétition recommença.

Cette fois, Schuff laissa la scène se dérouler sans interruption. Il gardait les coudes plantés sur la table et le front entre les mains. Claudia lui murmura quelque chose, il refusa sans énergie, rejeta son corps en arrière et observa le déroulement de la scène, y compris les parties que personne n'avait répétées. Nous improvisions, les uns avec énergie, d'autres sans le moindre désir d'apporter quoi que ce soit. Schuff observait d'un air fatigué, un air d'ivrogne abattu au petit matin, de général qui à la tête de son armée décimée voit approcher l'ennemi fier et nombreux.

La musique atteignit son point final, nous restâmes immobiles, en silence. Schuff était toujours concentré sur un point inaccessible aux autres, étranger à l'immobilité et au silence dans lequel nous étions tous plongés sans savoir que faire. Quand il fut évident que Schuff ne dirait rien de plus, Claudia se leva et annonça que la répétition était terminée. Nous sortîmes lentement, en murmurant, comme on quitte une veillée funèbre. Schuff resta seul sur son siège en fixant un point au loin. Je le vis plus tard, de l'encadrement de la porte, alors que je me pressais pour rejoindre Julia et Jacques, qui avaient déjà ôté les antivols de leurs bicyclettes et m'attendaient pour aller manger en ville. Il était là, regardant l'espace vide, silencieux. Il anotait aussi sa partition. Il cherchait comment instiller cohérence, structure à ses idées, comment parvenir à transmettre le dessin que la musique de Mozart traçait sans difficulté de la folie de son esprit à la folie des interprètes. Il était pris dans sa lutte intérieure. Jacques cria mon nom et je ne réagis pas. Julia cria à son tour et je répondis avec la célérité et la prestesse que met un esclave à répondre à l'ordre de son maître. Je m'éloignai de la porte et laissai Schuff seul, face à l'espace scénique, essayant de donner forme à l'argile de sa créativité, réfléchissant, luttant.

Et souffrant.

7

La circulation fluide et bruyante était notre musique de fond. Nous étions assis à la terrasse d'une pizzeria après avoir pédalé pour rentrer en ville. Manifestement, le prix à payer pour être avec Julia était la présence proche de Jacques. Je n'avais pas d'autre choix que de m'en acquitter. Nous demandâmes de l'eau, un pichet de rouge de la maison, une salade à la mozzarella pour Julia, des spaghetti *all'arrabbiata* pour Jacques et une pizza au jambon et aux champignons pour moi. Jacques parlait tout le temps, entre deux bouchées. Il buvait de longues gorgées de vin, coupé d'eau – « comme les Grecs anciens », dit-il –; quand son verre était vide il le tendait à Julia sans la regarder et elle le remplissait aux trois quarts de vin, le reste d'eau. Pourquoi Julia lui apportait-elle du café aux répétitions et lui remplissait-elle son verre à table, lui ramassait-elle sa serviette si elle tombait par terre? Je n'avais pas l'impression qu'ils étaient amants ni parents, qu'étaient-ils alors? J'évitais de le leur demander, de crainte que de la réponse ne surgisse ma désillusion amoureuse, préférant rester dans une incertitude pleine d'espoir plutôt que de faire détoner une certitude qui ferait sauter mes aspirations d'amoureux idiot en mille morceaux. Et oui, c'était probablement ce que je devais faire une fois pour toutes, en finir avec ma comédie sentimentale. Ma raison me montrait l'évidence de la douleur à venir : si Julia tombait amoureuse de moi, la fin de l'été serait encore plus douloureuse qu'elle ne s'annonçait ; et si elle était indifférente à mes sentiments, le reste du temps que je passerais à Salzbourg serait chaque jour plus sombre et plus croassant. Mais à peine la raison me montrait-elle le chemin, loin de Jacques et de Julia, susceptible de me sauver de ces douleurs inutiles, que déjà mes yeux se mettaient irrémédiablement à épier les mouvements de Julia qui acquiesçait au monologue de Jacques avec des sons brefs et faibles. Elle mangeait lentement les menues et jolies préparations de fromage, tomate et basilic qu'elle piquait avec soin sur sa fourchette avant de les porter à ses lèvres entrouvertes. Après chaque bouchée, elle buvait une petite et silencieuse gorgée de vin, et en reposant le verre sur la table portait en même temps le bout d'un doigt sous sa lèvre pour ôter la goutte qui y restait toujours, en suspens et transparente. La goutte disparaissait sous son doigt et la pointe de sa langue sortait fugacement de sa bouche, comme une petite vague, qui changeait avec une caresse presque imperceptible l'éclat du vin en éclat de salive. Une agitation se déchaînait alors dans ma poitrine et faisait croître dans ma bouche une soif exclusive de cette demi-goutte, de ces lèvres rouges.

Jacques continuait à parler comme s'il accordait une interview, faisait une conférence de presse ou un discours dans une cérémonie de remise des prix. Tout au long du repas, il commenta le déroulement des répétitions, les problèmes auxquels Schuff était confronté, sa préparation trop théorique des scènes, le manque de bonne volonté de la plupart des solistes pour comprendre son concept et lui donner vie. Il mentionna l'enthousiasme de Dorothea Röschmann et de Regula Mühlemann, qui se brisait invariablement contre l'apathie des autres acteurs. Il condamna avec fureur l'irresponsabilité et le manque d'engagement artistique de la soprano absente, les trop rares répétitions avec le chœur et la quasi totale absence d'interaction avec le chef d'orchestre qui était presque toujours ailleurs en train de diriger d'autres œuvres. C'était triste, disait-il la bouche pleine de pâtes, de voir des professionnels du chant changer les notes bien connues qu'ils produisent, avec les effets techniques appris et mille fois recommencés, en bouquets de fleurs belles mais fanées, en temples majestueux mais vides.

– Les responsables de ce terrible dévoiement ? demanda Jacques, et il regarda autour de lui comme si les coupables déambulaient dans les rues de Salzbourg. Tous ! Tous ! L'administration de l'Opéra, la presse spécialisée, les fans, l'industrie discographique, les artistes ; tous porteurs des maux de notre époque.

Ses gestes grandiloquents et son ton furieux de prédicateur apocalyptique attiraient les regards d'autres clients. Cette attention lui injectait de l'énergie et attisait son élan oratoire. Jacques souffrait du même mal, la soif de reconnaissance et de gloire, qu'il était en train de vitupérer.

Tout cela m'avait paru bien pompeux et un peu exagéré, quoique non dépourvu de vérité.

– Mais quand l'œuvre est un chef-d'œuvre, elle résiste par sa force à la maladie des éléments qui la composent, continua-t-il.

Après avoir commandé trois cafés, il se lança dans un discours sur *Don Giovanni*.

– Il faut être fidèles à la clarté de cette musique, affirma-t-il en faisant fondre avec son doigt un morceau de sucre dans son café chaud, fidèles à sa très complexe simplicité. Sinon, elle finit par devenir un monstre, intéressant peut-être, mais monstre en fin de compte. Vous l'avez là, ce génie de Wolfgang, capable de séparer l'elfe et l'enfer de son âme, l'apollinien et le dionysiaque de la psyché humaine, et avec la baguette magique de son don sans égal les réunir de nouveau sans qu'ils se gênent entre eux. Non, le diable Mozart n'était pas fou. Les quelques grands experts qui lui imputent des pathologies peuvent bien les accrocher à d'autres plus ordinaires, et qui les méritent davantage, conclut-il en me signalant d'un rapide revers de sa main.

Ou du moins en eus-je l'impression. Je sentis une vague de lave déferler sur mon visage et une envie sauvage de l'étrangler. Je pensai que son laïus n'avait rien ou presque à voir avec Mozart, et qu'en fait il avait voulu exposer les faiblesses de mon âme pour les déposer sur la table devant Julia. Je connaissais bien cette tactique, c'était une de celles que mon père utilisait le plus souvent. Quand je faisais ou disais quelque chose qui le contrariait devant les voisins, mon frère et ma sœur, ou nos tantes et oncles allemands, il trouvait le moyen de dresser la liste des défauts d'un acteur quelconque ou d'un chanteur à la mode, sans cesser de me regarder. Puis il me désignait comme en passant, comme avait fait Jacques, pour qu'il soit bien clair que ce dont il parlait c'était de mes déficiences, qu'il réprouvait.

– Et bien entendu, dis-je, lassé et enhardi, qui mieux que toi pour savoir si Mozart était un fou ou un génie ou un sage ou tout ça à la fois, qui donc mieux que Jacques – j'avais haussé la voix pour prononcer pompeusement son prénom – pour disqualifier tous les experts ?

Julia retint l'eau qui, à cause de son rire, avait failli jaillir de sa bouche. Je fus presque réjoui de l'avoir fait pouffer, mais l'éclair de défi que je vis dans les pupilles de Jacques et la lenteur avec laquelle il se retourna vers moi en plissant les yeux et en relevant une des commissures de ses lèvres comme un Tyrannosaure Rex auquel on a planté la pointe d'une lance dans le petit doigt m'arrachèrent mon courage momentané, et ce qui aurait dû être une bonne attaque sarcastique se transforma en une pâle question qui s'acheva en excuse plutôt qu'en affrontement :

– Ne m'as-tu pas dit toi-même que tu as été Mozart ?

– Tu crois que parce que tu es en train de lire ses lettres tu peux maintenant parler du Maître avec moi, petit Vian ? demanda-t-il en approchant son visage tout près du mien. Pourquoi rougis-tu ? rit-il, et il s'adossa de nouveau au dossier de sa chaise. C'est vrai, j'ai été Mozart, mais uniquement pendant ma préparation pour interpréter Amadeus. Sur scène, je ne fus plus qu'une caricature du génie. Je l'avoue sans difficulté. Ce n'était pas ma faute – il appuya la nuque sur ses mains entrelacées. Et toi, petit Vian, dis-nous un peu, qu'as-tu été, qu'as-tu réussi, de quels échecs t'es-tu relevé et de quels succès peux-tu te vanter ? Eh ? Parle-nous un peu de toi, Vian. Allez, dépoussière cette langue timorée.

J'esquissai un sourire peu assuré et refusai de la main, pour essayer d'ôter de l'importance à l'affaire. Pour essayer d'échapper à sa morsure. Le regard de Jacques ne me lâchait pas.

– Et pourquoi donc, intervint Julia, ne racontes-tu pas plutôt à Vian, *toi*, qui tu es, Jacques ? Pour donner l'exemple, disons.

Une fenêtre s'ouvrit dans la cave où la honte m'avait précipité, et je sentis que mon défi manqué avait valu la peine, ne fût-ce que pour déclencher cette marque de solidarité.

– Oh, eh bien le défenseur des enfants muets est de sortie. Magnifique. Applaudissons. Allez, je le concède : je suis un porteur de masques en plus d'être un buveur assez fonctionnel et un grand maître masturbateur sans mauvaise conscience. Si apprendre l'art de ces disciplines libératrices t'intéresse, je suis à tes ordres – il me serra la main et l'agita de haut en bas, la relâcha et frappa la table avec sa paume. Mais je ne disqualifie aucun expert – il jeta son corps en avant avec une violence jouée et frappa la table de ses deux poings –, c'est Mozart qui, de l'éternité, répond à ceux qui interprètent sa vie et sa personne, avec un éclat de rire libre, indifférent et syncopé sur un rythme de six octaves.

– Un rire comme celui d'Amadeus dans le film de Forman ? demanda Julia en me faisant un clin d'œil.

– Ah, s'écria Jacques, le fameux petit rire que j'ai complètement gommé de mon interprétation. Celui qu'après plusieurs représentations le producteur m'avait demandé d'inclure parce que, apparemment, il manquait au public, ce petit rire à cause duquel j'ai été chassé de la production, parce que j'avais catégoriquement refusé d'en affubler ma représentation.

Jacques fit une pause et il fallait que je décide si je continuais à m'abriter derrière un silence commode, loin de ses attaques, ou si je profitais de la force que le clin d'œil de Julia m'avait insufflée pour mentionner ce que Perec m'avait dit à la librairie au sujet de ce rire, quand nous avions parlé de l'origine de mon prénom et de ceux de mes frère et sœur.

L'occasion de faire mon commentaire s'évanouit.

– Je déteste ce rire hystérique et idiot ! conclut Jacques, et il demanda l'addition d'un geste rapide de la main.

– Moi, en revanche, je l'adore, dit Julia.

– Ça ne m'étonne pas, répliqua Jacques. Toi, *chérie**, tu aimes tout ce qui est idiot – et il se retourna vers moi avec un demi-sourire ironique.

– Ce doit être pour ça, dit aussitôt Julia, que je me promène tout le temps avec toi, *mon cher**.

– *Oh là là**, mais qu'est-ce que nous sommes combatifs aujourd'hui. Et si nous racontions à Vian un peu de ton histoire, *chérie** ?

– Nous ferions mieux de partir, coupa Julia d'un ton sec.

– La dame aux cheveux multicolores ici présente, dit Jacques, souffre du syndrome de l'imposteur, et pour ne pas l'éprouver elle sabote ses succès. De cette façon, pas d'imposteur mais une simple réalité compréhensive : la défaite que personne ne remet en question. Là, elle se sent grande parce qu'elle est l'exécutrice de son propre effondrement. Il y a quelque temps, elle a découvert que le progrès et la réussite apportent trop d'anxiété, de peurs, de malaise, d'envies et d'isolement. La médiocrité est sa paix et son refuge.

– Pourquoi n'en finis-tu pas avec tes psychanalyses et ne reprends-tu pas, plutôt, ton cours magistral sur Mozart ?

– Je voulais simplement que Vian comprenne pourquoi tu préfères être médiocre que lumineuse, *ma chérie**.

– Je ne préfère pas être médiocre, mais libre, dit Julia, irritée pour la première fois. Celui qui obtient succès et renommée devient l'esclave de sa célébrité pour le reste de sa vie. Au moins, moi, c'est ma propre décision, et non le manque de talent comme dans ton cas… *mon cher**.

Jacques eut un demi-sourire et porta un cure-dents à ses lèvres.

– Bravo, *chérie**, dit-il en lui caressant le visage.

Elle s'essuya la joue comme s'il l'avait souillée avec quelque chose de poisseux et de désagréable. Il haussa les sourcils et sans quitter son demi-sourire moqueur, il approcha un visage plein de défi de celui de Julia. Elle soutint son regard et ils restèrent tous deux figés dans un duel silencieux. Elle, calme et sérieuse, lui souriant à demi et penchant la tête comme un reptile curieux. Le serveur apporta l'addition.

– Qu'il paie, dit Jacques en me montrant sans cesser de regarder Julia.

– Et pourquoi moi ? demandai-je avec surprise et indignation, d'une voix très aiguë et fausse.

Un petit bruit nasal fut le prélude du rire « clair et glacial » que Julia ne put contenir et qui déclencha l'éclat de rire grave et offensant de Jacques. Ils riaient comme des gosses, comme des ivrognes, comme des fous. Ils frappaient la table avec les paumes de leurs mains, essuyaient les larmes de leurs yeux, regardaient mon visage rouge et sérieux et déconcerté, et éclataient de nouveau de rire, et quand enfin leur hilarité s'épuisa Jacques sortit un billet, paya la note et ajouta l'humiliation à ma honte.

– Bien, dit-il en se levant, maintenant nous allons gravir cette montagne – il montrait la Mönchsberg et se mit en marche vers la coupure verticale qui exposait, nus, ses muscles de pierre.

Julia me sourit et sortit derrière lui.

Je ne bougeai pas. Ma raison me criait, plus fort que jamais : « Éloigne-toi de ces deux perturbés, auprès d'eux jailliront des douleurs et des blessures qui demain, quand ils seront ton passé, lacéreront chaque instant de ton présent. Sauve-toi, tu as assez de problèmes à résoudre comme ça. »

Voyant que je ne bougeais pas de mon siège, Julia se retourna :

– Tu viens ?

Et je la suivis, entêté, calmé et sûr de moi.

Comme un âne.

8

Depuis le jour où Julia m'avait dit que *Blade Runner* et *Mon voisin Totoro* étaient ses films préférés, je les avais vus plusieurs fois. *Blade Runner* et ses *replicants* subversifs qui découvrent leur identité de machines avec date spécifique de caducité, qui se rebellent, sont pourchassés et cherchent à coups de griffes une liberté qu'ils n'ont pas puis meurent dans la même incertitude et le même étonnement que ceux dans lesquels meurent leurs créateurs et persécuteurs, les êtres humains ; et *Mon voisin Totoro*, avec ses petits animaux fantastiques dirigés par une sorte d'ours-chat géant et gros qui vole et flotte, provoque des tempêtes, joue de la flûte et s'évanouit. Je les ai regardés avec la plus grande attention, en prenant des notes, comme si dans la succession de leurs scènes se trouvaient cachées les clés pour mieux comprendre la fille aux cheveux kaléidoscopiques. Parfois je crois découvrir des pistes, je fais des conjectures, je les rejette toutes. Puis, les mains vides de tout ce que je cherchais, je laisse simplement la poésie visuelle des deux œuvres cinématographiques se mêler dans mon esprit à mes pensées et mes souvenirs.

Trois passagers silencieux montent dans le vaste transporteur cubique, blanc et très fortement éclairé. Ils ont mangé ensemble des pizzas et des pâtes. Ils se dirigent vers l'endroit où ils trouveront le *Skyspace*. Ils ne savent pas s'ils sont des *replicants* ou des êtres humains. En sortant du transporteur ils lèvent les yeux sans pouvoir découvrir, sur aucune des cimes des grands arbres, l'énorme animal sphérique et velu qui joue une mélodie sur sa flûte en bois. Ce qu'ils voient, en revanche, c'est une construction en rochers avec une porte de verre en forme de cylindre elliptique… On dirait un temple abandonné, sans adorateurs ni dieux, d'une civilisation disparue. Bruit de pas ; le soleil chauffe comme une haleine de dragon. Ils s'introduisent dans le cylindre elliptique, referment la porte de verre et s'assoient sur la barre qui longe les murs blancs et lisses. Ils lèvent les yeux en même temps. Le toit a une ouverture ovale par où on peut observer le ciel, comme un tableau qui se métamorphose à chaque mouvement de la lumière. Un des trois explorateurs dit qu'ils pourraient bien se trouver dans les entrailles d'un animal galactique déguisé en temple et que l'ouverture du toit soit l'évent par lequel ils seront éjectés si la bête se contracte. Un autre dit qu'ils sont à l'intérieur d'un œuf énorme et qu'en sortant de là ils renaîtront, ils seront autres. Une mélodie électrique commence à rebondir sur les murs lisses et à se dédoubler en un écho mécanique, comme un sinistre rire de robot. L'explorateur qui est le plus près de la porte tire de sa poche l'appareil à communiquer, appuie sur une touche virtuelle de l'écran et fait taire la mélodie. Il a reçu un message de l'agent. Il appuie sur une autre touche virtuelle et quelques secondes plus tard apparaît sur l'écran le visage rubicond et joufflu d'un vieil homme à tête d'enfant qui mâche un hamburger.

– Tu es seul ? lui demande l'homme.

Après avoir entendu la réponse négative de l'explorateur qui montre les deux autres, il lui demande de chercher un endroit où il puisse parler, il a quelque chose de nouveau pour lui.

– C'est important, ajoute-t-il, et il disparaît de l'écran.

Les deux autres se regardent, l'explorateur ne sait pas si ce qu'il voit dans les yeux de la femme est un éclair de joie anticipée ou seulement le reflet de sa propre allégresse à la perspective de rester seuls, libérés de la tyrannique présence du troisième. Celui qui a reçu le message se lève, dit qu'il revient tout de suite, leur demande de ne pas bouger de là, et sort. Les deux autres sans rien dire observent le creux dans le toit, elle, insouciante et somnolente, lui tendu et pas sûr de lui. Que l'animal se contracte, pense-t-il, qu'il nous expulse de cet œuf transitoire et que nous partions de nouveau pour la bataille, nés de nouveau, transformés… autres. Le vent traîne un nuage dans le ciel et le dépose face au soleil. L'intérieur de la construction cylindrique baigne dans une changeante lumière crépusculaire. Les deux qui sont restés, muets, méditent, allongent leurs doutes et leurs craintes comme des ombres dans le soir. La porte de verre s'ouvre soudain, la poussière sous le banc circulaire s'agite comme un tas d'animalcules effrayés. Deux petites filles montrent leur tête, regardent autour d'elles, et en découvrant les explorateurs s'enfuient en courant comme si elles avaient vu des fantômes. Par la porte restée ouverte entrent des voix humaines et le cri grinçant d'insectes qui se mêlent au son de la respiration des explorateurs. Aucun des deux ne bouge. Le nuage passe, les murs blancs reflètent de nouveau l'intense lumière du soleil. Celui qui avait reçu le message revient. « Allons-nous-en », ordonne-t-il et les deux autres le suivent ; elle, le regard fixant le dos du meneur ; lui, le plafond sans couvercle, l'ovale ouvert hors duquel ils auraient dû être éjectés par la contraction de la bête magique pour renaître, pour être autres.

– On me propose d'interpréter Hamlet, dit Jacques, en commentant l'appel de son agent. Le théâtre est misérable mais le rôle est colossal. Accepter ou ne pas accepter, telle est la question. Je prends ?

– Je pense que… commença Julia.

– Tu n'as pas besoin de dire quoi que ce soit, interrompit Jacques. C'était une question rhétorique, ton opinion ne m'intéresse pas. J'ai été Mozart, je serai Hamlet : tous deux de pauvres êtres harcelés par le fantôme accusateur du père.

– Comme toi, dit Julia.

– Tais-toi et allons-nous-en, dit Jacques.

Julia baissa la tête, quelques mèches orange tombèrent sur son front. Nous franchîmes la porte de verre et sortîmes du *Skyspace*, l'œuvre de l'artiste James Turrell érigée à côté du musée d'Art moderne. Nous marchâmes en silence. Nous ne savions toujours pas si nous étions des *replicants* ou des êtres humains et à la cime des arbres nous ne voyions toujours pas l'animal velu et sphérique qui vole et joue de la flûte en bois. Peut-être que Julia le voyait, elle.

Nous montâmes une petite côte jusqu'à un mirador pourvu de deux bancs en bois. Vue de ce promontoire, la ville était une maquette animée, avec ses rues et ses ponts couverts de monde, avec la ceinture couleur olive et cendre de la rivière où le reflet du soleil se brisait en diamants bondissants, avec ses toits verts et gris d'où surgissaient les coupoles des églises, comme de hautes tortues vénérables.

– C'est là que s'assied l'esprit de Mozart, dis-je en montrant la haute chaise au bord de la rivière.

Mon commentaire déclencha la froide loquacité de Jacques. Encore des faits, encore des théories, encore des sermons jusqu'au moment où il découvrit une inscription près des bancs où nous lûmes qu'en 1669 un éboulement rocheux avait causé la mort de deux cent vingt personnes, ainsi que la destruction de plusieurs maisons et de l'église. À la suite de cette tragédie, l'administration de la ville avait créé le corps de nettoyeurs de collines, des alpinistes qui, suspendus à des câbles et des harnais, continuent à débarrasser la colline de ses rochers et de ses racines pour protéger les maisons au pied du Mönchsberg.

– Oh, j'adorerais faire ça, dit Jacques. Pendant un jour, au moins, être suspendu au-dessus des précipices de la montagne comme un véritable homme-araignée.

Un petit frisson rapide me parcourut le dos. Oui, l'araignée imprimée sur la tenue du fameux héros Marvel me causait elle aussi répulsion et effroi. Mon superhéros avait été Batman dans son monde de déséquilibrés.

Le téléphone de Jacques sonna de nouveau, il décrocha et d'un geste de la main nous indiqua qu'il nous rattraperait, que nous pouvions continuer la promenade sans lui.

Nous suivîmes, Julia et moi, le sentier sans rien dire, dans la lumière déclinante du soir qui assombrissait les arbres et faisait s'envoler un brouhaha d'oiseaux. Julia poussa une exclamation de joyeuse surprise, me prit par la main et m'entraîna hors du chemin. Elle venait de découvrir une construction au milieu des herbes et des arbustes, une charpente en forme d'igloo vers lequel elle me guidait, émue. C'était une autre œuvre d'art contemporain, *Numbers in the Woods*, de Mario Merz. Nous nous assîmes sous les douze tuyaux courbés d'où pendaient des chiffres bleus, phosphorescents. On aurait pu se croire dans une grotte ouverte, dans un sanctuaire magique. Elle baissa les yeux et se mit à caresser le gazon comme si c'était l'échine d'un grand animal très beau, vieux et sage. Moi, j'entrepris de tracer une interminable spirale. Le murmure végétal du gazon qui se courbait sous la paume voyageuse de sa main et le tourbillon de mon doigt se mêlait au chant allongé des cigales, au ronronnement intermittent des grillons, au concert des oiseaux qui annonçait la tombée de la nuit. Nous restâmes ainsi un long moment, à écouter la nature se préparer pour l'obscurité, à contempler les chiffres qui devenaient de plus en plus brillants, à cajoler le dos de la montagne. Je n'avais pas besoin de parler avec elle, ni de la prendre dans mes bras, ni de la toucher. Sa proximité et le silence partagé et le dessin de nos caresses sur l'herbe me suffisaient. Je repensai vaguement au paragraphe d'Artaud que Julia avait lu sur le grand escalier quand nous avions fait connaissance ; quelque chose sur la musique des chiffres et une mathématique qui donne forme aux objets dans le chaos. Et là, près d'elle, sous cette structure marquée de chiffres qui couraient tout au long des tuyaux dans une multiplication parfaite et infinie, je me sentis enlacé, envahi par un présent serein et prodigieux en connexion avec quelque chose d'éternel, de sphérique, convaincu qu'elle partageait ce que j'expérimentais, elle et moi installés dans la camaraderie d'un instant unique, du refuge de lumière parfait.

– On est bien, ici, dis-je, et elle acquiesça sans mot dire.

Le silence murmurant nous enveloppa de nouveau. Julia suspendit sa caresse, sa main cessa de se promener sur le sol vert et elle me regarda. Je ne me sentis pas mal à l'aise, je la laissai m'observer. Elle sourit, baissa les yeux et commença à parler comme lorsqu'elle avait récité les dernières lignes du *replicant* de *Blade Runner*, mais sa voix me parvenait d'un lieu plus profond, plus intime, comme si elle parlait pour elle-même. Le bleu du ciel était très sombre et celui des chiffres suspendus exagérément intense. Elle alluma une cigarette et me raconta son histoire avec Jacques.

Ils s'étaient connus à Berlin. Elle était assistante dans une production à laquelle il participait comme acteur. Jacques et Julia s'étaient vus pour la première fois au Lutter und Wegner, sur le Gendarmenmarkt, et avaient parlé de E. T. A. Hoffmann, qui y avait passé une nuit. Ils avaient continué à se voir quand la production avait été terminée, toujours à la même brasserie. Julia avait ensuite travaillé comme assistante dans une nouvelle production de *La Flûte enchantée*. À l'époque, Jacques était différent, me dit-elle. Il se préparait à interpréter saint François d'Assise dans une adaptation du livre de Kazantzákis pour le théâtre d'une école expérimentale. Il était halluciné, angélique, gai. Ils parlaient de Mozart et de Schikaneder, le librettiste de *La Flûte enchantée* et premier Papageno. Ils buvaient de la bière et riaient beaucoup. Ils commentaient les films qu'ils allaient voir chacun de son côté, de leurs passés, d'Artaud et du théâtre de la cruauté, de Jarry et des pataphysiciens. Ils parlaient de l'avenir et de la peur qu'inspirait à Julia ce terrain immense, imprédictible, envahi par le chômage, harcelé par de nouvelles guerres et semé de morts futures. Un jour, elle n'était pas venue au rendez-vous, et le lendemain non plus. Après une semaine sans nouvelles de Julia, Jacques était allé la chercher au théâtre, où il avait appris qu'elle avait été victime d'une dépression. Elle avait été admise dans un hôpital où elle avait passé une semaine sous calmants. Elle vivait seule, ses amis étaient de ceux qui servent à commenter les ragots, débattre de politique et de la condition humaine, boire de la bière et raconter des blagues. Ils ne valaient rien pour les tristesses. Jacques alla voir Julia à l'hôpital. Elle n'était plus la même. Diminuée, craintive, pas sûre d'elle-même, sans appétit ni envie de rien faire. Jacques s'était installé chez elle. Il avait mis un cadenas au tiroir aux couteaux, comme le lui avaient recommandé les docteurs. Il avait cuisiné pour elle, lui avait lu des livres et des journaux, l'avait obligée à faire sa toilette. Trois mois durant, Jacques avait vécu pour Julia. Ce n'était pas sa première dépression, elle en avait déjà vécu une pendant son adolescence. Les deux avaient pour origine commune le fait que Julia ne pouvait supporter ni d'être le centre de l'attention, ni les jalousies, ni l'agressivité – lors de la première dépression, à l'adolescence, celle d'un maître rancunier, et lors de la seconde celle d'une metteuse en scène qui la détestait parce qu'elle était intelligente et femme. Un matin, trois mois plus tard, Julia s'était levée tôt, avait préparé son petit déjeuner, puis après avoir fait sa vaisselle elle s'était teint les cheveux en couleurs et avait recommencé à sortir.

– Je ne suis pas retournée au théâtre, dit-elle sans me regarder, mais à la vie, oui. Personne ne vous prépare à l'échec et pourtant l'échec est ce qui nous arrive le plus souvent.

Julia vagabondait le long de la rivière, mangeait des saucisses, passait des heures à contempler, de n'importe quel coin de rue, la ville et ses cicatrices. Le soir, elle voyait Jacques au Lutter, comme s'il ne s'était rien passé. « Tu m'as sauvée, Jacques, lui avait-elle dit un soir où il n'y avait pas grand monde dans le local. Je me serais suicidée. Je te dois la vie et je ne sais comment te remercier. » Jacques lui avait répondu qu'il n'était pas question de remerciements, qu'il avait consacré trois mois de sa jeunesse à s'occuper d'elle et qu'il était temps maintenant de payer. Comment ? « Pendant trois mois tu seras ma domestique, ma Leporella, et tu feras ce que je te dirai. » Au début, Julia avait cru qu'il plaisantait, mais il fut très vite clair que l'affaire était sérieuse. « Tu me dois trois mois de ma vie et c'est comme ça que je veux que tu me les paies. »

– Ce n'est pas un patron abusif, conclut Julia avec un sourire triste.

– Depuis combien de temps ? demandai-je.

– Je ne sais pas. C'est Jacques qui tient les comptes. Je ne sais même pas exactement quand tout a commencé.

– Mais, et si…

Elle haussa les épaules et tint son histoire pour terminée. Nous restâmes de nouveau un long moment silencieux, en nous laissant envelopper par l'obscurité. Je ne savais que penser de Jacques. Devais-je le haïr ou éprouver de l'admiration pour son altruisme ? Je ne savais pas non plus quoi penser de Julia. Elle m'avait semblé si sûre d'elle, si maîtresse de ses pensées et de ses actes. Personnages, *replicants*, masques. Je pensai à un fabricant de masques que j'avais connu, enfant, à Oaxaca. « Nous portons tous le poids de nos tristesses, petit, m'avait-il dit tout en sculptant dans le bois un creux qui serait la bouche d'un masque en couleurs. De temps en temps s'ajoute le fardeau d'une nouvelle tristesse jusqu'à ce que le sac n'en puisse plus et crève. Et alors, adieu la vie. »

Ou adieu la sagesse, pensai-je sous l'igloo, le regard fixé sur un chiffre impair phosphorescent.

– Tu continues à prendre des médicaments ? repris-je.

– Parfois. J'essaie de me délivrer de tout ça.

Nous nous tûmes de nouveau. Le silence était comme une étreinte, comme une bulle. Il n'était pas besoin de lui prendre la main ni de dire un mot d'espoir ou de consolation. Le silence était le rapprochement, le message pertinent.

– Moi, j'ai plein de phobies, dis-je après un moment.

Julia éteignit sa cigarette sur la semelle de sa chaussure, exhala une dernière bouffée, et se remit à caresser le gazon. Le silence était l'effleurement avec lequel se touchaient nos petits mondes, ces mondes où nous nous mouvions, blessés et solitaires.

Jacques revint, s'arrêta près de nous sous l'œuvre de Merz et dit :

– Ce truc ressemble à une araignée à grandes pattes.

Je me levai, comme poussé par un ressort, et ne pensai même pas à offrir une main à Julia pour l'aider à se relever.

9

Tandis que nous descendions par le sentier zigzaguant du bois, nous vîmes une vieille pancarte sur laquelle étaient dessinés les oiseaux qui peuplent les arbres du Mönchsberg. Jacques les compara aux chanteurs de l'opéra.

– De vilains oiseaux, dit-il avec mépris.

Je pris la défense des artistes lyriques et dis que l'aventure de leurs vies était grande.

– Tu crois que les vilains oiseaux vivent une aventure? demanda Jacques. Non, non, mon petit, tu te trompes. Une aventure est quelque chose d'imprédictible, quelque chose plein de surprises, de batailles inattendues qui exigent des réactions audacieuses et improvisées. Les vilains oiseaux connaissent leur calendrier jusqu'à quatre ans d'ici, ils savent où ils prendront leur petit déjeuner, quels rôles ils chanteront lors des saisons suivantes, avec quels collègues et où. Ils racontent les mêmes blagues, les mêmes anecdotes, chantent les mêmes notes, se plaignent des mêmes critiques. Ce ne sont pas des aventuriers. L'aventurier se jette dans le vide pour découvrir un trésor secret, disposé à se briser en mille morceaux. Il reconstitue le casse-tête de ses os cassés, offre le trésor en n'en gardant pour lui qu'une seule pièce en souvenir et part chercher d'autres falaises. Dans l'aventure, l'aventurier cherche et trouve sa liberté.

– Pour consoler Louise Colet, dit Julia, qui n'avait pas cessé de regarder les dessins des oiseaux, et dont le visage se reflétait dans le verre qui les protégeait, Flaubert lui rappela que nous sommes tous des oiseaux en cage et que c'est pour ceux qui ont les plus grandes ailes que la vie est plus dure.

Ah ! Julia, Julia, Julia. Son nom voleta contre les parois de mon crâne comme un colibri qui agiterait ses ailes d'aigle. Je regardais son reflet et devenais de plus en plus accro à sa chevelure en couleurs, à son sourire sporadique aux dents de travers, à son absence de parfum, à ses mots intelligents.

– Nous sommes tous, dans une mesure plus ou moins grande, continua Julia, des aigles ou des canaris, des perruches ou…

– De vilains oiseaux ! cria Jacques en éclatant de rire.

Il porta un cure-dents à sa bouche et reprit sa marche.

– Flaubert a aussi écrit à Louise que les trois plus belles choses que Dieu ait faites sont la mer, *Hamlet* et le *Don Giovanni* de Mozart. Et moi je demande : où le terrible ours solitaire a-t-il placé le sexe ?

Nous continuâmes à marcher entre les grands arbres sombres, nous passâmes devant une muraille qui jadis avait été la limite du royaume, nous aperçûmes de majestueuses maisons de riches, dont les chiens aboyèrent après nous. Je concentrai mon attention sur l'allure tranquille de Julia. Ses pieds décollaient à peine du sol à chaque pas, ses bras languissants se balançaient doucement le long de son corps, comme attirés par le sol, sans opposer de résistance. Elle marchait comme dans une idylle avec la force de la gravité. Le calme avec lequel elle se laissait aimantée par cette force la faisait paraître, paradoxalement, très légère, aérienne presque. L'inclinaison de son corps, à la descente, n'était pas du genre hystérico-vertigineux des montagnes russes, mais de celui, doux, nostalgique et pensif, d'un toboggan de parc par un dimanche après-midi nuageux.

En passant au-dessus du grand tunnel qui mène à la vieille ville, nous nous arrêtâmes pour observer de cette grande hauteur la circulation, les lumières des restaurants, les gens qui attendaient que le feu passe au vert. Du côté droit de la pente nous pouvions voir les murailles de la Grosses Festspielhaus, et du gauche la fontaine aux chevaux éclairée.

– Voyons ce que ressentent ces nettoyeurs de montagne, dit Jacques.

Après avoir envoyé un crachat vers la circulation, il passa de l'autre côté de la barrière métallique de protection, qu'il avait saisie à deux mains.

Julia lui dit de ne pas faire de bêtises, je pâlis et Jacques se moqua de notre inquiétude.

– Ne sois pas idiot, Jacques, cria Julia, la voix brisée. Si tu glisses, tu te tues.

– Ah, dit Jacques, la terrible aventure de mourir, comme dirait Peter Pan. D'accord – il tendit une main vers moi –, aide-moi, Vian.

Dès que j'eus attrapé son bras tendu, Jacques lâcha la barrière métallique qu'il tenait de l'autre main et au lieu de se servir de moi pour repasser de notre côté, il renversa son corps en arrière, m'obligeant à faire de même pour le retenir. Seuls ma force et mon effroi l'empêchaient de tomber. Julia criait tout ce que je ne pouvais moi-même crier, bloqué que j'étais dans un long grognement d'angoisse, dans une lutte tremblante, concentré pour ne pas glisser, ne pas lâcher le bras de Jacques, essayer de contrôler le tremblement de mes mains couvertes de sueur.

– Si tu approches, je me jette dans le vide, cria Jacques à Julia, qui voulait me retenir.

Il laissa tomber sa tête en arrière et leva une main, comme s'il dirigeait l'orchestre de klaxons et d'exclamations qui montaient du bas.

Mon grognement se changea en un cri rauque, je ne pouvais pas en supporter beaucoup plus, Jacques était trop lourd pour moi. J'essayai de tirer comme une mule. Un pied en arrière, puis l'autre. Je glissai, lâchai son bras. Je tombai sur le côté, je me fis mal au coude, j'entendis l'écho d'un cri et je sentis le coup de hache de l'horreur me fendre la poitrine. Je regardai Julia. Ses yeux ouverts comme des lampes dirigées vers le vide, ses deux mains avec lesquelles elle se couvrait la bouche descendirent, alanguies, sur son menton, sur son cou palpitant, sur sa poitrine agitée avant de se transformer en un nœud enterré dans son estomac.

– Tu es un sale fils de pute, dit Julia entre ses dents.

Alors seulement je me retournai pour voir Jacques qui venait de passer du côté sûr de la barrière. Il s'approcha tout tranquillement de Julia et lui dit :

– Si tu veux, tu peux t'en aller, personne ne t'oblige à rester avec moi. Mais si tu veux payer ta dette jusqu'au bout, tu me prends comme je suis, avec tous les risques, avec toutes les… – il fit une pause, sourit et se tourna pour m'adresser le dernier mot – aventures. Qu'est-ce qu'on ressent quand on tient la vie d'un autre par un cheveu ? me demanda-t-il en se penchant presque à toucher mon visage avec le sien.

Je lui répondis par un regard dans lequel j'imprimai tout le mépris que je sentais, toute mon envie de le frapper, tout mon abattement.

– On s'en va, ordonna-t-il.

Il me tendit sa main pour m'aider à me lever et, voyant que je la refusais, il commença à marcher en sifflant une mélodie de Mozart, comme si de rien n'était.

Julia le suivit tête basse, honteuse. Je me relevai et partis derrière eux. Nous marchions en file indienne, à plusieurs mètres les uns des autres, chacun digérant l'« aventure » comme il le pouvait. Les arbres que nous laissions derrière nous étaient d'énormes sentinelles noires, de hautes ombres végétales d'où jaillissaient croassements et caquets, sifflements du vent agitant leurs feuilles. Je n'arrivais pas à me remettre de mon effroi. Ce type était le diable et il tenait Julia entre ses griffes.

Jacques s'arrêta près de l'escalier qui descend vers la Toscaniniplatz.

– Bien, dit-il quand nous l'eûmes rejoint, toi tu ne vas pas plus loin, petit Vian. Julia et moi devons parler en privé, alors si tu veux bien nous excuser, *bonne nuit, petit**, et à demain.

Je ne sus quoi dire, mais mon trouble fut presque aussitôt suivi d'une rage puissante, comme je ne me souvenais pas d'en avoir éprouvé depuis mon enfance. Je pensai à mon père. Je grinçai des dents, fermai les poings à me faire mal.

– Pourquoi ne m'insultes-tu pas, Vian ? demanda Jacques en souriant. Ou mieux, pourquoi ne me frappes-tu pas, petit bonhomme ? Allez, je le mérite.

Je serrai les poings plus fort encore et soudain, une étrange vague douce remplaça la colère qui bouillait dans ma poitrine. Le temps d'un instant, il me sembla regarder Jacques avec des yeux résignés et reconnaissants, comme le regardait Julia. Jacques avait sauvé Julia. Je fus soulagé de l'avoir devant moi avec son air gouailleur et malicieux, et non quinze mètres plus bas, changé en une bouillie de sang et de chair meurtrie entourée de rubans policiers jaunes.

Jacques sourit, me donna deux petites tapes sur la joue, et dit que j'étais bien tendre. Il aurait mieux valu que je le frappe. Sans regarder Julia, je fis demi-tour et me dirigeai vers l'escalier. Julia me rejoignit et posa une main sur mon épaule pour m'arrêter. Je ne me retournai pas.

– Tes silences sont beaux, Vian, dit-elle.

Pour toute réponse, je dessinai une spirale dans sa main avec mon doigt. Je sentis s'alléger le poids de la sienne, j'entendis ses pas qui s'éloignaient derrière ceux de Jacques et je ne bougeai pas avant qu'ils aient disparu au loin. Je descendis l'escalier de pierre à la rampe en forme de serpent qui mène à la Toscaniniplatz, près de l'Opéra. Le serpent de pierre me fit penser au dieu méso-américain, Quetzalcóatl, le serpent à plumes. Reptile et oiseau. Jacques et Julia. Et en tournant la tête vers l'endroit où ils n'étaient plus, je découvris sur le mur de la colline la sculpture en bois d'une femme dans une niche. Une femme comme l'homme sur la sphère de la Kapitelplatz, qui regarde vers l'horizon et reste héroïque dans la solitude de son monde. Je me dis qu'un jour ils finiraient par se lasser. Un jour cette femme en bois et cet homme sur sa sphère se rebelleraient contre le destin imposé par l'artiste qui les avait créés. Un jour, ils se jetteraient de la niche et de la sphère, prêts à se casser en mille morceaux pour trouver le trésor qu'ils cherchaient. Ils déambuleraient, perplexes descendants de Pinocchio, dans les rues de Salzbourg, loin de leur sphère et de leur niche, apeurés et libres, jusqu'à ce qu'ils se rencontrent pour se fondre en une longue étreinte de bois. Je saluai la femme dans sa niche, lui promis de lui apporter des fleurs et continuai à descendre l'escalier.

10

J'arrivai très tôt et la librairie n'était pas encore ouverte. Le soleil tapait fort sur les vitres et de quelque part me parvenait, par rafales, une odeur de bois brûlé. Je me mis à donner des coups de pied dans une bouteille de plastique, en attendant Perec. Nous avions décidé de nous retrouver dans la matinée pour aller chez lui voir la chambre qu'il allait me louer. Cette nuit-là, après la promenade avec Jacques et Julia, j'avais mal dormi, je m'étais réveillé plusieurs fois entre deux cauchemars récurrents. Dans l'un apparaissaient des animaux noirs qui m'épiaient de leurs yeux scintillants, dans l'autre je tombais de falaises parmi les éclats de rire et les coups de klaxon. Parfois, au loin, apparaissait la Forteresse. Entre deux cauchemars, tandis que je me rendormais, j'essayais de recréer la conversation avec Julia dans l'igloo de Merz, avec l'espoir de calmer le tourment de mes rêves. Mais j'avais beau le désirer très fort, je n'arrivais pas à rêver d'elle, et les falaises et les animaux noirs revenaient. Il fallait que je la revoie, et seule. L'oiseau sans le serpent. À l'aube encore, ne pouvant plus fermer les yeux, j'avais décidé d'allumer ma lampe et je m'étais mis à lire les lettres de Mozart en attendant l'heure d'aller à mon rendez-vous. Il n'y avait pas grand monde dans les rues quand je sortis, la lumière du soleil se pulvérisait dans l'air, je traversai le Mozartsteg, le pont piétonnier, et m'arrêtai au milieu pour observer le cours de la rivière. Comme j'avais encore beaucoup de temps, j'allai m'asseoir sur ma chaise de l'*Esprit de Mozart* préférée. Alors que je regardais la haute chaise, une femme aux talons sonores se dirigea vers l'un des ponts. J'imaginai que les pas étaient ceux de Mozart, qui marchait dans ces rues en 1780, désespéré de se trouver dans un lieu où on ne donnait pas à son génie la possibilité de s'épanouir, cherchant la manière de se libérer de l'étreinte étouffante dans laquelle le destin et les conditions de l'époque le retenaient prisonnier. Se débattant entre deux décisions : suivre le chemin suggéré par son père ou écouter la voix rebelle et impérieuse qui l'invitait, du fond de ses entrailles, à faire le saut, à se fier à son immense talent et aux relations qu'il avait nouées au cours de ses multiples voyages. Si au moins j'avais du talent, pensais-je. Je me levai et allai jusqu'à la rambarde. Herr Wolfgang regardait l'horizon, assis sur son banc près des toilettes publiques. Je m'assis à l'autre bout et épiai sa contemplation du coin de l'œil. J'avais l'impression qu'il regardait le va-et-vient du monde comme s'il lisait, comme si le passage des gens, la taille du grand tournesol qu'il avait lui-même semé dans la frange de gazon, les branches des arbres, la montagne au loin, le murmure de la rivière et les métamorphoses des nuages étaient des lettres mystérieuses, des symboles qui, si on savait les disposer dans l'ordre adéquat, créaient des phrases et des vers et des paragraphes d'un livre qui s'écrivait à l'instant même où le lecteur posait les yeux sur ces lignes dansantes. Herr Wolfgang était capable de voir derrière ce qui était évident, derrière ce qui avait été nommé et appris, et il savait démêler dans ce texte vivant, qui s'écrivait sans possibilité de retour, une autre signification. J'essayai de lire l'espace en mouvement qui s'ouvrait sous mes yeux, comme le faisait le vagabond. Mais j'avais beau m'efforcer de découvrir l'autre signification, je ne voyais qu'une rivière, un ciel, des gens, un tournesol et les montagnes.

Je lui demandai avec quoi il nettoyait les pierres de l'*Esprit de Mozart*. Il me fixa intensément, et m'expliqua qu'il préparait lui-même le mélange avec lequel il vernissait les pierres. Puis il reporta son regard sur le monde et reprit la lecture de son livre vivant. Dans la rivière, le courant apporta une énorme branche.

– C'est un bateau qui n'a pas été, dis-je en la désignant avec enthousiasme, une tombe végétale, l'accent qui s'est détaché d'une lettre botanique.

Herr Wolfgang me regarda de nouveau avec la même intensité et un rire bref secoua son corps.

– C'est une branche, dit-il, et il retourna de nouveau au monde et à la lecture de son livre vivant.

Je lui dis au revoir d'une voix basse, honteuse. Je repartis vers la librairie.

Perec arriva en soufflant, me sourit et, muni d'un volumineux trousseau de clés, ouvrit la porte. Il faisait plus chaud à l'intérieur que dans la rue. Perec mit en route le ventilateur de table, prépara du thé glacé dans une vieille théière en porcelaine bleue et le servit dans deux tasses de taille différente. Il se raclait la gorge et remontait constamment ses lunettes sur son nez. Il était nerveux. Sa femme n'était pas d'accord pour louer la chambre, elle ne voulait pas voir d'étranger dans la pièce qu'avait occupée son fils. En phrases confuses, il essayait de justifier par avance l'hostilité que je rencontrerais chez elle. Il me raconta que Fritz, son fils, travaillait comme dessinateur de meubles à Graz. Il venait les voir deux fois par mois au moins, et si sa chambre était louée, il devrait chercher à se loger ailleurs. Ce qui, tant pour Perec que pour son fils, ne posait aucun problème. Mais pour la mère, oui. Je lui dis de ne pas s'inquiéter, qu'avec le temps sa femme et moi nous nous entendrions à merveille et qu'en outre je ne pensais rester là que jusqu'à la fin de l'été. En disant ces mots, je ressentis une pointe dans l'estomac. Perec me sourit encore, termina son thé et nous nous mîmes en route pour aller chez lui.

Mme Perec nous ouvrit, me balaya du regard et m'invita à entrer avec le plus petit geste de courtoisie qu'une personne mieux élevée et de plus noble origine fait à une autre qu'elle considère de moindre importance. C'était une femme épaisse, sérieuse, pomponnée mais sans luxe. Elle grogna quelque chose que je ne compris pas et me montra la chambre de son fils : une pièce simple et accueillante. Le plancher crissait sous les pas. Elle était meublée d'un bureau, d'une chaise, d'un lavabo, d'une armoire et d'un lit. Il y avait un lampadaire dont l'ampoule était grillée et que Perec promit de remplacer dès que j'occuperais les lieux. Sur le bureau, rangés en ligne, quelques-uns des livres que Fritz avait lus enfant : Jules Verne, Jack London, Mark Twain, Hermann Hesse. « Cadeaux de son père », me dit Perec, avec un sourire de fierté. Je devrais partager la salle de bains avec eux et, si je voulais utiliser la cuisine, je devrais prévenir la propriétaire. Dans le salon, je vis une haute pendule qui retardait. En guise d'au revoir, la femme de Perec me rappela que, si je ne payais pas par avance, il n'y aurait rien de fait.

– N'oubliez pas, me dit-elle d'un ton sentencieux, et elle se tourna vers Perec. On se voit plus tard, lui dit-elle, cordiale, puis elle referma sur elle la porte de la maison.

Perec ne fit aucun commentaire, tout était clair. J'allais tête basse, traînant dans l'âme le vague sentiment d'être orphelin. Nous atteignîmes en silence la librairie et ce silence n'était guère différent de celui que Julia et moi avions partagé l'après-midi de la veille. Commode, accueillant et aimable. Comme un espace hospitalier dans lequel les sentiments, libérés de la gravité des mots, s'élèvent, lents et doux. Un silence différent de celui, dur et déconcertant, qui accompagnait l'autorité de mon père.

– Tu as le temps de me rendre un petit service ? demanda Perec devant la librairie, en essuyant la sueur de son visage avec un mouchoir bleu.

Je lui répondis avec enthousiasme que j'avais encore une heure avant le début de ma répétition et nous entrâmes dans les lieux.

Perec alluma le ventilateur, qui se mit en marche avec un vrombissement asthmatique. Deux guêpes s'envolèrent en toute hâte vers la rue. Il prit deux gros livres sur une étagère, m'en donna un et emporta l'autre jusqu'à son siège.

– Si je regrette quelque chose dans ma vie, c'est bien de ne pas avoir appris de langues étrangères, dit-il d'une voix qui avait retrouvé son calme.

Il était clair qu'il s'était débarrassé du poids de ma rencontre avec sa femme et, à en juger par son enthousiasme, tout semblait s'être passé mieux qu'il l'avait imaginé. Ce qui me rassura moi aussi.

– Rien ne m'aurait plu davantage que de lire mes auteurs préférés dans leur langue originale, poursuivit Perec. Et vu que je ne peux pas lire de livres comme celui que je viens de te donner autrement qu'en traduction – c'était une vieille édition en espagnol de *Don Quichotte de la Manche* –, chaque fois que je rencontre quelqu'un qui parle la langue d'un de mes auteurs admirés, je lui demande de me lire un chapitre, et je me délecte au moins de sa musique, du rythme des mots originaux. Un client britannique m'a lu *Tristram Shandy* et un autre, un Français, m'a régalé l'an dernier de quelques passages de *Jacques le fataliste*.

Ce titre me mit sur mes gardes, comme si je venais de voir une araignée courir sur le plancher.

– Oh, ne t'inquiète pas, mon garçon, me rassura Perec en interprétant mal la subtile crispation de mon visage, ce ne sera qu'une page ou deux. Tu arriveras à temps à ta répétition.

Il se frotta les mains, tout heureux, et me demanda de lui lire le chapitre VIII.

– La fameuse aventure des moulins à vent, dit-il avec un sourire en pointant sa pipe sur le bruyant ventilateur de table. Je suivrai le récit dans les pages de mon *Quichotte* traduit en allemand.

Et il tapota avec tendresse le livre ouvert sur ses genoux.

À chaque phrase que je lisais à voix haute je ressentis la même joie que celle qui m'avait inondé quand j'avais lu le livre, à douze ans. Je l'avais trouvé dans la bibliothèque de mon grand-père et tous les jours je prenais le gros volume aux belles illustrations pour en lire deux ou trois chapitres. Quand j'avais fini, je marquais la page où j'en étais arrivé avec ce que j'avais sous la main, un bâton de sucette, le papier qui avait enveloppé un chocolat ou la baïonnette d'un de mes petits soldats articulés. Puis je remettais l'ouvrage à sa place, car mon père détestait voir des vides dans les rayonnages, il disait qu'ils rompaient l'harmonie et donnaient au meuble l'air d'une bouche édentée, ce qui enlaidissait tout le visage de la pièce. Mon père ne prenait jamais un livre, et pour mon malheur la seule fois où je le vis le faire, ce fut un soir où il voulut s'enorgueillir de son édition ancienne du *Quichotte* devant un invité qui collectionnait les vieux livres. La tête qu'il fit quand le collectionneur en question commença à extraire, avec un doigté d'archéologue, les marque-pages que j'y avais oubliés ! Bâtonnets poisseux, petites épées en plastique, autocollants et, ô malheur, l'enveloppe d'une Mozartkugel que j'avais volée à quelque moment de ma lecture. Cela me valut plus tard une bonne réprimande et quinze jours sans bicyclette. Pour avoir lu le *Quichotte*.

Tantôt Perec suivait ma lecture sur son livre, tantôt il levait la tête et écoutait, l'air satisfait, le rythme du récit de Cervantès à travers mon interprétation. Lire à voix haute est aussi interpréter.

Je fus soudain distrait par un éclair de couleur. Laissant ma phrase en suspens, je sentis mon cœur faire un double bond en voyant, de l'autre côté de la fenêtre, Julia qui marchait lentement dans la rue. Elle ne regarda pas vers la librairie, avança sans s'arrêter et sortit de l'encadrement de la fenêtre. Elle était seule, il fallait que je la rattrape. Je posai le livre sur la table, m'excusai auprès de Perec et devant son sourire espiègle, je déclarai qu'il me fallait retrouver ma Dulcinée.

– Nous devons tous en faire autant, me répondit-il, pipe à la bouche. Tôt ou tard.

Je poussai la porte au lieu de la tirer et faillis en casser la vitre. Le soleil m'éblouit, je me fis une visière de la main et vis que Julia allait prendre la rue par laquelle j'étais arrivé. Je me hâtai pour la rattraper, mais à peine eus-je fait trois pas que le démon m'arrêta dans mon élan. Julia stoppa net à l'entrée de la rue étroite. Il en surgit une ombre longue, puis le propriétaire de cette ombre, Jacques. Ils ne se saluèrent pas. Ils parlèrent un peu, bientôt il me sembla qu'ils commençaient à se disputer. Julia haussa la voix, mais je ne pouvais distinguer ses paroles. Elle écartait les bras, puis les laissait retomber en se frappant les cuisses avec ses paumes. Jacques ne disait rien, et quand Julia eut terminé sa crise, il leva lentement et sûrement le bras pour lui montrer, comme un majordome bien élevé, l'entrée de la rue. Julia baissa les yeux et prit la direction indiquée. Jacques la suivit, bien droit et très sérieux. Avant de disparaître au coin de la rue, Julia regarda discrètement dans la direction où je me trouvais, et s'arrêta en me voyant. Ses yeux brillèrent et elle m'envoya un salut en remuant les doigts, comme si elle égrenait un arpège rapide en l'air, et s'en alla sans attendre ma réponse. Jacques m'aperçut lui aussi, allongea un énorme sourire moqueur et repartit en bondissant comme un faune.

Pendant tout ce temps, j'étais resté près de la vitrine de la librairie. Perec avait vu mes réactions. Je distinguai son visage qui m'observait, sourcils haussés et pipe fumante à la bouche. Que faisais-je là ? Qui étaient toutes ces personnes qui se convertiraient sous peu en simples souvenirs ? Je me sentis plus étranger que jamais, et sur le moment je souhaitai que l'été finisse pour que mon père vienne me sauver de moi-même et de mes échecs permanents. Perec avait toujours son sourire béat. Je soupirai. Une goutte de sueur glissa de mon front sur ma joue et je l'écrasai du dos de la main. Au lieu de la pousser, je tirai la porte et cette fois faillis en arracher la poignée. J'entrai dans la librairie, repris le livre que j'avais laissé sur la chaise, m'assis et restai un long moment à regarder le ventilateur de table. Perec m'enveloppait de son silence. Finalement, il m'informa que j'en étais resté au moment où Don Quichotte, vraiment mal parti, se lance sur le géant en invoquant le nom de sa dame Dulcinée.

Je pris le livre et recommençai ma lecture là où je l'avais laissée.

11

Jacques et Julia. Julia et Jacques. Oiseau et serpent, *replicants*. Aucun des deux ne me salua quand j'arrivai en courant à la répétition. Ils ne me regardèrent même pas. J'eus beau essayer d'attirer leur attention, en particulier celle de Julia, je ne rencontrai qu'indifférence. Parfois le regard de Jacques tombait sur moi comme celui d'un visiteur de musée distrait tombe sur la chaise vide du gardien de la salle, et chaque fois que mes yeux cherchaient Julia à la table de la production, ils la trouvaient plongée dans ses notes ou concentrée sur une partie de la scène où je ne me trouvais pas.

Lors de notre première répétition au théâtre, nous travaillions la scène de l'air du champagne. Avec tous les autres démons, nous formions un demi-cercle pour faire face à Don Giovanni qui nous chantait, plein de défi et explosif, *Finch'han dal vino / Calda la testa / una gran festa fa preparar.* Nous tournions le dos à la galerie – quand elle serait pleine nous montrerions clairement au public les queues blanches et les chignons foncés des perruques type XVIIIe siècle que nous ne porterions que pour cette scène –, et Schuff espérait que les spectateurs devineraient dans les diables en perruque et casaque rouge un Mozart multiplié de qui *Don Giovanni* désirait, comme de tout le reste, se délivrer. Vive la liberté.

– Si vingt personnes le comprennent, brama le metteur en scène, une cigarette non allumée dans une main et un gobelet en plastique rempli de vin dans l'autre, je me tiendrai pour comblé et j'accepterai avec satisfaction les huées des autres.

À chaque interruption de la répétition, pendant que Schuff donnait ses indications, j'essayais vainement de capter discrètement l'attention de Julia. Je finis par y renoncer, mortifié. Je ne savais comment digérer cette indifférence, elle semblait m'ignorer. Était-ce Jacques qui lui avait ordonné cette froideur ? Julia s'était-elle repentie de ses confidences de la veille et m'écartait-elle pour avoir été le dépositaire de sa révélation ? Dans le premier cas, il suffisait de chercher une occasion de parler avec elle, d'attendre que Jacques s'absente, de tenter de savoir combien de jours encore devait durer l'étrange pacte qui les liait. Mais dans le second, j'étais perdu, le repentir profond d'une grande confidence rend le confident indésirable. Le désarroi déréglait mes pas et entravait le cours de ma chorégraphie.

– Mexicain ! cria Schuff dans son micro, et sa voix tonna, olympienne, sur toute la scène.

La musique s'arrêta. Je mis un instant à comprendre que la lumière qui m'enveloppait n'était pas pour moi. Plongé dans mes soucis, j'avais oublié de me déplacer vers le fond du plateau avec le reste des démons. Je me trouvais à l'endroit destiné à Don Giovanni. Richard Fellow était près de moi, mains sur les hanches, un reproche amusé dans le regard.

– Vous prétendez chanter la partie du protagoniste ? ajouta Schuff sur un ton blagueur, ce qui provoqua une rafale de rires.

Je regardai Julia, elle prenait des notes. Je m'excusai en levant la main et courus me cacher derrière les autres figurants.

La scène avança, on corrigea quelques positions. Je ne me rendais compte de rien, j'exécutais ma partie en imitant les autres. L'indifférence de Julia ce matin-là éveillait dans mon cœur une rage vibrante et enflammait davantage encore mon amour pour elle. Je crois que mes mains tremblaient un peu. Peut-être transpirais-je de froid. Je ne me rappelle pas. Impossible de ramener ces instants à ma mémoire alors que toute mon attention était occupée par l'absence de son regard, l'injurieux silence de sa voix.

Arriva la pause et avec elle la dispersion de la compagnie par groupes. Je me tournai vers la salle, Julia n'était plus à la table de la production. À chaque essai manqué d'accrocher son regard mon cœur s'assombrissait davantage, et restait irrémédiablement paralysé au milieu de son orbite atrophiée dans cet univers froid et sans étoiles, pareil à une aile de corbeau. Avais-je vu Jacques, au milieu des danseurs, me jeter un regard moqueur ? Je sortis du théâtre à toute allure. Les croassements m'accablaient.

J'inspectai mon téléphone et trouvai un message de mon père. Il m'annonçait qu'il avait acheté mon billet d'avion pour rentrer à Mexico avec lui via Francfort, le lendemain de la dernière représentation de *Don Giovanni*. Je levai les yeux vers la Forteresse inamovible. Sa géométrie grise qui se découpait sur l'azur infini du ciel semblait me dire que désormais tout mon avenir était prêt, entièrement construit, avec des murs épais infranchissables. Je le remerciai en quelques mots pour le billet de retour. C'était mieux ainsi, pensai-je, mieux d'avoir la fin bien présente à l'esprit pour pouvoir faire face à la mise en scène sentimentale dans laquelle je m'étais fourré. Il valait mieux que Julia m'ignore, il valait mieux que je fiche tout de suite le camp. Mais au lieu de me calmer cette pensée me rendit furieux. Ce que je me disais était une insulte à ce que je ressentais : mon envie d'aimer, de rester en Europe, d'être un artiste. Tout était fichu.

J'allais d'un côté et de l'autre. La répétition reprenait dans cinq minutes.

Julia…

Avais-je ressenti la même chose quand mon cœur tournait autour de Guadalupe, de Bicha ou de Magdalena ? Dans le cas des deux dernières, certainement pas, et les tristesses que j'avais éprouvées à cause de Guadalupe, bien qu'intenses, avaient été différentes, fruit d'un amour obtenu puis perdu.

Julia…

Je tombai nez à nez avec le vagabond à la moustache Radetzky, d'un gris pâle et arquée, avec ses yeux d'acier qui me transperçaient, avec son visage grillé par le soleil.

– *Hallo*, dis-je un peu intimidé en levant la main.

Il n'y eut pas de réponse et après avoir terminé son examen le vagabond s'en alla en s'adressant rageusement aux dieux avec lesquels il communiquait, dans ce dialecte incompréhensible pour moi.

D'autres personnes me regardaient et j'attribuai par erreur cette attention à mon passage sporadique dans les journaux et à la télévision. Schuff me tira de mon erreur. Cigarette à la main, il vint vers moi, m'envoyant des bouffées de fumée blanche dans la figure, et m'ordonna de ne pas me promener hors du théâtre avec mon costume de scène. C'est alors que je m'aperçus que dans ma sortie précipitée j'avais oublié d'ôter ma perruque et ma casaque rouge. Schuff était fâché et il aurait continué sa réprimande si la fortune n'avait envoyé la merveilleuse Bartoli à mon secours.

– *Ciao, Friedmann !* dit sa voix bondissante dans mon dos.

– *Hallo, Cecilia*, répondit Schuff, et son expression devint aimable.

– *Come va tutto ?*

– *In somma, si tira avanti*, répondit Schuff dans un italien fluide mais alourdi d'un accent germain, et il me désigna comme preuve des contretemps qu'il devait affronter. Cecilia me reconnut et me salua avec enthousiasme. Je rougis. Schuff demanda si elle me connaissait et elle lui expliqua que j'étais un chanteur mexicain, sans autres explications.

– Un chanteur ? demanda Schuff en souriant. Je comprends maintenant pourquoi il cherchait à prendre la place de Don Giovanni.

Quelqu'un attira notre attention, je fus le seul à tourner la tête et clic, un des photographes de la place saisit mon air sérieux, somnolent, presque, sous ma perruque blanche et les regards de Schuff et de la Bartoli.

Je profitai de ce moment pour dire au revoir d'une inclinaison de tête. Je les laissai à leur bavardage et courus au théâtre. Je ne cherchai ni Julia ni Jacques. Je pris mon livre sur Mozart, l'ouvris au hasard comme les gens font avec la Bible en espérant trouver dans la page choisie un enseignement, un guide ou une consolation.

Je tombai sur une lettre où il demande de l'argent à l'un de ses amis maçons. Je tournai quelques pages et m'intéressai à la copie d'un pamphlet qu'il écrivit, en 1786, pour le distribuer lors d'un bal auquel il assista déguisé en Zoroastre, le prophète perse. Je lus :

« Si tu es pauvre mais intelligent, arme-toi de patience et travaille avec acharnement. Si tu ne deviens pas riche du moins seras-tu toujours intelligent. Si tu es un âne mais riche, sers-toi de ton avantage, sois paresseux, si tu ne deviens pas pauvre du moins seras-tu toujours un âne. »

On annonça la fin de la pause et la reprise de la répétition, et bien qu'Amadeus ne m'ait offert ni guide, ni consolation, ni enseignement pour la peine qui m'affligeait, du moins m'avait-il aidé à passer le temps que sans cette lecture j'aurais utilisé à élaborer d'inutiles et lacérantes pensées.

La répétition recommença à partir de l'air du champagne. « Encore ? » grogna tout bas Fellow, et il se mit en position. De nouveau les figurants, dont moi, l'entourèrent, la musique retentit. À la seconde moitié de l'air une rumeur croissante accompagna la scène jusqu'à l'interrompre. La cause de cette rumeur était debout sur l'avant-scène, vêtue d'une coûteuse robe d'été, un volumineux et très voyant sac de marque pendant à son bras nu, de grandes lunettes noires lui cachant les yeux et ses lèvres souriantes maquillées comme des bonbons mouillés.

La Tchenova était arrivée.

– Me voilà, dit-elle avec un sourire innocent.

– Et qu'est-ce qu'elle veut, celle-là ? demanda Schuff à Claudia, mais sa voix fut entendue sur la scène, sortant du micro qui était allumé sur la table. Une fanfare, que le monde s'arrête de tourner parce que l'envie de venir l'a enfin saisie ?

Le sourire de la Tchenova se changea en grimace. Elle fit demi-tour et en faisant claquer ses talons elle dit à voix très haute que si on n'avait pas besoin d'elle, elle s'en allait. Suivirent de rapides indications venues de la table de la production. Claudia courut rattraper la diva, Julia saisit le micro et annonça dix minutes de pause, Schuff alluma une cigarette et scruta ses notes pensivement.

– De vilains oiseaux, de vilains oiseaux, commenta Jacques entre ses dents en passant à mon côté, comme s'il s'adressait à quelqu'un derrière moi, mais il n'y avait personne.

Cela pouvait finir par l'annulation de la répétition, puis la débandade des artistes et la disparition de Julia qui s'ensuivraient. Qui savait quand je pourrais la revoir ? J'abattis ma dernière carte. Je m'avançai jusqu'au bord de l'avant-scène et, sans dissimulation aucune, je remuai les mains en direction de Julia comme un naufragé qui vient d'apercevoir au loin l'embarcation tant désirée. Le bateau se leva, navigua entre les fauteuils et, sans remarquer le naufragé, se perdit derrière l'horizon d'une des portes latérales. Schuff me regarda, étonné, je fis semblant de chasser une guêpe. Je revins en hâte aux pages de Mozart.

J'ouvris le livre violemment et dans une lettre à son père je trouvai, soulignée à l'encre bleue, la phrase et le conseil dont j'avais besoin : « Si je devais me marier avec toutes les filles avec lesquelles j'ai batifolé, j'aurais aisément déjà collectionné deux cents épouses. »

Euréka ! C'était le conseil, l'index qui m'indiquait le chemin à suivre. Que faisais-je donc, entravé dans ma folie amoureuse ? Il me restait quelques semaines de liberté. Je devais chercher la distraction parmi les danseuses, parmi les chanteuses du chœur, parmi des inconnues dans une quelconque taverne. Au diable mes sentiments tortueux. Je devais être un corps qui cherche à s'ébattre en compagnie d'un autre corps… d'autres corps. Je devais tirer profit de ma renommée, petite mais renommée enfin. Merci, Mozart. Je devais m'amuser à la façon du conquérant. Ce matin-là, sur la scène, je m'étais retrouvé par erreur à l'endroit qui revenait à Don Giovanni, maintenant, dans ma réalité, je devais prendre cette place par conviction, être Don Giovanni dans les coulisses, dans les bars de Salzbourg, dans ses rues, dans les…

Une main se posa avec douceur sur mon épaule. Je sus à qui elle appartenait sans avoir besoin de la voir. Je fermai mon livre d'un coup. Adieu, irréalisables rêves de conquête. L'univers se peupla d'étoiles et mon cœur recommença à tourner, affolé, sur l'orbite où il était resté bloqué.

– Schuff va travailler tout le reste de la journée avec la Tchenova, m'expliqua Julia, je t'invite à déjeuner.

– Bien sûr, répondis-je aussitôt d'une voix suraiguë qui se brisa après le r. Bien sûr, répétai-je, et j'aurais pu m'évanouir de joie.

Julia sourit. Cette fois, mon cœur se mit à danser, affolé, autour de l'astre lumineux de ce sourire, de la chaleur de cette voix, de l'arc-en-ciel de ces cheveux. Autour d'elle et d'elle seule.

– Aucune objection, dit Jacques en posant ses mains sur nos épaules. On va tous déjeuner et c'est moi qui invite.

Nous sortîmes. Eux devant, moi suivant la lumière assombrie par son éclipse : Julia et Jacques, Jacques et Julia. Oiseau et serpent. *Replicants.*

12

Tout ça à cause de Don Quichotte. Et des litres d'alcool qui avaient coulé dans mes veines. Nous avions mangé au Triangel. Jacques avait commandé des bières pour accompagner le repas, la chaleur, incisive, léchait les chopes transparentes et nous devions boire rapidement pour qu'elles ne chauffent pas trop. La conversation avait été agréable, nous avions parlé de nos plats préférés, de la pluie absente, de voyages et de films. Avant le café, Jacques commanda deux tournées de schnaps. Puis Julia chanta les louanges d'un western en noir et banc qu'une cinéaste d'origine iranienne avait tourné aux États-Unis, et dont l'héroïne était une vampire. Cela amena Jacques à parler de sopranos et à s'exprimer de nouveau avec mépris sur les chanteurs d'opéra. Il n'acheva pas sa diatribe, but son deuxième schnaps, tapa sur la table avec son verre et se leva pour payer. Nous le vîmes s'attarder avec un homme de petite taille, au cheveu rare. Une guêpe se posa sur la bouche de Julia. Je me raidis, je la voyais déjà planter son aiguillon dans la chair tendre de la lèvre aimée. Julia ne bougea pas, laissa l'insecte se promener, examiner la pointe de son nez, descendre sur son menton. Je pris un petit morceau de saucisse qui restait dans mon assiette, le mis sur une serviette et l'approchai lentement de son visage. La guêpe réagit, remua ses antennes, vola vers le mets qu'on lui présentait et l'attrapa entre ses mandibules. Julia me remercia en plissant les yeux. Jacques revint tout sourire et satisfait. Il porta à la bouche un cure-dents, un aiguillon de bois, et nous demanda de le suivre.

Le petit homme avec lequel il venait de parler était le blogueur à scandale le plus actif de la musique classique, distributeur de ragots, de critiques et de commentaires injurieux, fêté par toute une légion de fanatiques avides de connaître le linge sale du monde lyrique.

– Je lui ai rapporté quelques anecdotes de nos répétitions, l'arrivée tardive de la Tchenova, son sans-gêne narcissique.

Les bières et les alcools m'avaient infusé suffisamment de courage pour défendre les chanteurs. J'argumentai que supporter la pression à laquelle ils étaient soumis n'était pas chose facile, surtout à notre époque de YouTube et de commentaires sur les réseaux sociaux, je mentionnai la fragilité de leur instrument, la discipline de fer à laquelle ils devaient se soumettre, la solitude de leur vie nomade.

– De vilains oiseaux reproduisant des notes et des mélodies, m'interrompit Jacques, plus préoccupés de leur réputation et de leur ascension professionnelle que de leur art…

– Ni victimes ni vilains oiseaux, interrompit Julia en écartant une mèche bleue de son front. La vérité doit se situer entre ces deux extrêmes.

– De vilains oiseaux, conclut Jacques, inébranlable.

– Pour que Vian comprenne mieux l'origine de ton mépris, pourquoi ne lui racontes-tu pas que ton père était un ténor qui passait son temps d'une production à l'autre et que tu ne le voyais presque jamais ?

– Pourquoi ne la fermes-tu pas, plutôt ? répliqua Jacques en ridiculisant le ton sur lequel Julia avait posé sa question.

– Parce que Julia est libre de parler et de poser les questions qu'elle veut, non ? intervins-je, à ma grande surprise car, en fait, ce que je venais de dire était une pensée semblable à toutes celles qui restaient généralement enfermées dans ma tête, mais que cette fois l'alcool avait poussée hors de ma bouche.

– Merci, Vian, dit Julia, mais je sais me défendre toute seule.

– Ah, applaudit Jacques, le petit devient courageux… mais sa défense, *hélas**, était vraiment tordue.

– Comme ta vision du monde, dit Julia sans cesser de regarder devant elle.

– Merci, Julia, dis-je, éméché et étonné pour la seconde fois, mais je sais me défendre tout seul.

Jacques et Julia rirent de bon cœur. Je profitai de ce moment joyeux et inattendu, et me sentis soulagé de m'être bien tiré de l'embarras où je m'emmêlais. Puis je doutai de ma victoire et pensai plutôt que ce double rire avait aggravé la moquerie dont j'avais été l'objet pendant tout ce dialogue.

– Entrons, cria Jacques, et il nous entraîna à l'intérieur d'une boutique.

On y trouvait des armes médiévales et des objets en céramique qui représentaient des magiciens, des fées, des guerriers fantastiques, des crânes, des dragons et des licornes. Dans un coin de la pièce se dressait une armure de taille réelle. Nous nous arrêtâmes pour la contempler.

– Imagine, si elle bougeait un bras, dis-je à Julia.

Jacques toucha deux fois, avec les jointures des doigts, le gorgerin brillant qui produisit un écho métallique, demanda s'il y avait quelqu'un dedans et, avant que la vendeuse nous avertisse qu'il était interdit de toucher à la marchandise, souleva la visière, montra l'intérieur et me dit :

– Vide comme ta tête, elle ne peut pas bouger un bras.

Puis il rabaissa la visière et s'excusa d'un geste de la main auprès de la vendeuse.

– Si c'était Agilulf, dit Julia, il pourrait quand même remuer le bras.

– Qui ? demanda Jacques.

– Le chevalier inexistant de Calvino, expliquai-je, et Julia m'offrit la complicité brillante de ses yeux.

– Ah oui, bien sûr, bâilla Jacques. Ce grand Calvino. Bon collaborateur de Mozart.

– De Mozart? demandai-je, savourant un possible triomphe.

Non seulement Jacques ignorait qui était Calvino, mais en outre, ou bien il le confondait avec un collaborateur de Mozart dont je n'avais pas entendu parler, ou bien il lui en inventait un de ce nom pour avoir, comme toujours, le dernier mot. Ce qui aurait été normal, de ma part, aurait été de ne pas insister, d'éviter de lui montrer son erreur ou son mensonge, mais ce jour-là j'étais très Don Quichotte ou très ivre.

– Calvino était un écrivain du siècle dernier.

Jacques me fixa d'un regard plein de défi et élargit son sourire. Je ne m'intimidai pas et le lui rendis. Il posa une main sur mon épaule et dit :

– Italo Calvino a écrit une version pour le théâtre pour compléter *Zaïde*, l'opéra inachevé de Mozart. Ce fut le succès des productions présentées dans les festivals lyriques de 1980. Ce grand Calvino.

Il me donna deux tapes sur l'épaule et alla farfouiller dans d'autres coins de la boutique.

Je ne fus pas étonné que Calvino ait dansé avec Mozart, pas plus que je ne l'avais été quand Perec m'avait dit que Julio Cortázar avait demandé à entendre le deuxième mouvement du concerto pour clarinette de Mozart avant de mourir, ni qu'Ernst Theodor Wilhelm Hoffmann s'était débarrassé de son Wilhelm pour le remplacer par Amadeus en l'honneur de Mozart et devenir ainsi le fameux E. T. A. Hoffmann. Je ne m'étonnais pas que des auteurs comme ceux-là, ludiques et profonds, aient eu une approche particulière de Mozart, mais l'humiliation et la honte de mon naïf et faux sourire de triomphe ne me permirent pas de vibrer à la joie de cet étonnement.

– Tu as vu ? me demanda Julia.

– Quoi ?

– Il a bougé le bras, dit-elle, très sérieuse, en montrant l'armure.

Je lui souris, reconnaissant. Un silence accueillant enveloppa ce moment. Mais il ne dura pas, un coup léger sur mon bras m'avait distrait. Je vis le pommeau que me présentait Jacques et sans réfléchir je saisis la poignée en même temps que je me retournais. Je me retrouvai en train de pointer une grosse épée sur la poitrine de Jacques, dont les yeux étaient devenus des braises.

– Allez, petit, murmura-t-il en écartant les bras, pousse un peu, traverse la chair, prends ma place. Tu devras le faire un jour.

Je repensai à la guêpe sur la lèvre de Julia.

La vendeuse accourut, alarmée, pour nous demander une nouvelle fois de ne pas toucher à la marchandise et encore moins de jouer avec elle. Jacques se dégagea de la pointe métallique avec une pirouette, et d'une autre vint m'arracher l'épée de la main. Il alla avec grâce jusqu'à la vitrine où il l'avait prise, se baissa pour la remettre à sa place et en se relevant, sans que la vendeuse le voie, il attrapa au passage un petit objet. Il revint très vite près de moi et au poids nouveau que je sentis dans mon sac à dos, je compris qu'il venait de faire de moi son complice. Il dit au revoir à la vendeuse d'une inclinaison de tête et sortit en sifflant. Julia arrêta le mouvement de mon bras, prêt à rendre l'objet volé.

– C'est toi qu'ils auraient pris pour un voleur, m'expliqua-t-elle dehors, en allumant une cigarette.

Je regardai l'objet dans mon sac, c'était un dragon couvert d'écailles en céramique. J'allais finir au commissariat, je serais jugé, jeté en prison. « C'est lui qui a volé le livre de prières », dirait le prêtre. « C'est lui qui a volé l'objet dans la boutique », dirait la vendeuse. « C'est lui qui a essayé de m'assassiner », dirait Jacques. Ce n'était pas de la fantaisie, c'était une terrible certitude qui me tordait l'estomac.

– Coupable! cria une voix au milieu de la rue.

Je m'arrêtai, atterré, et mon cœur cessa de battre. Jacques et Julia s'étaient arrêtés eux aussi. Nous étions en face de l'ancienne mairie, haute et cubique, avec son horloge et ses quatre drapeaux qui s'élevaient aux quatre coins.

– Coupable, répéta tranquillement le guide au groupe de touristes qui le suivait. Des dizaines d'enfants envoyés au bûcher.

Il racontait l'histoire de Jakob Koller, le sorcier Jackl. Un jeune garçon qui en 1675 avait été accusé de s'adonner au vol et de pratiquer la magie. Sa mère l'avait dénoncé après une violente séance de torture. Le garçon avait disparu, on avait organisé sa recherche, on l'avait cru mort, puis sa mort avait été démentie. Des rumeurs coururent au sujet d'une confrérie de sorciers créée et dirigée par Jackl. On lui attribuait des vols et de mystérieux assassinats. On disait que ses membres étaient capables de se changer en animaux et de se rendre invisibles.

Jacques écoutait, absorbé et ravi.

Les autorités ne retrouvèrent jamais Jackl, mais pendant six ans elles jugèrent et condamnèrent à mort deux cents personnes: vagabonds, attardés mentaux, mendiants, petits voleurs et prostituées, qui jurèrent appartenir à la confrérie satanique après avoir été soumis à d'horribles tortures. Un tiers des coupables avait moins de seize ans.

– On raconte, poursuivit le guide en baissant la voix, que les esprits des enfants assassinés rôdent dans ces rues. Certains passants affirment avoir été frappés ici par des présences incorporelles.

Avec le bout de sa chaussure, Jacques donna un léger coup dans le mollet d'une des femmes du groupe. Avec un bond la femme retira sa jambe, lâcha un cri bref, étouffé, et regarda derrière elle, effrayée. Il n'y avait personne. Jacques marchait déjà dans la Getreidegasse. Nous le suivîmes.

– Cette histoire était délicieuse, dit-il quand nous l'eûmes rattrapé – il avait les mains dans les poches –, mais maintenant, allons chercher d'autres bières.

Je me dis que Jacques s'était éloigné du groupe parce qu'il ne pouvait pas supporter que quelqu'un d'autre soit le centre de l'attention. Et comme s'il voulait certifier mon hypothèse, il se mit à raconter, en imitant le ton amical et professionnel du conférencier pour touristes, que deux ans après la mort de Mozart avait paru un guide de Salzbourg dans lequel étaient décrites avec force détails la longueur et la largeur de la rue que nous suivions. Il mentionna aussi les principales maisons et leurs détails architecturaux, puis la liste des gens remarquables qui y avaient habité.

– La haute maison jaune, au numéro 9 de la Getreidegasse, devant laquelle nous venons d'arriver, dit-il en accaparant avec sa grandiloquence étudiée l'intérêt de quelques passants, où Mozart est né et où il a vécu durant les quinze premières années de sa vie, Lorenz Hübner, l'auteur du guide en question, ne la mentionne pas. Et ce n'est pas tout : le nom le plus éminent de cette ville, le seul qui ne pouvait manquer dans les pages de son ouvrage, brille par son absence. Il n'y eut pas non plus de cérémonies à Salzbourg après la mort de Mozart, ni d'hommages, à peine un faire-part de décès copié sur un autre, paru dans un journal de Graz.

Au supermarché Spar, occupant le rez-de-chaussée de l'immeuble, nous achetâmes du fromage, du saucisson, du pain, deux bouteilles de vin bon marché et des bières. Nous payâmes tout, sauf une pomme que Jacques glissa dans mon sac à dos sans que je m'en rende compte. En sortant, nous prîmes la petite rue qui mène à la Salzach, passâmes le pont, ouvrîmes trois cannettes de bière et tout en buvant et en bavardant nous nous éloignâmes du centre historique, suivant à contre-courant le chemin qui longe la rivière.

À notre gauche s'étendait un vaste parc. Le soir qui déclinait allongeait les ombres des arbres, des promeneurs, des panneaux publicitaires.

– Imaginez qu'on nous poursuive parce que nous formons une bande diabolique, dit Jacques. Imagine qu'on t'attrape et qu'on te torture, Vian.

– Pourquoi moi ?

– Tu dénoncerais Julia pour éviter d'autres tortures ?

Je pensai que oui, que malheureusement je ne supporterais pas la douleur, que je n'étais pas un héros, que le corps et l'âme brisés je dénoncerais Julia et Jacques et tous ceux que voudraient ces autorités infâmes. Et je pensai que la question méritait une réponse honnête.

– Non, répondis-je, absolument sûr de moi. Plutôt mourir.

– Ah, s'écria Julia, un chevalier errant !

Je bus d'un long trait le reste de ma bière.

Nous arrivâmes à un large pont au centre duquel s'élevait une vaste structure oblongue en ciment, occupée par des groupes de jeunes et de couples divers qui buvaient et discutaient. Nous dénichâmes une place libre et attendîmes, comme les autres, que le soleil se couche. Julia déboucha la première bouteille de vin, Jacques ouvrit les paquets de victuailles, je rangeai les cannettes vides dans mon sac pour les jeter plus tard à la poubelle et trouvai la pomme. Je sursautai, adressai un regard de reproche à Jacques, qui fit celui qui n'était pas concerné. « C'est lui qui a volé la pomme au supermarché », déclarerait la caissière. Nous mordions dans le pain et le fromage, nous portions des morceaux de saucisson à la bouche après en avoir ôté la peau. La bouteille de vin, contrôlée par Jacques, passait toujours des lèvres de Julia aux siennes et finalement aux miennes, pour recommencer le tour. Quand Jacques buvait, un filet de vin s'échappait par les commissures de ses lèvres. Un petit filet pourpre comme du sang. Quelqu'un fumait de la marijuana et la fumée du pétard arrivait jusqu'à nous. Nous ouvrîmes la seconde bouteille. Le ciel devint rouge, puis violet, puis d'un bleu intense. Obscurité. Jacques coupa la pomme en deux avec ses serres et se mit à en dévorer une moitié. Julia et moi nous partageâmes l'autre. Au loin, les lumières de la ville dansaient sur le mouvant miroir de l'eau. Quand ce fut la dernière tournée, il ne restait plus beaucoup de vin, Julia but et me passa rapidement la bouteille avant que Jacques ne la lui arrache. Je la portai à mes lèvres, je bus dans un baiser.

Que se passa-t-il ensuite ? Des morceaux de scène. Julia riant. Jacques me donnant des tapes dans le dos. Quelqu'un d'un autre groupe partageant une bouteille d'eau-de-vie avec nous. Des phrases, des rires. Le pont derrière nous. Le long parc, sombre, à ma droite. Les lumières dansant sur la rivière et dans ma tête. Je lâchai la soupe, comme on dit au Mexique, ma langue se déchaîna. Je parlai de mes corbeaux, de mon refuge de lumière, de ma consolation par les couleurs (mentionnai-je les cheveux de Julia ?), de ma peur des araignées, de l'impressionnante Forteresse et de l'impressionnante violence de mon père. Je déclamai des poèmes de Sor Juana, la poète jamais poétesse, puis des antipoèmes de Nicanor Parra. Plus tard, après l'ivresse, viendraient la culpabilité et la honte d'avoir mis mon âme à nu. Mais tant que dura mon délire éthylique, j'eus le sentiment d'être sur une scène, un cercle lumineux surmontant ma performance intoxiquée par l'allégresse et les bravos de mon public de deux personnes : Jacques et Julia, Julia et Jacques. Je chantai l'air de Masetto. La rumeur de la rivière était une interminable ovation et les lumières rouges, vertes, blanches, jaunes qui clignotaient à sa surface étaient les bouquets de fleurs que la ville me lançait pour mon inégalable interprétation. Julia et Jacques riaient et chuchotaient. Plus tard, dans mon souvenir, les rires deviendraient des moqueries, et les reflets des lumières, des crachats, et la rumeur de la lumière, d'injurieuses huées. Mais en arrivant en ville et en passant devant l'arrêt des bus où j'étais descendu pour la première fois à Salzbourg, je marchais, libre, joyeux, énorme, et je tirais la langue à la Forteresse qui dardait sur moi son œil rouge éclairé.

Un cri long, aigu, cadencé et désaccordé nous obligea à nous arrêter. Les gens qui attendaient le bus avaient l'air perplexe.

– Regarde ça, dit Jacques, enthousiasmé.

– Quelle beauté ! murmura Julia.

– C'est la folle qui chante, dis-je, comme si je parlais d'une tante ou d'une vieille connaissance.

Nous étions presque à côté d'elle. Elle termina sa représentation improvisée. Nous fûmes tous trois les seuls à applaudir et le silence à l'arrêt des bus fut suivi d'éclats de rire exagérés et vulgaires. Trois jeunes au crâne râsé montraient la chanteuse en se moquant. Elle remercia comme je l'avais vue faire en d'autres occasions, mais sans le sourire d'alors. Quand elle partit, les types continuèrent à rire et à taper du pied. Mon sang se mit à bouillir. Je ramassai une longue branche qui traînait par terre. Tout ça à cause de Don Quichotte, des bières et de ma dame Julia qui irradiait la chaleur de ses cheveux près de moi.

– « Ne fuyez pas, lâches et viles créatures, c'est un seul chevalier qui vous attaque. »

C'était la phrase du Chevalier à la triste figure que j'avais lue à Perec, ce matin-là, et je me lançai contre les trois voyous qui, voyant l'énergumène furibond se jeter sur eux, reculèrent de deux pas et cessèrent de se moquer.

La véhémence de mon action se perdit dans l'air. Ils me désarmèrent sans difficulté. Je reçus le premier coup à l'estomac.

13

Je fus réveillé par la lumière pâle du matin. Du feu dans les yeux, des coups de marteau dans le crâne, une mer déchaînée dans l'estomac. Déconcerté, je regardai les murs blancs, l'armoire en bois foncé, un téléviseur éteint, deux tables de nuit, un verre d'eau. Où étais-je ? Quelle heure était-il ? Au plafond pendait un lustre très simple fait de huit bras en métal terne, chacun portant une bougie électrique. Je frissonnais. Une araignée incendiaire, me dis-je, qui m'a pris dans sa toile et qui se réjouit, cette grande sadique, de faire attendre sa proie. Je fermai les yeux, me rendormis. Je fis des rêves angoissés, défilés d'images rapides et superposées. Jacques et Julia, le chat noir dans le jardin, des guêpes, la Salzach qui débordait, une pomme qui se révélait être l'amour. J'ouvris les yeux. Jacques m'observait.

– La seule chose que nous ayons en commun toi et moi, petit, dit-il avec un sourire glacial et moqueur, c'est la solitude. Et, comme tous ces gens dehors, nous sommes des cadavres dont le ressort est encore assez tendu pour que nous puissions déambuler sur cette terre. Bien qu'hier le tien ait pu être cassé sans les cris de Julia et le brusque flot de vomi que tu as rejeté.

Au bout du compte, tu n'as reçu que quelques coups sans importance.

– Et toi, tu étais où ? lui demandai-je d'une voix rauque, avec une certaine rancœur.

– J'admirais ton audace de la tribune opposée.

– Où est Julia ?

Je voulus lever la tête mais un vertige m'en dissuada.

– Au théâtre. On a dû te traîner jusqu'à notre appartement.

Un long silence suivit. Je me rappelai ma verbosité, et ses confidences. Mon vertige qui n'avait pas disparu faisait bouger les bras du candélabre derrière le visage de Jacques.

– Merci de m'avoir ramené ici. Je m'en vais tout de suite.

– Du calme, petit, il te faut encore du repos. Je suis là pour m'occuper de toi, s'écria-t-il, sur un ton exagérément charitable.

– Et moi, que devrai-je te donner en échange de ta générosité ? dis-je, rageur – et aussitôt la vilenie de ma question me fit sentir coupable.

– Oh… s'écria Jacques, condescendant, une nuit, ce n'est rien. Julia viendra te voir plus tard. Ton état pitoyable n'est pas dû aux coups mais à ta prodigieuse gueule de bois. Dors, repose-toi – il caressa mes cheveux trempés de sueur comme si j'étais un chien. Si tu as besoin de quelque chose, ne m'appelle pas.

Il tenait dans ses mains la BD de Bilal. Je n'eus pas la force de lui reprocher de fouiller dans mes affaires. Il la posa sur une chaise et se dirigea vers l'armoire, où il prit une veste bleue en lin. Je distinguai à l'intérieur une casaque rouge. Jacques avait suivi mon regard.

– Une peau d'un autre temps, m'expliqua-t-il en relevant une des manches de la casaque. Une partie du costume que j'ai emporté quand on m'a viré. Je ne sais pas pourquoi je m'en encombre encore. Un jour je le jetterai au feu.

Il laissa retomber la manche qu'il tenait et s'en alla en sifflant. Je fermai les yeux. Ma tête tournait, un tourbillon balayait ma conscience et se changeait en vent qui secouait les cimes des arbres dans un champ vaste et vert et plein de murmures. Il y avait partout des tombes ouvertes. Ma mère dansait. Je criai son nom, mais déjà mon rêve m'avait emmené ailleurs, vers la scène où s'agitaient les danseurs habillés en diables. Je me réveillai.

Julia était sur la chaise, en position du lotus. Elle avait la BD sur les jambes et dessinait quelque chose sur ses pages avec des crayons de couleur. Je l'observai sans bouger. Ni ma nausée, ni ma migraine galopante, ni ma douleur dans les côtes ne m'importaient plus. Quelle heure était-il ? Même le temps ne comptait plus. La lumière filtrait par une fenêtre et semblait briller d'un éclat particulier autour de Julia. Je la regardais, absorbé, en caressant des yeux ses yeux, ses lèvres, la peau tendue de ses joues. La lumière dessinait sa silhouette. Elle continuait à colorier, yeux mi-clos, lèvres entrouvertes, le visage serti de duvet lumineux. Les tons jaunes de ses cheveux avaient-ils gagné en éclat, les tons pourpres acquis plus de force ? Je me laissai distraire par un subtil changement de lumière, et je tournai la tête. Sur le téléviseur passait le film *Blade Runner*, sans le son. Je voulus lui dire quelque chose, mais ma langue sèche resta collée à mon palais. Je levai un peu la tête, tendis la main vers le verre d'eau. Julia me devança et le porta à mes lèvres.

– Comment vas-tu, Vian ?

– Pardonne-moi, Julia, hier je me suis conduit comme un idiot… Je ne sais pas ce qui m'a pris… D'habitude je… il ne m'arrive jamais de…

– Mais qu'est-ce que tu dis, idiot ? – Elle passa rapidement la main dans mes cheveux. Tu as été prodigieux. Et ce qui est bien, c'est que nous avons pu te sortir de là avant que la police arrive.

Je m'assis sur le lit. Je pris sa main et remerciai Julia en la serrant longuement. Elle délivra ses doigts de ma reconnaissance et me dit qu'elle n'avait pas beaucoup de temps, qu'elle devait retourner au théâtre. Elle me raconta comment s'était passée la répétition. Apparemment, la Tchenova s'était plainte avec véhémence d'un des couturiers et Julia avait craint qu'il ne fût renvoyé. Par chance, tout s'était soldé par une grosse crise sans conséquences. La diva était très difficile, mais elle chantait comme les anges. Jacques était de mauvaise humeur et méprisait la soprano, mais seule Julia s'en apercevait. Elle se tut. Elle souffla par le nez comme si elle se débarrassait d'une sombre pensée.

– Il faut que j'y aille, mais tu peux rester encore un peu si tu veux, on se verra plus tard à la répétition – de son murmure se détacha un souffle chaud où je distinguai du thé vert, du tabac et quelque chose d'autre qui devait être simplement l'odeur de sa bouche.

Je me levai en même temps qu'elle et pour la retenir un instant de plus je lui demandai ce qu'elle dessinait sur la BD. Alors elle comprit que le livre m'appartenait, elle s'excusa, elle ne s'en était pas rendu compte. Je lui dis que ça n'avait pas d'importance et elle me montra la chevelure en couleurs d'une des héroïnes. Elle l'avait ornée dans trois des vignettes. Elle me tendit la BD, m'indiqua l'écran du téléviseur et dit :

– C'est la scène où Pris se fait passer pour une poupée mécanique.

Elle arrêta le film et éteignit le poste.

– Un peu après Deckard la tue.

Son expression redevint sérieuse, elle ferma lentement la porte de l'armoire que Jacques avait laissée ouverte, comme si elle posait son couvercle sur un cercueil. Tout au fond, à l'intérieur, je distinguai quelque chose qui ressemblait à un chat gris frappé à coups de bâton.

– Et ça ? demandai-je.

– La vieille perruque que Jacques portait quand il jouait Amadeus. Il a aussi volé la casaque.

– Oui, il me l'a dit.

J'éprouvai de la jalousie et il me sembla soudain que ces deux *replicants* étaient unis par une intimité plus profonde et peut-être plus malade que je ne l'imaginais. Dormaient-ils ensemble dans le lit où j'avais dormi moi-même ? Je regardai de nouveau le lustre araignée et un frisson glacé me parcourut le dos.

– Je sors avec toi, Julia. Je rentre chez moi.

Malgré mon vertige et mes malaises, je ne voulais pas rester là seul plus longtemps. J'avais peur de découvrir des secrets troubles, des preuves d'une relation maladive, des traces de vice, d'abus commis, de soumissions acceptées. Julia passa aux toilettes. J'allai dans la pièce contiguë, la lampe sur le bureau était allumée. Je l'éteignis en faisant bien attention, comme si je touchais une épée. Il y avait un canapé-lit sur lequel reposait tout un tas de couvertures en désordre ; sur le fauteuil placé contre le mur opposé il y avait un drap froissé. Ils ne dormaient pas ensemble, donc. Aux murs de l'appartement étaient accrochés trois peintures et un fin crucifix en bois clair. Les coins de toutes les pièces étaient arrondis et donnaient à l'ensemble un air de vaste caverne hospitalière. Il n'y avait aucun signe de vices ni de décadence. Au contraire. Je fus gêné de me sentir à l'aise dans cet endroit sans luxe, je me sentis perplexe, presque effrayé, de ne pas découvrir les preuves des activités sinistres que j'avais soupçonnées. Dans la troisième pièce se trouvait, encaissée près de la porte d'entrée, une cuisine étroite où l'on voyait deux poêles graisseuses et, près de l'évier, plusieurs assiettes sales. Au centre de la cuisine se dressait, comme un grand animal lent et massif, une grosse table en bois sur laquelle était posé un panier contenant des fruits frais, une bouteille de vin à moitié pleine et une brochure à couverture rouge intitulée *Créatures diaboliques*. Je la feuilletai, elle était pleine de monstres et de démons et de femmes araignées en noir et blanc de Doré, de Redon, de Granville et de Johannot. Sur la première page apparaissait *Le sommeil de la raison engendre des monstres*, de Goya.

En sortant des toilettes Julia me demanda si elle pouvait garder quelques jours la BD de Bilal. J'y consentis aussitôt et lui suggérai, quand elle aurait terminé de colorier les cheveux des personnages des vignettes, de continuer avec la perruque d'Amadeus reléguée dans l'armoire. Elle me sourit et je crus déceler de la tendresse dans l'éclat de ses yeux.

Il fut alors évident pour moi qu'il ne pouvait en être autrement, que quoi qu'il arrivât je me livrerais complètement au sentiment qui brûlait sous la croûte de mon existence. Julia serait ma perdition ou ma gloire. La conquérir ou non était sans importance ; dans les deux cas, à la fin de l'été, l'irrémédiable douleur avec laquelle je quitterais la ville de Mozart serait l'épine pointue qui resterait de ces jours-là dans ma mémoire. Non, je n'avais pas besoin de faire sa conquête, il me suffisait de l'aimer. Dans mon rêve l'amour m'était apparu sous la forme d'une pomme, je mangerais celle que j'avais trouvée, dût-il y avoir un ver dedans.

Nous sortîmes, la lumière de la rue raviva les coups de marteau dans mon crâne, mais mon cœur dansait. Nous nous séparâmes avec deux bises. L'une d'elles, rapide et brève, tomba très près de la commissure de mes lèvres. Elle y avait laissé un petit filet de salive. Je le portai à ma bouche avec la pointe de ma langue.

14

Je me sentais encore roué de coups, en dépit des deux heures de sommeil supplémentaire dans la maison aux obélisques et une douche glacée. Je n'étais plus aussi convaincu que l'éclat que j'avais perçu dans le regard de Julia ait exprimé de la tendresse. Rien ne m'interdisait d'affirmer que c'était plutôt de la pitié. Il était si facile de confondre l'expression de ces deux sentiments. « Pauvre petit idiot », avait-elle peut-être pensé. Peu importait, j'avais décidé de manger cette pomme, même si je devais déguster le ver qui l'habitait. J'étais préoccupé par quelque chose de plus urgent. J'avais fait mes comptes et je n'avais plus le montant suffisant pour payer l'avance du loyer de la chambre prêtée par Perec. Il faudrait que je demande un acompte à l'opéra. Je détestais cette idée, mais je ne trouvais pas d'autre solution. Je laissai deux feuilles de laitue fraîches pour Nooteboom et me mis en route vers la répétition.

Je m'étonnai de voir qu'on me montrait de nouveau du doigt dans la rue. Je craignais que l'incident de la veille au soir n'ait été enregistré et ne circule maintenant sur Internet. Effrayé, je pressai le pas. J'évitai deux agents de police. Quand j'arrivai au théâtre, des artistes d'autres productions me sourirent comme le fait quelqu'un qui croise un homme déguisé en un personnage de dessin animé archiconnu, et les ouvriers du festival me saluèrent, l'air amusé, comme s'ils voyaient la mascotte de leur équipe. Il me sembla même, en la croisant dans un des couloirs, que l'impressionnante présidente du festival m'adressait un sourire chaleureux. Mon pouls s'accéléra, l'angoisse me mordit.

– Zelig attaque de nouveau, dit un figurant dans le vestiaire.

Les autres rirent. Je haussai les épaules comme si je me fichais de ce qui avait été publié, quoi que ce fût. Je brûlais de curiosité. Je jouissais de l'attention dont j'étais l'objet.

– C'est lui, Mozart ? entendis-je Dorothea Röschmann demander quand je passai près d'elle.

Qu'avait Mozart à voir avec ma bagarre ?

– Imposteur de pacotille ! me lança Jacques dès qu'il me vit.

Il s'éloigna sans me laisser le temps de lui poser de questions. Je n'y comprenais plus rien. Pourquoi étais-je le dernier à me rendre compte de ce qui se passait dans ma vie en dehors de mon tourbillon intérieur ?

– Alors, Vian, me lança Julia d'un ton qui me fit rougir jusqu'aux oreilles. Comment te sens-tu ?

Je lui répondis que je me sentais bien, je la remerciai d'être venue me voir. Avant que je puisse lui demander ce qui arrivait, Carrie-Ann, la pianiste, s'approcha de nous.

– Tu me le signes ? demanda-t-elle sur un ton espiègle et amical, en me tendant le motif de tant d'attention inattendue.

– *Tschüss*, Wolfie, me dit Julia avant de s'éclipser dans un sourire.

Je figurais de nouveau dans le journal.

Je me tenais là, debout, entre Schuff et Cecilia Bartoli, en casaque rouge et perruque rococo, une expression pesante fixée sur la lentille du photographe. « Schuff et Bartoli bavardent avec Mozart », pouvait-on lire sous la photo. C'est vrai que mon gros nez et ma mine sévère derrière la fumée de Schuff faisaient un peu penser au visage de Mozart. Du moins à celui du très célèbre portrait peint par Barbara Krafft plusieurs années après sa mort. Mais plus que mon visage, ce qui évoquait le compositeur c'était ma perruque, ma casaque et ma taille. Personne n'aurait jamais eu l'idée de dire que je ressemblais à Mozart. L'épisode passerait, je retournerais à l'anonymat. À la joie creuse et volatile de cette reconnaissance temporelle suivraient le vide et le désarroi que toute renommée imméritée quand elle est passée. Ce matin-là, malgré tout, je continuais à être le centre d'une petite attention. Et j'appréciais. On m'appelait Mozart !

– J'espère que Mozart n'est pas contrarié d'attendre, dit Schuff avec une ironie obséquieuse en rejoignant la cafétéria où, comme d'habitude, tous les figurants attendaient, attendaient toujours.

– Je pense parfois, dis-je, enhardi, que ce n'est pas pour ce que nous faisons qu'on nous paie, mais pour les heures d'attente.

– Bien, bien – Schuff porta à sa moustache son café *latte* –, continuez à travailler, donc.

Quand vint le moment de la pause, je cherchai le responsable des figurants. Je le trouvai près de la table aux accessoires, caché dans la pénombre, en train de vérifier une liste de noms sur un bloc. J'eus l'impression que quelqu'un m'avait suivi, je regardai autour de moi, nous étions seuls. Il fit lui aussi une plaisanterie à propos de Mozart. Avant que nos rires s'éteignent, je lui demandai si je pouvais avoir une avance sur la paie des semaines suivantes. De nouveau, j'eus l'impression que quelqu'un rôdait dans la pénombre. Le responsable continua à rire et ajouta que j'étais vraiment très drôle. Je lui dis que je ne plaisantais pas. Son refus, prévisible, ne m'étonna guère, pas plus que mon malaise prévisible.

Il s'en alla en souriant, le regard sur ses notes. Deux ombres émergèrent de l'obscurité des coulisses.

– Des problèmes d'argent ? demanda Jacques en se caressant le dos de la main, comme si c'était le dos d'un chat.

– Ne l'écoute pas, murmura Julia, en me contournant pour prendre des confettis sur la table.

Je niai en balbutiant, Jacques coupa mon commentaire et m'interrompit avec une proposition : aller ce soir avec eux au casino.

– Si tu perds, ce sera peu, dit-il sans cesser de se caresser le dos de la main. Mais si au contraire la chance, cette petite chatte aux griffes affilées, se couche à côté de toi, tu régleras ton problème et tu cesseras de penser que tu es un perdant. Nous t'attendons à 20 heures devant le casino.

J'eus envie de le frapper pour m'avoir traité de perdant. Et de le serrer dans mes bras pour avoir organisé une sortie avec Julia. Mais je décidai que le mieux serait de ne pas aller au casino. Si mon père l'apprenait ! J'allais lui répondre que je n'étais pas sûr d'accepter, qu'en fait je n'avais pas de problèmes, que…

– Ne viens pas, dit Julia.

Elle me sourit tristement et d'un souffle fit danser en l'air les points colorés des confettis. Je jure que l'espace d'un instant je vis le dessin pointilliste d'une pomme flotter devant les ombres où Jacques et Julia avaient disparu. J'étais esclave de Julia, esclave du feu que Julia avait allumé dans mes entrailles ; si sa volonté ces jours-là était liée à celle de Jacques, alors la mienne l'était aussi. Je criai que je viendrais. Le sifflement rythmé d'un rire me répondit.

15

J'arrivai à l'heure au rendez-vous. Je portais le costume que je n'utiliserais plus jamais pour une audition. Jacques et Julia n'étaient pas encore là.

En chemin vers le casino, je m'étais arrêté devant la statue de Mozart, comme un torero s'arrête devant l'image d'un saint. Je ne suis pas superstitieux, mais je ne perdais rien à faire confiance au bon augure du compositeur qui de son vivant avait été un grand joueur… de billard. Il paraît que, lorsque Mozart se réunissait avec des amis et qu'un jeu de cartes faisait son apparition sur la table, il prenait un livre et le lisait pendant que les autres jouaient. Joueur de cartes ou non, le fait n'avait pas d'importance. J'étais là parce que la lecture inversée de son nom sur le piédestal m'injectait enthousiasme, joie et confiance.

– Si je gagne, je t'apporterai des fleurs, promis-je à la statue. Porte-moi chance, Trazom.

Depuis une demi-heure je faisais les cent pas devant le casino. Je n'avais pas imaginé qu'ils me feraient attendre, encore moins qu'ils ne viendraient pas. Je décidai d'attendre dix minutes de plus. S'ils n'arrivaient pas, j'entrerais seul dans le majestueux palais. Je n'avais jamais mis les pieds dans un casino, mais j'avais vu des films ; d'abord, j'observerais, puis je comprendrais le jeu et me risquerais, je n'avais pas le choix. La femme de Perec avait été claire : pas d'acompte, pas de location.

Les dix autres minutes passèrent, je leur en accordai dix de plus. Ces deux-là jouaient avec moi, s'amusaient à mes dépens. Mon indignation me hissait sur de sombres nuages. « La pomme », me dis-je, et je cessai de jouer les victimes.

À 21 heures, convaincu qu'ils ne viendraient pas, je pris résolument les revers de ma veste, tirai dessus pour l'ajuster à mes épaules tombantes, franchis le seuil et me plongeai dans la bruyante frénésie des éclats de rire, des lumières, des jetons tintinnabulants, des machines à sous et des tours graisseux de roulette.

Dois-je relater en détail ma perplexité initiale, tandis que j'allais et venais dans les couloirs, le honteux espionnage auquel je me consacrai durant la première heure en allant de table en table, jusqu'à ce que je m'installe sur le petit banc situé en face du blackjack, mon calme devant mes billets convertis en grosses plaques de plastique, ma joie enivrante après mes premiers succès, suivie de mon désespoir croissant en voyant que les quatre tours naines de jetons n'étaient plus que trois, puis deux, puis une ? Non, mieux vaut dire qu'une secousse intérieure, comme un choc électrique au creux de l'estomac, me tira de la fatidique inertie parieuse dans laquelle je me trouvais et m'évita de tout perdre. Je sus me retirer à temps. Je pris ma petite tour, me levai du banc et allai me promener entre les autres tables de mises et leurs joueurs. Je m'étais trompé en m'asseyant à la table de blackjack. Maintenant, tandis que je me promenais, inquiet, attentif, comme un bateau qui choisit l'île où il doit aborder pour trouver le trésor, le même élancement que celui qui m'avait évité de tout perdre, par une nouvelle décharge électrique, guida mes pas comme une boussole infaillible vers l'endroit où la chatte fortune était couchée. Craps. Je pris une chaise à la table des dés.

Dois-je dire en détail combien je me sentais mal à l'aise de participer à ce jeu dont j'ignorais les règles, de ramasser des mises gagnantes en jetant des jetons là où d'autres les plaçaient, de perdre de la même façon, de recevoir par deux fois une remarque des croupiers, de sentir la rougeur envahir mon visage – tout ce lent et parfois honteux apprentissage jusqu'à ce qu'enfin je comprenne la façon de miser ? Non, il me suffit d'arriver à l'instant où, après plusieurs pertes et gains qui ne modifiaient que peu le total de mes jetons, ce fut à mon tour de lancer les dés. Je mis tant d'entrain dans mon geste que l'un d'eux alla tomber près du haut talon d'une femme très blonde qui posa sur moi un regard ennuyé. Je lançai de nouveau, sortis un huit, et cette fois il y eut quelques applaudissements. Je continuai à jeter les dés et chaque résultat augmentait le brouhaha. Tout le monde gagnait, la femme blonde quitta son air maussade pour un sourire coquet esquissé par ses voluptueuses et très rouges lèvres. Ma main touchait des paumes, ma voix s'unissait aux cris quand les dés montraient sur leurs faces immobiles n'importe quelle combinaison, sauf celle du sept. Finalement je sortis encore un huit, les gains furent répartis, j'alignai tous mes jetons devant moi. De nouveaux parieurs arrivèrent à notre table, le tapis se couvrit de jetons. Des regards avides me dévoraient. Je soufflai sur la main qui serrait avec tendresse les petits cubes et, soutenu par l'ovation des joueurs, je célébrai le neuf que je venais de sortir. Les combinaisons gagnantes se succédaient, sorties de ma main de vainqueur. La table était une fête. Les filles apportaient toujours plus de boissons, je distribuai de généreux pourboires. Le neuf sortit de nouveau et la table se prépara pour une nouvelle tournée. J'accumulai les gains. J'étais inarrêtable, tout le monde me fêtait. « Ah, si Julia était là, si elle pouvait me voir comme ça, glorifié et triomphant », pensai-je. Un des parieurs croyait que j'étais quelqu'un de connu et je lui confirmai, avec une modestie jouée, que je travaillais à la production de *Don Giovanni*, qu'il m'avait probablement vu dans le journal ou à la télévision. Un autre cria que j'étais Mozart et mentionna la photo du journal. Par plaisanterie, j'imitai le rire bête de l'Amadeus de Forman. Je signai un autographe et relançai une série de dés gagnants.

– Quelle soirée! s'exclama, enthousiasmé, un joufflu transpirant et tout rose. Ce type ne rate aucun coup et à la roulette j'en ai vu un autre donner deux fois le bon numéro.

Ce commentaire réveilla la pointe au creux de mon estomac, mais je ne sus pas déchiffrer sa signification.

Au début d'une nouvelle partie, j'obtins un trois non désiré. Avant que les dés passent dans la main de ma voisine, tous les participants me gratifièrent d'une ovation plus que nourrie. Je restai à la table pour passer le temps, gagnant et perdant peu. Sur mon tapis il n'y avait plus de place, au bord de la table s'élevaient trois tours de jetons et j'en tenais un tube plein à la main. Non seulement j'avais récupéré ce que j'avais perdu, mais pendant les jours suivants je me paierais une belle vie. J'achèterais quelque chose pour ma sœur, j'inviterais Julia dans un restaurant de prix, je mangerais sans souci au Triangel.

Quand les dés furent de nouveau dans ma main, il y eut des applaudissements et des mises généreuses. Mon jet, un double six horrible, souleva un chœur de voyelles déçues, longues et ascendantes. Le lanceur suivant perdit lui aussi à son premier essai. Plusieurs joueurs partirent, devinant que la petite chatte avait filé maintenant à une autre table. Un nouvel élancement se manifesta, il était temps que je me retire. Je décidai de ne jouer que les jetons que j'avais en plus de mes lignes. Une heure après je les avais perdus et je faillis en oublier le signal de retraite. J'étais sur le point de jouer une partie de ma première ligne, en m'assurant avec une logique qui me semblait irréfutable qu'il s'agissait d'une mise uniquement destinée à récupérer ce que j'avais perdu, quand la sagesse, en éveil, arrêta le mouvement de mon bras.

Je ramassai mes jetons et allai les changer.

J'avais gagné, mon pouls battait très fort, j'avais du mal à contrôler le cri de joie opératique qui désirait éclater hors de ma bouche. J'avais gagné. Mes joues me faisaient mal tant je souriais, d'un large sourire qui étirait mes muscles faciaux. J'avais gagné. Je m'égarai à la recherche des caisses et, en passant près de la roulette, je me souvins de l'élancement qui était apparu avec le commentaire du joueur enthousiaste à la table de craps. Je compris que c'était là que s'était rendue la petite chatte. _Madame_* fortune, c'était le signal, m'attendait à la roulette.

Dois-je perdre mon temps à expliquer comment je vis disparaître un à un mes jetons, tels les grains d'un sablier dont la banque du casino était le fond et moi le cône supérieur en train de se vider ; comment, après un long et tortueux moment où ni la sagesse ni l'élancement ne m'alertèrent, je ne trouvai en regardant ce qui restait de mes gains dans ma main tremblante qu'une poignée de jetons ? Non. Il suffit de dire qu'une haine profonde me planta ses crocs venimeux en pleine poitrine. Je respirais avec difficulté, je voulais frapper quelqu'un, tordre le cou de la fille qui apportait les boissons, mettre le feu au casino, tuer Jacques. C'était lui qui m'avait entraîné dans cet endroit, lui qui me conduisait vers mon propre enfer. Je plaçai les jetons qui me restaient sur le dix-huit. À quoi bon cet argent ? Mieux valait toucher le fond, tout perdre. Je pensai disparaître avant que la roulette ait fini de tourner. Quitter la table, m'en aller, droit et digne, dédaignant le résultat final. Combien de probabilités y avait-il que la boule de téflon s'arrête sur le numéro choisi ? Une sur trente-six. C'est alors que je sentis mon estomac se nouer, un élancement plus intense, plus net que tous ceux que j'avais éprouvés au long de la soirée. Je fus ébloui par sa clarté, une longue note couvrit les bruits du casino, un bref vertige me poussa à chercher de la main le bord de la table pour ne pas tomber, et le numéro vainqueur se cristallisa dans mon esprit, le temps d'une flamboyante seconde. Ce n'était pas le dix-huit.

– Dernières mises, cria le croupier.

Je déplaçai prestement mon tas de jetons sur le vingt-trois. J'observai, les yeux injectés de sang, la roulette perdre de la vitesse ; la boule faire ses derniers rebonds sur les cases rouges, noires ; s'arrêter, lente et implacable, sur sa destination finale. Trente-six fois ma mise, c'était plus, bien plus que tout ce que j'avais gagné jusque-là. Je portai mes mains couvertes de sueur sur le point de mon estomac où s'était produit mon élancement, et éclatai d'un rire long et sonore. J'avais tout mis sur le dix-huit, avais tout déplacé sur le vingt-trois au dernier moment. Ce fut le quatorze qui sortit. Je continuai à rire de mon rire fou jusqu'à ce que, comme je sortais du casino, la nuit me donne une gifle de vent et me pique les yeux par la lumière de sa lune pâle.

Les corbeaux croassaient.

J'avais gagné. Je n'avais pas su me retirer à temps, voilà tout. Mais j'avais gagné, on m'avait ovationné, j'avais gagné. Il fallait que j'ancre ma mémoire dans cet instant lumineux. J'avais gagné. Il fallait que je me plonge dans le souvenir des jetons de couleurs dans mes mains. J'avais gagné. Je m'en allai en répétant ces trois mots comme un mantra. J'avais gagné, j'avais gagné. Je le répétais en serrant les dents au point de les faire grincer. J'avais gagné. Et je donnais des coups de pied dans tout ce que je trouvais sur mon chemin, cannettes, pierres, crottin. J'avais gagné. Et je gardais mes poings crispés dans les poches vides de mon pantalon.

J'avais gagné…

16

Je mis presque deux heures à arriver à la maison aux obélisques, les yeux fixés sur les silhouettes sombres des montagnes, béni par une fraîcheur que j'avais ressentie tout l'été. Je me déshabillai et tombai dans un profond sommeil qui ne dura pas longtemps. C'était encore l'aube quand je me réveillai. Je me douchai, m'habillai à la hâte et sortis dans les rues de Salzbourg enveloppées d'une cape bleue tachée de la lumière laiteuse de la lune, qu'une procession orange du soleil naissant se chargea bientôt d'effacer. La vieille ville me salua, fraîche et silencieuse. Je la vis se réveiller, se remplir peu à peu de touristes. La chaleur croissante se précipitait sur leurs pas. Je rendis visite à mes amies les statues. Je n'apportai pas de fleurs à Trazom. J'entrai sur le Mozartsteg. Je crois que je somnolai au milieu du pont, hypnotisé par le cours de la Salzach, bercé par son gargouillement furieux. J'avais mal partout : aux muscles, aux os, aux ongles et aux cheveux. Mon sommeil et ma voix et mon ombre me faisaient mal. Mon enfance, mon adolescence et ma jeunesse me faisaient mal. Le matin me faisait mal.

Quand j'arrivai à la librairie, Perec buvait du thé en lisant un livre de Pessoa. Je répondis tout de suite à son air intrigué quand il détailla mes yeux irrités, mon allure endormie, la pâleur de mon visage. J'avais perdu l'argent de mon loyer au casino, lui expliquai-je et en constatant l'abattement avec lequel Perec se renversa sur sa chaise, je compris que la sentence de sa femme était irrévocable. Toute négociation serait vaine.

– Et maintenant, qu'est-ce qu'on fait? demanda Perec en se caressant la barbe.

Il paraissait franchement préoccupé. Je le rassurai avec un mensonge. Je lui racontai qu'un collègue figurant avait offert de me loger dans son studio, que j'aurais préféré la commodité d'une chambre à moi mais que vu les circonstances j'accepterais son hospitalité et je passerais les semaines qui me restaient à Salzbourg en cohabitation avec lui. Plus je m'enfonçais dans mon mensonge et plus je me rassurais moi-même, comme si cette fiction contenait la prometteuse graine d'une vérité non encore révélée et la solution de mes problèmes. Mon assurance convainquit aussi Perec. Il déplora ma malchance au casino et la perte des euros qu'il ne toucherait pas à cause du loyer perdu. Il me proposa du thé glacé et se consola en disant qu'au moins sa femme garderait intacte la chambre de leur fils. Intacte et inutile. Je me demandai si, en fin de compte, mon malheur n'était pas un soulagement pour ce couple. J'avais peut-être délivré Perec d'un poids. Sa désinvolture sembla confirmer mes soupçons. Je fus peiné de le voir se laisser convaincre si facilement. Je le remerciai pour le thé que je n'avais bu qu'à moitié et, prétextant une répétition que je n'avais pas, je me disposai à partir. Avant que je passe la porte, Perec posa une main sur mon épaule et me dit, d'une voix posée, que je pouvais compter sur lui en cas de besoin. Sa main n'était pas aussi lourde que le pont-levis de celle de mon père quand il faisait le même geste. La main de Perec était une corde qui permettait de sortir du puits. Je le remerciai, ému et un peu honteux, et je partis.

Le grand jour de l'ouverture du festival approchait.

J'allai au banc de Herr Wolfgang. Il n'y était pas, je m'y assis. Un passant glissa une pièce dans le cochon d'argile rose. Je pris dans mon sac mon recueil de lettres de Mozart, lus quelques-unes des dernières, dans lesquelles il demande de l'argent à ses frères maçons, se sent mélancolique, a mal à la tête et aux dents. « … Si les gens pouvaient voir dans mon cœur je pourrais avoir honte », écrit-il. Mozart demande de l'argent, Mozart aime, Mozart souffre et pourtant il ne cesse pas de plaisanter, d'assister à leurs sessions, à des dîners. Mozart vit. La solution de mes problèmes était dans Mozart, décidai-je sans aucune logique, et je me levai du banc avant de risquer de m'endormir.

Je marchai comme un enfant perdu dans les rues de Salzbourg. Je cherchais des raisons de rester optimiste, de m'accrocher à un espoir. Je ne les trouvai pas. Je voulus en inventer, mon imagination en fut incapable. J'allais devoir déménager. Le souvenir de ma personne dans la mémoire du félin serait tout ce qui resterait de moi en ce lieu. Où aller ? Demander l'hospitalité à Jacques et à Julia était hors de question. Fuir ! Où ? Je trouverais le collègue fictif que j'avais inventé devant Perec. Voilà. Je construirais une cabane dans le parc Mirabel, un Walden salzbourgeois. Voilà. Je demanderais asile à Herr Wolfgang. Voilà. J'avais un ballon gonflable dans la tête, de l'hélium où flottaient, avec une voix de fourmi, mes pensées sans poids. Épuisé, je m'effondrai sur un autre banc.

La sonnerie du téléphone me parvint de loin. Je m'endormais. C'était mon père. Il m'appelait pour me rappeler le jour de mon déménagement et m'enjoignait de laisser la maison propre et en ordre. Je dis oui, discipliné. Il voulut savoir si j'avais trouvé un logement pour le reste de l'été. Je lui mentis. Il me demanda si j'avais besoin d'argent. Je lui mentis de nouveau. Pour mettre fin à la conversation, qui était plutôt un monologue coupé de brèves interventions de ma part, il m'informa qu'il m'avait envoyé par mail mon billet de retour à Mexico pour le lendemain de la dernière représentation de *Don Giovanni.* Je le remerciai, nous nous quittâmes. Je n'avais pas un sou, je n'avais pas d'endroit où vivre après mon déménagement, mais quoi qu'il advienne j'avais la sécurité de cette date, mon retour à la vie que mon père avait organisée pour moi. Le grand jour de l'ouverture du festival approchait. Ensuite, comme une paire de terrifiants géants somnambules qui à chaque pas destructeur se réveillent et deviennent de plus en plus grands, plus menaçants, le grand jour de mon déménagement et le grand jour de mon départ projetaient leurs longues ombres noires et se rapprochaient de moi.

En m'incorporant aux grappes toujours plus denses de passants passionnés et enthousiastes qui inondaient les rues de la ville, je pensai qu'il y avait aussi parmi eux les connaisseurs, les critiques et les analystes pointilleux qui affûtaient leurs plumes et leurs langues pour commenter les productions, les concerts et les performances des solistes, des orchestres, et celles de leurs chefs. Je vis quelques célébrités qui se laissaient chasser par d'avides photographes. J'avançai parmi les indifférents. Je m'arrêtai pour écouter les voix des chœurs qui laissaient tomber leur cascade harmonique des étages élevés où ils répétaient. Je suivis les musiciens qui se déplaçaient, chargés de leurs instruments, dans la géométrie exacte de leurs étuis foncés : altos, violons, flûtes, cors, violoncelles, et plus loin, entrant dans la Felsenreitschule, comme un escargot embelli par une fée, une grande harpe tirée par son interprète couverte de sueur. Une fois arrivé, et vu que je n'étais pas convoqué avant quatre heures de là, je décidai d'assister à la répétition générale de *La Conquête du Mexique*, de Rihm. Au début, je luttai contre la fatigue et pour que mes paupières ne se ferment pas, m'empêchant de jouir de la fidélité avec laquelle le compositeur avait construit un drame musical inspiré de textes d'Artaud. Très vite, toutefois, je n'eus plus besoin de lutter contre le sommeil car mon attention fut entièrement captivée. C'était là un théâtre de la cruauté musicalisé par les énergiques contractions de la conquête du Mexique, comme un corps en train d'accoucher dont les convulsions installaient acteurs et public dans l'inconscience d'un théâtre sans littérature, marqué par l'insistant mantra polyphonique du choc féminin-neutre-masculin. Je fus impressionné par ce Mexique de symboles construit par Konwitschny, le metteur en scène. La conquête sanglante, la violente et complexe rencontre entre deux cultures transformée en drame conjugal entre Montezuma, interprété par une soprano, et Cortès le macho, chanté par un baryton, dans leur luxueux appartement élevé sur les ruines métalliques de voitures désossées, cette violence entre ce qui fut, ce qui est, ce qui ne parvient pas à être, cette lutte décharnée pour une impossible identification, ce labyrinthe de la solitude, c'était tout le monde patriarcal dont je venais. Je ne manquai pas de remarquer les vers d'Octavio Paz, que le compositeur a choisis pour terminer chacun des actes, extraits de « Racine de l'homme ».

En sortant du théâtre, je fus ébloui par la chaude lumière du jour. J'étais agité. Mes yeux brûlaient, j'avais soif et mal partout. J'avais besoin de fuir le soleil et le battement d'ailes féroce et déchaîné des corbeaux. Je suivis la Getreidegasse. Je passai près de l'hôtel de ville, où dans un siècle passé on avait torturé des enfants innocents, et arrivai à la maison natale de Mozart. Ce pouvait être mon refuge de lumière.

Il y avait peu de monde au musée, le bois noble crissait sous mes pas. Je parcourus les salles où étaient exposés les reproductions de la cuisine de Mozart et d'un de ses salons, les livres de la famille, l'explication sur les longs voyages entrepris durant l'enfance du génie, quelques lettres et partitions originales, une mèche de ses cheveux, le violon sur lequel il jouait. Je fus pris de vertige. Le contraste entre ce que je voyais là et le monde de mon enfance que l'œuvre de Rihm avait projeté au centre de ma conscience ne pouvait être plus accentué. Rien ne m'unissait à Mozart, ni à son époque, ni à sa culture. Comment avais-je pu penser que je trouverais dans sa biographie un message caché, une solution ? J'eus l'impression d'être un sot complet. Un voyageur honteux regardant le vide infranchissable, ample et profond, qui, au terme de son expédition, le sépare de l'inaccessible trésor. C'est alors qu'apparut la musique. D'une des salles surgit une œuvre de Mozart pour violon et piano que je ne sus reconnaître. Je la cherchai, je la trouvai. Deux musiciens répétaient les sonates qu'ils joueraient en concert la semaine suivante (m'expliqua le gardien de la salle). Je m'assis par terre devant la réplique de la salle de séjour de la famille Mozart, où on avait transporté son pianoforte. Mon angoisse se calma peu à peu. La musique, sa musique, naissait des instruments qu'avaient touchés ses mains. Sa musique. Des mélodies changeantes, allègres, mélancoliques s'étendaient, s'allongeaient, s'entrelaçaient avec une bouleversante simplicité au-dessus du vide qui séparait nos mondes si différents, nos époques si éloignées, nos abyssales différences, et créaient un pont. Le pont Mozart. Mon angoisse recula, se fit toute petite, laissa place à l'extase, au voyage atemporel sur le pont. Quelqu'un me montra du doigt. Je restai sérieux comme le Mozart posthume du tableau de Krafft, comme figé par le regard du chat noir, comme une absence sur le bois noble du parquet. Je rejetai la tête en arrière, oubliai le fleuve d'angoisse qui coulait sous le pont Mozart, fermai les yeux. Quand ils eurent terminé de répéter, les deux musiciens disparurent derrière un rideau au fond de la pièce. Je restai assis là, heureux de constater que, bien que la musique ait cessé, le pont était toujours tendu.

Un crissement doux du parquet et une pression sur mon épaule.

– Tout va bien ? me demanda le gardien et, voyant mon sourire tranquille, il retourna à sa place sans attendre de réponse.

En sortant du musée, je sentis que le fantôme de Mozart, du Mozart que je découvrais dans sa musique et dans ses lettres – mon Mozart libéré à moi –, m'accompagnait. Il allait à bicyclette.

J'arrivai au théâtre pour la répétition et avant d'entrer je distinguai, au loin, Julia et Jacques qui approchaient. Julia marchait tête basse, elle fumait. Belle. Jacques regardait autour de lui comme s'il était une célébrité cherchant la reconnaissance dans le regard des autres. Julia leva les yeux et me vit. Elle agita une main comme une colombe qui prend son vol, me sourit. Jacques me vit ensuite et le coin de sa lèvre se souleva pour signaler l'éclat plein de défi qui scintillait dans ses yeux.

Je regardai droit devant moi. Je regardai la Forteresse imposante, solide, silencieuse, tout en haut de la montagne.

Je regardai le cure-dents danser comme un aiguillon de bois dans la bouche de Jacques.

Je regardai les couleurs des cheveux de Julia.

Les vers finaux de *La Conquête du Mexique*, les vers d'Octavio Paz, résonnèrent dans ma tête : *Dans l'amour il n'y a pas de formes / rien que ton nom immobile, comme une étoile. / Sur ses rives chantent / l'épouvante et la soif d'invisible.*

Le grand jour de l'ouverture du festival approchait. Je leur rendis leur sourire.

IV. Le refuge de lumière

1

Le grand jour de l'ouverture du festival arriva avec *sa pompe et circonstance*, avec ses discours artistiques et humanistes, avec la monumentale interprétation de sa merveilleuse musique. Les tenues de gala firent leur apparition sur les tapis rouges. Les bijoux brillèrent devant les appareils photo ou sous le regard envieux du voisin de fauteuil, et les parfums coûteux inondèrent l'air de la ville qui se combla de visiteurs, de photographes, de mélomanes, de critiques, d'artistes et de dirigeants de l'industrie musicale. Il n'y avait plus à Salzbourg ni dans les environs une seule chambre d'hôtel libre, ni d'appartement ou de maison à louer disponibles. Le grand jour de l'ouverture du festival arriva. Le nouveau locataire de la maison aux obélisques arriva. Le grand jour de mon déménagement, du début de ma saison à la belle étoile, arriva.

Le dernier soir que je passai dans la maison, je bus une bière glacée sur le balcon, promenant mon regard sur les toits et les cheminées sans fumée, l'arrêtant quelques instants sur la coupole verte et le crucifix orthodoxe qui la couronne, le laissant glisser paresseusement vers la baleine-montagne, vers le ciel sombre et, au-delà, sur la tache incolore, sans forme, de mon avenir sans projets. La mousse blanche disparut dans mon verre et la chaleur fit de la frange de bière qui restait un bouillon amer, imbuvable. J'écoutai avec délectation la conversation des grillons et la rumeur de la Salzach au loin. Je laissai mon verre sur la table, sans le finir, rentrai dans la maison et allai de la petite salle de séjour à la salle à manger en observant chaque recoin blanc, en touchant la pointe de chaque obélisque, en caressant le bois de la table de nuit et les dossiers des chaises. Je continuai à boire des bières, toutes celles qui restaient dans le réfrigérateur, sortis pieds nus dans le jardin. Je déposai l'escargot Nooteboom sur la pelouse. Je ne pourrais plus m'occuper de lui. Je n'avais pas la moindre idée de l'endroit où je dormirais, à la belle étoile, le reste de l'été. Désormais, l'escargot, ce serait moi. Je chantai. Quelqu'un me demanda de me taire. Je miaulai un peu. Le chat noir ne vint pas. Je rentrai dans la chambre et regardai un long moment le plafond, en me laissant griffer par la nostalgie. Le lendemain, l'altruiste Frau Schmulzen vint de bonne heure récupérer les clés et vérifier que tout était en ordre. Je la remerciai, elle me pria de saluer affectueusement ma sœur, me demanda si j'avais trouvé un bon endroit où passer le reste de l'été. Je lui répondis que oui, avec un sourire assuré et désinvolte. La lumière d'un soleil inclément entrait par les fenêtres, éclatait sur les murs blancs, incendiait de sa clarté l'endroit que j'étais obligé de quitter. La dernière chose que je vis avant de partir fut le livre avec des illustrations de Mozart sur lequel Nooteboom se promenait et, dans un coin du jardin, le chat noir qui me fixait du vert pénétrant de ses yeux.

Je traînai péniblement ma valise avec sa roulette cassée jusqu'à la librairie de Perec. J'y arrivai trempé de sueur. Perec m'accueillit avec un regard étonné. Je lui expliquai que l'ami chez qui je logerais n'avait pas de placard dans sa chambre et que je voulais le déranger le moins possible. Je le priai de me permettre de laisser ma valise à la librairie et de venir chaque jour me changer.

– Comment s'appelle ton collègue? me demanda-t-il soudain.

– Gabriel, bégayai-je après quelques secondes de trouble.

– D'où le connais-tu?

– De Berlin, mentis-je sans hésiter cette fois, prenant un livre au hasard sur l'une des étagères pour éviter son regard scrutateur.

– Où habite-t-il?

Perec alluma sa pipe et planta son regard sur mon profil comme un policier qui accule un suspect. Je gagnai du temps en feignant de m'intéresser aux pages du livre, lui demandai de me répéter sa question et lui répondis que je l'ignorais, que Gabriel m'emmènerait chez lui après la répétition. Et affectant un air doucement offensé, je lui demandai la raison de cet interrogatoire.

– Rien, excuse-moi, dit Perec en cessant de me scruter. Il m'est passé une idée stupide par la tête. Une crainte, si tu permets. J'ai suspecté, tout à coup, que cet ami à toi était inventé et qu'en fait tu avais l'intention de dormir dans la rue.

– Dans la rue? ris-je avec une fausse envie. Comme Herr Wolfgang?

Quand il entendit le nom du vagabond, le visage de Perec s'illumina.

– Tu le connais? me demanda-t-il.

– Il m'arrive de m'asseoir sur son banc et je l'ai vu nettoyer la base de l'*Esprit de Mozart*.

– C'est un Diogène, dit Perec avec admiration en tirant longuement sur sa pipe. On a fait un reportage sur lui à la télévision. Un jour, les autorités ont voulu l'expulser et les voisins et la presse l'ont protégé. Une légende urbaine raconte qu'après, un des puissants de Salzbourg s'est présenté, suivi de journalistes, et il a demandé au vagabond s'il pouvait faire quelque chose pour lui. Herr Wolfgang, tout comme Diogène à Alexandre, lui répondit qu'il fasse juste quelques pas sur sa droite car il lui cachait son soleil – et après une pause dans des volutes de fumée il ajouta : Bien sûr que tu peux laisser des affaires ici pour ne pas déranger… Gabriel. J'imagine que tu as lu *Les Aventures du baron de Münchhausen*.

Je rougis, sûr que, si Perec mentionnait ce grand affabulateur, ce formidable inventeur de mensonges élaborés, c'était pour prouver mon propre bobard.

– Oui, répondis-je, mais à vrai dire j'ai mieux aimé le film de Terry Gilliam que le livre, continuai-je, en espérant que, tant que je parlerais du personnage, mon mensonge ne se dévoilerait pas. Gilliam a laissé de côté la cruauté envers les animaux qu'on trouve dans l'original. Impossible pour moi de prendre plaisir au récit de quelqu'un qui tue des centaines d'ours polaires.

– Moi, j'aime tous les voyageurs de la lune : Cyrano, Dante, Astolfo – on aurait dit que Perec insistait pour démonter mon plan, et qu'à un moment ou un autre il mentionnerait mon nom –, Micromegas, Hans Pfaal, le baron…

Avec sa pipe fumante il montra le mince volume que j'avais dans les mains. C'est alors seulement que je fis attention à son titre : *Le Retour de Münchhausen*, de Krzhizhanovsky, et que je compris avec soulagement que Perec n'avait jamais voulu me comparer au baron.

– Il n'a pas été publié du vivant de son auteur. Tu peux l'emporter si tu veux.

Je le remerciai avec un sourire de soulagement, mis le livre dans mon sac à dos et me dépêchai de m'en aller en inventant une répétition à laquelle j'allais être en retard. Nous nous serrâmes fortement la main, et sans lâcher la mienne Perec ajouta d'un ton sérieux :

– Je te vois demain, mon garçon, quand tu viendras te changer. J'espère que tu sais que, si tu as besoin de quelque chose, de n'importe quoi, n'importe quand, tu peux compter sur moi.

Je le remerciai de nouveau et m'en allai avant que mon émotion me trahisse.

Ce que je devais faire ensuite, en ce premier jour sans toit, c'était me rendre chez le loueur de bicyclettes pour négocier avec le gérant. La période de location de la mienne était terminée et je n'avais pas de quoi payer son renouvellement. Je décidai de rôder aux environs de la boutique jusqu'au moment où je serais certain qu'il n'y aurait pas de clients, pour éviter la présence de témoins de la scène de supplication que je devrais jouer. Quand l'occasion se présenta, je n'eus pas besoin d'élaborer la grande explication que j'avais préparée : le gérant me regarda d'un œil curieux, se gratta la tête, leva les yeux comme s'il cherchait une réponse dans le ciel et accepta tout de suite, avec un sourire, de prolonger ma location sans me faire payer d'avance.

– Vous êtes dans le journal. Il me semble que je vous ai vu aussi à la télévision, dit-il, enthousiasmé.

Il me fut égal de constater que ce qui m'avait à ses yeux élevé du rang de client suspect à célébrité n'était pas mon talent ni un succès reconnu, mais en revanche ce qui m'inquiéta ce fut ma triple apparition fortuite dans le journal et mon image comique sur l'écran du téléviseur. Qu'allait penser de moi cet homme s'il apprenait qu'à partir de ce jour je n'avais plus de toit sous lequel dormir ? Je le remerciai et m'en allai, le moral lumineux. Ma valise était en lieu sûr, je disposais toujours de ma bicyclette, dans quelques heures j'aurais répétition, je verrais Julia. Mes affaires n'allaient pas si mal. Ensuite, je devrais choisir un endroit où passer la nuit. Ce ne serait pas la première fois que je dormirais à la belle étoile. Tout en pédalant sous un soleil écrasant, je revis ce jour de mon adolescence.

J'avais douze ans, on m'avait chargé d'aller acheter le pain pour le déjeuner et, étant allé trop loin avec ma bicyclette, j'étais revenu alors qu'on faisait la vaisselle. Mon père, qui à l'époque était de méchante humeur à cause de problèmes dans son travail assez trouble, s'acharna contre moi et exagéra ma punition. Il me traita d'accident, se moqua de moi. Sa réaction me rendit furieux, mais je laissai ma rage s'enfouir dans mon silence humilié. Ma mère se tordait les mains, me regardait avec une larmoyante et impuissante solidarité, et ne disait rien. Je me mordis la lèvre, retins mes larmes, et forgeai un plan pour les punir.

Quand mon père partit jouer au golf, et pendant que ma mère se douchait, je mis dans une valise un pantalon, deux T-shirts, du linge de corps, un livre de poèmes et fichai le camp. J'emportai une clé de la maison. Je n'avais pas l'intention de m'en aller pour toujours. J'allais disparaître quelques jours pour les torturer avec mon absence, pour que la culpabilité les ronge, pour qu'à mon retour ils me valorisent. La leçon ne dura qu'une nuit que je passai dans le parc, sur les nerfs, crispé par le froid et la peur. Le ciel pollué et sans étoiles m'étouffait, la promesse de menaces insoupçonnées derrière les ombres des arbres me faisait trembler, le grincement d'une balançoire rouillée que le vent bougeait à peine me perforait les tympans. Je ne dormis pas de la nuit et me dis que dès qu'il ferait jour je rentrerais à la maison en courant, mais le soulagement de la lumière, le lendemain matin, et l'épuisement de la veille renouvelèrent ma détermination. Je vagabondai plusieurs heures, puis commençai à avoir faim et constatai que je n'avais pas un sou sur moi. Je rentrai vers une heure de l'après-midi, les yeux au fond des joues et me demandant si cette nuit dehors avait été suffisante pour rendre mes parents fous d'inquiétude. C'est la porte d'entrée qui me donna la réponse. Ma clé ne tourna pas. Ils avaient changé la serrure. Sonner fut une humiliation.

– Chez moi, dit mon père calmement derrière la double page de son journal ouvert, seul habite qui respecte mes règles. Celui qui ne les respecte pas peut s'en aller quand il voudra. Ta punition est doublée. Tu restes ? demanda-t-il en laissant tomber la moitié supérieure de son journal.

Son visage apparut alors, sérieux et enveloppé dans la fumée dense de son cigare.

J'acquiesçai en silence.

– Je n'entends pas, dit-il en plantant un regard d'acier dans mes yeux.

– Oui, répondis-je d'une voix sale, puis je me raclai la gorge et répétai mon affirmation.

Le journal se releva comme un pont-levis et son visage se cacha de nouveau derrière les nouvelles.

Je regardai la Forteresse, comme pour la défier. La chaleur était si dense qu'on avait du mal à respirer. J'allai m'asseoir à l'ombre sur le banc de Herr Wolfgang. Le vagabond mordait dans une pomme. Il me salua, m'offrit une banane que j'acceptai avec reconnaissance. Pendant que je la mangeais, lentement, en prolongeant chaque bouchée, qui produisait un ronronnement dans mon estomac, j'observais le Caddie de supermarché sous le pont où Herr Wolfgang gardait ses affaires. Une planche étendue au-dessus lui servait de table. Je compris que je ne pourrais pas dormir en ville. Quelqu'un me reconnaîtrait. Que dirait Schuff s'il me voyait allongé par terre sous un pont ? Quelle serait la réaction du loueur de bicyclettes s'il me découvrait en train de ronfler au frais dans un coin ? Comment expliquerais-je mes mensonges à Perec s'il me trouvait blotti sur un banc ou sous le porche d'une boutique ? Quelle serait la réaction de Julia si elle apprenait ma situation ? Je détesterais lire la compassion dans ses yeux. Il faudrait que je choisisse un endroit en dehors de la ville, un endroit qui me garantisse, outre l'anonymat, la possibilité d'échapper facilement à une agression ou à un contrôle policier (j'ignorais alors qu'il n'est pas illégal de dormir dans la rue). Je regardai Herr Wolfgang qui regardait le paysage. Je voulais entendre un conseil de quelqu'un qui avait vécu sans maison pendant tant d'années, je voulais l'entendre prononcer une sentence sage, une pensée philosophique profonde, quelque chose qui m'aide à entrer dans cette période sans abri. Le poids de mon regard plein d'attente arracha Herr Wolfgang à sa contemplation.

– J'ai trouvé ces chaussures dans une poubelle, dit-il, en étirant les jambes pour me les montrer, tout fier. Presque neuves, et elles me vont à merveille. Incroyable la quantité de choses utiles que jettent les gens. Bien, dit-il en se levant, maintenant je m'en vais.

Il me serra la main, alla à son Caddie, souleva la planche, prit deux outils de jardinage et partit en remontant la rivière. Je le suivis des yeux jusqu'à ce que je ne puisse plus le voir. Je montai l'escalier à pas lents et lourds, mais au lieu d'aller au poteau où j'avais enchaîné mon vélo je m'assis sur ma chaise préférée de l'*Esprit de Mozart*. L'assise d'acier était si chaude qu'elle me brûlait les fesses. Mes jambes pendaient. Je regardai les pigeons qui picoraient le gravier. Des cris, des voix, ma respiration, la sirène d'une ambulance. Je repérai le chemin par où était parti Herr Wolfgang. Je compris alors où je pourrais dormir cette première nuit. Le départ de Herr Wolfgang fut la flèche qui me montra l'endroit : après la répétition, j'irais dans le parc le long duquel j'avais marché avec Julia et Jacques le jour de ma monumentale soûlerie.

Je fus heureux que le lieu choisi soit en relation avec Julia. Je bougeai les jambes comme si je voulais prendre de l'élan sur une balançoire, tout en restant sur mon banc à lire le livre que m'avait prêté Perec jusqu'à ce que les rayons du soleil aient raison de moi. Il me fallait un toit. J'imaginai alors que Mozart se promenait à bicyclette dans la rue et qu'il m'invitait d'un geste dans sa *Wohnhaus*, le musée que je n'avais pas encore visité. J'avais le temps, j'acceptai sa proposition.

2

Je tournai autour du guichet un bon moment, en attendant d'être seul avec la vendeuse de billets. Je voulais tenter de la convaincre de me laisser entrer sans payer. Les visiteurs allaient et venaient, souriants, animés. Je m'attardai à regarder les brochures du hall, à étudier la série des concerts de musique de chambre de la saison, le programme de la Semaine Mozart, les activités des musées. Ils finirent par s'en aller. Je courus au guichet et m'empressai de montrer la carte qui m'accréditait comme participant au festival, expliquant que j'avais oublié mon portefeuille chez moi, que c'était ma seule opportunité de visiter le musée, et je la priai de me laisser entrer. La voix derrière la petite fenêtre s'excusa, elle aurait été enchantée de m'aider, mais le règlement le lui interdisait. J'insistai. J'étais contrarié de voir qu'elle ne me faisait pas confiance. Elle était aimable, mais ferme. Deux hommes entrèrent en bavardant et s'arrêtèrent devant le guichet. L'un d'eux était très grand et l'autre très blond. Ils n'avaient pas l'air de vouloir acheter de billets. Je décidai de m'en aller, mais avant que je batte en retraite la guichetière appela l'un des messieurs et lui exposa ma requête. Je rougis. Je pensai que le premier contretemps de ma toute nouvelle vie de vagabond se présentait. L'homme blond au regard aimable et bleu écouta attentivement la guichetière et lui dit de me laisser entrer. En vérité, tout marchait à merveille pour moi ce matin-là.

– Merci, dis-je aussitôt tandis que, étourdi que j'étais par la surprise, le mot me sortait en espagnol.

– De rien, bonne visite, répondit-il, à ma plus grande surprise encore, dans un espagnol orné d'un agréable accent allemand.

Je devais le revoir un peu plus tard et j'apprendrais alors que celui qui m'avait permis de pénétrer dans le musée était le président de la Fondation Mozarteum.

Dans la salle principale, étaient exposés le violon et le pianoforte qui avaient appartenu à Mozart, ainsi que d'autres instruments de son époque. Cela sentait le bois ennobli par le temps. Sur un mur étaient projetées des images qui racontaient la vie et l'œuvre de Mozart ; une guide parlait en espagnol à un groupe de touristes. Je m'approchai discrètement, feignis d'observer un meuble près des visiteurs pour pouvoir entendre l'explication.

Je regardai, accrochées au mur derrière la guide, les assiettes de bois ornées de dessins sur lesquelles la famille Mozart jouait au tir à la cible avec des boulons. Sur l'une d'elles, on distingue le petit Mozart en train de lâcher un pet sur son père. Une femme du groupe m'examina avec défiance, je m'éloignai de quelques pas, continuai à écouter la guide. Elle racontait que c'était là, alors qu'il jouait au tir à la cible, que Leopold avait reçu la nouvelle de la mort de sa femme, qui accompagnait Mozart dans son voyage à Paris.

La mention de la mère, de sa mort, souleva des croassements dans mon âme. Je m'écartai du groupe, m'arrêtai devant le piano du compositeur et pus voir, sur le mur derrière le piano, le tableau de la famille Mozart : Wolfgang et Nannerl assis au clavier en position de jouer à quatre mains ;

papa Leopold, vêtu de noir, debout, derrière la courbe du piano, tenant son violon comme un trophée. Sur le même mur, figurait un portrait de la défunte mère Anna Maria, dans une robe bleu ciel.

Sur le tableau, il manque la mère. Dans la salle du musée il manque, autour du piano, tous les personnages de la peinture. Au piano manque le son de la musique. Ces absences me serrèrent le cœur. Je pensai à ma mère. Je ressentis son absence. Je la revis en train de lire. Elle lisait et relisait les œuvres de l'auteur qui est à l'origine de mon prénom. « Je ne le comprends pas, se lamentait-elle, mais je l'aime bien. »

Elle lisait aussi Hesse, c'est mon frère qui me l'avait dit, et Anaïs Nin, c'est ma sœur qui me l'avait dit en rougissant un peu. Je n'ai pas souvenir d'elle avec d'autres livres. Elle avait peut-être trouvé dans ces trois auteurs-là tout ce qu'elle attendait de la littérature : spiritualité, érotisme, rébellion. Ma mère lisait pendant que je faisais mes devoirs en écoutant de la musique de Mozart ; elle lisait à mon chevet quand j'étais malade, elle lisait dans sa chambre quand mon père l'ignorait. Elle continua à lire, prostrée dans son lit, à l'hôpital où elle mourut. Proche de la fin, elle relisait *L'Écume des jours.* Je ne lui demandai pas pourquoi elle avait choisi ce livre comme dernière lecture. Peut-être avait-elle trouvé une consolation dans ces pages où la présence de la mort est accompagnée de musique et de poésie. Ou peut-être pensait-elle que le cancer qui l'anéantissait ressemblait au nénuphar dans le poumon de Chloé. Une troisième possibilité était qu'elle ait choisi le livre dont l'auteur m'avait donné mon prénom. Quand elle n'eut plus la force de tenir le volume, elle me demanda de lui lire le texte à voix haute. Ma mère devenait chaque jour plus petite, un plus grand nombre de tuyaux envahissaient son corps frêle, sa peau collait de plus en plus à ses os. Et pourtant, jamais elle ne manqua de me sourire en me voyant. Je continuai à lui lire le livre, jusqu'au dernier moment, même quand ses yeux ne s'ouvraient qu'une seconde avant de revenir au sommeil moribond dans lequel la plongeait la morphine. Je m'étais proposé de terminer le roman avant que la mort l'emporte. Les derniers jours, quand j'entrais dans sa chambre, elle me regardait, tardait un instant à me reconnaître, soulevait à peine la commissure de ses lèvres, me montrait le livre d'un air alangui et laissait sortir un soupir affectueux. Elle n'avait plus la force d'articuler les mots. Un soir, il n'y eut plus de soupirs ni de regards, il n'y eut plus de vie dans le corps consumé de ma mère. Hesse et ma sœur s'embrassèrent et pleurèrent, inconsolables, mon père regarda par la fenêtre, sans rien dire, le ciel dégagé. Je restai immobile devant le corps inerte de ma mère morte. Il s'en manquait de deux pages que j'aie terminé le livre. Je l'ouvris au milieu des sanglots des autres, le tins dans mes mains tremblantes et commençai à lire à voix haute. Mon père ne comprit pas ce que je faisais, me traita d'insensible. Je continuai, indifférent à sa réprimande, à la voix de Hesse qui lui demandait de se calmer, aux pleurs accrus de Nin. Mon père en m'insultant déchargea contre moi sa fureur née de l'impuissance qui lui oppressait la poitrine. Je ne lui en veux pas. Il aurait pu m'enlever le livre, je suppose que ma détermination l'en empêcha. Je haussai la voix pour que ma lecture s'entende par-dessus les cris et les pleurs. Je me pressais de lire les phrases, non tant par peur que mon père ne m'arrache le livre des mains que parce que j'imaginais que l'esprit de ma mère retardait son départ pour entendre la fin de l'histoire. Quand je refermai le livre mon frère s'agenouilla pour prier. Ses bras firent bouger le bord du lit et la main du corps sans vie glissa doucement de la cuisse où elle reposait vers le drap blanc. Je déposai d'abord un long baiser sur la paume ouverte, puis le livre. Plus jamais je n'ai relu Boris Vian.

Je continuais à observer le tableau que Johann Nepomuk della Croce a fait de la famille Mozart et je me mis à imaginer celui de ma famille. Au centre de la peinture, mon père assis dans son fauteuil préféré, fumant un long cigare. Il y aurait une haute fenêtre à droite ; de l'autre côté, hors de la chambre, il y aurait Hesse et Nin. De dos, s'éloignant, ou regardant l'intérieur avec tristesse ? Au mur il y aurait un portrait de ma mère, sérieuse, un livre dans les mains. Je serais assis sur le bras du fauteuil, légèrement penché vers mon père à cause du poids de sa main encastrée sur mon épaule. Seul mon père verrait le portraitiste ; moi, comme sur le tableau dans lequel Mozart regarde derrière le peintre, j'aurais les yeux fixés au-delà de l'artiste, sur la porte de sortie.

Je parcourus les salles suivantes, sonné, sans prêter grande attention aux livres à couvertures épaisses et pages foncées qui appartenaient à Leopold, exposés dans des vitrines en forme d'obélisque, ni à la copie de son fameux *Traité complet de la technique du violon*, ni à la partition jaunie de la première composition de Mozart, ni aux portraits de Constance. Ce n'est qu'en arrivant à l'avant-dernière salle que je m'arrêtai pour regarder avec attention l'exposition des portraits du musicien. Huit peintures, quatre accrochées à chaque mur et les images de ma propre histoire s'y mêlant inopportunément pendant mon observation. Le portrait de l'enfant Mozart avec son costume bleu satiné comme un petit prince joyeux et fier me renvoya au jour de ma première communion, aux mains de ma mère me coiffant avec de la gomina et m'aidant à revêtir mon costume blanc ; ses mains nouant ma petite cravate autour de mon cou, ensuite posées sur mes joues pour les presser avec tendresse, pour approcher ma tête de sa poitrine et déposer un baiser sur mon front.

La peinture que Lange n'a pas terminée me fit penser à ma carrière, aux espaces qui ne seraient pas remplis et au rêve qui resterait à tout jamais inachevé dans la réalité.

Le portrait de l'enfant à la colombe m'arracha un soupir, car il me fit penser à l'image de Julia récitant le texte final du *replicant* moribond, à ses mains qui se levaient à la fin de sa déclamation, comme si elles lâchaient une colombe. Seul le portrait que Dora Stock a fait de Mozart pendant les deux jours où ils se trouvèrent ensemble à Dresde parvint à capturer toute mon attention, en particulier le profil joufflu et presque souriant de Wolfgang. Le nez large, les lèvres prêtes à rire ou à embrasser, le regard noble de quelqu'un qui, malgré les souffrances endurées, n'a pas perdu son étincelle. Il avait trente-quatre ans. Il lui restait un peu moins de deux ans à vivre.

Dans cette avant-dernière salle il y avait des adaptations contemporaines du portrait que Krafft a fait de Mozart. On l'y voit avec des lunettes de soleil, un blouson de motocycliste, et les cheveux colorés. Mozart imaginé, faux Mozart, Mozart enfant, Mozart Apollon et Dionysos, Mozart inaccessible. Mozart proche. Mozart orphelin et inachevé.

Je sortis.

Un vent doux me caressa le visage. Parmi les bruits de la rue je distinguai les puissants sanglots d'un enfant. Il avait à la main un cône vide et humide, la boule de glace fondait sur le sol près de ses petits pieds. Deux guêpes rôdaient. J'allai chercher mon vélo. Juste comme je finissais d'en ôter l'antivol, les sanglots cessèrent. Sa mère, accroupie, câlinait le visage de l'enfant et le consolait. L'écho de la phrase avec laquelle Mozart annonce à un ami le décès de sa mère résonna dans mon esprit : *Ma mère n'existe plus*. En ce jour sans toit ma mère à moi existait encore moins et son absence, tant d'années plus tard, semblait être aussi grande que le vide sur le visage de la statue du Commandeur. J'enfourchai ma bicyclette, et m'éloignai en pédalant avec véhémence.

3

La répétition fut ennuyeuse et longue. Les figurants et moi ne fîmes rien d'autre qu'attendre dans la salle étouffante. Je continuai à lire, ronchon de ne pas voir Julia à la table de la production. Je me rendis compte que plus personne ne m'appelait Zelig, que les regards avertis avec lesquels les ouvriers du théâtre me saluaient d'ordinaire s'étaient estompés. Une phrase du livre me le fit remarquer : « La célébrité est comme un son projeté sur les montagnes : une succession d'échos, de pauses de plus en plus prolongées, une dernière réverbération, et de nouveau le silence pétrifié tendant ses gigantesques oreilles de roches dans l'attente d'un nouveau son. » Je regardai autour de moi et dis à voix basse :

– Tout disparaîtra.

– Quoi ? demanda le figurant qui riait avec de petits cris de rat.

– Rien, répondis-je, et je sortis de la salle pour aller en coulisses regarder la répétition.

Aucun des solistes ne chantait à pleine voix. Ils jouaient, occupaient leurs places et entonnaient leurs phrases musicales une octave plus bas ou à mi-voix. Les indications de Schuff traversaient l'air sans interrompre la musique. Il n'était pas assis à l'orchestre, lui et son équipe assistaient à la répétition derrière la table au-dessus de la rampe de la fosse, élevée au niveau de la scène. Julia était là. Elle était là ? Sûr ? « Tout disparaîtra. » La phrase me vint de nouveau à l'esprit et durant un instant je craignis qu'un événement inattendu n'ait appelé Julia loin de Salzbourg, qu'elle ne soit plus à la table avec l'équipe, qu'elle n'existe plus pour moi. Le cœur serré, je me penchai hors de la longue toile noire qui dissimulait les réflecteurs latéraux, je ne pus distinguer toute la table, rejetai le corps en arrière et ma tête s'interposa entre la lumière et la partie qu'elle éclairait. Une large bande d'ombre balaya la scène.

– Qui est là ? cria Schuff en faisant de sa main une visière et la dernière syllabe de sa question se brisa en un petit cri irrité.

– Salut, Vian, s'écria Jacques à pleine voix pour me saluer, me dénonçant depuis la scène.

Mais déjà je courais vers la salle peuplée des figurants. J'étais bêtement heureux d'avoir vu le visage de Julia, qui haussait les sourcils en essayant d'identifier le coupable. Elle était là, bien sûr.

Pendant la pause, je la trouvai accompagnée de Jacques à la cafétéria. Il avait le torse penché en arrière sur sa chaise, le dos très droit, les bras sur les dossiers des chaises voisines, inoccupées. Julia regardait vers la fenêtre, accoudée à la table, la joue dans la paume d'une main, les doigts de l'autre folâtrant parmi les couleurs de ses cheveux. Ils sourirent tous les deux en me voyant, lui d'un air malicieux, elle aimable. Ils voulurent savoir si j'avais déménagé, je leur dis que oui, que je logerais dans la chambre d'un ami à moi. Julia prit son téléphone et lut le message qu'elle venait de recevoir.

– Comment s'appelle cet ami ? demanda Jacques, qui jeta les bras en avant pour planter les coudes sur la table, entrecroiser les mains comme s'il priait et placer le menton sur la jointure de ses doigts.

– Gabriel, répondis-je.

Pour ajouter de la vraisemblance à mon mensonge lors de ce second interrogatoire inattendu, j'ajoutai que la femme de mon ami avait fait une carrière médiocre de chanteuse d'opéra, qu'elle passait maintenant ses après-midi à lire et que, quelle coïncidence, elle lisait des livres de Boris Vian.

– Tu sais que Boris Vian détestait Mozart? fit Jacques, et sans attendre de réponse il se leva et sortit de la cafétéria.

Julia écrivait à petites frappes véloces sur l'écran de son téléphone. Dans ses cheveux prédominaient maintenant le rouge et un jaune pâle; mais l'orange, le violet n'avaient pas disparu, ni le vert. Elle s'excusa sans cesser de regarder son écran et m'expliqua qu'elle répondait à des messages de sa mère. Bon, il était dit que ce jour-là je n'échapperais pas aux références maternelles. Je lui demandai où elle se trouvait.

– Au Chili, répondit-elle. Elle m'a demandé de lui acheter un coucou et de le lui envoyer chez elle. Quelle plaie!

– Un coucou? répétai-je, étonné. Julia me raconta que sa mère lui reprochait de ne pas être près d'elle et que cette demande était une façon subtile d'accentuer ce reproche.

Quand elle était enfant, il y avait chez elle un coucou que Julia adorait. À chaque heure, elle courait pour voir sortir l'oiseau automate et applaudir les tours des petits personnages en bois qui faisaient semblant de danser et les balancements des pantins joueurs d'instruments, au rythme de la mélodie bavaroise qu'émettait le carillon.

– Quand je suis partie de la maison, dit Julia, j'ai emporté le coucou. La perfection de son mécanisme et sa fête ponctuelle continuent à me fasciner. En me demandant de lui acheter et de lui envoyer un coucou, ma mère me fait un double reproche.

Chez moi aussi il y avait un coucou. Ma mère l'avait rapporté d'un de ses voyages en Europe. Il était simple, l'oiseau sortait, donnait l'heure puis un petit bonhomme en bois coupait une bûche invisible en accompagnant de ses coups la mélodie de l'horloge. Ma mère le trouvait joli, mais mon père ne supportait pas le constant tic-tac du pendule ni le vilain oiseau qui sortait toutes les demi-heures. Un après-midi, en rentrant d'une promenade en famille dont mon père s'était dispensé en prétextant du travail en retard, nous vîmes que le balancier du coucou ne fonctionnait plus. Nous essayâmes de le remonter, mais les câbles, bloqués, ne bougèrent pas. Ma mère demanda ce qu'il lui était arrivé, mon père haussa les épaules et dit qu'il ne s'était même pas rendu compte qu'il ne marchait plus. Elle l'examina un long moment, plissant ses yeux embués, puis elle alla à la cuisine et revint avec un chiffon humide à la main. Elle le lui tendit.

– Tu ferais mieux de nettoyer la graisse que tu as sur les mains.

Mon père jeta sans violence le chiffon sur le tapis, alluma un cigare et continua à pianoter sur son ordinateur. C'est moi qui rapportai le chiffon à la cuisine.

– Ma maman avait aussi une pendule à coucou à la maison, dis-je.

– Où est-elle maintenant ? demanda Julia sans décoller les yeux de l'écran de son téléphone.

– La pendule ?

– Non, idiot, ta mère, dit-elle sans sourire.

– Nulle part… Elle est morte.

– Oh, je suis désolée, dit-elle en levant les yeux pour rencontrer les miens.

– Peu importe, dis-je avec sur les lèvres un gribouillis qui voulait être un sourire. Elle est morte en paix et je le suis aussi.

Elle me prit une main.

– Une mère qui manque, ça fait toujours un peu mal, non ?

Il n'y avait pas de tendresse dans sa voix, plutôt quelque chose qui ressemblait au commentaire solidaire d'une camarade. Sa main serra la mienne avec fermeté, non avec douceur. Comme elle allait la retirer, je l'en empêchai en la recouvrant de mon autre main.

– Merci, lui dis-je, ému.

Je tentai de faire de ce moment une rencontre plus intense qu'elle ne l'était en réalité. Je crois que mon pouce ébaucha une infime caresse sur le dos de sa main. Elle eut une expression dont je ne pus déterminer si elle était d'étonnement ou de perplexité. La seule chose qui m'importait, c'était la peau de ses mains chaudes entre les miennes. Elle les retira d'un geste décidé.

Jacques revint, et dit :

– Il a écrit une nouvelle dans laquelle les protagonistes habitent avenue Merdozart. Et il a transformé le *rondo alla turca* en chanson ridicule. Vian détestait Mozart.

Il me donna deux petites tapes sur la joue, je m'écartai avec dégoût.

– Que dans le journal on appelle un Vian Mozart, dit-il en me montrant d'un air méprisant, tu parles d'une ironie. Mais par bonheur, tout ça, personne ne s'en souvient plus.

– Eh bien ce Vian-là – je touchai ma poitrine avec emphase – adore Mozart. Aujourd'hui même j'ai passé un bon moment dans son musée à regarder ses portraits.

J'avais pris un ton plus calme pour montrer que je n'attachais aucune importance à la provocation du diable.

– J'ai particulièrement admiré le dernier, où on le voit…

– Celui de Dora Stock, interrompit Jacques. À moi aussi il me plaît. Dora Stock l'a peint pendant les deux jours où Mozart, de passage à Dresde, a logé chez elle. On raconte que, lorsque Mozart se mettait au piano pour jouer quelque chose de nouveau, le temps passait, on l'appelait à table et il restait devant son clavier comme possédé, promettait de rejoindre les autres dès qu'il aurait terminé la phrase musicale qui lui était brusquement venue à l'esprit. À l'heure du café, la place de Mozart était toujours vide, son repas froid dans son assiette et la phrase qu'il n'avait pas voulu laisser incomplète était devenue une sonate. Elle, elle l'observait d'un œil de portraitiste et de femme. Elle a su voir l'esprit céleste qui habitait le compositeur, et aussi le diable tellement inquiet, c'est pourquoi elle a dessiné un si beau portrait.

– Cette femme était tombée amoureuse de Mozart, affirma Julia. C'est pour ça qu'elle l'a dessiné.

Il me plut que Julia parle d'amour. Sa voix, ses couleurs dissipèrent la brume que le souvenir de la mort de ma mère avait étendue sur ma pensée, et le début de rage que la provocation de Jacques éveillait dans mes entrailles.

– Tu crois au coup de foudre, petit ? demanda Jacques, et il jeta un regard ironique à Julia.

– Que j'y croie ou non, quelle importance ? demandai-je aussitôt en rougissant.

J'étais resté garde haute, cette fois je ne permettrais pas à Jacques de me déstabiliser.

– Très grande, murmura Julia en se levant.

La pause de la répétition était terminée.

– Pourquoi ? demandai-je en courant derrière elle, tandis que mon cœur battait la chamade.

– Parce que c'est pour ça que Dora Stock a fait un si beau portrait. Comment ne pas tomber amoureuse de ce petit génie si amusant ?

J'aurais voulu savoir dessiner pour faire un portrait de Julia. Caresser de la pointe de mon crayon le papier où apparaîtrait son profil pâle, sa bouche humide qui ne souriait presque jamais, la lumière voilée de ses yeux, sa petite oreille derrière les couleurs de ses cheveux. Comment saisir la douce amertume qui embellissait son regard, le poids supportable d'une peine qui crispait ses lèvres sans presque les déformer, la force d'un esprit qui n'abdiquait pas dans la bataille ? Oui, je compris ce que Julia pressentait, le ravissement que la présence de Mozart avait provoqué dans la sensibilité de Dora Stock. Je l'éprouvais maintenant pour elle, mais, hélas, je ne savais pas dessiner et ne pourrais faire son portrait.

– Sottises, mensonges, s'écria Jacques. Une invention de Mademoiselle. Il n'y a aucun récit, aucune lettre, aucun témoignage qui appuie ta théorie insensée. Parlons de sa cousine, de la sœur de sa femme, des sopranos pour lesquelles il composait, de telle ou telle élève. Certaines de ces amours sont confirmées, d'autres, on les soupçonne, mais à propos de Stock, ce n'est qu'imagination de ta part et rien de plus.

– Je ne le nie pas, dit Julia avec sérieux. C'est ça, l'amour, non ? De l'imagination tumultueuse érigée en premier élan érotique. J'ai dit dès le début que mon histoire n'était qu'imagination, mais le manque de preuves n'élimine pas la possibilité que ce que j'imagine ait été vrai.

– Absolument, admit Jacques dans un cri. Une vérité aussi vraie que l'aventure la plus véridique du baron de Münchhausen.

Je le regardai, surpris, il me sourit, se gratta une aisselle humide et dit :

– Vian, dis bonjour de ma part à Gabriel et fais attention, il ne faudrait pas que le nez de Pinocchio sorte de ton pantalon. Ta baguette est ouverte.

Je portai les mains et le regard à ma fermeture Éclair. Ce n'était pas vrai, mais je rougis comme si ça l'était. C'est alors que je vis pointer hors de mon sac à dos le livre que m'avait prêté Perec. Je l'y enfonçai avec rage. Jacques souriait.

Je regagnai la grande salle où attendaient les figurants. Avec un stylo-bille, je me mis à faire des gribouillis inutiles, sans grâce, au revers d'une feuille de papier rayé.

4

Une guêpe, un frelon, une libellule, un escargot. Je comptais les insectes tout en pédalant. Le vent chaud bourdonnait à mes oreilles.

Quand la répétition fut terminée, Jacques et Julia s'en allèrent avec les danseurs sans dire au revoir. Maudit soit le diable et son pouvoir sur l'arc-en-ciel. Maudit soit l'arc-en-ciel et son pouvoir sur mon humeur changeante. Maudit soit l'amour qui s'était installé sans permission dans ma vie et qui me secouait et empêchait mes préoccupations immédiates (où dormir, que manger), mes soucis et mes mélancolies croissantes (la fin de mon projet professionnel, les souvenirs et nostalgies qui l'accompagneraient) d'occuper la place prédominante qui leur revenait à cette période. Mais il suffisait que Julia mentionne le mot *amour*, comme elle l'avait fait en racontant ce qu'elle avait imaginé au sujet de Dora Stock et de Mozart, pour que mon cœur se transforme en un univers de joies et d'espérances. Il faudrait que je lui parle, que je lui montre ma passion, que je lui déclame un poème de Neruda, que je l'arrache aux griffes du démon.

Un grillon, une file de fourmis, une mouche.

Je déambulai sans me presser dans les rues de Salzbourg, pour chasser la faim, trempé de sueur et attendant la nuit. J'avais l'âme lyrique. Une étrange émotion bouillait dans ma poitrine. Le soir se changerait en nuit et je n'aurais pas de toit sous lequel dormir. Ni aujourd'hui ni demain. Ni le reste de l'été. C'était le début d'une aventure. Dans mon esprit coururent quelques vers de mon enfance. Je me sentais épique dans ma défaite.

J'allai rendre visite à mes vieilles connaissances : la femme en bois dans sa niche, Poséidon à la fontaine, l'homme à la sphère dorée, Mozart sur son piédestal.

J'observai les gens sur la place. Les uns riaient, d'autres étaient immergés dans leurs téléphones. Certains bavardaient à mi-voix, d'autres se disputaient. Quelques-uns mangeaient des glaces qui fondaient dans leurs mains, d'autres encore se hâtaient, préoccupés. Il y en avait qui s'enlaçaient, s'embrassaient, et d'autres qui marchaient en solitaires. Une guêpe, une mouche, un scarabée…

– Comment nous vois-tu de ta place dans l'immortalité ? demandai-je à voix haute à Trazom. Tout petits, comme des insectes ? Comme des mites se déchirant dans des luttes insignifiantes, des fourmis laborieuses, de lents bourdons, des mouches tenaces, des sauterelles lyriques, des vers gloutons, de timides escargots, d'élégantes libellules, de bruyants frelons…

Je regardai sa hauteur de bronze, son visage agressé par les pigeons, son regard perforant l'horizon. Était-ce le même qui, à ce que raconte son barbier, s'était soudain levé à moitié coiffé, l'avait entraîné jusqu'à un piano et s'était mis à lui jouer la mélodie qu'il venait d'élaborer dans son infatigable esprit ? Le même qui se déguisait pendant le carnaval, qui s'était transformé en Zoroastre et avait distribué des petits bouts de papier contenant des devinettes de son invention ? Celui qui lors d'une réunion chez Karoline Pichler, la romancière cultivée, s'était levé du piano après avoir fait des improvisations sur le « *Non più andrai* » de son Figaro, avait sauté par-dessus chaises et tables et s'était mis à miauler comme un chat ? Il n'en avait pas l'air, mais cet arrogant personnage qui regarde l'horizon, sûr de sa grandeur, ne ressemble pas non plus au Mozart qui a écrit à son père qu'après avoir bien réfléchi il avait compris que la mort était une amie chère, la fin ultime de nos vies. Ni à celui qui a tenu la promesse faite à Dieu de dire quinze Notre Père, cent cinquante Ave Maria et quinze Gloria s'Il lui accordait le succès à Paris avec sa symphonie, et qui une fois celui-ci obtenu, est allé s'acheter une glace. Et encore moins à celui qui a travaillé sans répit pour sa musique, en adaptant ses pièces au talent des artistes pour qui il les écrivait, qui s'est consacré à son labeur, à ses amis, à ses divertissements, conscient de son talent, mais indifférent à la postérité de ses compositions, concentré qu'il était toujours sur l'immédiateté, non moins grandiose pour autant, du nécessaire. Julia avait dit que Jacques avait interprété le Mozart de Shaffer. Eh bien, Jacques n'avait pas été Mozart comme il le croyait, parce que Mozart ne pouvait être non plus le chenapan ivrogne qui traverse les scènes du film de Forman, une bouteille de champagne à la main, comme un talentueux rocker en pleine descente tragique.

– Non, tu ne nous regardes pas avec indifférence du haut de ta dimension historique – je continuais à m'adresser au monument avec le lyrisme qui battait dans mon âme. Tu n'es pas cette statue. Tu nous embrasses avec ta musique, tu vas parmi nous, tu polis notre cœur de lumière et d'ombres, d'ordures et d'étoiles, d'héroïsmes et d'atrocités et tu nous considères comme des humains, bien humains. Tu es ton nom aller et retour, Mozart, Trazom, profond et ludique, maître et ami, montagne et pont.

Je m'interrompis. Un groupe de touristes me dévisageait avec curiosité. Je rougis. Je n'avais pas encore passé ma première nuit à la belle étoile et je me comportais déjà comme un vagabond fou. Le fou qui parle avec la statue de Mozart. Ce n'était pas mal. Je m'éloignai de la place en pédalant sans hâte.

Un mille-pattes, une autre guêpe, un papillon et, après un long tronçon sans insecte en vue, un moustique vint s'écraser contre ma gorge.

J'arrivai au parc où j'avais décidé de passer la nuit. J'enchaînai ma bicyclette à un arbre.

Mon sac à dos me pesait. Outre du linge de rechange et le livre sur Münchhausen, il contenait le recueil de lettres de Mozart et, à ma grande surprise car je l'avais oublié, le livre de chants liturgiques que Jacques avait volé à l'église Saint-Pierre. « Emporte-le, il pourra te servir d'oreiller », m'avait-il dit en le mettant dans mes mains tremblantes. Maudit diable.

Le ciel pâle obscurcit son bleu sans nuages, se teinta de rouge, devint violet et brusquement, comme une longue aile de corbeau, une pénombre sinistre se posa sur le parc. Les lumières de la voie piétonnière s'allumèrent, leur violence jaune léchait à peine l'intérieur du parc, aveuglait mon regard si je le dirigeais vers elles et allongeait les ombres des arbres. J'eus peur.

Je choisis un banc éloigné de la rue. Je restai un long moment assis, à écouter les bruits de l'obscurité. Il faisait chaud. Le ciel s'emplit d'étoiles, d'yeux phosphorescents qui m'épiaient. Il me semble avoir identifié la Grande Ourse. Je pensai à l'ours polaire triste et solitaire de Berlin. Soudain ma mère me manqua. Je pensai au voyage que Mozart a fait avec sa maman, à la joie dans laquelle il avait commencé, ils disaient qu'ils étaient comme des princes, je pensai aux difficultés qui avaient suivi, à la détérioration progressive de la santé, mais non de l'humeur de Frau Mozart, à ses derniers jours, quand elle délirait dans son lit, à la nuit où Mozart la vit mourir après avoir passé des heures à lui tenir la main. Et au retour à Salzbourg qu'il avait ensuite entrepris, se sentant peut-être coupable, en tout cas brisé, triste, défait, dans l'obligation de s'occuper de son père comme ne le ferait plus la mère disparue. C'est alors que la question évidente que je ne m'étais pas posée durant tout ce temps apparut comme une luciole qui semble montrer le chemin par sa lumière, mais qui n'éclaire que le centre de son ventre : où habiterais-je à mon retour au Mexique ? La réponse était tout aussi évidente. Le tableau de famille que j'avais imaginé au musée de Mozart me revint à l'esprit avec une netteté redoublée. Mon père fumant au centre de la pièce comme un roi sans sujets, mon frère et ma sœur de l'autre côté de la fenêtre, s'éloignant, le portrait de ma mère accroché au mur, et moi cloué au bras du fauteuil, regardant la porte fermée par où j'étais sorti un jour, très fier, et par où j'étais rentré, vaincu. Et qu'est-ce que cette lueur opaque dans la main de mon père, celle qui tient son cigare fumant ? L'éclat voilé des clés de sa maison.

L'obscurité se fit plus dense, les insectes murmuraient, le parc se peupla de fantômes. C'étaient les enfants torturés de la bande de Jackl, c'était Jackl changé en loup. Je tentai de me distraire de mes peurs avec l'écran de mon téléphone, jusqu'à ce que sa batterie soit à plat.

Je marchai un peu le long du lac, continuai au-delà du golf miniature. Je m'assurai qu'il n'y avait personne dans les environs, me penchai derrière la haute pierre où se trouve la vieille inscription avec le nom de parc et me pelotonnai près du tronc d'un gros arbre incliné. Je sortis de mon sac le livre liturgique et le plaçai sous ma tête. Maudit diable. Le palpitement accéléré de ma poitrine m'empêchait de m'endormir. Je fermai les yeux. L'image de mon père m'attendant avec le seul trousseau de clés de sa maison m'empêchait de dormir. L'absence de ma mère m'empêchait de dormir. Les fantômes m'empêchaient de dormir. Le plus important était de ne pas ouvrir les yeux. Un grillon, une coccinelle, un puceron… je commençai à compter des insectes dans mon imagination, pour me distraire… un termite, un perce-oreille, une puce… l'important était de ne pas ouvrir les yeux… une cigale, une sauterelle… et de continuer à compter… une bête à bon Dieu, un frelon, une file de fourmis, une mante religieuse… peu à peu mes préoccupations, les bruits de la ville, l'espace découvert, mon père passaient au second plan… un escargot, un bourdon, une mite… la voix qui comptait faiblissait… un ver de terre, une blatte… s'évanouissait dans son décompte et se changeait en chatouillis sur le bras… un chatouillis, de petites pattes affilées, une araignée… J'ouvris les yeux.

5

Salzbourg devint mon chez-moi. Son ciel ardent qui cet été-là, heureusement pour moi, refusait de laisser tomber une goutte de pluie malgré les volumineux nuages qui voguaient sur son azur fut mon toit ; l'espace entre l'inscription sur la roche et l'arbre du parc fut ma première chambre ; un couloir étroit entre deux murs sans lumière, la deuxième, et l'angle intérieur de la rampe qui monte vers le pont où je m'étais enivré avec Julia et Jacques, la troisième. Les cloches des églises me servirent de réveil ; les toilettes du théâtre, de douche quotidienne ; Poséidon, l'homme à la sphère, la femme dans sa niche, Herr Wolfgang et Trazom furent mes compagnons de résidence. Et Wolfgang Amadeus Mozart le grand prodige de cette demeure élevée au bord de la Salzach, mon lumineux amphitryon.

Le soleil de l'aube m'ouvrait les paupières et je me réveillais avec l'impression de n'avoir fermé les yeux qu'un instant, mais heureux de recevoir la lumière, d'avoir survécu aux menaces imaginaires de l'obscurité, à l'étreinte suffocante des ténèbres.

Les nuits courtes où j'avais mal dormi me laissaient dans un état léger et un peu halluciné, distancié de moi-même comme une taupe qui se retrouve soudain hors de terre, aveugle et gauche, immergé dans une sorte de nuage anesthésiant qui faisait taire mes angoisses et me permettait de naviguer entre les rues, les répétitions et mes visites à Perec pour prendre de quoi me changer d'un air indifférent, absent et un peu idiot. Mon sourire béat me venait facilement. Je riais de fatigue. Les légères douleurs de mon corps me faisaient oublier les grands soucis de mon âme. À 5 heures et demie je levais mon corps tout engourdi et mettais en marche mon esprit allégé par la lumière du nouveau jour. Je m'éloignais du coin où j'avais mal sommeillé et me promettais de ne pas y revenir, avec le faux espoir qu'en ce nouveau jour je trouverais un autre endroit, l'endroit propice, pour mon repos. Je refusais de comprendre que ce n'était pas l'endroit choisi qui était cause de mes peurs nocturnes : ce qui les causait, c'était ma situation d'exil.

Le premier jour, après m'être levé, je marchai dans les rues vides de Salzbourg. Il me sembla incroyable de déambuler dans ses passages étroits sans personne pour regarder les magasins fermés, les places désertes, les ponts sans piétons. J'étais le premier homme réveillé. Je me dis que c'était peut-être l'heure à laquelle l'homme de bois allait voir sa bien-aimée sur la Toscaniniplatz. Bien que considérant avec une dérision d'adulte cette pensée enfantine, je courus à la place dans l'espoir puéril que ce soit vrai. Bien entendu, il n'avait pas bougé.

Le deuxième jour, je montai à la Kapuzinerberg, en prenant soin d'aller en sens contraire du chemin qui mène à la Forteresse. La montagne me salua en offrant une intense odeur de mousse et de terre humide. La chaleur, clémente à cette heure-là, ne me fit pas trop transpirer. Je m'emplis les poumons d'arômes verts et terreux, de parfums de fleurs portés par le vent. Je somnolai, pelotonné contre la peau rugueuse d'un arbre. Je fus réveillé par un croassement rauque. Je rentrai en shootant dans les cailloux et en traçant des gribouillis en l'air avec une longue branche.

Au troisième petit matin, j'allai sur la montagne où se trouve le musée d'Art contemporain. Le *Skyspace*, l'œuvre de Turrell où j'avais avec Julia admiré le ciel à travers l'ouverture ovoïde du toit, était fermé. Je pris le sentier que nous avions suivi ensemble et passai à côté de l'œuvre de Merz, l'igloo d'où pendent des chiffres phosphorescents. Jacques avait noté, avec raison, qu'on aurait dit une araignée à grandes pattes. Je frissonnai et revins sur mes pas. Je me perdis dans des chemins qui montaient et descendaient. Je croisai une femme qui promenait deux chiens. Je trouvai un gnome en bois immobile près d'un petit restaurant et un tronc dans lequel on avait creusé des niches pour que les oiseaux viennent y boire et manger des graines. Je restai longtemps à regarder ce tronc aux espaces hospitaliers. Je pensai à la petite perruche jaune que ma mère avait dans la cuisine. « Chante, petite, chante », lui enjoignait-elle tous les jours. Mais la perruche demeurait muette. Mozart avait eu lui aussi, pendant trois ans, un étourneau qui sifflait les mélodies de ses concertos ; peut-être que, comme ma mère, il l'encourageait : « Chante, petit, chante. » Obéissant à cette voix chère du passé je commençai à chanter à mi-voix l'air de Papageno « *Der Vogelfänger bin ich ja* », « Je suis l'oiseleur ». Tout en fredonnant, je décidai que cette nuit-là je me ferais tout petit pour venir dormir dans un des creux du tronc que j'observais. Je me vis y reposant, tranquille, à l'abri et protégé. Puis j'eus la vision du fil opaque d'un bec qui s'introduisait dans ce lieu de repos et ouvrait ses deux pointes comme une paire de ciseaux et faisait claquer ses bords que je devrais esquiver en rentrant le ventre et en plaquant le dos contre le mur interne de la niche. J'entendis le croassement rauque et me vis évitant, terrorisé, le bec avide. Je cessai de chanter et préférai ne pas me faire tout petit, mais continuer à chercher, ce jour-là comme les autres, un autre endroit sous les étoiles pour trouver enfin le repos.

Après ces promenades, je me dirigeais vers le théâtre pour me doucher dans les toilettes des vestiaires. Puis je courais vers la scène pour me présenter à 9 heures pétantes à une nouvelle et bienvenue journée de travail. Le responsable des figurants, motivé, je pense, par la demande d'avance que je lui avais faite quelques jours plus tôt, m'invita à servir de modèle pour les essais d'éclairage. Nous étions cinq, on nous plaçait sur le plateau, là où les solistes se trouveraient lors des différentes scènes, et les essais commençaient. Après un temps très long on nous indiquait un autre endroit où nous placer. Claudia appelait chacun d'entre nous par son prénom et le dirigeait : « Deux pas à droite, Fritz », ou : « Petra, près de la sculpture et le visage levé vers le public », ou : « Ferdinand, marche lentement de gauche à droite sur l'avant-scène ». J'étais le seul à participer à la production, raison pour laquelle Claudia me donnait des indications d'une autre manière, ce qui me remplissait de fierté. « Vian, va à la place de Don Giovanni », ou : « Vian, fais la trajectoire de Zerlina, s'il te plaît ». À ma grande surprise, je me rappelais presque tous les mouvements et les positions des solistes dans les différentes scènes. J'arrivais à l'endroit signalé et y restais comme les autres, ressentant la violente lumière qui me baignait et qui changeait de couleur et d'intensité. Je regardais l'obscurité de l'orchestre, les rangées de fauteuils qu'effleurait un mince faisceau de lumière, les silhouettes sombres de Schuff, de Claudia et des éclairagistes qui murmuraient, prenaient des décisions, montraient les taches de lumière et d'ombres. J'étais payé à l'heure. C'était peu, mais suffisant pour éviter la faim lors de mes journées de vagabondage. À peine avais-je reçu mes billets que j'allais au marché les dépenser en fromage, saucisson, pain et fruits. Une fois mon estomac apaisé, lui qui de toute la journée ne cessait de grogner, je me dirigeais vers la librairie de Perec pour y prendre mon linge de rechange.

Le troisième jour je m'endormis debout : les techniciens mettaient une éternité à définir la lumière qui éclairerait la scène. Je rêvai de crapauds qui chantaient, d'une barque qui naviguait et heurtait un rocher à cause de ce chant. Elle se brisait en morceaux. Je ramais dans la barque, mais j'étais aussi un des crapauds qui chantaient. Des voix criaient qu'il y avait des méduses dans l'eau. Une de ces voix, fut, soudain, celle de Claudia.

– Vian, mets-toi à la place de Masetto.

– Pardon ? demandai-je, étourdi et incapable sur le moment de comprendre où je me trouvais.

– Va à la place de Masetto et suis son déplacement scénique lentement, s'il te plaît.

– Et qu'il chante son air, entendis-je Schuff ajouter d'un ton facétieux.

Il ne s'adressait pas à moi, il plaisantait avec les autres, mais le micro de Claudia avait capté et amplifié son commentaire. Et les ombres rirent.

Ma réponse naturelle aurait été de cacher ma confusion en saluant la plaisanterie d'un sourire complaisant, de marcher sans dire un mot vers l'endroit indiqué et de suivre, obéissant, la trajectoire demandée. Cependant mon réveil brusque, le faux brouillard qui flottait sur la scène, la voix rauque de fumeur de Schuff et les rires blessants dans la pénombre me ramenèrent au soir où, enfant, j'avais crié au visage enfumé de mon père que j'irais à Salzbourg, mais comme chanteur. « Chante, petit, chante. » Un point brûlant au creux de mon estomac émit de fébriles tremblements qui me parcoururent tout le corps. Claudia dit de nouveau mon nom sur un ton impatient, elle n'eut pas besoin de répéter l'indication. C'était l'occasion ou jamais.

D'un bond énergique je me plaçai à l'endroit indiqué, respirai profondément, appuyai fermement les pieds sur le sol et remplis la promesse qu'enfant j'avais faite à mon père, je fis mes débuts au festival de Salzbourg. Un orchestre invisible m'accompagna dans ma tête. La rage de Masetto était la mienne, de même que son amour-propre blessé et son indignation. Tout en chantant, je suivis le parcours scénique du personnage entre les figurants, qui me regardaient tout étonnés. Je bousculai l'aimable vieille qui se tenait à la place de Zerlina, fis face au barbu qui occupait celle de Don Giovanni, me déplaçai avec aisance et ma voix monta, solide, sûre, souple et contrôlée comme jamais je n'avais pu le faire lors de mes auditions ratées. Mon chant était le cri de Masetto, et mon interprétation le mélange de ses émotions transformées en mélodies. On me laissa chanter jusqu'à la fin, puis un profond silence suivit.

– Mexicain, tu as quelque chose en allemand? plaisanta Schuff au bout de longues secondes, comme s'il s'agissait d'une audition – et les ombres rirent.

Je n'y réfléchis pas à deux fois – pas même à une seule! Un ouragan d'audace et de démence s'empara de moi. « Chante, petit, chante. » Je fis deux pas en avant et commençai à entonner l'air de Papageno, celui-là même que j'avais fredonné le matin devant le tronc aux niches. À un certain moment il me sembla entendre la voix de Schuff qui disait à Claudia que ça suffisait, comme la voix de mon père me priant de me taire lorsque je répétais alors qu'il était plongé dans une conversation téléphonique. Je ne m'arrêterais pas, je ne me tairais pas, même si on me criait après ou me chassait. Ce moment m'appartenait. La scène était à moi et je n'allais pas la lâcher. Je fus Papageno et je chantai en me déplaçant à travers l'espace éclairé en élégants pas de danse, et je sifflai la gamme que l'oiseleur monte sur sa flûte de Pan, en arrondissant beaucoup mes lèvres humides, et je capturai avec tendresse tout un tas de petits oiseaux invisibles que je mis dans la cage de ma tête. « Chante, petit, chante. » J'étais Papageno et je ne tenais aucun compte du rappel à l'ordre de Claudia. Ce que je ressentais alors devait être ce que ressentent les grandes figures de l'art lyrique, cette vague puissante me tenait attrapé, vague de feu et de vent et d'eau, dans un mouvement qui s'emparait de mes extrémités – qui faisait taire de sa tonnante présence la voix qui dans mon esprit prétend contrôler chaque son, chaque petit détail technique –, qui me libérait et me permettait d'oublier les parties délicates composant le tout pour me consacrer à l'harmonie de l'ensemble, à l'irrationnel envol organique et parfait. « Chante, petit, chante », et je chantais. Vole, petit, vole, et je volais. À la fin, je tendis les bras comme si je voulais en entourer l'invisible public, je lançai les notes des dernières mesures fermement planté sur l'avant-scène et terminai mon air dans un aigu long, merveilleux et de très mauvais goût – le propre d'un grand chanteur égoïste.

Le son de ma voix flotta dans l'air, palpita entre les murs du théâtre, s'évanouit. Mes oreilles bourdonnaient, ma respiration était agitée, mes yeux exorbités et j'avais un sourire triomphal sur mon visage trempé de sueur. Les murmures des ombres étaient mes ovations et l'applaudissement solitaire d'un des figurants, les bravos assourdissants d'une salle comble. Et j'étais là, sur la scène où tant d'interprètes avaient récolté d'historiques triomphes. J'étais là. J'avais chanté. J'avais réussi.

– Vian, ordonna Claudia d'un ton sec, maintenant mets-toi à la place de Zerlina avant son air.

Un accès de honte soudaine effaça mon sourire et arracha net mon imaginaire couronne de lauriers. La vague avait disparu, la petite voix sifflante ressurgissait. En une fraction de seconde je vis de l'extérieur ce qui venait de se passer. Mon chant sans accompagnement, mes sifflements désaccordés, ma danse de fou. J'imaginai la réponse de mon père si je lui racontais cet épisode : « Ça, ce n'est pas débuter, Vian, ça, c'est se donner en spectacle. Arrête avec tes clowneries et allons-nous-en une fois pour toutes. » Il aurait raison. Jamais je ne le lui raconterais.

– Vian, répéta Claudia, impérative.

Je levai les mains comme quelqu'un qui essaie de calmer un fauve. Je désirai n'être pas là. J'acquiesçai en m'excusant et me dirigeai, très vite, sans regarder aucun des autres figurants, vers l'endroit où, durant cette scène, se tiendrait Regula Mühlemann lors des représentations. Je me plaçai près de la statue sans visage, enveloppé par l'obscurité protectrice qui l'entourait. « Qu'il se taise », rugit la voix de mon père venue du passé. Une lumière intense m'éclaira brusquement. Offusqué, j'eus l'absurde impression d'être tout nu. Je me courbai un peu, serrai les jambes et joignis les mains sous la boucle de mon pantalon.

– Mais, s'il vous plaît, murmura Schuff en s'efforçant de se retenir de rire, épargnez-nous le plaisir d'entendre votre interprétation de l'air de la soprano.

Et les ombres de rire.

6

Je laissai ma bicyclette près du pont et fis un tour à pied avant de passer à la librairie pour y chercher mon linge. Herr Wolfgang n'était pas sur son banc. Quelqu'un insérait une pièce dans le petit cochon rose en céramique. Je longeai, tête baissée, la maison où est né et a vécu Herbert von Karajan. La statue du jardin était le symbole de tous les triomphateurs, de tous les artistes vainqueurs de leurs démons. Où donc était passé ce cœur vaillant qui palpitait avec véhémence dans ma poitrine, ce cœur qui m'ayant submergé sous une puissante vague d'intrépidité et d'audace m'avait poussé à chanter comme je ne l'avais jamais fait sur une scène, à peine une heure plus tôt? Il ne restait plus que la honte et le timide battement de mon cœur craintif. Je regardai les clients de la boutique de *Sachertorten* qui attendaient leur tour pour acheter ses gâteaux succulents et hors de prix. Un peu plus loin, je heurtai un couple élégant qui sortait de l'hôtel de luxe. Je m'excusai, bien que ce ne fût pas ma faute, et continuai mon chemin. Si au moins j'avais hérité de la force que possédait ma mère, à ce qu'on m'avait dit, une force qu'elle avait pendant mes premières années de vie, je m'en souvenais vaguement, et qu'elle avait inexplicablement perdue ensuite pour se soumettre, de façon moins compréhensible encore, à l'entière volonté de mon père.

J'étais le seul à en connaître la raison. Ce n'était pas par hasard que ma mère m'avait demandé de lui lire le livre de Boris Vian avant de mourir. Elle savait ce qui se cachait entre ses pages. C'était à moi qu'elle avait donné le livre, la piste pour que je découvre le secret. Le soir de son enterrement, avant de le ranger sur une étagère, je décidai de le feuilleter, non pour le relire mais pour regarder les lignes sur lesquelles elle avait promené son regard, et pour toucher les bords et les coins où elle avait posé ses doigts. C'est alors que, entre les pages que je ne lui avais pas lues à l'hôpital, je la trouvai : une lettre pliée en quatre. C'était une lettre d'adieu. Comme je devais ne le comprendre que plus tard, elle était d'une femme, elle était de son amante.

Elle y parlait des conversations épuisantes qu'elles avaient eues depuis que mon père avait découvert leur relation ; elle comprenait la position dans laquelle ma mère se trouvait et le poids énorme de la raison pour laquelle elles ne pourraient plus se voir, et finalement elle disait qu'elle acceptait, le cœur détruit, sa décision. Ma mère ne pouvait pas renoncer à ses enfants, « au plus petit surtout », et était sûre que mon père tiendrait sa promesse de les lui arracher si elle ne coupait pas court à « cette folie ». Cette femme lui demandait de ne pas se soumettre définitivement aux chantages de son mari, de ne pas perdre la lumière, de continuer à avancer la tête haute. Aimer n'est pas un péché, affirmait-elle, et elle terminait la missive en lui promettant de respecter son souhait de ne plus la voir, mais elle lui affirmait qu'elle la suivrait de près, invisible, chaque jour, comme un fantôme. Elle ne signait pas de son nom, au bas de la page tout ce qu'on pouvait lire était « l'amour de ta vie ».

Je mis un moment à comprendre que si ma mère m'avait laissé cette lettre, à moi et à personne d'autre, c'était pour que je la comprenne et que je lui pardonne, non pour un amour illicite, découvert et abandonné, mais pour cette abdication devant mon père qui l'avait empêchée de se mettre de mon côté à l'heure des disputes. Quand je l'avais vue pour la dernière fois dans le cercueil qu'on était sur le point de fermer, j'avais touché sa joue glacée de ma main tremblante, et dans un murmure entrecoupé je lui avais dit que je comprenais et n'avais rien à lui pardonner.

Un soir, il me vint à l'idée que la lettre que j'avais trouvée dans le livre de Vian n'était peut-être pas la seule que ma mère avait gardée. J'avais raison. Après avoir pris tous les livres de Hermann Hesse, d'Anaïs Nin et de Boris Vian dans la bibliothèque de mon grand-père, après les avoir tous feuilletés, les avoir secoués violemment comme s'ils s'obstinaient à cacher les lettres en question, j'en découvris cinq de plus. Une dans laquelle fleurissaient la tendresse et les projets ; une autre, parsemée de récriminations tourmentées et de douloureuses attentes ; une troisième, résignée, d'acceptation et de patience stoïque ; et les deux dernières étaient suppliantes, désespérées. Comme la dernière, elles portaient toutes pour signature « l'amour de ta vie ». J'eus beau chercher, je ne pus trouver son nom, toutefois je compris qu'elle était plus jeune que ma mère, qu'elles s'étaient connues deux ans après ma naissance.

Perec était occupé avec un client, je le saluai d'un signe de tête et gagnai la pièce du fond. Bientôt, il faudrait que j'aille avec mon linge sale dans une quelconque laverie. Je gardais mes vêtements propres dans un des compartiments de ma valise et dans l'autre le linge sale. En voulant l'ouvrir je m'aperçus que la serrure n'était pas fermée, qu'un des compartiments était vide et que dans l'autre se trouvait mon linge, soigneusement plié et dégageant d'agréables effluves de savon parfumé.

Je sortis rapidement de la pièce, le client était parti. Perec coupa net ma tentative de remerciements en secouant sa grosse main. Il me dit qu'il l'avait fait avec plaisir, il ne fallait plus en parler, et pour passer à autre chose il me demanda comment ça allait pour moi ces jours-ci. Une lumière intense faisait irruption à travers les vitres et baignait la librairie ; la fumée de la pipe de Perec reflétait des éclats mouvants, et quand la tête du ventilateur tournait dans sa direction, le courant d'air effilochait la fumée qui semblait alors fusionner avec la lumière au lieu de disparaître ; je lui dis que j'avais eu envie de me lever à l'aube et de marcher sans but. Que j'avais un grand plaisir à voir la ville et les montagnes désertes.

– Alors comme ça tu aimes marcher…

Il se leva, enthousiaste, et entama une pêche aux livres sur différentes étagères. Il boitait un peu et émettait des bruits rauques avec sa gorge. Il passait un doigt rapide sur le dos des livres d'un rayon, en prenait un, le glissait entre ceux qu'il avait déjà sous les bras et allait en chercher un autre. Du vieil appareil à musique surgissait une sonate de Mozart. C'était une des œuvres que j'écoutais sur les disques compacts de la maison aux obélisques. La sonate en *la* mineur, composée quelques jours après qu'il eut enterré sa mère. La version était celle du sublime sir András Schiff. Perec revint à son bureau.

– Marcher sans but libère, pas vrai, mon garçon ? Quel genre de marcheur es-tu ? Occasionnel ? me demanda-t-il, et il posa un livre de Kant sur le bureau. Solitaire, amoureux de la nature ? – il posa Rousseau sur le premier, sans le recouvrir tout à fait. Citadin ? – il mit Walter Benjamin sur Rousseau : il formait peu à peu un éventail, un escalier en colimaçon de livres et dans son regard brillait l'enthousiasme de celui qui invente un jeu ingénieux. Sauvage ? – et l'échelon suivant fut *Une saison en enfer* de Rimbaud. Politiquement inspiré ? – l'autobiographie de Gandhi et un livre de Thoreau. Ivre et spontané ? – Kerouac tomba sur l'escalier. Retiré du monde ? – Robert Walser constitua la dernière marche.

Il me parla un peu de chacun d'eux, puis je l'aidai à les remettre à leur place. Comme il rangeait Walter Benjamin là où il l'avait pris, mon attention fut attirée par le titre de son voisin, *Wolfgang Amadeus Mozart* de Karl Barth. Mon expression ne lui échappa pas.

– Les livres qu'on doit lire ont une voix et ils nous appellent, dit Perec d'un ton très sérieux tout en rallumant sa pipe. Celui-ci a dit ton nom. Emporte-le.

Je pris le livre, peu épais, dans mes mains, le feuilletai, et mon regard resta cloué sur le dernier de ses textes : *La Liberté de Mozart*. Je sentis mon cœur bondir. *La liberté…*

– Aujourd'hui j'ai été terriblement ridicule, dis-je sans quitter le titre des yeux.

Je racontai à Perec l'épisode du matin, mon « début » sur scène. À chaque mot ma honte augmentait, mon récit me faisait revivre mon absurde conduite et mon enthousiasme insensé, comme si je regardais la scène depuis les fauteuils d'orchestre, assis à côté de Schuff et des ombres. Je racontai tout, les deux airs, mon allégresse idiote, les commentaires moqueurs et la honte qui avait succédé à mon interprétation. Il s'ensuivit un bref silence qui se remplit du bruit du ventilateur, de la musique de l'adagio de Mozart qui s'éloignait de la composition apaisée et idyllique, et s'écartait des routes signalées, provoquant un petit tremblement de terre dans les conventions de l'époque. Perec m'enveloppait d'un regard profond. Il laissa échapper un épais nuage de fumée, l'air s'imprégna d'un parfum d'érable.

– Tu t'es livré à un moment de folie, tu as trouvé la plénitude en le faisant, tu as rempli une promesse et tu as répondu aux premières moqueries, encore guidé par l'élan de ton audace, et tu as recommencé. Puis la petite voix envieuse, le moi pâle qui te regarde de l'ombre et juge odieux tout ce qu'il craint, tout ce qu'il n'ose pas réaliser, sont sortis de la caverne... la beauté du moment s'est évanouie pour toi. Combien d'épisodes insensés de ce genre as-tu lus dans ces livres ? dit-il en balayant la librairie d'un ample geste de la main. La vie est dehors, Vian. Arrête avec tes interprétations et tes censures. La voix qui rampe, celle qui limite et enchaîne est en toi. Tu n'as fait de mal à personne, tu as eu plaisir à faire ce que tu as fait. Et le fou qui t'a mis dans ce tourbillon de l'inattendu est aussi en toi. Choisis celle des deux voix qui sera la narratrice de ce qui t'arrive. Les autres diront ce qu'ils voudront. Tu as vécu un moment intense et important. Tu t'es laissé prendre par son intensité, sa plénitude s'est saisie de toi. Je te félicite. Maintenant, va-t'en, en remerciement donne une pièce au premier malheureux que tu croiseras dans la rue, et par là tu feras de ce jour un jour complet.

Mon cœur se transforma en une source qui s'éveille soudain et explose en un puissant jet d'eau limpide. Je fus inondé d'une tendresse presque douloureuse, brûlante, pour ce visage large et parcheminé, pour ces yeux rétrécis derrière les lunettes un peu embuées qui me regardaient calmement, pour ce sourire insinué sous cette moustache grise en broussaille, pour la fumée de cette pipe blottie dans sa grosse main, qui montait lentement. Il était comme un vieux chêne, rugueux, inamovible et tranquille. J'eus envie de le serrer dans mes bras et je fus retenu par l'image de ce geste excessif. Je compris tout de suite que les deux voix étaient de nouveau là, celle du fou spontané, celle du juge qui bridait. Alors, en sentant couler l'eau claire dans les canaux de mon angoisse stagnante, je sus ce que je devais dire. Raconter le secret qui m'accompagnait depuis la mort de ma mère. Je n'avais jamais parlé à mon frère ni à ma sœur des lettres que j'avais trouvées, je ne les avais pas non plus mentionnées à mon père, et je n'avais jamais partagé cette histoire avec un ami à l'heure des aveux de soûlographie. Le moment était venu, le tourbillon me le disait, il fallait que je partage l'histoire de ma mère avec Perec pour me libérer. Puis, en sortant, je donnerais la seule pièce que j'avais sur moi au premier malheureux que je rencontrerais. Alors oui, ce jour serait un jour vraiment mémorable et complet.

Tout aurait été différent si je n'avais pas tardé à prendre cette résolution, si je n'avais pas prolongé le silence que Perec rendit plus léger en changeant de sujet avant que le premier mot ne sorte de ma bouche. D'une drôle de voix, il m'annonça qu'il irait la semaine suivante à Graz avec sa femme pour voir leur fils. Je sentis un bref malaise, un coup sur la nuque, une pression sur la poitrine. Je fus glacé, l'eau devint trouble, de la boue et de la terre envahirent son flux, ma tendresse se changea d'abord en confusion, puis en envie et à la fin en une rage croissante. Je comprenais maintenant le linge propre et soigneusement plié. Il me chassait. Il avait trouvé la manière de se débarrasser de mes encombrantes visites quotidiennes. Très bien, je trouverais un autre endroit pour poser ma valise. Je le lui dis. Aucun problème. Perec haussa les sourcils, sourit. Son beau-frère se chargerait de la librairie, il était au courant de ma situation et je ne devais pas me faire de souci. Ah, mais ce n'était pas un souci qui m'oppressait l'âme. De la rage, de la jalousie, de l'envie, de la boue, du poison. Misérables sentiments injustifiés. Mon cœur plongea dans la fange profonde de mon âme. Il s'enfonçait, et avec lui la confidence, le secret que j'avais été sur le point de partager. Perec m'abandonnait. « Trahison », rugissait un chœur plein de haine dans ma poitrine agitée et, bien que ma raison me signalât l'absurdité de ces sentiments, leur présence illégitime, je ne pouvais les réprimer. Ils s'étaient mélangés à l'eau et maintenant une boue épaisse et lente se traînait, implacable, et troublait mon esprit inconstant. Trahison. Abandon. Rage. L'adagio était arrivé à son final serein et les accords galopants de l'allegro emplissaient la librairie… comme un éclat de rire.

Je pris les livres, saluai Perec d'un signe de tête et m'arrêtai à la porte pour lui dire que plus que marcher, ce que j'aimais, en fait, c'était aller à bicyclette. Je sortis, le regard voilé, aperçus un mendiant dans la rue. Je passai sans m'arrêter, sans lui donner la pièce que je serrais très fort dans mon poing crispé.

7

J'essayai de chasser mon anxiété exagérée, ma colère injustifiée. Pauvre Perec, en quoi était-il coupable d'aimer son fils et de se réjouir à l'idée d'aller le voir ? Les vers de mon cœur montaient à la surface et mordaient la chair de mes sentiments. J'allai de place en place, mes pas rapides frappaient avec violence le pavé des rues, je hurlais des questions à mes amis inanimés.

– Est-ce que les lettres de Nooteboom te manquent ? lançai-je à Poséidon. Est-ce qu'elles te donnaient le sentiment d'être de nouveau important, et maintenant que je ne te les lis plus, es-tu désespéré de retomber dans l'oubli des hommes ?

Silence.

Je traversai la place en courant, m'arrêtai devant l'homme en bois sur sa sphère dorée.

– Jusqu'à quand vas-tu rester ici, raide et solitaire ? lui criai-je en tendant le cou. Ne sais-tu pas qu'une femme t'attend, debout, dans une niche, à quelques pas d'ici à peine ? Vas-tu te décider à sauter de là-haut et à marcher avec nous ?

Silence.

Je m'éloignai à grandes enjambées et arrivai au monument de Mozart.

– La douleur de la disparition de ta mère s'est-elle calmée, lui demandai-je dans un cri entrecoupé, quand tu t'es marié avec Constance, quand tu as adopté sa famille, quand tu appelais « maman » Frau Weber, ta belle-mère, et que tu lui apportais parfois le soir, pour la gâter, avec une allégresse pleine d'enthousiasme, du café et du sucre ? Ta profonde blessure a-t-elle été cicatrisée par ton amour pour cette autre maman, ton amour pour ta petite femme adorée ?

Silence.

Je me mis à courir, me heurtai à un homme corpulent qui me lança une grossièreté, continuai ma course et atteignis la Toscaniniplatz.

– Et si l'homme en bois arrive ? demandai-je à la femme dans la niche. Peut-être ne l'attends-tu plus, si tu ne l'as jamais attendu ? Et s'il découvre qu'il aurait mieux valu pour lui rester sur sa sphère que se promener plus seul que jamais parmi les hommes ?

Silence.

J'imaginai une paire d'infirmiers costauds courant à ma rencontre, pour emmener l'énergumène qui parlait aux statues en criant. Ils m'interneraient dans un asile, m'injecteraient une drogue pour que je cesse de rugir, personne ne viendrait me voir. Je baissai la tête, me faufilai entre les passants. Je ne courais plus. J'entrai dans une rue étroite. J'avais le regard fixé sur les dalles. Pauvre Perec, était-ce sa faute ? Pauvre Vian, esclave de tes élans, de tes peurs, de tes phobies, de ta poésie misérable. En tournant au coin d'une rue je levai mon regard voilé et découvris un nouvel ami. Un Papageno en bronze qui joue de sa flûte de Pan sans bouger, au centre de la petite place qui porte son nom. Personne ne le prenait en photo, personne ne le contemplait. La voix de Perec saluant ma prouesse matinale au théâtre revint, lente et légère comme la fumée de sa pipe.

– Aujourd'hui j'ai chanté ton air et je l'ai merveilleusement bien interprété, dis-je à Papageno, la poitrine gonflée de fierté et de rage. Tu es Mozart, mon frère, et ce monument est ton vrai monument.

Silence.

Je voulais me rasséréner, mais mon cœur continuait à battre très fort. Je transpirais, serrais les poings. Je désirais sentir de nouveau une douce tendresse pour le vieux libraire, mais mon âme agitée et endolorie me griffait doucement de l'intérieur et me provoquait des crampes dans les tripes. Je marchai vers le théâtre, lentement, lourdement, abattu.

La répétition de cet après-midi-là se faisait avec accompagnement au piano, c'était la première avec maquillage et en costumes et la dernière de Schuff. Viendraient ensuite les répétitions avec orchestre, et alors le nouveau chef serait le directeur musical, Eduardo Montes, qui ne s'était pas montré pendant toute la période des répétitions scéniques et qui, par conséquent, ne connaissait pas le projet de Schuff. Il verrait l'ensemble pour la première fois deux jours plus tard. L'administration du festival s'attendait à des problèmes. Schuff assurait qu'il n'avait pas l'intention de modifier quoi que ce soit.

– Qu'il ne me sorte pas qu'il veut avancer le chœur, avertissait-il, ou que la soprano est trop loin et qu'on ne l'entend pas. Ça, nous aurions dû le régler ensemble ces dernières semaines. Il n'est jamais venu. C'est son problème. Je n'ai pas l'intention de modifier quoi que ce soit.

On m'avait convoqué trois heures avant le début de la répétition dans la salle de maquillage. Les maquilleuses s'affairaient. La Tchenova était déjà face au grand miroir et on la coiffait. Elle parlait de mode et de chaussures, et parfois entonnait des vocalises bouche fermée. Jacques n'était pas encore arrivé.

Mon costume de démon me serrait aux chevilles et me piquait les jambes. Je me sentais fatigué, je n'éprouvais ni joie, ni nervosité, ni aucune émotion anticipée. La rage m'avait vidé. Je pris le livre de Barth et en parcourus quelques pages sans pouvoir me concentrer. On annonça par haut-parleur que la répétition commencerait avec une demi-heure de retard. Le maquillage prenait plus de temps que prévu. Les voix des solistes qui vocalisaient parvenaient jusqu'à nous – des phrases isolées chantées par chaque personnage de l'opéra se mêlaient à des gammes montantes et descendantes. Le haut-parleur annonça quinze minutes de retard supplémentaires. Il fallait s'armer de patience, les essais techniques étaient généralement longs, interrompus par le metteur en scène quand quelque chose n'allait pas bien. C'était sa dernière chance.

À peine entrai-je sur la scène, baignée d'une fine couche de brume artificielle, que Jacques, habillé en démon poilu avec casaque, se jeta sur moi pour me serrer dans ses bras et il le fit avec un tel élan que nous faillîmes tomber tous les deux. Il me criait des félicitations tonitruantes et me donnait des tapes dans le dos. Je me dérobai à son charabia et lui demandai quelle était la raison de cette allégresse.

– J'ai appris que tu avais donné une formidable représentation ce matin, me dit-il avec un éclat dans les yeux et un sourire qui montrait beaucoup les dents. Et non seulement l'air de Masetto, mais en *bis*, l'air de Papageno avec un aigu long à n'en plus finir. Merveilleux, extraordinaire…

Ses cris et ses grands gestes attiraient les regards des solistes, des extras et des accessoiristes. Ma respiration s'emballa, je sentis la rougeur envahir mon visage, une boule de feu ardente me brûla au creux de l'estomac. Je posai mes mains ouvertes sur sa poitrine et le poussai fortement. Ce mouvement le prit à l'improviste, il vacilla et tomba par terre. Il y eut un silence soudain, tous les regards se fixèrent sur celui qui venait de tomber et qui prit tout son temps pour se relever. Il resta assis, une de ses jambes de bouc fléchie, l'autre tendue. Son corps vermeil s'appuyait sur un coude, son visage s'orientait vers la couche de brume flottant au-dessus du sol, et de ses longs cheveux sortaient les deux cornes qui pointaient sur son front. Je restai debout, immobile, jambes écartées, prêt à la lutte qui s'annonçait. Du coin de l'œil, je distinguai Julia qui nous observait, bras croisés. Jacques se releva calmement, secoua la poussière de ses pattes velues et de sa casaque rouge. Il rejeta ses cheveux en arrière, d'un mouvement énergique du cou, caressa ses cornes et planta des yeux métalliques dans les miens. Il commença à avancer doucement vers moi. Mon cœur voulait sortir de ma poitrine. Je restai planté à ma place sans bouger un poil, mais ce n'était pas par courage. Ce regard glacé, aigu, blessant, me paralysait. Quelqu'un fit sans beaucoup de conviction un appel au calme. D'un mouvement rapide, Jacques introduisit sa main dans la poche de sa casaque. Je me souvins du couteau avec lequel il avait en ma présence menacé deux danseurs, je me mis à trembler. Sa main surgit du tissu rouge aussi vite qu'elle y était entrée. Je poussai un cri étouffé et bondis en arrière. Entre ses doigts apparut un cure-dents qui visait mon nez.

– Bouuh, s'écria-t-il, puis il porta le cure-dents à sa bouche et fit demi-tour.

Il s'en alla en applaudissant bras levés comme au final triomphant d'une représentation d'opéra. Tout le monde reprit ses activités en souriant.

– Ne fais pas attention à lui, dit Julia d'un ton d'ennui en passant près de moi.

Elle se dirigea vers le démon. Le tatouage de sa nuque brilla, caressé par l'une des lumières bleues.

– Début de l'opéra ! cria Claudia.

Nous prîmes position et tout au long de la longue répétition, comme pendant la présentation du projet, j'eus l'impression de ne pas être à ma place. Je ne reçus aucune indication. Dans son rôle de Belzébuth, Jacques guidait ses hordes avec énergie ; il sautait avec une jubilation carnavalesque. Nous autres, petits démons, nous obéissions. Ses yeux se posaient avec autorité sur les uns et les autres, mais moi, il m'ignorait. Et quand la scène s'interrompait et que je cherchais Julia, elle regardait toujours dans une autre direction. Je pensai avec chagrin que mon geste avait rompu l'étrange alliance qui nous unissait et que maintenant ces deux *replicants* se séparaient de moi, pauvre homme désorienté. Tout disparaîtra, chanta de nouveau une voix dans mon esprit.

À la fin de la répétition, je courus au vestiaire pour me changer et filer le plus vite possible. J'avais mal partout. L'idée de dormir de nouveau dans un parc ou sur le ciment me pesait. J'avais l'impression d'être une marionnette dont on a coupé les fils. Je sortis dans la nuit qu'un vent timide ne parvenait pas à rafraîchir. Je tombai sur Jacques et Julia. Il lui entourait l'épaule de son bras nu.

– Demain nous allons à Munich, dit-il d'un air malicieux, et je ne savais pas si ce pluriel m'incluait ou si c'était une dernière gifle, la bourrade en retour qui m'éloignait de leur compagnie.

– Vous allez à Munich ? répétai-je sans dissimuler ma préoccupation.

– Nous y allons, dit Jacques, en esquissant du doigt un cercle qui m'incluait dans le voyage. Demain les chanteurs répètent avec l'orchestre et nous avons journée libre. Nous irons à Munich, il y aura des couleurs pour toi, une horloge mécanique géante pour Julia et je vous donnerai une nouvelle importante. On te retrouve à 9 heures à l'arrêt du bus en face de la Sigmundstor.

Julia se libéra du bras de Jacques, se rapprocha de moi et me donna un billet de train. Sans s'arrêter, elle posa sa main sur mon épaule une seconde et dit :

– On se retrouve à l'arrêt du bus, Vian.

Je la suivis du regard. Ils ne m'avaient pas exilé. Je passerais un jour entier avec Julia. En me retournant je me trouvai face aux yeux enflammés de Jacques. Il leva la main, m'emprisonna le menton dans les tenailles de ses doigts.

– Tu aurais dû m'achever quand tu m'as mis par terre, dit-il entre ses dents.

Il referma un peu plus ses serres sur ma mâchoire. Sans broncher, je haussai les sourcils. Il laissa échapper une sorte de rire, lâcha mon menton.

– Va dormir, petit, ordonna-t-il – et imitant le ton de Julia il ajouta : On se retrouve à l'arrêt du bus, Vian.

Qu'importaient l'humiliation et le danger si je pouvais être avec Julia un jour entier. Les fils agitaient la marionnette avec une énergie renouvelée. C'était la main du diable qui les manipulait.

8

À 9 heures pile du matin j'étais à l'arrêt du bus face à la Mönchsberg. Deux autres personnes attendaient, assises. Nous fixions tous en silence les chevaux de béton qui s'élevaient de l'autre côté de la rue et l'énorme encadrement sculpté de la Sigmundstor qui s'ouvre sur le tunnel que j'avais si souvent traversé quand j'allais aux répétitions au Lehrbauhof. Je me sentais nerveux. Je suivis la coupe verticale de la montagne, qui affiche une majestueuse nudité de roches lisses, et repérai le point exact où Jacques avait pendu son corps au-dessus du vide, simplement retenu par la force tremblante de mon bras. J'aurais dû le lâcher, pensai-je. Je frissonnai. Julia et Jacques arrivèrent, tout souriants, nous échangeâmes des saluts. Jacques demanda à Julia où elle imaginait que j'avais passé la nuit car j'étais habillé exactement comme la veille (Perec n'ouvrait sa librairie qu'à 10 heures). Julia haussa les épaules et à mon soulagement changea de sujet. Nous parlâmes de la répétition musicale de ce matin-là, du final non encore résolu par Schuff, du ténor qui s'était porté malade.

– Ça me rappelle une scène de *La Peste* de Camus, dit Jacques sans cesser de guetter la rue par laquelle devait arriver le bus. Le ténor qui chante Orphée a un soudain malaise et tombe mort de la peste sur la scène. Le public sort de la salle, étourdi et effrayé. « La peste sur la scène sous l'aspect d'un histrion désarticulé, cita-t-il en haussant la voix, et, dans la salle, tout un luxe devenu inutile sous la forme d'éventails oubliés et de dentelles traînant sur le rouge des fauteuils. » Belle scène, continua-t-il en reprenant un ton normal. Un vilain oiseau abattu, conclut-il sans pitié, avec plaisir, presque.

– Comme ton père, décréta Julia, maussade.

– Oui, comme cet égoïste, ce vilain oiseau absent qu'était mon père.

– Tu ne le voyais jamais ? demandai-je prudemment.

– Rarement, mais ce n'est pas pour ça que je le traite d'égoïste ou d'absent, petit, dit Jacques avec un sourire froid. C'est parce qu'il s'est pendu sans laisser la moindre explication. C'est vrai que sa carrière déclinait, mais à ce point ? Pauvre idiot – il cracha le cure-dents qui dansait sur ses lèvres. Voilà le bus, le dernier qui monte paie.

Il me donna une forte bourrade, je trébuchai, et il se précipita en entraînant Julia. Ils riaient tous deux comme des enfants espiègles. Je n'avais pas d'argent, je le leur dis, ils haussèrent les épaules et nous nous disposâmes à voyager sans billet. Pendant le trajet, ils épiaient ma nervosité et riaient. À chaque arrêt je scrutais avec appréhension les voyageurs qui montaient dans le bus pour repérer le possible contrôleur qui nous demanderait nos billets validés. Chez les autres passagers, je devinais déjà la moquerie, le jugement, la désapprobation. Je ressentais une honte anticipée qui se mêlait à ma peur grandissante. En arrivant à la gare, je quittai le bus d'un saut et m'éloignai le plus vite possible du véhicule.

Je voyageai seul dans le train. J'entendais les chuchotements et les rires sporadiques de Julia et de Jacques, assis deux rangées derrière moi. Je les détestai tous les deux. Tout cela n'était-il qu'un piège ? Je me concentrai sur le paysage qui glissait rapidement derrière la fenêtre. Que voyait Mozart pendant ses lents voyages en carrosse ? Il était allé huit fois à Munich, il y avait donné la première de deux de ses opéras, c'est là qu'Aloysa Weber lui avait brisé le cœur, qu'en 1781 il avait pris son élan vers l'indépendance vis-à-vis de son père et de la cour de Salzbourg. Le paysage n'avait que peu changé, probablement. Du moins là où la main de l'homme n'avait pas altéré par sa violence la très lente mutation de la nature. Je m'imaginai dans le carrosse de Mozart, qui écrivait sur son écritoire. Il venait de changer le papier à musique sur lequel il travaillait à son nouvel opéra pour du papier à lettres. C'est à peine s'il levait les yeux pour regarder par la fenêtre. On ne trouve pas de description de paysages dans ses lettres. Rien que de la musique, des blagues, des impressions sur les personnes qu'il rencontre, qui lui manquent ou qu'il déteste ou méprise. Tandis que je l'admirais intérieurement, lui notait la présence d'un type assis en face de lui à gros nez, qui l'avait apparemment reconnu car il l'observait avec une attention démesurée. La main de Mozart écrivit : « Je vais lui demander ce que j'ai sur la figure. »

– Je te rapporte quelque chose du bar ? demanda Julia, m'arrachant à mes rêveries.

Elle était au bras de Jacques. Je fis non d'un geste rapide.

Les nuages, plus gris que les autres jours, semblaient enfin annoncer la pluie, et je devrais chercher un toit pour dormir. Je reçus un message de mon père, qui me demandait comment j'allais. Je n'y répondis pas. Je pensai au père de Mozart, à son enterrement auquel Wolfgang n'assista pas. Je pensai au corps du père de Jacques, pendu dans une pièce de sa maison. Je pensai à mon père en train de fumer son cigare, ses mains fermées sur les clés de sa maison. Les yeux clos, je me plongeai dans l'étreinte moelleuse de mon siège. Je rêvai que Mozart était assis à côté de moi. Il écoutait de la musique dans ses écouteurs et remplissait des pages de notes de musique. En même temps, il répondait à des e-mails et comparait des modèles de bicyclette sur sa tablette. Tout à coup il se tournait et me demandait avec un sourire semblable à celui de Jacques s'il avait quelque chose de spécial sur la figure. Julia me réveilla en passant près de moi. Je tardai à réagir et juste au moment où la sonnerie de fermeture des portes retentissait, je sautai à temps du wagon. Jacques et Julia rirent en voyant la frayeur dessinée sur son visage.

Nous prîmes le métro pour aller à la Marienplatz, où nous arrivâmes après un détour par le Théâtre national. Sur ses murs, des vitrines exposaient des photos des productions présentées durant le festival d'été. *L'Or du Rhin* et *La Flûte enchantée*, entre autres. Wagner et Mozart, Bayreuth et Salzbourg, les voyages d'été de mon père. Mon père, toujours mon père.

Tout en marchant, Jacques nous sortit encore un de ses laïus dans lesquels il ne dissimulait pas sa pédanterie. Que le festival d'été dans la ville était né d'une production de *Don Giovanni* retravaillée par Hermann Levi, qui avait dirigé la première de *Parsifal*. Que la traduction qu'il avait faite de l'œuvre en allemand avait été rejetée par les nazis, des décennies plus tard, à cause de son origine juive. Que Wagner n'avait jamais eu de succès en dirigeant Mozart.

Nous nous installâmes sur la place, sous le carillon géant. Le soleil semblait moins brûlant qu'à Salzbourg et nos ombres formaient une tache ronde sous nos pieds. Les mains croisées collées à sa poitrine, Julia suivit avec attention la danse mécanique des personnages qui tournaient en haut de l'horloge. Jacques expliqua que la danse commémorait la fin de l'épidémie, mais il ajouta que la peste ne finissait jamais et que nous en étions tous atteints. Julia avait l'air de ne pas l'écouter, elle se mordait la lèvre inférieure, imperturbable et contente d'observer la danse, elle applaudit même à la fin de la bataille entre les deux chevaliers quand, après trois tours, le torse de l'un tomba, frappé par la lance de l'autre. Quand le spectacle fut terminé, elle m'enlaça de ses bras ouverts et lança spontanément : « Quelle joie ! » Elle me relâcha aussitôt et j'en restai tout étourdi et ému. Jacques rota puis éclata de rire, et nous allâmes acheter des saucisses et boire une bière à un étal de rue. Jacques parlait tout le temps la bouche pleine, d'où sortait, à chaque consonne, des morceaux de saucisse mastiquée. Julia ne faisait pas attention à lui, elle paraissait submergée par le bonheur que lui avait procuré la danse du carillon. Un nuage gris cacha quelques instants le soleil.

– Maintenant c'est au tour du petit, dit Jacques en froissant sa serviette tachée de graisse, et il repartit.

Nous avancions rapidement, je ne savais pas où ils m'emmenaient. Devant le monument équestre de Maximilian von Bayern, Julia me demanda de suivre la direction qu'indiquait le bras en bronze tendu : un écriteau annonçait des cours de Pilates. Sur la petite place dédiée aux victimes du nazisme, nous restâmes un moment devant la torche allumée. Plusieurs promeneurs se prenaient en photo, tout sourire. Jacques continua. Nous le suivîmes en gardant notre distance. Nous étions dans l'avenue où avaient été regroupées les armées et la bureaucratie atroces de Hitler.

Dans le domaine de l'art, dit Jacques, ils ont réussi à s'approprier Wagner, Beethoven, Bruckner, mais ils ont eu beau vouloir faire de Mozart un symbole aryen, le lutin génial leur a échappé. Malgré tous les festivals qu'ils organisèrent à Vienne et dans toute l'Allemagne, dans les stations de radio, diffusant et présentant Mozart comme un symbole allemand par excellence ; bien qu'ils aient détourné le festival de Salzbourg en le revêtant de leurs symboles de peur et de mort, qu'ils aient voulu effacer le nom et l'importance de son librettiste juif, Lorenzo da Ponte ; bien qu'ils aient dissimulé la profonde influence de la maçonnerie ; et qu'ils aient lancé une légion de musicologues chargés d'expliquer sa vie et son œuvre en fonction de l'idéologie du parti, à peine consommée la défaite nazie à la fin de la Seconde Guerre mondiale Mozart s'est retrouvé immédiatement propre et totalement dissocié du nazisme. Les gagnants furent les musiciens exilés qui avaient défendu sa pureté et sa condition universelle. Ce furent les musicologues, Deutsch et Einstein en particulier, qui de l'exil établirent les documents encore valides aujourd'hui.

Je pensai que c'était surtout Mozart qui avait gagné. La musique libre de Mozart. Son parfait édifice d'air et d'ombres qu'il est impossible de meubler par des idéologies, des politiques ou des dramaturgies. Je le pensai, mais n'en dis rien. Jacques continua son laïus, souligna l'impossibilité d'être libres, affirma que l'humanité se livrerait toujours à de nouvelles chimères, à la prometteuse politique du moment. Il parla de la répétition de la perversité, de l'intolérance, de l'égoïsme que démontrait naturellement le succès des mouvements extrémistes résurgents, tapageurs et applaudis en Orient et en Occident.

– Nous ne serons jamais libres, petit, conclut-il – en me tapotant le dos comme si j'étais un chien dressé, il ajouta : Jamais tu ne seras libre, Vian.

Il glissa les mains dans les poches de son pantalon cintré et se mit à siffler. Julia ne lui prêtait aucune attention. Je continuai à marcher tête basse et en silence.

Au bout de quelques minutes, je levai les yeux ; Julia m'observait.

– Tu regardes toujours le sol quand tu marches ? me demanda-t-elle sans justifier son inspection.

– Pas toujours, répondis-je, mal à l'aise.

– Et que vois-tu quand tu regardes en l'air ? dit-elle en me montrant d'un signe de tête une femme qui marchait les yeux levés.

Elle me prit par le bras. Je levai la tête et répondis que je voyais des nuages, les cimes des arbres, les lumières des poteaux électriques, des oiseaux et, si j'avais de la chance, un arc-en-ciel.

– Et quand tu regardes en face de toi ?

– Des visages de femmes et d'hommes, des portes, des vitrines avec leurs marchandises, des grilles, des clôtures, des signaux de circulation au loin, des feux tricolores.

– Et quand tu marches, comme toujours, en regardant par terre ?

– Des dalles, des mégots, des crachats, des mouvements de chaussures, des mares, des crevasses, des ordures. Une pièce ou une fleur… quelquefois.

Je pensai qu'après ma dernière réponse il n'y aurait plus d'autres questions. Ces deux-là allaient me rendre fou. Alors, en me considérant avec un grand sérieux, elle me demanda :

– Et quand tu regardes en toi ?

Son doigt s'arrêta avec une douce pression sur ma poitrine. Elle lâcha mon bras, je mis quelques secondes à m'exprimer.

– Quand je regarde en moi, je vois la même chose que lorsque je regarde en l'air ou en face de moi ou par terre. Ça dépend du moment.

– Des nuages, des feux rouges ou du caca, déclama Jacques, qui avait apparemment tout entendu. Nous y voici, ajouta-t-il d'un ton grandiloquent en montrant l'édifice jaune de la Lenbachhaus, foyer des œuvres du Cavalier bleu, le mouvement artistique fondé en 1911 par Kandinsky et Marc. À l'entrée, Jacques écarta les bras comme s'il était un magicien qui d'une passe secrète faisait apparaître les couleurs des tableaux accrochés sur les murs du musée. Julia m'observa, attentive, désireuse de constater la manifestation de ma joie. Toutefois, ce qui m'inondait à cet instant, ce n'était pas le calme ni le bonheur, mais un vide glacial. Cette joie de me trouver au milieu des tableaux de Klee et de Kandinsky et de Marc et de Macke et de Münter avait disparu. Cette joie d'obtenir de leurs couleurs géométriques le même calme et le même équilibre que ceux que me produisaient les figures des kaléidoscopes ou les petits arcs-en-ciel que formait mon pouce en comprimant un jet d'eau jusqu'à en faire un éventail devant la lumière d'une lampe avait disparu. Disparu ! Pourquoi la géométrie des couleurs exposées dans le musée ne me calmait-elle pas ? J'essayai d'évoquer des vers de Sor Juana au cœur du néant gelé et poisseux qui tournait dans ma tête. Ils ne me calmèrent pas non plus. Pourquoi m'était-il à ce point impossible de trouver le calme ? Je pressentis que les questions de Julia avaient quelque chose à voir avec ce désastre, avec ce vide d'où émergèrent, avec une tonitruante énergie, les angoisses, l'incertitude, les peurs, la fièvre d'aimer, les phobies, qui se mirent à tourner sans ordre ni contrôle. Elles fouettaient les portes de ma conscience, troublaient toutes mes pensées. Les corbeaux croassaient et lançaient, en pointant leurs becs effilés depuis les denses nuages de bruit, des phrases et des cris dans ma tête, et maintenant je n'avais plus ni défense ni refuge de lumière pour me sauver. C'était comme si les points d'appui grâce auxquels j'avais avancé dans la vie étaient devenus superflus, dépouillés de leur pouvoir de calme et d'ordre, et se transformaient maintenant en béquilles monstrueuses qui m'empêchaient de marcher librement. J'eus des nausées, je voulais sortir de là en courant. Aïe, les magistrales couleurs de ces œuvres sublimes me mettaient au bord du malaise.

Julia ne me quittait pas des yeux. Peut-être attendait-elle de moi la même réaction euphorique qu'elle avait eue en voyant le carillon de la place, que j'ouvre les bras et la serre sur mon cœur en criant : « Quelle joie ! » Mais je ne pouvais inventer ni le geste ni l'exclamation s'ils n'étaient pas motivés par le sentiment. Je lui offris un sourire exagéré et faux, et m'écartai d'elle avec un enthousiasme mal feint pour me promener, désespéré, parmi les couleurs des chefs-d'œuvre qui ne me calmaient plus. Après avoir un peu déambulé, Jacques déclara qu'apparemment les couleurs n'avaient pas produit l'effet attendu et que nous ferions mieux de nous en aller. Indifférent à ma protestation bredouillante, il sortit d'un pas décidé. Nous le suivîmes. Sur l'Odeonsplatz, quelques enfants se lançaient des ballons de baudruche remplis d'eau. L'immobilité pérenne des lions de pierre accentua mon malaise. J'avais l'impression d'avoir gâché leur journée aux *replicants*. Dans le parc, Jacques parla de Mozart à Munich, de l'abondante correspondance avec son père durant cette période, qui nous permet d'entrevoir le processus créateur du génie. C'était à peine si je l'écoutais, mon âme était lasse et malade, harcelée par les impitoyables coups de bec des oiseaux noirs. Quand nous arrivâmes au bout du parc, le monde s'arrêta un instant, mon sang se glaça, je cessai de respirer et j'eus du mal à contenir le cri qui voulut s'échapper de ma gorge. Julia s'approcha de moi, assez préoccupée, allais-je me trouver mal ? Elle avait vu ce qui avait provoqué ma réaction. De l'autre côté de la rue, immobile et longue, s'élevait une araignée géante. Les corbeaux reculèrent, effrayés. Je courus à sa rencontre pour la prendre dans mes bras. J'avais trouvé mon refuge de lumière.

9

C'était la même araignée. La même que celle que j'avais vue à la Tate Modern après mon audition manquée à Londres, celle qui, de façon inespérée, m'avait fait retrouver mon calme quand je m'étais assis pour lire, appuyé contre une de ses hautes pattes en fer entrelacé. C'était celle qui se dressait, énorme, sur le trottoir en face du musée d'Art moderne. Je courus serrer une de ses pattes dans mes bras et, sans me préoccuper de savoir si Julia ou Jacques me suivaient, j'entrai dans le musée où étaient exposées d'autres œuvres de Louise Bourgeois, la créatrice – comme je l'appris ensuite – de cette sculpture. L'euphorie m'envahissait, j'allais de l'une à la suivante : énormes araignées entourant de leurs pattes des pièces aux murs transparents. Totems et petites cages contenant des meubles où apparaissait de nouveau l'araignée, minuscule maintenant, assise sur un canapé. Corps brisés et difformes, araignées suspendues comme des lampes sans lumière. Aucune ne provoquait en moi l'épouvante bien connue, la paralysie électrique. « Ma mère, ma chère mère, n'existe plus. » Les paroles de Mozart me revinrent en mémoire quand je lus que pour Louise Bourgeois l'araignée était un symbole maternel. Me vinrent aussi à l'esprit les yeux émus et attentifs de ma mère quand elle suivait sur mes lèvres les mots que je lisais dans le livre de Boris Vian, l'attente inquiète avec laquelle elle regardait celui qui allait découvrir son secret, qui allait lui pardonner ce si grand abandon. « Chante, petit, chante. » Je sentis soudain sur moi le regard de Julia. Ils m'avaient suivi. Jacques restait un peu plus loin, à tout surveiller, un cure-dents sur son sourire métallique. J'aurais aimé ouvrir les bras, enlacer Julia et lui dire « Quelle joie ! » comme elle l'avait fait à la fin du ballet mécanique des personnages de l'horloge. Mais mon attention était fixée sur les œuvres, sur le souvenir, sur mes entrailles. Quand j'arrivai à la dernière salle de l'exposition, mon cœur tourna par deux fois sur lui-même. J'avais devant moi un banquet rouge. Les personnages me firent penser aux Barbapapa, que je voyais, enfant, avec plus d'étonnement que d'amusement, sur la seule chaîne culturelle du Mexique. Mon père affirmait que c'était là une preuve de plus que « l'accident » était un peu *bizarre*, euphémisme qu'il utilisait pour ne pas dire idiot. Il réprimandait ma mère, prétendait que j'aurais dû rire avec Bob l'éponge et les Simpson, comme le faisaient les enfants normaux de mon âge, au lieu de rester stupidement hypnotisé par ces ballons muets et lents. À la différence des dessins animés, les masses que je voyais devant moi étaient toutes rouges, sanguines, sans visage, grandes tumeurs autour d'une table rouge elle aussi où étaient alignées de petites masses entre des morceaux rouges déchirés. D'autres masses pendaient au plafond de la pièce, grand utérus rouge. Le titre de l'œuvre remua bruyamment ma poitrine : *La Destruction du père*. Un vent nouveau fouettait mythes et certitudes dans ma tête hébétée. La mère araignée, la destruction du père, le parfum de Julia près de moi. Je voulais crier, je voulais envoyer un message à mon père pour lui dire que je ne partirais pas de Salzbourg, je voulais embrasser la bouche de Julia avec tout le désir de la mienne. Je sortis du musée et courus de nouveau au Lenbachhaus. Il me paraissait indispensable en cet instant d'euphorie, de folie jubilatoire, de retrouver mes refuges de lumière. Je devais revoir les couleurs de Klee, de Matisse, de Kandinsky, de Marc, de Macke, de Jawlensky… Il m'était nécessaire de trouver, dans ces formes vêtues d'arcs-en-ciel, la paix dont je remplissais d'ordinaire mon âme, cette paix qui m'avait été refusée durant la toute récente visite du musée.

Je traversai le parc en déclamant à voix haute des vers de Nicanor Parra (*Qui es-tu soudaine / Demoiselle qui t'effondres / Comme l'araignée suspendue / Au pétale d'une rose*), je saluai les lions de pierre, ignorai le héros en bronze monté sur son cheval qui montre le studio des cours de Pilates. Mon regard allait aux nuages sombres qui flottaient sur l'intensité du ciel bleu. Apparemment, il allait pleuvoir, et je n'avais pas de toit pour m'abriter de la pluie. Peu importait. Mon pied glissa sur une crotte de chien. Je repensai à mon arrivée à Salzbourg et le sourire de Cecilia Bartoli illumina mes souvenirs. Je continuai à courir, agité et ivre d'une étrange liberté, jusqu'au Lenbachhaus. Mon explication à l'entrée fut si véhémente que le gardien, d'un geste mi-impatient, mi-bienveillant, me laissa entrer une seconde fois sans payer. Et je me réconciliai avec les couleurs. Cet après-midi-là, en particulier, ce furent les tableaux de Matisse qui me firent grimper à un ciel de bonheur. Il y avait une exposition temporaire des œuvres qui illustrent son livre *Jazz*. Le cirque et ses mots, la danse et ses couleurs. Les découpages qu'il a agencés. Les couleurs sans nuances, dures, concrètes. Les formes qui vibrent et se suspendent. Le riche voyage esthétique qui nous parvient avec une simplicité écrasante, comme la musique de Mozart. « Ne dis jamais que la musique de Mozart est simple », reprocha un jour Schönberg à Gershwin, qui avait exprimé son désir de composer quelque chose de simple comme un quatuor de

Mozart. « Chante, petit, chante. » Retrouver le calme dans les couleurs intensifiait la tourmente et rendait le chaos plus inexplicable encore. Mais c'était un chaos joyeux, une crise de liberté. Comme Mozart, j'avais trouvé à Munich l'élan vers ma liberté. Cet instant, je le sais aujourd'hui, fut le point d'arrivée de ma vie passée et le point de départ de ma vie à venir. Tout ce que j'avais vécu jusque-là aboutissait à ce port, où tout ce que j'avais vécu ensuite a pris son élan.

Je sortis du musée presque à bout de forces, je n'avais aucune idée de l'heure, le ciel couvert jetait ses premières gouttes. Plutôt que tomber, elles semblaient en suspens dans l'air. « Ce soir je dormirai sous la pluie, me dis-je à voix haute, et ça n'a aucune importance. »

Julia était la seule passagère à n'être pas encore montée dans le train quand j'arrivai en courant sur le quai. Elle me vit de loin et entra dans le wagon sans faire le moindre geste. De nouveau, je voyageai seul. Comme à l'aller, Jacques et Julia avaient pris place quelques rangées derrière moi. Je mis mes écouteurs pour entendre le concerto pour piano en *ré* mineur de Mozart, la tonalité endiablée qu'il a utilisée dans son *Don Giovanni*. Les premiers accords agités se mêlaient dans ma tête encore brouillée et extasiée au paysage qui glissait derrière la fenêtre. Vers la fin du premier mouvement, je dus aller aux toilettes. Quand je revins, la voix de Julia se fit entendre derrière le dossier de mon siège. Elle disait qu'en hiver le paysage était couvert de neige et que les lacs gelaient. La phrase ne m'était pas destinée, mais je la saisis au vol comme si elle l'était. J'étais enthousiasmé de savoir qu'en cet instant mes yeux et ceux de Julia regardaient en même temps le fleuve qui lançait des éclairs, les vaches qui ruminaient, cette maison sombre et mal entretenue entre les arbres, les montagnes. Je remis mes écouteurs et, enveloppé dans les accords de la romance, j'imaginai le paysage blanc, gelé, immobile. J'exagérai l'image et je vis des oiseaux congelés au milieu de leur chant sur les branches couvertes de glace, et des villages entiers pétrifiés sous une couche de givre, où tout était cristallisé, arbres, animaux, hommes, machines. Rien d'autre qu'un train qui avançait, solitaire, au milieu du monde saisi par le gel. Un train lent, puissant, dans lequel voyageaient deux passagers : elle et moi, seuls êtres en mouvement. Un nuage blanc flottait au-dessus de notre wagon. Un nuage muni de pattes et de becs, et de panses. Un nuage d'ours polaires qui volaient. La musique s'arrêta abruptement au milieu d'une chaîne ascendante du piano de Mitsuko Uchida.

– Nous dînerons ce soir au Triangel, annonça Jacques, les écouteurs qu'il venait d'arracher de mes oreilles pendant à sa main, passes-y et réserve trois places, on se retrouvera là-bas.

Il laissa tomber le fil des écouteurs et s'en fut sans attendre ma réponse… ou mon insulte. Oui, j'irais réserver ces trois couverts au Triangel pour passer quelques heures de plus auprès de Julia. Je ferais ce que Jacques m'ordonnait, mais j'étais protégé contre les coups de bec de ce corbeau. Les couleurs et les lignes des tableaux brillaient encore dans ma tête, j'étais encore encouragé par mon attrait déconcertant pour une araignée qui m'apaisait, les vers de Nicanor Parra résonnaient encore très fort, et sur l'enregistrement du concerto c'était le début de la marée joyeuse, de la tourmente illuminée du troisième mouvement. Puis viendrait le silence avec ses doutes et ses angoisses, avec mon obéissance niaise aux desseins du démon, avec mon amour découragé pour Julia, et la présence étouffante de mon père qui s'approchait, et les nuages noirs qui s'accumulaient dans le ciel. Plus tard il pleuvrait. Au bord de l'abîme la poésie ne guérit pas, les couleurs ne consolent pas, la musique n'accompagne pas ; le monde est indifférent à notre présence dévastatrice sur son sol et sur la mer, le ciel est vide et nous sommes tous orphelins.

Il allait pleuvoir et ça n'avait pas d'importance. Je pouvais donc continuer à respirer mon illusion de liberté, regarder le paysage qui fuyait de l'autre côté de la fenêtre, flotter, protégé dans mon refuge illuminé par les couleurs et les vers, et danser sans raison dans les couloirs changeants de l'édifice sonore de Mozart. Mon esprit s'élevait, touchait le cosmos, c'était un cerf-volant uni à moi par un long cordon qui sortait de mes entrailles, volait haut, très haut, et l'art était le vent qui le poussait. Plus tard il pleuvrait. Il finit toujours par pleuvoir. Aucun cerf-volant ne vole sous la pluie.

Et ça n'avait aucune importance.

10

Combien de temps attendis-je ? Des mois, des années, une vie. En fait, ce ne furent que vingt minutes, mais le restaurant était bondé. J'avais réussi à réserver trois places au bout d'une des longues tables de la terrasse, partagées avec d'autres clients, près du mur extérieur du local. Une en face de moi, une autre à côté ; Jacques ne pourrait pas s'asseoir entre Julia et moi. Les deux places vides étaient objet de convoitise chez ceux qui attendaient debout dans l'entrée. Les têtes se tournaient avec suspicion vers moi, qui buvais à petites gorgées un verre d'eau du robinet. Les serveurs qui s'affairaient entre les convives me lançaient eux aussi des regards interrogatifs. Seul Franzi, le patron, me croyait quand je lui disais que les deux autres ne tarderaient pas. Lui seul le croyait, moi je n'en étais plus aussi sûr. J'étais de plus en plus convaincu qu'ils me laisseraient de nouveau en plan, comme le soir où ils m'avaient donné rendez-vous devant le casino. Les sacs noirs qui repoussaient les guêpes étaient toujours pendus au plafond. Dehors et à l'intérieur les clients se mouvaient comme des abeilles : public, artistes, cadres du théâtre. C'était en vain que j'essayais de me cacher dans la lecture du livre de Barth. J'étais accablé à l'idée de voir Franzi venir me demander de me lever, m'expliquer qu'il ne pouvait pas laisser ces deux places vides plus longtemps, que je devais consommer autre chose que l'eau du robinet. Tous me tomberaient dessus, un policier suspicieux viendrait peut-être me demander mes papiers. Je fermai le livre et essayai de me distraire de mes fantasmes de persécution en cherchant les chanteurs parmi les clients du Triangel. Il n'était pas difficile de les découvrir, trahis par leurs rires artificiels et aigus, leurs visages connus, l'auréole qui les nimbait. D'une table à l'autre, je saisissais leurs charabias triomphants. Ils venaient de répéter, de chanter, de recevoir des fleurs sur scène et des ovations. Que c'était beau, quel bonheur, comme ils étaient enviables !

– De vilains oiseaux, me murmura à l'oreille la voix de Jacques, qui sans que je m'en aperçoive s'était placé dans mon dos.

Julia s'assit près de moi, Jacques mit un moment à occuper son siège. Il alla donner deux bises d'au revoir à deux danseurs puis parler à un homme rondouillard à tête de moine bénédictin derrière ses lunettes ovales. Il lui serra la main, vint en souriant près de nous, sauta par-dessus la table, au grand scandale des voisins, et se planta sur sa chaise, prêt à commander son dîner.

– Un critique allemand connu, nous expliqua-t-il, qui se donne des airs d'intellectuel, mais en fait il est né pour écrire dans la presse à sensation.

Il prit la salière, laissa tomber une pluie de petits grains blancs dans la paume de sa main, les jeta par-dessus son épaule.

– Le diable seul sait comment il a pu être engagé par un journal de renom. Piranhas. Je lui ai donné, comme vous pouvez l'imaginer, quelques potins de mauvais oiseaux – il leva le verre à demi plein de son voisin. À la santé des critiques, cria-t-il, et il reposa le verre sur la table sans avoir bu.

Le propriétaire du verre se leva avec énergie, jucha l'étui dans lequel il avait son instrument sur son épaule et regarda Jacques d'un air de dépit.

– Je pisse aux oreilles des critiques, dit-il.

Il s'en alla à grandes enjambées. Le serveur courut derrière lui en agitant sa note.

– Ah ! le pauvret, se lamenta Jacques, moqueur. Encore un de ces artistes immaculés qui détestent les critiques mais qui courent lire ce qu'ils écrivent sur eux après leur dernière représentation, et quand ils trouvent l'éloge il ne leur faut même pas une seconde pour l'accrocher sur leur mur Facebook. Vilains oiseaux. Ah, le monde merveilleux de la musique classique. Bûcher des vanités. Observez autour de vous. Regardez à cette table, là-bas, ce couple souriant et adulateur qui se prend en photo avec les chanteurs. C'est un des couples de *star fuckers* les plus connus de l'opéra. Des vampires. Ils se montrent aux premières des plus célèbres interprètes dans la vie desquels ils ont réussi à s'introduire grâce à des éloges et des cadeaux, et dont ils obtiennent, outre des entrées gratuites aux spectacles, des centaines de photos qu'ils publient aussitôt sur leurs sites Internet, ce qui fait bisquer les *star fuckers* mineurs.

Julia l'interrompit sans élever le ton.

– Ou peut-être que ce sont des amateurs sincères qui suivent avec affection et enthousiasme les artistes qu'ils admirent, auxquels ils rendent hommage avec un cadeau, un repas et leur bonne compagnie en remerciement.

– Ouille, mère Julia de Calcutta qui défend la faune du monde obscur de l'opéra. *Perché ?*

Un serveur débordé approcha, essuya la sueur de son front du dos de sa main, prit commande de nos plats.

– Et toi, demanda Julia avec calme, toi qui vends partout des ragots aux journalistes, auquel des trois groupes appartiens-tu ? Jacques piranha, Jacques vampire, Jacques vilain oiseau ou Jacques tous ceux-là à la fois ?

– Non, pas des ragots, se défendit Jacques. Des informations embellies. Je ne suis rien de plus qu'un observateur attentif. Je m'émerveille de voir que l'art naît de ce mélange de vilains oiseaux qui vivent enfermés dans un monde limité à eux-mêmes, qui porte leur nom, sourds et aveugles à la réalité qui les entoure…

– Tu généralises, coupa Julia.

– … et de piranhas, continua Jacques sans tenir compte de l'interruption, qui essayent de s'imprégner d'un peu de l'éclat des vilains oiseaux…

– Tu noircis tout.

– … et des imprésarios et des cadres qui flattent et méprisent les vilains oiseaux, en se communiquant leurs espiègleries, leurs demandes irrationnelles, leurs peurs et leurs vies débauchées. Maîtres ostentatoires d'un cirque de monstres…

– Dans ton monde tordu, personne ne trouve grâce…

– … critiques sourds et malicieux, agents avides et capitalistes, promoteurs qui exploitent le succès et se débarrassent de tout ce qui est passé de mode, vampires, vautours, hyènes qui rient en montrant sans pudeur ni vergogne les lambeaux de chair putride entre leurs dents. Et ce qui me fascine, c'est de découvrir que de ce mélange d'êtres qui ne sont qu'une brouillade de viscères, de sang, d'acides et de jus épais, réussit à naître une fleur qui ne se tache pas, le cristal transparent, le cœur constitué d'ailes : la Musique.

– Quel blabla, mon Dieu !

– Je ne suis pas d'accord – cette fois, c'est moi qui interrompais Jacques. Tout au long de ma courte carrière j'ai eu l'occasion de connaître le critique sincère et connaisseur, le chanteur engagé et généreux, l'agent honnête et dévoué. Julia a raison, tu essaies de noircir tout ce qui t'entoure, excuse-moi de te le dire, Jacques.

– Innocentes créatures, dit Jacques avec une tendresse feinte. Vous apprendrez un jour à voir le monde tel qu'il est. Au fait – son index visa mes yeux – au long de quelle carrière ? Je te rappelle, petit, que tu n'as jamais eu de carrière.

Je serrai les dents et me détournai. Franzi apporta nos assiettes. Une salade avec du poulet et des cèpes pour Julia, une *Wiener Schitzel* pour moi et du lapin en sauce aux champignons et au vin blanc pour Jacques.

– Du lièvre – Jacques se frotta les mains –, comme le plat que se faisait apporter Mozart par Primus, son fidèle *valet** des derniers jours de sa vie...

– Tu es mexicain ? me demanda Franzi.

Après avoir reçu ma réponse il sourit, fit claquer sa langue et sortit d'une de ses poches un flacon contenant du piment d'Inde en poudre.

– C'est du feu, me prévint-il avec complicité. Je connais un autre Mexicain qui aime les *Wiener Schitzel* très piquantes. Bon appétit.

Nos voisins de table s'en allèrent, ceux qui attendaient à la porte du restaurant montraient les places libres. Franzi posa sur la table un petit écriteau portant l'inscription « réservé ». À partir de ce moment-là, la conversation s'écoula sans plus d'attaques. Pourtant, l'ivresse joyeuse qui m'avait saisi pendant la visite aux musées et le retour en train était loin derrière moi. Sa place était occupée maintenant par une gueule de bois émotionnelle inquiète. Avec l'arrivée des desserts arriva aussi Nadia Tchenova, qui venait de la répétition avec orchestre, accompagnée d'une petite suite d'adulateurs avec lesquels elle occupa les places réservées. La diva se plaignait des tempos du maître, trop lents ici, inutilement accélérés là.

– Et l'orchestre, grands dieux ! fit-elle en levant les bras au ciel dans un geste théâtral. Ce n'est pas du Wagner ! Ce malheureux va nous tuer. Mais bon, il est clair qu'il ne peut pas vraiment pénétrer le sens. Il suffit de l'entendre parler avec cet accent qui empêche de saisir la moitié de ses phrases. Qui donc le comprend, Jésus ! Le pauvre n'a pas la tradition de ce répertoire dans le sang.

– Ouille, s'écria Julia avec une candeur éclairée. Suis-je la seule à avoir cru entendre un commentaire raciste ?

Jacques leva la main, moi j'acquiesçai d'un signe de tête. La Tchenova leva les yeux au ciel, fit rire les gens de sa suite avec une blague et ignora le commentaire de Julia.

– Enfin, soupira-t-elle, le pauvre, ce n'est pas sa faute s'il est latino-américain.

– Pourquoi « le pauvre » ? reprit Julia. Quel rapport entre sa nationalité et sa valeur musicale ? Est-ce que seuls les Européens caucasiens savent ou doivent interpréter Mozart ?

– C'est simplement que pour nous c'est plus naturel, bien sûr, répondit la Tchenova en s'adressant non à Julia mais à sa suite, mais évidemment de nos jours il faut faire attention à parler en termes politiquement corrects, n'est-ce pas ? C'est bon, en fait, je me réjouis fort que des gens d'une autre culture, d'autres races, dirigent et interprètent nos grands maîtres. Ils apportent sûrement quelque chose avec leurs coutumes pittoresques. Mais ce chef, non, je regrette. Beaucoup de grands gestes et de petits sourires, mais il n'est même pas capable de me suivre.

– Ah, je vois, insista Julia. Ce n'est pas un problème de race – elle alluma une cigarette – mais de soumission et de servilité. Il me semble que vous mélangez les problèmes.

– Et c'est qui, celle-là ? demanda la Tchenova à l'un des membres de sa suite, en chassant avec dégoût la fumée de la cigarette qui s'approchait de son visage. Un autre des membres de sa suite courut dans la salle.

– Je m'appelle Julia. Je suis une des assistantes de Schuff.

– Oh, s'exclama la diva. Encore une perle, celui-là. Qui détruit Da Ponte et Mozart. Ils doivent se retourner dans leur tombe au vu de cette production.

– Je ne suis pas d'accord – Julia semblait s'amuser de contredire la soprano. Les idées sont bonnes, bien élaborées. La structure du concept est solide du début à la fin. Le travail soigné avec les chanteurs renforce la narration. Bien sûr, que vous arriviez avec plusieurs semaines de retard n'a pas facilité les choses.

La Tchenova éclata d'un rire sonore, bien aigu et parfaitement fabriqué. Son suiveur revint, accompagné d'un serveur, qui les invita à occuper une table à l'intérieur du restaurant.

– Oh, merci, dit la Tchenova. Ça empeste ici… avec tous ces fumeurs.

Tous se levèrent en riant et conversant bruyamment, et s'en allèrent sans même nous regarder.

– Bravo, Julia, cria Jacques quand la diva se fut éloignée, c'est bien toi. Tu t'es mis à dos le vilain oiseau en chef, tu t'es fait une formidable ennemie. Tu ferais bien de l'éviter ces prochains jours.

– Tu parles, dit Julia en écrasant son mégot dans son assiette.

Je fus honteux de n'avoir pas réagi. Après tout, la soprano avait attaqué un Latino-Américain. Les mots de Julia auraient dû être les miens. Je l'admirai pour l'intégrité et le courage avec lesquels elle avait affronté la diva. Jacques préférait la diffamation anonyme. Nous ne commentâmes plus la scène, nous parlâmes de films de vampires, jusqu'à ce que le serveur revienne avec trois coupes de champagne. Jacques en prit une et déclara :

– Hier je vous ai avertis qu'il y aurait une belle horloge mécanique pour Julia, et elle l'a eue. Qu'il y aurait des couleurs pour le petit, et il les a eues ; et que j'avais une nouvelle de grande importance à vous annoncer. Eh bien, la voici : Julia, avec la fin de cette journée le délai est expiré, tu ne me dois plus rien, tu es de nouveau libre, tu m'as payé chaque heure que j'ai perdue à m'occuper de toi. C'est à ça que je bois.

Il leva sa coupe et en but le contenu d'un trait. J'observai Julia aussitôt. Elle faisait lentement tourner la sienne entre ses mains. Elle acquiesça imperceptiblement de la tête. Les mécanismes de la mémoire sont étranges. Comment choisissent-ils les scènes qui resteront imprimées dans nos souvenirs ? Le vent agita ses cheveux raides. Au milieu des rires voisins, des conversations retentissantes, des bruits d'assiettes et de couverts, je n'entendais qu'une percussion sourde dans ma poitrine. La coupe cessa de tourner, les doigts l'élevèrent comme si c'était un calice : Jacques, reçut, presque sans surprise, le champagne au visage. Puis un baiser bref et violent sur la bouche.

– Tu ne me dois rien toi non plus, dit Julia sans rancœur. Je passerai demain chercher mes affaires.

Elle se leva, alluma une autre cigarette et s'écarta sans hâte. Du visage de Jacques coulaient des gouttes dorées. Ses yeux brillaient d'une humidité furieuse. Sa bouche dessinait un sourire froid, d'entre ses lèvres à peine entrouvertes se détachait la ligne blanche et le contour incliné d'une canine. La voix de Julia me parvint de l'autre côté de la rue :

– Vian, tu viens ?

Je bondis de ma chaise. Jacques leva la main et fit dansoter ses doigts en l'air dans une sorte de salut. Son sourire demeurait sur son visage, immuable, et une goutte obstinée semblait ne pas vouloir se détacher du bout de son nez. Julia m'attendait.

Je souris soudain, chaque palpitation dans ma poitrine était un battement d'ailes. Mon cœur volait. La goutte tomba.

– C'est toi qui paies, dis-je, et je courus rattraper Julia.

Mon cœur volait.

11

Oui, oui, c'est bien connu : la mémoire est un océan profond et confus où sombrent certaines images de notre vécu, qui ne meurent pas mais se transforment en vie sous-marine et qui selon leur poids naviguent dans les profondeurs ou près de la surface. Se souvenir, c'est jeter un filet bordé de sa ralingue de plombs pour capturer autant d'images fuyantes que possible. Les unes entrent docilement dans le filet, la plupart luttent, se débattent contre les fils coupants, tentent de s'échapper, perdent des parties d'elles-mêmes dans la bataille. On tire le filet, on dépose les images, presque toutes mutilées, sur la table du présent, et c'est là que commence le travail de création. De cet autre océan, moins précis, plus vaste, aussi dangereux qu'on appelle l'imagination, on obtient autant d'images qu'il en faut pour restituer aux images mutilées leurs parties perdues et aussi pour créer des points de contact entre les unes et les autres, jusqu'à n'en obtenir qu'une seule, claire, totale et compréhensible. Non l'image qu'elle fut en réalité, mais celle dont nous désirons qu'elle soit.

Notre petit monstre respire.

Je jette mon filet vers le soir où Jacques libéra Julia, je pêche, et le tirant j'obtiens, à ma grande surprise, une énorme forme complète, un souvenir-baleine qui n'a pas besoin des greffons de mon imagination. Inventer un souvenir est plus facile que raconter le fait qu'il évoque. Comment décrire ce qu'on vit au moment précis où on le vit? J'y reviens comme si cela m'arrivait maintenant, comme si la pièce où j'écris devenait les rues étroites que nous suivions, les vétustes carrefours que nous laissions derrière nous, le ciel qui sur nos têtes continuait à annoncer la pluie. Je marche à côté de Julia, en frôlant presque son épaule, mon cœur palpite, plein de fureur, de tensions et d'espoirs. Elle fume, sa poitrine agitée monte et descend. Le vent me jette à la figure la fumée qu'elle exhale en ouvrant à peine la bouche. Je tousse. Elle ne s'excuse pas. Je suis envahi d'un bonheur nerveux, je n'ai aucune idée de ce qui va se passer ce soir. L'absence inattendue de Jacques me met mal à l'aise, me réjouit et m'angoisse en même temps. Mon cœur vole très haut. Julia jette son mégot dans une poubelle, presse le pas, nous traversons la rue. La fontaine aux chevaux est illuminée. La circulation est dense, la soirée d'opéra débutera dans une heure. Nous laissons derrière nous l'arrêt du bus où nous nous sommes retrouvés ce matin-là. Nous nous arrêtons devant une boutique pour regarder dans la vitrine les jouets mécaniques en laiton. Le reflet du visage de Julia se remplit d'un éléphant debout sur deux pattes qui soutient un cerceau dans lequel tomberont, quand on les remontera, les trois boules en bois qui attendent sous une petite colonne en spirale… « Pourquoi cette fascination pour les araignées de Louise Bourgeois ? » Le souffle de la question prononcée à mi-voix par Julia embue un peu la vitre, son poing essuie le nuage sur le verre, elle ne se détourne pas des objets en laiton… « Je suppose que c'est parce qu'elles représentent la mère. Je ne sais pas… » Julia souligne les mots de deux hochements de tête, elle avance sa lèvre inférieure… « Ah ! Freud et tout ça… » dit-elle, et elle n'ajoute rien, elle reprend sa marche. Nous entrons dans la Getreidegasse. Des gens élégants entrent et sortent du Goldene Hirsch ; tous ont un parapluie. Je regarde le ciel, il semble couvert… oui, il va pleuvoir… Peu importe… Derrière le nuage il y a un soleil brûlant… Sans que je l'invoque, l'image de la chute d'Icare, de Matisse, me vient à l'esprit, je m'approche d'un soleil de bonheur et ma cire est plus résistante, mais je crains qu'à la fin il ne m'arrive la même chose… Je remue la tête, je soupire, confiant, laisse mon cœur voler très haut et sans crainte… Quelques passants ont en main des programmes de concert, d'autres des appareils photo, la polyphonie inonde l'air… Julia me regarde un instant, je m'en aperçois du coin de l'œil. Maintenant mon cœur bat plus vite encore… Nous longeons le bâtiment jaune où est né Mozart, nous le contemplons tous les deux, nous continuons notre marche, je profite de cet instant pour rompre le silence : « Mozart n'a jamais été à l'école. Il a fait son premier voyage avec son père et sa sœur à six ans, et lors du suivant, deux ans après, avec toute sa famille, il a visité Munich, Vienne, Milan, Venise, Augsbourg, Londres, Paris. Il est resté trois ans et demi loin de cette maison, de cette ville ! » Julia fait un bruit rauque sans ouvrir la bouche, met les mains dans ses poches. « Un vrai Européen, le petit Mozart, hein, petit Vian ? » Il y a un sourire apaisé dans son commentaire… Elle m'a appelé petit, comme Jacques… L'ombre du diable marche entre nous deux. Manque-t-il à Julia, est-elle soulagée, le hait-elle ? Je ne m'avancerai pas à le lui demander, pas pour le moment. Et donc, au lieu de la question, j'entends ma voix parler de Mozart enfant, de son horreur du son de la trompette, de sa passion pour la musique ; jamais personne ne l'a obligé à jouer d'un instrument, il fallait plutôt les lui arracher des mains. « Mozart gamin demandait à tous ceux qu'il côtoyait s'ils l'aimaient, et s'il recevait une réponse négative, il pleurait. »

Julia ne dit rien. Je voudrais lui demander si elle m'aime, mais si la réponse est négative, je pleurerai… Des immeubles dépassent des enseignes au bout de sveltes bras en fer forgé qui annoncent des boutiques d'une autre époque ; là où est écrit « opticien », on trouve un restaurant japonais, là où on annonce des chapeaux, il y a une boutique de souvenirs de Salzbourg : des marionnettes Mozart, des chocolats Mozart, des canards en caoutchouc Mozart… Un enfant échappe à la main de sa mère qui crie, furieuse… « La mère », dit Julia en se grattant la nuque… le dragon de sa nuque… À notre droite une vitrine nous présente des épées médiévales derrière des personnages magiques, des lutins et des boules de cristal. C'est la boutique où Jacques a placé sa poitrine contre la pointe de l'épée que je tenais, en m'invitant à la pousser. Il a dit qu'un jour je le ferais. Julia me regarde, se souvient-elle elle aussi de ce jour-là ? Mes yeux n'entrent pas en contact avec les siens, nous continuons à marcher… Au bout de la rue, dans la vitrine où il est enfermé, un mannequin de Herbert von Karajan regarde par-dessus nos têtes.

Nous entrons sur la place Mozart. « On s'assied ? » La voix de Julia est gaie, j'acquiesce aussitôt. Nous occupons un des bancs situés sur les côtés. Julia allume une autre cigarette. « Trazom », dis-je en montrant la statue. Elle m'écoute lui dire que je viens parfois ici le soir pour raconter à la statue ce qui m'est arrivé pendant la journée et lui dire bonsoir. Je lui parle aussi de l'homme en bois qui ne se décide pas à descendre de sa sphère dorée et de Poséidon à qui j'ai lu les lettres de Nooteboom… Julia ouvre tout grands les yeux et hausse les sourcils. Elle continue à fumer. Avant qu'elle me traite de fou, je lui raconte que le jour où la statue de Mozart a été dévoilée, une vieille femme a interrompu le discours officiel du maire pour dire qu'elle avait été la première Pamina. Elle s'appelait Anna Gottlieb, et c'était vraiment elle qui avait pour la première fois donné vie au personnage principal de *La Flûte enchantée*. C'était aussi la seule femme encore en vie à avoir connu Mozart… « Maintenant c'est toi qui racontes des histoires sur Mozart », la voix de Julia est humide et elle a un ton dont je ne sais s'il est mélancolique ou amer. L'ombre de Jacques revient, guette comme un corbeau, noircit… il ne me laissera jamais en paix… Julia se lève. « Je ne sais pas où dormir cette nuit », dit-elle avec un enthousiasme soudain, elle me regarde dans les yeux et ajoute : « Je peux rester avec toi ? » Mon sang se glace, comment n'ai-je pas pensé à cette possibilité ? Julia et Jacques partagent un appartement et après ce qui s'est passé ce soir… Mon cœur perd ses ailes et tombe en piqué avant de sombrer dans l'obscurité de mes entrailles angoissées… « Bien sûr », réponds-je comme un pantin en laiton qu'on vient soudain de remonter, je me lève d'un mouvement automatique et me mets en marche, aussi décidé que si je savais où je vais. Je crie : « Bonne nuit, Trazom. » Puis je pense : aide-moi à me sortir de là. Julia sourit, elle aussi souhaite bonne nuit à la statue… Nous prenons une longue rue, deux bicyclettes et un couple qui pousse un landau sans enfant vient en sens contraire. Tout au bout on voit la vitrine de la galerie fermée que nous laisserons derrière nous dès que nous aurons obliqué à droite pour suivre le tournant de la rue. Bien sûr que je sais où me portent mes pas. Je me dirige vers la maison aux obélisques. J'avance aussi rapidement que si j'avais la clé. Je raconte à Julia que mon père a des amis qui louent cette maison à des artistes pendant l'été, qu'à moi ils me l'ont offerte gratis, que les chambres contiennent des obélisques dans des niches blanches… Je lui décris le balcon et le jardin où se glisse tous les matins un chat aux yeux d'obsidienne. Je lui parle de Nooteboom, l'escargot qui aime bien se promener sur les portraits de Mozart (une pointe de nostalgie me vient à l'estomac), et de la baleine géante qui repose, au loin, couverte d'arbres, derrière la coupole d'une église qui aujourd'hui est un hôpital… « C'est là que nous nous sommes connus », dit-elle. Nous nous arrêtons en face du grand escalier. Son doigt désigne les marches où avaient atterri ma mallette éventrée, ma brosse à dents et mon dentifrice, et le slip de Bugs Bunny qu'elle avait ramassé. La température de mon front et de mes joues augmente, est-ce que je rougis ? Si oui, elle pensera que c'est à cause de la mention du sous-vêtement, elle ne peut pas savoir qu'en fait c'est de honte anticipée. Nous montons l'escalier. D'une fenêtre nous arrive un souffle chaud qui sent le détergent. D'une autre surgit la sonnerie d'un réveil. À chaque marche je sens augmenter la violence des battements de mon cœur tendu. Nous sommes arrivés. Nous restons deux secondes devant la porte de la maison. Je ne peux pas bouger, je ne sens que ma respiration agitée. Julia me regarde, puis elle regarde la porte, ensuite l'immobilité de mes bras qui n'ont aucune intention d'aller chercher une clé qui n'est pas dans les poches de mon pantalon. Mon visage est un incendie, mon estomac une tempête de glace… Une voix de ténor qui fait des vocalises s'élève d'une des pièces de la maison. « En fait, j'ai dû quitter cette maison. Et elle est de nouveau louée. Quelqu'un d'autre habite ici maintenant… » Je suis pétrifié, je ne peux rien dire de plus. Pas besoin… Dans l'air éclate le rire de Julia et c'est elle qui dit : « Tous ces jours-ci tu as donc dormi dans la rue. » Nouvel éclat de rire, je hausse involontairement les sourcils, je devine presque de l'intérieur ma mine perplexe, hébétée. « Idiot – ses mains ébouriffent mes cheveux d'un mouvement bref et rapide. Pourquoi ne l'as-tu pas dit ? » Elle hausse les épaules. « Maintenant il va falloir qu'on cherche un pont ou un banc. Ce ne sera pas la première fois que je couche à la belle étoile. » Mon cœur se défait de l'angoissante étreinte noire de mes entrailles, il s'élève, vainqueur, il a plus d'ailes que de veines et d'artères. « Je sais où aller. » Je prends la main de Julia et la tire pour monter le reste des marches. « Allons à l'araignée de Merz, comme si c'était l'araignée de Louise Bourgeois. » Julia remarque sans s'en inquiéter qu'il va pleuvoir et je lui dis qu'il y a un arbre touffu à côté de l'œuvre. Nous laissons le grand escalier derrière nous et marchons d'un pas vif. Julia retire sa main sans violence, après un instant de silence je me mets à déclamer des vers d'Octavio Paz : *Cheminer : lire un passage de terrain, déchiffrer un morceau de monde*[6]. Julia sourit et, d'une voix douce et presque amusée, me traite de poète… Je lui explique que la poésie me calme, elle me dit que je le lui ai déjà avoué un soir de cuite. Le bruit de nos pas s'éteint, le chemin est de terre, nous avons quitté les pavés. Au lieu de réciter un autre vers, il me vient l'envie de chanter. J'élève la voix, c'est une mélodie de Duparc sur des vers de Baudelaire, Julia sourit et dans ses yeux apparaît une lueur que je ne lui ai jamais vue. Confiant, je chante… tel son me reste un peu dans la gorge, tel autre sort librement, mais je ne peux pas le couvrir, le faire tourner comme il est bon et comme il est sain de le faire… je me juge pendant que je chante, erreur de débutant, faute de celui qui ne sera jamais grand… L'air humide refroidit la sueur que mon chant fait jaillir sur mes tempes… Un oiseau vole d'un arbre à l'autre, le battement de ses ailes manque d'arrêter mon chant. Ma voix prend son vol, s'élève, puissante, et je finis par chanter un aigu imparfait mais émouvant et rond. Julia applaudit une, deux, trois fois… D'un endroit éloigné, là, en bas, dans la ville, parviennent jusqu'à nous, comme une réponse, les aigus longs et stridents de la folle chantante. Je hausse les sourcils, Julia et moi nous regardons, nous rions de bon cœur… Nous passons près du tronc où quelqu'un a creusé des nids pour y

6. Traduction de Claude Esteban, Skira, 1972.

déposer de la nourriture aux oiseaux. Je le lui montre. « Je m'imaginais que si je parvenais à me faire tout petit je trouverais ici un toit sous lequel dormir. » Julia me dit qu'alors les oiseaux pourraient me dévorer, je lui réponds que c'est pour ça que je ne me suis pas fait tout petit. Elle me donne une poussée complice sur l'épaule… Elle prend une cigarette, la flamme de son briquet éclaire son profil… Si j'embrassais sa main elle sentirait le tabac, si j'embrassais sa bouche je percevrais une haleine de feu éteint, si la pointe de ma langue piquait la sienne il y aurait un chatouillis souple et chaud, un goût de pétales brûlés… Nous franchissons la muraille qui, jadis, délimitait l'étendue du royaume… derrière on pressent la Forteresse… Je pense à mon père qui déplace un pion et attaque mon fou menacé… pourquoi est-ce que je n'avance pas un pion pour le protéger, pourquoi est-ce que je lui cède la victoire ? Je me souviens que Perec est parti voir son fils à Graz… Aujourd'hui je ne suis pas allé chercher mon linge de rechange… J'imagine Herr Wolfgang assis sur son banc, en train de regarder les nuages et la Salzach aux eaux troubles… « Ma mère ne supporte pas que je vive en Europe », dit Julia, et je lui raconte que ma mère a eu une amante qui fut apparemment l'amour de sa vie. Qu'elle avait décidé de rompre avec elle… Julia ne dit rien, son aspiration profonde et apaisée fait scintiller le bout de sa cigarette. Ça y est, je l'ai dit, je l'ai raconté à quelqu'un. À Julia. Nous parcourons en silence un autre tronçon, jusqu'au musée d'Art moderne. Nous parlons des peintures que nous avons vues à Munich. De la musicalité de Kandinsky, de la noblesse de Marc. Julia me demande : « Pourquoi ta mère ne vous a-t-elle pas quittés, pourquoi ne s'est-elle pas battue pour son bonheur ? » Je hausse les épaules : « Pour moi… » La présence de nos corps déclenche une lumière automatique près de la seule maison de la pente ; Julia ouvre grand les yeux, étonnée. Nous montons encore un peu… Nous sommes déjà venus à ce mirador avec son banc en bois, sa poubelle et un écriteau où est décrit le travail des nettoyeurs de montagne. De là, Salzbourg est une mer de lumières où dans la nuit liquide flottent tranquillement les coupoles vertes, les avant-toits, la douce courbure de ses ponts… Nous quittons le chemin pour le gazon haut, qui sent l'herbe mouillée bien qu'il n'ait pas encore commencé à pleuvoir, nous nous asseyons sous l'igloo de Merz… Les néons lumineux des chiffres n'empêchent pas de voir les étoiles… Je distingue la Grande Ourse… L'ourse qui flotte au-dessus du refuge de lumière. Je veux raconter à Julia l'histoire de l'ours polaire du zoo de Berlin, mais j'oublie de le faire en constatant que nos respirations n'arrivent pas à se synchroniser. Je m'y emploie, je retiens un peu l'air, je le laisse sortir en même temps qu'elle, et pourtant je dois inhaler de nouveau alors qu'elle semble toujours expulser le sien. Je retiens le mien pour l'attendre, elle respire calmement, je n'en peux plus et j'expire avant que Julia ait rempli ses poumons… Je ne sais combien de temps a passé sans qu'aucun de nous prononce un mot. Seuls les grillons conversent avec le suave va-et-vient des branches qui secouent à peine leurs feuilles… Finalement la voix de Julia s'élève, à peine plus audible que ce murmure nocturne : « Je sais que rien ne le confirme, mais moi je continue à trouver normal que Dora Stock soit tombée amoureuse de Mozart pendant les deux jours où elle a fait son portrait. Je ne sais pas pourquoi cette idée me poursuit. Peut-être parce que j'imagine l'expression de son visage lorsque peu après elle a reçu la nouvelle de la mort de cet artiste, de cet être extraordinaire. Alors je me demande s'il est plus difficile de supporter la perte de ce qu'on a eu et aimé ou de ce qui n'a jamais été à nous. » Le dernier mot de Julia me parvient de loin, pourquoi me parle-t-elle de cette étrange idée ? Je sens une lente mélancolie se répandre dans ma poitrine. Le regard de Julia m'enveloppe d'une curiosité intense, sa voix est à peine un murmure : « Tu n'es pas amoureux de moi, comme Jacques l'insinuait, n'est-ce pas, Vian ? » Je mets un instant à répondre, j'ignore si lui avouer mes sentiments fera tout effondrer ou si ce qu'elle cherche est la confirmation d'un soupçon qui l'enthousiasme. Mentir ou murmurer la vérité ? Garder le silence ou ouvrir la bouche ? Les deux voix se débattent en moi. La voix de rat me dit de changer de sujet, de sourire comme si la question était une provocation puérile et sans importance. L'autre, la voix de vent entre les montagnes, m'invite à parler, à décrire chaque état du sentiment qui depuis des jours me fait bouillir le sang… Une feuille se détache de l'arbre, je suis sa descente des yeux, elle touche le gazon, je réponds : « Tu es clouée dans mon âme. C'est absurde, je te connais à peine, mais c'est comme ça. » Sa voix prononce doucement mon nom, veut arrêter mes paroles, j'accélère le rythme de mes phrases, j'ignore son interruption… « Le timbre de ta voix résonne sans cesse dans mon esprit, comme une musique de fond. Je rêve de toi tout éveillé, je rêve de toi en dormant, je poursuis le tatouage de ton cou depuis la première fois que je t'ai vue. J'embrasse ton nom, je respire l'espace que tu laisses vide quand tu t'en vas, je baise le souvenir de ton haleine tiède. » Sa voix, plus décidée cette fois, prononce de nouveau les quatre lettres de mon prénom, la mienne s'élève au-dessus du n final et avance, sourde, résolue. « Je ne te demande rien, Julia, je réponds simplement à ta question. Ça fait du bien à mon âme de te dire que oui, que tous ces jours-ci tu as été la torche qui éclaire et qui brûle le bois de fleurs et d'épines, la route qui est voie directe et désespérant labyrinthe, que oui, tu as envahi le royaume de mon imagination, qu'il y a eu lutte et avec elle, mort, soumission, éloge et torture, oui, tout cela est joyeux, la douleur anime, l'espoir blesse, la réalité est une blessure qui brille. Que oui… – Vian ! » Sa voix crie mon prénom et mon visage est soudain entre les paumes tièdes de ses mains. « C'est impossible », me dit-elle dans un murmure. Je demande s'il y a quelqu'un d'autre et cette fois je suis prêt à me battre, à la convaincre de la valeur de ma tendresse, de la force de ma loyauté, de la constance de ma passion, comme un chevalier errant qui… Sa voix coupe mes pensées héroïques. Elle nie. « Non, il n'y a personne d'autre, mais il y aura sûrement quelqu'un, et ce ne sera pas, et ce n'a jamais été, un homme… » Silence. Je suis pétrifié, je tombe en piqué et m'écrase contre les roches dures de cette révélation. La pression de ses mains cède, se change en double caresse, disparaît. J'avale ma salive, je me sens honteux. Dans le ciel, les étoiles basses, grosses, scintillent entre les nuages noirs. Je laisse échapper un soupir que je tourne en rire malaisé. « Je comprends », lui dis-je d'une voix aiguë et bégayante, je répète des phrases, je lui souhaite le meilleur, je me moque de l'ardeur de mes paroles, j'affirme, j'agite les mains, je remplis l'air de consonnes et de voyelles. Julia ne dit plus rien, elle a déjà prononcé ma sentence. Elle sait, peut-être, qu'ajouter quelque chose serait enfoncer un peu plus profondément la dague qu'elle vient de me planter dans la poitrine. La blessure ne brille plus, elle saigne simplement. Elle saigne ces mots inutiles, honteux. Julia me regarde avec une expression très sérieuse, elle me soupèse, me comprend-elle ? La première goutte de pluie frappe mon front. J'arrête net ma logorrhée. Il y a un silence de grillons et de klaxons lointains. Julia se lève, se dirige vers le tronc de l'arbre, s'assied sous sa large frondaison. « Viens, me dit-elle en me tendant la main, dormons. » Je suis debout, immobile, j'observe la main tendue qui appelle. Toutes les amarres sont larguées, rien ne me retient, je me sens terriblement las. J'écoute le murmure de la ville au pied de la montagne. Salzbourg ronronne. Le chat noir aux yeux d'obsidienne. Une pluie fine commence à tomber. La main de Julia est toujours tendue. Derrière moi s'élève, froide, la Forteresse avec sa lumière rouge clignotante. Mon père me prend le fou que je n'ai pas protégé. Je bouge un pied, puis l'autre, je prends la main qui n'hésite pas à recevoir la mienne. Je me blottis à côté de Julia. Échec et mat. Au-dessus de moi, la lumière bleue du numéro soixante-treize qui pend d'un des tuyaux arqués, d'une des pattes de cette araignée illuminée, efface toute possibilité de trouver la Grande Ourse dans le ciel. Les bras de Julia m'entourent, je ferme les yeux, je cache mon visage sur sa poitrine, je m'endors profondément.

C'est la lumière pâle de l'aurore qui me réveille. Julia n'est plus à côté de moi.

12

À peine ouvris-je les yeux que la distance renversa le sablier du temps et que la poussière commença à étendre son désert d'absences, d'obscurité et de silences. On pouvait s'attendre que Julia ne fût plus près de moi, et pourtant je criai plusieurs fois son nom, je courus d'un côté à l'autre, regardai derrière l'arbre, à l'extérieur de l'igloo, vers les deux bords du chemin où personne ne passait. Le petit filet de sable s'écoulait sans s'arrêter. Résigné, je revins chercher mon sac à dos. Les numéros de l'œuvre de Merz, pâles en cette première heure de l'aube, accrurent mon découragement par la froideur de leur structure sans lumière à cette heure-là. L'air sentait la fumée, la terre humide et la chlorophylle. Mes vêtements étaient mouillés, le ciel dégagé me blessait les yeux. Combien de temps avait-il plu pendant la nuit ? Je me dis que je devrais avoir mal à la tête, ou au dos, ou aux jambes. Je n'avais mal nulle part. Je me dis que je devrais éprouver de la tristesse, du désespoir, de la honte. Je n'éprouvais rien. Je mis mon sac sur mon dos et, tête basse, commençai à redescendre. Je laissai derrière moi le mirador, j'évitais de regarder la ville qui dormait encore. Quand je passai devant la maison au pied de la pente, la lampe automatique qui la veille avait fait ouvrir tout grands les yeux de Julia s'alluma de nouveau. Maintenant son éclat, estompé par la lumière de l'aube, était superflu. Superflu et absurde comme moi dans cette ville, pas à ma place, perdu et fatigué.

La répétition commencerait bientôt, Jacques apparaîtrait sur scène avec son sourire métallique, je me déplacerais d'un côté à l'autre comme un robot, suivant la chorégraphie que nous avions répétée, et je n'oserais pas regarder vers les fauteuils où Julia serait assise avec l'équipe de production. Mes vêtements me collaient au corps, j'avais froid. Je sentais sûrement le chien mouillé, le chien battu. Je marchai sans hâte, sans enthousiasme. Je me rappelle un nuage de mouches qui flottait au-dessus d'une poubelle sale, le pâle reflet du soleil dans les flaques au bord du chemin, la Forteresse couverte par un nuage bas qui peu à peu s'effilochait. Et la librairie de Perec, où était mon linge propre, pas encore ouverte, et le vagabond à moustache à la Radetzky qui en passant près de moi considéra avec mépris mon air mal en point et sale. Je me rappelle les rues qui se remplissaient peu à peu de gens souriants, les carrosses et leurs chevaux dociles qui attendaient les promeneurs, le soleil qui recommençait à chauffer. Des serveurs préparaient les tables, des employés s'apprêtaient à ouvrir leurs boutiques, des chauffeurs de taxi étaient prêts à transporter leurs premiers clients. Je me dis que j'étais désormais sans un où, sans un quand, sans un pour quoi faire. J'allai m'asseoir à côté de Herr Wolfgang, sur son banc. Nous restâmes longtemps à regarder la course verte de la Salzach. La rivière invitait au voyage, suggérait encore et encore le départ. Sur le chemin décoré de Herr Wolfgang passaient, de plus en plus nombreux, piétons et cyclistes. Les drapeaux ondoyaient sur le pont. Un passant s'arrêta pour glisser deux pièces dans le petit cochon en céramique qui pendait à la balustrade. Herr Wolfgang le remercia d'un mouvement de tête sobre et d'un sourire. Le passant m'observa un instant et j'eus l'impression qu'il hésitait à donner aussi quelque chose à cet autre vagabond, plus lamentable, plus négligé que le vieux. Je détournai les yeux pour l'en dissuader. Quand il se fut éloigné, nous continuâmes à regarder la course verte de la Salzach.

– Je me demande, dis-je en promenant mon regard de la rivière à l'horizon d'immeubles et de montagnes austères, si notre existence est comme cette bouteille entraînée par le courant, ou si elle est comme un insecte prisonnier d'une capsule d'ambre transparente. Ou les deux à la fois ? Ou aucune des deux ?

Herr Wolfgang esquissa un sourire, me donna une tape dans le dos et alla récupérer les outils avec lesquels il s'occuperait d'une jardinière.

Salzbourg était complètement réveillé, il était l'heure d'aller à la répétition.

Les musiciens de l'orchestre faisaient des gammes et des accords qui en s'entremêlant produisaient un manteau acoustique chaotique. Les derniers figurants entraient en courant, Claudia donnait des indications en coulisses. Il y avait presque une demi heure que j'étais assis près d'une prise pour recharger la batterie de mon téléphone. J'allai prendre ma place sur la scène. Le rideau était baissé. Rien ne m'enthousiasmait, rien n'exaltait mes nerfs. Il me manquait un où, un quand, un pour quoi faire. Jacques arriva tout sourire entre deux danseurs, il envoyait des baisers et montrait d'un doigt moqueur un des figurants. Nous n'étions pas en costumes, c'était la première répétition musicale avec mise en scène. L'orchestre se tut, le premier violon fit retentir un *la* bien vibrant auquel se joignirent aussitôt, entonnant la même note, tous les autres instruments. C'était un de mes moments préférés avant une répétition ou une représentation et pourtant, cette fois, l'unisson parfait de l'orchestre me laissa indifférent. Mon regard se perdait dans la douce obscurité ondulée du rideau.

L'orchestre donna vie au premier accord, au plus saisissant de toute la littérature d'opéra, le poing harmonique par lequel commence l'ouverture de *Don Giovanni*. La répétition de « l'opéra des opéras », comme l'a appelé E. T. A. Hoffmann, débuta et mon âme transie se réveilla. Quand le rideau se leva, j'évitai de regarder vers les fauteuils où devait se trouver Julia et, comme les autres démons mineurs, je courus en suivant les ordres du démon suprême que Jacques interprétait en remuant intensément les bras et en faisant jaillir des étincelles de ses yeux maléfiques et amusés. Nous courûmes comme des insectes qui veulent échapper au feu, chacun de nous allait, à la hâte, se cacher derrière les différents éléments de la scénographie. Une faible lumière jaune éclaira un instant, de l'intérieur, le creux du visage de la statue du Commandeur, là où je me cachais. C'était une exclamation muette, un cri illuminé. Je frissonnai. Les personnages principaux surgirent en scène comme des possédés sans me regarder, marionnettes projetées d'un côté à l'autre, qui se penchaient et tournaient sur leurs talons avant de disparaître. Sur les derniers accords de l'ouverture le diable tourna lentement pour laisser voir, collée dans son dos, la figure fière, libre et dominante, du grand séducteur, de l'allègre libertin, Don Giovanni, caressant sa barbe bien dessinée. Avec la musique suivante, Don Giovanni se retourna violemment, laissant le diable à la vue, et tous deux disparurent presque aussitôt derrière un voile bleu. « *Notte e giorno faticar…* » Leporello chanta sa revendication, allant d'une colonne à l'autre, criant qu'il ne voulait plus servir, il jetait des éléments de la scénographie vers le centre de la scène, un démon restait à découvert et partait en courant comme un cafard hors d'un placard. Troisième et dernier avant l'entrée de Don Giovanni et de Donna Anna, je devais décrire une trajectoire en forme de huit, entourer très vite les protagonistes, pour lesquels je serais invisible, et disparaître dans ma nouvelle cachette. Je n'eus pas l'occasion de le faire. La Tchenova fit arrêter la répétition.

Elle secouait les mains en l'air en répétant « Stop, stop, stop », pas trop fort, mais convaincue que son ordre finirait par être entendu. Ce qui arriva en effet, Eduardo Montes fit arrêter l'orchestre et demanda, d'un ton impatient, ce qui arrivait.

– Je ne continuerai pas cette répétition, dit la soprano en articulant clairement chaque mot, je ne chante plus dans cette production si cette personne ne s'en va pas. Hier pendant le dîner elle m'a insultée, et ça, je ne le permets à personne.

Je n'eus pas besoin de suivre la direction que montrait son ongle bien verni. C'était sa vengeance. Les démons sortirent de leur cachette et regardèrent le fauteuil qu'elle désignait. Les cris de Schuff ne se firent pas attendre ; Eduardo dit que l'orchestre ne pouvait pas perdre son temps en caprices et en querelles ; des autorités du théâtre arrivèrent en courant sur scène.

Je finis par me décider à me tourner vers les fauteuils. Déjà Julia rassemblait ses papiers et se disposait à partir. Claudia lui parlait et Julia refusait calmement d'un hochement de tête réitéré. L'arc-en-ciel de ses cheveux brillait avec une intensité que je ne lui avais jamais vue avant. Elle se dirigea vers la sortie latérale ; Schuff la retint, lui parla. Je suivais la scène comme si j'étais devant un de ces films policiers qu'enfant je regardais en cachette à la télé, sans le son pour ne pas être découvert. Julia remuait les lèvres, un membre du théâtre s'approcha pour leur parler à tous les deux. Schuff laissa tomber les bras avec résignation, alla en grommelant vers son fauteuil. Julia, sans regarder la scène, se dirigea de nouveau vers la sortie.

J'essayai de l'appeler du regard, ma respiration était accélérée, je ne pouvais croire ce qui arrivait. Quand le dragon sur la nuque de Julia disparut par la porte latérale, je courus vers la sortie des artistes pour la rattraper. Une serre m'arrêta.

– Laisse-la, ordonna Jacques sans me lâcher. Elle l'a cherché. Elle finit toujours par se tirer une balle dans le pied. La seule façon de sauver un chien qui aime courir et aboyer après les roues qui tournent, c'est de l'attacher à un poteau avec une laisse. Hier Julia a décidé d'aboyer après la soprano, elle te détestera si tu ne respectes pas les conséquences de ses libres aboiements.

Je pesai brièvement ses mots, me dégageai d'une secousse.

– Le chien, c'est toi, dis-je avec mépris, et je sortis en courant derrière elle.

Jacques tendit la jambe, je trébuchai, tombai par terre. (Une boule de feu, la lumière clignotante de la Forteresse, le cri dans le visage vide de la statue.) Du vide sans but, de l'éternel bâillement de fatigue dans lequel j'avais été plongé toute la matinée jaillit une rage violente, agressive et croissante. Je me relevai, vis Jacques porter un cure-dents à la bouche, serrai les poings. Avant de le frapper, me vint l'idée que c'était un piège, que je n'avais pas de temps à perdre si je voulais rattraper Julia. J'insultai de nouveau Jacques entre mes dents et courus à sa suite.

Le filet de sable tombait, tombait. La distance continuait à étendre son désert d'absences, d'obscurité et de silences. Julia n'était pas là. Je l'appelai au téléphone, elle ne répondit pas. Je demandai au portier s'il avait vu sortir une fille aux cheveux en couleurs. Il me répondit que oui, qu'elle l'avait salué d'un sourire, avait pris sa bicyclette et était partie en sifflant. Je lui demandai si elle n'avait pas laissé un mot, une commission pour quelqu'un. Il me répondit non et son expression se transforma en une moue de compassion. Je le remerciai et décidai d'aller chercher ma bicyclette. Je m'arrêtai, je ne me rappelais plus où je l'avais laissée. Une des responsables des figurants vint me dire, très contrariée, que si je ne revenais pas à l'instant je perdrais ma place. Ils avaient assez à faire avec les caprices de la soprano, qui à ce moment même était en train d'en inventer un autre. Je pensai à ma mère qui me prenait par les épaules, me secouait un peu en me disant, deux jours après mon escapade au parc, que je devais toujours rentrer à l'heure qu'on me fixait, que je ne pouvais pas mettre mon père en colère, que tout le monde en payait les conséquences. Je ne pouvais pas perdre mon emploi, aller chercher Julia était, en fait, imprudent. (Une boule de feu, la lumière clignotante de la Forteresse, le cri dans le visage vide de la statue.) Je serrai les dents, jetai un regard de haine à la responsable, envoyai un message à Julia, dont je supposai qu'il resterait sans réponse, et retournai dans la salle.

Le rideau était baissé, l'orchestre attaquait sans les chanteurs, il y avait sur la scène de nouveaux troubles occasionnés par la Tchenova. Apparemment, elle avait reconnu Jacques, affirmait que ce type lui voulait du mal, qu'elle ne se sentait pas en sécurité en sa présence et que par conséquent elle refusait de continuer à moins qu'il ne disparaisse lui aussi. Schuff s'écriait que c'était impossible, qu'elle ne pouvait pas ficher dehors qui elle avait envie, pour qui se prenait-elle, et que l'opéra pouvait continuer sans elle. Mais la direction du théâtre, qui ne partageait pas l'opinion du metteur en scène, demanda à la diva la cause de sa méfiance. Elle affirma qu'un de ses amis intimes avait découvert que ce type vendait des informations confidentielles aux journalistes. Jacques nia, la scène ne semblait pas le préoccuper, il avait plutôt l'air amusé. Schuff assura, en soulignant chacun de ses mots, qu'il n'y avait personne, au moment où on en était, pour jouer le rôle, indispensable à sa mise en scène, du démon en chef. Jacques gardait l'air confiant ; moi je sentais que la Tchenova était sur le point de céder, en fait elle ne désirait pas quitter la production. Mais Julia, elle, était partie. La rage me poussait.

– Moi je peux interpréter le rôle, dis-je.

Ces paroles me surprirent moi-même. L'idée devait se développer dans mon esprit ; ce n'étaient pas les visages qui en vérité se tournèrent vers moi, ni l'attitude triomphante de la soprano, ni le commentaire confirmant que si cet acteur vendait bien des informations, il n'était pas possible de le garder ; il fallait faire une enquête. Schuff grogna, donna des indications à Claudia et s'en alla sans regarder personne. Claudia alla parler à Jacques. Il ne fit pas attention à elle, me sourit tout en écoutant à moitié les explications qu'elle lui donnait : pour le moment il fallait qu'il s'en aille, la répétition avec orchestre devait continuer, lorsque les esprits seraient calmés on aurait le temps de discuter sereinement de la situation et tout s'arrangerait. Jacques ne cessait pas de sourire. Une mèche de cheveux divisa son front comme un éclair ondulé. Avant que Claudia ait fini il vint vers moi, s'arrêta à quelques centimètres de mon visage couvert de sueur et me montra le cure-dents qu'il tenait entre le pouce et l'index. J'avalai ma salive et restai ferme.

– Bravo, dit Jacques d'une voix douce tout en faisant danser son cure-dents près de mes yeux. Tu m'as enfin planté ton épée, comme je t'avais annoncé que tu le ferais. Désormais tu ne vaux pas plus que moi – il enfonça délicatement son cure-dents dans mon T-shirt sale. Je me retire, à toi de jouer.

Il fit deux pas en arrière, releva la mèche tombée sur son front et s'en alla en riant et en applaudissant.

Le petit filet de sable ne cessait pas de couler. La distance étendit son désert d'absences, de silences, d'ombres. Jacques s'arrêta dans l'encadrement de la porte et, le dos tourné, il cria d'une voix méprisante :

– Pauvre petit, tu feras un bien mauvais diable !

Une boule de feu, la lumière clignotante de la Forteresse, le cri dans le visage vide de la statue.

– Tout le monde en place, nous reprenons depuis l'ouverture.

Je fermai très fort mes paupières, emplis mes poumons de l'air poussiéreux du théâtre, bombai le torse, ouvris les yeux et d'un pas ferme, avec une détermination hostile, j'allai occuper mon poste de diable orchestrateur au centre de la scène.

13

Il eût été normal que mon interprétation de Satan soit désastreuse. Mon esprit aurait dû être distrait : je n'avais aucune idée d'où ni de quand je verrais Julia, et rien ne m'empêchait d'imaginer Jacques en train de fomenter une vengeance. Pourtant, même si j'avais oublié quelques détails scéniques, si j'étais intervenu, parfois, à contretemps avec les chanteurs ou trouvé, dans telle ou telle scène, au mauvais endroit, je conservais à tout instant une intensité diabolique convaincante, une sûreté énergique et le clair leadership de mes troupes. La rage me possédait et me guidait, annulait ma peur, écrasait mes questions, enrayait mes doutes et mes pensées. Je me concentrais sur l'instant où je devais intervenir : ma prestation hautaine pendant l'ouverture, ma main guidant celle de Don Giovanni pour enfoncer son épée dans le corps épais du Commandeur, ma présence d'ombre incommode dans le duo où Donna Anna découvre le cadavre de son père et fait jurer vengeance à son promis, Don Ottavio. Puis il y eut le venin tacite de mes mouvements sinueux pendant que Don Giovanni essaye de séduire Zerlina, mon rôle du chien qui guide Donna Elvira pour faire échouer la conquête, la chorégraphie sinistre de lumières et d'ombres sur scène orchestrée par mes bras pendant le quatuor sublime. Quand arriva la pause de vingt minutes, des applaudissements éclatèrent, je transpirais. Claudia et Schuff, partition et cahier couvert de notes en main, se précipitèrent sur moi. Si je surjouais, si je péchais par excès de vedettariat, ils ne le mentionnèrent pas, sûrement pour éviter de me décourager et de me couper les ailes à ma première interprétation. Ils trouveraient le temps de la polir. Ils parlèrent de ce qui suivait, signalèrent des points essentiels sur différentes mesures de la partition ; Claudia montra certains gestes spécifiques pour que je les imite. Ils ne me laissèrent pas un instant de répit, il me resta avant de recommencer quelques minutes seulement, que je mis à profit pour aller aux toilettes et boire toute la bouteille d'eau que Claudia m'avait donnée. Malgré tout, ces minutes suffirent à me distraire de l'instant présent, ma rage céda, le mur que j'avais érigé se couvrit de fissures où les doutes, les peurs, les questions commencèrent à s'infiltrer. Je regardai mes mains, papillons tremblants, je sentis le nœud glacé bien connu qui commençait à me serrer le creux de l'estomac. Le fauteuil que Julia avait laissé libre s'étendit comme un tentacule mutilé qui essayait de m'entourer. Déjà la peur regroupait les mots justes, formait la première phrase paralysante. C'est à cet instant que le figurant au rire de rat vint m'informer qu'apparemment Jacques avait précisé, avant de s'en aller, que c'était Julia, et non lui, qui vendait les ragots de la production aux journalistes dans la rue. Je criai une insulte en espagnol que tant les Autrichiens que les Allemands et les Italiens sur scène comprirent sans qu'il fût besoin de traduire. Ma rage servait de traductrice. La deuxième partie de la répétition commença et moi, en fureur renouvelée, j'assumai avec plus de force et d'assurance encore le rôle de Satan. Même quand Eduardo Montes arrêtait l'orchestre pour donner des indications, je restais plongé dans mon personnage sans laisser de répit à ma condition solitaire. Nous ne réussîmes pas à terminer le premier acte, il était une heure et demie de l'après-midi et la répétition s'interrompit juste au moment où Don Giovanni unissait à son chant les voix de son serviteur, de son épouse trompée, de la fille de l'homme qu'il avait assassiné et celle du gentilhomme qui ne parvenait pas à se convaincre de son crime pour entonner un énergique Vive la liberté ! L'orchestre s'arrêta, les voix se turent, tout recommencerait à 7 heures du soir. Claudia m'emmena immédiatement au département des costumes, il était nécessaire d'ajuster celui de Jacques à mes mesures. Elle m'indiqua l'heure à laquelle je devais me rendre dans la salle de répétition pour intervenir au second acte. J'acquiesçai. Ma rage avait disparu, laissant place à une efficacité sourde et monocorde. La couturière s'appelait Yvette, elle mâchait un chewing-gum, sa peau luisait, elle avait un visage de fleurs et d'étoiles et c'était une merveilleuse grosse femme. Elle prenait mes mesures, ajustait mon costume avec des épingles, traçait des lignes sur le tissu avec de la craie blanche. Et elle ne cessait de parler, disait qu'elle m'avait vu à la télévision et dans le journal, que c'était vrai que je ressemblais un peu aux portraits de Mozart, elle riait, que j'avais même sa taille et que mon ascension (elle l'appelait ainsi) lui faisait très plaisir, que le dénommé Jacques était un insupportable vaniteux et que, bien qu'elle ne souhaitât de mal à personne, elle était assez contente qu'il ne soit plus là.

– Mais ce qui me fait de la peine, ajouta Yvette, deux épingles serrées entre ses lèvres, c'est la fille qui a dû partir à cause du caprice de la soprano. Bon, Dieu est miséricordieux et je crois qu'elle est déjà assise dans un avion pour quelque part où on l'apprécie vraiment.

Je compris alors qu'il était possible, qu'il était certain, que Julia quitterait Salzbourg dès qu'elle le pourrait. Qu'est-ce qui m'avait fait croire le contraire ? La rage. Je me changeai en toute hâte, remerciai Yvette et sortis comme l'éclair. Je ne m'arrêtai pas quand le portier, à l'entrée des artistes, cria pour m'appeler, pas non plus pour répondre à la question d'un journaliste. J'arrivai en courant à son appartement. Je criai son nom de la rue. Personne ne se pencha à la fenêtre. J'essayai les deux sonnettes parce que je ne savais plus laquelle était la sienne. Plusieurs voix demandèrent qui c'était, aucune n'était la sienne. Je l'appelai de nouveau du trottoir en dressant fort le cou. J'allai la chercher dans la ville. Je courus dans des endroits improbables, à l'église Saint-Pierre, aux galeries de la Haffnergasse, sur la Mozartplatz. Je traversai le pont et gagnai l'autre rive de la Salzach. Je regardais dans tous les coins, dans tous les encadrements de portes, dans ceux des fenêtres. En vain. Il fallait que je retourne au théâtre, j'étais en retard de quinze minutes pour la séance de travail dans la salle de répétition. Je fonçai, l'air me manquait, j'avais un douloureux point de côté à droite. Avant d'entrer au théâtre, j'allai au Triangel, y trouvai Franzi et lui demandai si Julia ou Jacques étaient passés. Il interrogea les serveurs, personne ne les avait vus. Je reçus deux nouveaux messages de mon père, mais pas un seul de Julia. Au théâtre le portier m'appela de nouveau en criant, je ne pouvais pas m'arrêter, mais je m'y obligeai car sa main agitait une enveloppe. Je la lui arrachai presque, la décachetai, et en tirai la carte écrite sur les deux faces et le jeu de clés qu'elle contenait. Je lus :

Nous sommes partis, Vian. Chacun de son côté. Fin de l'aventure à Salzbourg, la tienne continue. Tu ne seras plus obligé de dormir dans la rue, ci-joint les clés et l'adresse de l'appartement. Le loyer est payé jusqu'à fin août. Tout est à toi. Quand tu partiras, laisse les clés dans la boîte aux lettres. Tout va bien, profite de tes derniers jours en Europe.

Julia

Je retournai la carte, qui faillit me tomber des mains, je lus :

Et que le diable t'emporte, petit, petit, toujours petit Vian.

Jacques.

Ma rage ne suffisait plus à me distraire de ma réalité, de mon épouvantable sentiment d'abandon, du désert immense, sec et dépeuplé. Schuff poussa des cris désespérés en me voyant entrer, il se plaignit de mon manque de professionnalisme, déclara que c'était lui qui devrait s'en aller, et il s'en alla. Claudia travailla avec moi, je suivais ses indications méthodiquement, sans passion. Il n'y avait plus ni vide ni rage. Rien d'autre que cette heure absurde et dépourvue d'objectif, et une effervescence inutile sur la peau.

À la deuxième répétition avec orchestre, je commis moins d'erreurs que pendant celle du matin, je me plaçai presque toujours à l'endroit qui me revenait, j'exécutai correctement les actions de mon personnage, et pourtant, avec ma rage, mon énergie satanique avait disparu. De plus, maintenant j'étais accompagné par la certitude grandissante que mon nouveau personnage était, dans le meilleur des cas, superflu, et dans le pire, une distraction gênante dans l'histoire, un greffon inutile du metteur en scène que son insupportable narcissisme poussait à vouloir ajouter son nom à celui de Da Ponte et de Mozart. Que faisais-je là, à danser sur les rythmes et les différentes mélodies qu'interprétaient les trois orchestres du final du premier acte ? Quelle répulsion me causait ma présence dans le développement du formidable sextuor, dans la scène du cimetière et, surtout, dans le banquet où apparaît la statue du Commandeur. Dès que la répétition fut terminée, je m'en allai sans attendre les commentaires et les critiques sur mon jeu, sans dire au revoir à personne. Mon estomac grinçait de faim, je n'avais pas un centime en poche. Une image m'obsédait : la chute de la feuille morte de l'arbre juste avant que je déclare mon amour à Julia. Ses pointes fendant l'air, faisant danser son corps plat, sa forme d'étoile éteinte. Puis son immobilité de pierre, sur le doux gazon mouillé. Je traînai les pieds. Julia n'était plus là. J'aurais voulu marcher sans m'arrêter, emprunter un chemin inconnu, me perdre dans un bois, sur une montagne obscurcie par les herbes, réapparaître dans une autre ville, dans une autre histoire. Je m'assis sur le banc de Herr Wolfgang. J'étais épuisé et couvert de sueur. Je relus le mot.

Ma main me fit mal, quand je l'ouvris, je vis briller le métal sombre des clés que Julia et Jacques m'avaient laissées. Et je repensai à la feuille tombée par terre avant que je dise à Julia que je l'aimais. Ce qui n'est plus là. Ce qui s'en est allé à tout jamais. Une feuille qui tombe au sol, comme une main ouverte, sèche, mutilée. Je regardai la Salzach large et verte et bruyante, c'était une longue et interminable larme. Je regardai le tournesol que Herr Wolfgang avait planté sur la frange de gazon en face de son banc : une haute plainte jaune. Je regardai la tour de l'autre côté de la rivière, où l'on avait torturé des enfants sorciers innocents. J'aurais continué à regarder bien d'autres choses encore, la Forteresse hermétique, les lointaines lumières de l'igloo de Merz, la chaise élancée de Mozart. Mes larmes m'en empêchèrent. Elles avaient coulé de mes yeux sans que je m'en rende compte, salées et silencieuses. Je pleurai sans simagrées. Comme une rivière verte, comme une plainte jaune, comme les lamentations muettes d'un enfant mage au milieu des flammes. Quand minuit sonna, je me levai. Il fallait que je parle à quelqu'un. Je gémissais doucement, tel un chat blessé. Je savais où me conduisaient mes pas. J'allais raconter mes peines à Trazom.

V. Le retour

1

Les jours qui suivirent le renvoi et la fuite de Julia et de Jacques tombèrent l'un sur l'autre comme les livres de marcheurs que Perec avait posés sur le bureau de sa librairie. Et tout comme je l'avais fait avec les livres, je laissai passer ces jours presque sans les feuilleter, et les déposai sans trop d'attention sur l'étagère de ma mémoire.

Je récupérai ma valise sans donner d'explications au beau-frère de Perec (il ne m'en avait d'ailleurs pas demandé) et je m'installai dans l'appartement de Julia et de Jacques. Au début, pris d'une fièvre nerveuse, je fouillai frénétiquement dans tous les coins. Je cherchais à repérer des traces, des signes, des objets oubliés auxquels me raccrocher pour ne pas perdre complètement Julia. Je ne trouvai presque rien : une brosse à dents très usée, le livre illustré d'*Infernal*, ma BD où Julia avait colorié les cheveux d'un des personnages féminins… et rien d'autre. Ne pas trouver le DVD de *Blade Runner* me fit particulièrement mal. Une fois constatée la pauvreté de mes trouvailles, cette recherche fébrile fut suivie par une indifférence abattue et une douleur démesurée due à l'absence de Julia. À l'abandon de Julia. Je lui envoyais des messages avec des saluts et des nouvelles des répétitions, en évitant de laisser voir mon désespoir, et si j'étais triste de ne pas recevoir de réponse, il me restait au moins la consolation de l'imaginer en train de lire ce que j'écrivais. Je cessai de lui envoyer des messages quand, la limite que je m'étais imposée pour ne pas la perturber étant arrivée, j'essayai de l'appeler à son numéro, et qu'au lieu de la sienne c'est une voix enregistrée qui me répondit pour m'informer que le numéro appelé n'était plus en service. Alors l'idée apaisante qu'elle me lisait s'évapora elle aussi.

Les répétitions finales se déroulèrent sans contretemps. Rien ne semblait rappeler les événements, terribles pour moi, qui avaient provoqué l'exode de l'arc-en-ciel et du démon vaincu. Personne ne mentionnait les absents, personne ne demandait de leurs nouvelles. C'était comme s'ils n'avaient jamais été là, comme s'ils n'avaient jamais existé. L'art inexorable continuait avec ceux qui restaient. C'était toujours comme ça. Cette normalité m'irritait, cette amnésie générale me plongeait dans une accablante désolation. Seule la musique de Mozart, que le chef faisait surgir avec puissance et légèreté de l'excellent orchestre, combinée au chant intense et juste des protagonistes, parvenait par moments à m'arracher à ma dépression. Mais dès qu'Eduardo Montes interrompait la musique pour donner des indications, le silence qui suivait – mon silence – était un silence de vers, un silence de sépulcre, aussi vide et lugubre que le visage creux des statues du Commandeur. Comme l'armoire sans la casaque, sans la perruque à rouleaux d'Amadeus. Comme Salzbourg sans Julia. Mon interprétation du rôle du diable était correcte, sans plus. J'étais conscient moi-même que mon travail, propre et adéquat, manquait d'étincelle. Je n'étais pas né pour être mime, me défendais-je devant ma propre critique. Il me fallait le chant pour briller. À peine les répétitions se terminaient-elles que je fichais le camp en courant, loin de ce lieu où Julia n'était plus, où il n'importait à personne, sauf à moi, que Julia ne soit plus là.

J'aurais aimé parler avec Perec. J'entrais chaque jour dans sa librairie avec l'espoir qu'il soit rentré mais, me heurtant à l'expression renfrognée de son beau-frère, je me retirais en dessinant dans l'air un vague salut de la main, et j'allais bavarder avec mes statues. Désormais je parlais aussi avec d'autres. Paracelse, *Awilda*, le cycliste surchargé sur sa bicyclette en bronze et cinq concombres géants dressés près du monument à Schiller avaient rejoint ma liste d'amis inanimés. D'autres encore apparurent. Ils m'aidaient à ruminer ma marginalité et mon insignifiance. Il y en avait une, une seule, devant laquelle j'étais intimidé et ne m'arrêtais pas pour bavarder. C'était une statue vivante, c'était le Mozart d'argent que j'avais vu descendre comme un éclair le grand escalier des nonnes le jour de mon arrivée. Il se plantait, pas toujours à la même heure, sur la Residenzplatz et restait immobile, les mains sur un clavier d'argent lui aussi, lévitant à quelques mètres du sol avec les rubans de sa toile argentée tombant jusqu'au sol, à l'intérieur desquels se trouvait sûrement la structure métallique qui le soutenait et grâce à laquelle il donnait l'illusion de flotter. Il ne bougeait que pour remercier d'un geste bref la pièce qui tombait dans l'étui aux aumônes. Ce Mozart à la fois vivant et pétrifié me faisait peur. Il évoquait les innombrables théories contradictoires que j'avais lues jusque-là sur la vie de Mozart. Que sa femme avait été la cause de sa ruine, qu'en réalité elle était l'ange gardien de son existence, que c'était un gaspilleur ou qu'en fait ce n'était pas un si mauvais gestionnaire de son argent, qu'il n'avait jamais grandi, toujours resté une sorte d'enfant adulte, qu'à vrai dire c'était un homme sérieux et capable de se conduire avec la plus grande correction en société, que c'était un rebelle révolutionnaire conscient des inégalités de son temps, qu'il s'était adapté et avait vécu immergé dans son art sans s'impliquer trop dans le *Zeitgeist*, qu'il n'était pas comme ceci, qu'il était comme cela. La statue vivante représentait la statue réelle et inaccessible, prisonnière des définitions argentées et lapidaires. Je ne parlais pas avec cet hybride de statue. Je me contentais, de temps en temps, de lui jeter une pièce.

Je passai beaucoup de temps aussi sur ma chaise de l'*Esprit de Mozart*, balançant les jambes tout en regardant les petits pas maladroits et les picotages rapides des pigeons sur le gravier. Puis je changeais de siège et m'installais sur le banc de Herr Wolfgang. Nous ne faisions rien d'autre qu'observer les gens et le cours turbulent de la Salzach. Une fois, quelqu'un lui offrit un billet de cent euros. Il l'accepta et remercia du même léger mouvement de tête, avec le même sourire affable que pour accepter la petite monnaie. Une autre fois, je lui demandai d'où il était, et il me répondit par un haussement d'épaules, non parce qu'il l'ignorait ou qu'il l'avait oublié, j'en suis certain, mais parce qu'il n'attachait pas d'importance à ça. Moi qui passais ma vie à évoquer le passé et à souffrir de mon rêve lyrique détruit, j'admirais chaque jour davantage ce vagabond dépourvu d'ambition et de nostalgie.

Le jour de la répétition générale arriva. Souffrant d'un léger rhume, Richard Fellow annonça qu'il ne chanterait pas à pleine voix. Les danseurs menacèrent de ne pas jouer, ils exigeaient une augmentation de salaire car finalement ils en faisaient davantage que ce qui était prévu dans leur contrat (ils finirent par céder devant la menace de représailles générales) et la Tchenova continuait à se plaindre des « *tempi* incompréhensibles du chef d'orchestre latino-américain ». Il me venait des envies de l'étrangler, c'était sa faute si Julia n'était pas là. J'imaginai des stratégies pour saboter sa prestation devant le public de la générale. Mais au lieu de les mettre en place, je me contentai d'interpréter mon rôle de façon routinière, obtuse, et de commettre des erreurs que je n'avais jamais faites jusque-là. La répétition fut un désastre, non par ma faute, je n'en fus qu'une des nombreuses causes, mais Schuff déchargea sa colère sur moi par de retentissants reproches. « Voilà ce qui m'arrive pour avoir permis que le hasard dirige ma mise en scène », et il mit le bouquet final en disant : « Toi, ici, en fin de compte, tu es un accident. » Il s'en alla à furieuses enjambées.

Tout le monde se dispersa, indifférent aux problèmes, et partit fêter ça avec joie. Quelqu'un répétait en criant qu'il n'y avait rien de mieux pour une première qu'une mauvaise générale. Je m'éloignai, seul, environné d'un nuage très noir infesté de corbeaux. C'était tout ce qui me manquait pour disparaître de moi-même, que quelqu'un m'appelle « accident ». Parler avec les statues ne me délivra pas du vide rempli de croassements dans lequel je me trouvais. Pas plus que déclamer des vers ou rechercher des couleurs. Sans que je m'en rende compte, mes pas me menèrent au Mozartsteg. J'aurais aimé avoir une pierre attachée au cou et me jeter du pont. Puis j'aurais dû me sortir de l'eau moi-même, comme Münchhausen, en me tirant par les cheveux parce qu'il n'y avait personne, personne dans cette ville pour se soucier de me sauver. Où était passée ma fugace renommée ?

Je levai les yeux et les posai avec lassitude sur la Forteresse grise et lointaine. J'imaginai que je plaçai entre ses longs murs des bâtons de dynamite, cylindriques comme les cigares de mon père, que je m'éloignais en serrant le détonateur contre ma poitrine comme si c'était mon cœur, que je l'actionnais sans hésiter, que je regardais surgir de l'épaisse fumée qui se dissipait les restes de la montagne : une mâchoire en béton grise et édentée. Je continuai à marcher, le regard fixé sur les dalles. « Qu'est-ce que tu vois quand tu regardes par terre ? » L'écho de la voix de Julia dans ma mémoire était une torture.

Je vis des mains de mendiants vides. Je vis des plaques dorées où étaient gravés les noms de ceux qui avaient vécu en ces lieux pendant la domination nazie et y avaient été exterminés. J'eus honte de ma douleur et de mes peines. En fin de compte, mon père viendrait me tirer de là et m'offrir un avenir confortable et pratique. Et j'oublierais Julia. J'eus honte, mais je continuai à souffrir. Au croassement des corbeaux s'ajouta le tentacule visqueux de la culpabilité, qui essayait de m'étrangler. Il fallait que je sache dès que possible quand Perec reviendrait. J'aspirai la chaleur étouffante et dirigeai mes pas pressés vers la librairie pour poser la question à son beau-frère. J'y entrai, en proie à une grande agitation, me hâtai de refermer la porte derrière moi comme pour laisser dehors corbeaux et tentacules. Je tournai le dos au local. Avant de le voir, je respirai l'arôme bien connu de sa pipe et j'entendis sa voix grave, encombrée, hospitalière.

– Mais tu ressembles à un épouvantail, dit-il en souriant. Comment ça va, mon garçon ?

J'eus envie de le serrer dans mes bras, de cacher ma figure contre sa poitrine et de me mettre à pleurer comme un enfant inconsolable ; que ses mains quittent sa pipe et le livre qu'il lisait et me donnent quelques tapes réconfortantes dans le dos.

– Vous voilà rentré ? demandai-je sans cacher ma joie.

Je m'assis sur la chaise en bois ouvragé en face de son bureau. Il me raconta qu'il avait passé quelques jours merveilleux avec son fils à Graz, qu'il avait dû raccourcir son séjour parce que des questions concernant son commerce requéraient sa présence à Salzbourg, et qu'il était content de me voir. Le soleil déclinant qui entrait par la vitrine découpait sa grande et placide silhouette. L'odeur du tabac, la voix grave et posée de Perec, les livres sur les étagères… Pour la première fois depuis Dieu savait quand je me trouvais comme chez moi et désirais rester là, aussi longtemps que possible, pour bavarder avec le libraire.

– Je vais fermer, mon garçon. Je te vois demain, tu viendras assez tôt pour qu'on bavarde un peu ?

Je lui dis que oui. Je me levai d'un bond, comme si je me rappelais un rendez-vous urgent auquel je devais me rendre.

– Tu as emporté ta valise, fit-il, pensif, en se levant.

D'une voix agitée je lui expliquai que mon ami Gustavo était parti. Qu'il m'avait laissé l'appartement pour moi tout seul et que j'avais maintenant de la place pour ma valise.

– Tu ne m'avais pas dit que ton ami s'appelait Gabriel ?

– Oui, c'est ça, Gabriel répondis-je en bafouillant. J'ai dit Gustavo ? Ce doit être la fatigue. Vous saviez qu'on m'a donné un rôle plus important dans la production de *Don Giovanni* ?

Ma voix était criarde et de plus en plus agitée, en dépit de mes efforts pour la contrôler. J'essuyai la sueur de mon front, avec une moue pathétique. Perec fronça les sourcils, se rassit, ôta le tabac froid de sa pipe, la bourra de nouveau.

– Allez, dit-il – il alluma sa pipe, la porta à sa bouche et, penché vers moi, posa les mains sur son bureau –, j'ai encore un peu de temps avant de fermer. Raconte.

Ses mains étaient deux troncs fermes et rugueux auxquels s'agrippe le naufragé pour ne pas couler. Apparemment, il ne serait pas nécessaire que je me sorte en me tirant par les cheveux de la tumultueuse rivière dans laquelle j'allais me noyer. Je regardai ses mains, ressentis une formidable fatigue, respirai à fond et lui racontai tout ce qui m'était arrivé depuis que j'avais quitté la maison aux obélisques. Les nuits à la belle étoile, le voyage à Munich, Jacques et Julia, la répétition calamiteuse.

– Eh bien, dit Perec quand j'eus terminé mon long récit, et il commença à nettoyer sa pipe. Tu devrais prendre des notes et raconter tes aventures dans un livre, mon garçon – il se leva, je fis de même. Mais cette nuit tu ne dormiras pas tout seul. Ce soir tu viens chez moi. Tu prendras un bon bain, tu dîneras avec nous et tu dormiras confortablement, sans te réveiller en sursaut. Allez, aide-moi à fermer cette fichue boutique.

C'est ainsi que je finis par coucher cette nuit-là chez Perec. Même si elle n'alla pas jusqu'à être chaleureuse, sa femme eut une attitude d'aimable tolérance envers moi. Je pris une longue douche, m'essuyai avec des serviettes propres qui sentaient bon les fleurs, je dînai d'une délicieuse soupe chaude ; Perec m'apprit à jouer au backgammon et promit de venir me voir à la première. Puis je dormis dix heures d'affilée dans la chambre de leur fils, à peine dérangé par la présence de quelques démons qui m'apparurent en rêve. Le lendemain, je retournai à l'appartement de Julia et Jacques, reposé et propre, et l'esprit un peu moins troublé. Non seulement Perec me sauva ce soir-là de mon désespoir, mais il tint sa promesse et donna tout son sens à mon rôle de démon. À la première, je l'interprétai avec précision. Je fus juste, attentif et chargé d'énergie. Je me livrai comme si c'était la dernière fois que je mettais les pieds sur une scène (c'était presque le cas). Je donnai tout, comme on dit dans le milieu. À vrai dire, ce fut ma meilleure interprétation, la plus équilibrée. Richard Fellow renonça et fut remplacé de manière magistrale par Chris Maltman, qui répétait ces jours-là avec Cecilia Bartoli pour une production d'*Iphigénie en Tauride.* En quelques heures seulement il dut apprendre le concept scénique qui avait été répété pendant des semaines. Je l'y aidai et me gagnai son amitié et des bières. À l'heure des remerciements devant le rideau baissé, le public le fêta par une ovation longue et méritée. Les autres solistes furent aussi félicités avec les vivats et les bravos sonores d'un public enthousiaste. En particulier la Tchenova, qui remercia avec des larmes théâtrales et une fausse émotion. Quant à moi, je fus poliment applaudi, comme n'importe quel autre figurant, mais je remerciai avec trois longues et profondes révérences, comme si j'avais reçu une ovation extraordinaire. Je réussis à distinguer Perec qui applaudissait, tout heureux, les bras levés très haut. Quand Schuff vint avec son équipe de production sur l'avant-scène, il y eut une cascade de huées, que les applaudissements de ses sympathisants ne purent tempérer. Schuff la reçut avec un sourire, l'air satisfait. Toute la compagnie était invitée à une réception organisée par le festival. Il y aurait des toasts, des boissons et des discours. Perec m'y accompagna. De temps à autre, je regardais mon téléphone dans l'espoir d'y trouver un message de Julia. Il n'y en eut aucun. Pas plus que de mon père. Au milieu des discours Perec me dit qu'il devait partir, sa femme l'attendait. Je me glissai dehors peu après, une bouteille de bière à la main. Je laissai derrière moi le tohu-bohu et le brouhaha ambiants. Enveloppé dans le silence de la Mozartplatz, je bus ma bière en compagnie de Trazom.

2

Mon père arriva à Salzbourg la veille de la dernière représentation de *Don Giovanni*. Nous nous retrouvâmes devant l'église collégiale. La Forteresse s'élevait au loin, et d'où je le voyais elle semblait couronner sa tête. Il entreprit d'emblée de m'expliquer en détail le plan qu'il avait établi pour moi. Le lendemain de la représentation, nous partirions pour Miami, via Francfort, où nous achèterions des costumes, des vêtements décents (il souligna ce mot en même temps que sa main balayait posément ma dégaine, sans aucun ménagement), bref ce qui serait nécessaire pour débuter dans ma vraie vie. Tels furent ses mots, comme si tout ce que j'avais vécu jusque-là n'était autre chose qu'une vie de mensonge. Nous passerions trois jours dans les centres commerciaux glaciaux de Miami, car il voulait lui aussi faire quelques achats, et nous rentrerions à Mexico où je m'installerais dans la maison paternelle. J'y serais très à l'aise, m'assura-t-il, et dans son ton et son regard je pus percevoir que si cela ne se passait pas comme il l'affirmait, ce serait moi qui m'en repentirais. Revint alors à mon esprit le tableau imaginaire de ma famille : mon frère et ma sœur de dos derrière la fenêtre, la photo de ma mère accrochée au mur, mon père, suffisant et confortablement assis dans le fauteuil central, avec sur mon épaule sa serre qui me clouait sur le bras de son siège et dans l'autre main, bien tenues, les clés de la maison. Et si je ne respectais pas ses horaires, changerait-il la serrure de la porte d'entrée comme lorsque j'avais passé la nuit dans un parc ?

– Allons dîner, dit-il et il se mit en marche, certain que je le suivrais. Nous mangerons quelque chose de léger et de rapide, parce que je ressens déjà les effets du décalage horaire. De plus, demain tu as une représentation et tu dois te coucher tôt. Je jetai un regard à la Forteresse, repensai aux bâtons de dynamite, cylindriques comme ses cigares, et je le suivis, le regard perdu sur les dalles.

Il m'emmena au Blaue Gans. Lorsque nous y entrâmes, il me surprit par ses airs de grandeur insolente, l'autorité avec laquelle il annonça son arrivée, le ton absent dont il donna son nom quand on lui demanda s'il avait réservé, les gestes déplaisants pour prendre la carte et commander ce que nous mangerions tous les deux. J'allai aux toilettes. Pendant que j'urinais, une voix grave et cadencée qui sortait d'un haut-parleur encastré déclamait des passages de *La Divine Comédie* en italien. Sur la porte des toilettes était inscrit le célèbre avertissement qui figure au début de l'Enfer : « *Lasciate ogni speranza voi ch'entrate !* » Pour n'importe qui d'autre, cette citation en un endroit pareil devait être une ingénieuse plaisanterie. Pour moi, ces vers et cette voix étaient la musique sombre animant la danse de créatures diaboliques qui avec l'arrivée de mon père se déroulerait de façon intermittente, tous les jours dans mon imagination éveillée et toutes les nuits au milieu de mes rêves.

Je me mouillai le visage avec de l'eau très froide pour effacer les contorsions des monstres qui gesticulaient derrière mes yeux. J'essayai un large sourire, m'essuyai avec le bord de mon T-shirt et, avant de sortir, tirai la langue à mon reflet. À notre table, mon père goûtait le vin selon la gestuelle étudiée d'un expert. Je m'assis en arborant le sourire que j'avais essayé. De l'autre côté de la fenêtre un éclair illumina la nuit, comme si le diable venait de prendre une photo. Mon père reposa son verre sur la table et regarda le serveur. Un instant avant son approbation, je commandai une bière. Et de nouveau, j'ébauchai mon sourire essayé.

La conversation fut anodine et entrecoupée, une conversation d'îles vocales surgissant de longs et inconfortables silences. Entre deux de ces silences, mon père m'expliqua le poste qui m'attendait, décrivit l'entreprise dans laquelle j'allais travailler et fit l'éloge de cet ami à lui qui serait mon chef. J'acquiesçais, muet et sans conviction. Les annonces de sa bouche, assurées et inébranlables, étaient confirmées par les mouvements décidés de ses mains qui, lorsqu'elles ne maniaient pas avec détermination ses couverts en argent, ne tenaient pas délicatement son verre de vin ou ne manipulaient pas adroitement sa serviette, étaient solidement posées sur la table, près de son assiette, comme dans une position de garde-à-vous toujours dans l'attente d'un ordre. Anguleuses, lisses, marquées de grosses veines bleues. Leur calme était celui du tigre qui observe sa proie entre les bambous. Elles ne s'étaient jamais levées pour me frapper, et pourtant c'étaient deux colosses inexorables, gardiens de la Forteresse, et maintenant deux poids insupportables qui me tiraient par mes pieds ailés et étaient sur le point de m'ensevelir dans leur royaume de domesticité et de routine. Ces mains érigeaient la structure bien définie, elles arrêtaient avec leurs paumes le cours des phrases susceptibles d'attenter à l'ordre établi par la Forteresse, changeaient les serrures, achetaient des vêtements adaptés à la vie qu'elles modelaient. Elles étaient les distributrices, les gardiennes et les émissaires de la vérité de mon père, qui pour lui était la seule qui existait. Que ces mains étaient différentes de celles, souples, ridées, couvertes de poils en broussaille et marquées de taches de rousseur de Perec !

Je lui demandai s'il avait des nouvelles de mon frère et de ma sœur. Il me répondit, imperturbablement, que je savais bien qu'il n'avait plus de contacts avec eux et que peu lui importait d'en avoir. Que j'étais le seul de ses enfants qui avait de l'importance pour lui, puis, sans autre transition, il se mit à parler du nombre inhabituel de guêpes qui envahissait la ville. J'imaginai un nuage de ces insectes tournant autour de mon père jusqu'à l'envelopper tout entier, l'enlevant du sol et le faisant disparaître entre les montagnes. Je serais alors orphelin et sans sécurité pour mon avenir. Le restaurant commençait à se remplir de clients qui venaient dîner avant la représentation du soir, et je me dis que mon imagination était mon repos et mon angoisse.

Nous plongeâmes de nouveau dans un autre silence, long, épais et mouvant. Comme un silence d'araignées. Je m'empressai de le rompre en disant que je n'avais plus de valise pour le voyage du retour, que la mienne était inutilisable. Il acquiesça et après avoir longuement mastiqué, il entreprit de comparer la cuisine mexicaine avec l'autrichienne. Il parlait du pozole et du Gulash auf Wiener Art quand il leva la tête et laissa sa phrase en suspens. Dans ses yeux parut une lueur qui en avait été absente pendant toute la soirée. Je me retournai pour voir ce qui avait ainsi captivé son attention. Daniel Barenboim franchissait le seuil du restaurant et s'apprêtait à occuper une des tables avec ses invités. À côté du Maître marchait une très belle femme aux cheveux ondulés d'un noir de jais.

– C'est Elena, sa femme, m'indiqua mon père d'une voix neutre, comme s'il parlait de vieilles connaissances.

Ils s'assirent près de nous. Il y avait là une légende vivante, au sommet de sa célébrité, de son prestige et de son art. Si près et si loin de moi. Les silences à notre table me permettaient de capter la conversation animée de la table du Maître. Par les phrases que je saisissais au vol, il était évident que les trois compagnons du couple – un homme à lunettes et au regard affable, une femme svelte, blonde et souriante, et une jeune fille dont le discours était précis et intelligent – n'étaient pas une suite d'adulateurs comme celle qui entourait la Tchenova, mais une équipe de travail. Ils parlaient de projets, de programmation de concerts, d'un article que le Maître avait écrit sur les événements les plus récents entre Israël et la Palestine, d'une tournée de récitals. Je m'imaginai assis avec eux, participant à la planification et aux stratégies. Je serais l'expert mozartien de l'équipe. Et tout comme parvenaient à notre table les noms de ces stratèges, le mien se joindrait aux leurs. Alors que j'imaginais la scène, Barenboim fit quelques réflexions musicales que je réussis à entendre et qui me firent honte aussitôt. Je ne serais expert en rien, l'expert mozartien c'était lui, l'artiste.

– Cesse de regarder aussi effrontément, Vian, me réprimanda mon père.

Nous retombâmes dans un nouveau silence mouvant. L'addition arriva, mon père paya sans regarder le serveur. Avant de sortir du restaurant, il s'approcha de la table de Barenboim, le pria d'excuser son intervention, mais expliqua qu'il désirait simplement remercier le Maître pour les nombreuses heures d'extase qu'il lui avait procurées tout au long de sa vie. Barenboim inclina la tête aimablement, sans simagrées, et il allait reprendre le fil de ce qu'on discutait à sa table quand mon père posa sa main sur mon épaule et me força à faire quelques pas en avant.

– Le premier opéra qu'a vu mon fils était votre formidable interprétation de *Tristan et Isolde* à Bayreuth, en 1999.

– Tu étais un enfant à l'époque, dit Barenboim d'un ton jovial, j'espère ne pas t'avoir ennuyé, dit-il gentiment.

– Eh bien si, répondit mon père en riant, le pauvre n'était pas préparé et il s'est endormi à chacun des actes.

Il est sûr que je rougis jusqu'aux oreilles. Ma rage était plus aiguë que ma honte. J'eus envie de tirer mon père dehors et de lui fermer la bouche avec un bâton de dynamite. *Lasciate ogni speranza, voi ch'entrate!*

– Je ne le lui reproche pas, dit Barenboim. Quand j'étais enfant, je me suis glissé dans une représentation de *La Flûte enchantée*, ici, à Salzbourg. C'était Karl Böhm qui dirigeait. On dit que ce fut une représentation mémorable. Je ne m'en suis pas aperçu. Je me suis endormi comme toi – sa petite main, la même qui faisait surgir du piano et de l'orchestre une musique unique et inégalable, me désigna avec gentillesse. Et le pire, c'est qu'en me réveillant au milieu de la représentation je me suis senti tout déconcerté et je ne savais plus où j'étais. J'ai commencé à pleurer et un placeur m'a fait sortir du théâtre. Quelques années plus tard j'ai raconté cette anecdote à Böhm. Il n'a pas semblé trouver ça drôle.

Nous rîmes tous. Moi avec plus d'éclat que les autres. Je me sentis soulagé et sauvé de l'humiliation par le Maître.

– Bien, oui, insista mon père, mais vous, vous êtes Barenboim, Maître, et mon fils…

Sa main épaisse et lapidaire brassa l'air et la phrase resta en suspens. Il ne sut ou ne voulut la terminer. Il me sembla que de la table me parvenait une vague de regards où se mêlaient sympathie et compassion. Je souris à ses occupants pour ôter de l'importance à ce qui venait d'être dit. Mon père s'excusa encore, dit au revoir en souriant et, pressant mon épaule de sa main, me guida hors du restaurant. L'atmosphère de la nuit nous engloutit dans son humidité. Mon père observa les nuages noirs du ciel. Un nouvel éclair illumina la Forteresse d'éclats intermittents. Sa main toujours sur mon épaule, il m'informa que le lendemain j'aurais matinée libre, parce qu'il se lèverait tard à cause du décalage horaire, puis il sortirait faire un tour du côté des montagnes, qu'il voulait le faire seul, et plus tard il irait déjeuner avec de vieilles connaissances. Quand il aurait fini, nous nous retrouverions devant le Mozarteum pour aller acheter une valise neuve. Il ne me précisa pas l'heure. Je devais surveiller mon téléphone pour répondre dès qu'il m'appellerait. Il me souhaita une bonne nuit, m'engagea à me coucher tôt car le lendemain j'avais représentation, me rappela qu'il serait dans le public, puis il se désintéressa joyeusement de moi. Je le vis s'éloigner et je ne bougeai que lorsqu'il se fut perdu dans la foule. Je sentais encore sur mon épaule la chaleur de sa main, comme une trace ardente. Une main comme un corbeau.

La lumière d'un éclair déchira de nouveau le ciel.

3

Je marchai un bon moment en percevant dans les rues, les locaux commerciaux, les bars et les restaurants, l'énergie épuisée des derniers jours du festival. L'envie me prit de chanter quelques vers de « Stille Nacht » devant la maison natale du compositeur. Un éclair illumina mon interprétation. Quelques passants applaudirent. Je continuai ma promenade. Sur le Mozartsteg, je restai un instant à observer les lumières dansantes des immeubles reflétées dans la Salzach, dont les eaux pendant le jour étaient aussi vertes que les publications de la Fondation Mozarteum. Je laissai l'anxiété s'installer entre mes os et couler comme mon sang accéléré. Je me sentais vide et indifférent. Deux jours encore et je partirais, deux jours encore et je me grefferais sur une vie routinière, loin de tout ce que j'avais voulu réaliser, deux jours encore et tout se transformerait en souvenir. Je marchai une heure de plus en donnant des coups de pied dans les pierres, en me mordant les ongles, en essayant de cadrer avec des yeux photographiques les endroits que j'allais laisser derrière moi. Cette fois, je renonçai à bavarder avec Trazom, et arrivé à la Haffnergasse je me plantai devant *Awilda*, la sculpture en forme de tête de petite fille de cinq mètres de haut qui semble vous suivre bien qu'elle ferme ses yeux en marbre; *Awilda* l'affable et la mystérieuse. Ces jours derniers, elle était devenue l'une de mes confidentes préférées. C'était à elle que je contais mes tristesses amoureuses, mes tentatives infructueuses pour prendre contact avec Julia, mon désespoir de constater que son souvenir s'estompait peu à peu dans mon esprit.

– Je revois ses yeux, disais-je avec véhémence aux yeux clos d'*Awilda*, et je revois sans difficulté la forme exacte de sa bouche, assurais-je à la bouche figée d'*Awilda*, et je revois sans effort non plus ses cheveux en couleurs, insistai-je face aux cheveux plats en marbre d'*Awilda*. Mais quand j'essaye de voir le visage complet de Julia je n'obtiens qu'une image diffuse, le portrait flou de Julia, le fantôme de Julia. *Awilda* me souriait, affable et condescendante. Compatissante. Ce soir-là je ne lui dis rien, nous ne fîmes que nous observer un peu, moi agrippé aux barreaux de la grille déjà fermée de la faculté de droit, elle baignée d'une lumière ténue et oblique. Je devais aller me coucher, mon père me l'avait dit; le lendemain je participerais à la dernière représentation de ma vie. Je fis quelques mètres de plus et entrai à la brasserie Zipfer, dans l'immeuble où vécut Nannerl devenue veuve. La nuit était fraîche et invitait à la fête, aux plaisanteries, au verre de trop. Mon père pouvait bien aller se coucher tôt.

Je m'assis à la table la plus éloignée de l'entrée. L'endroit me plut, avec ses bancs en bois et son odeur de tabac, ses motifs équins bleus et blancs dessinés tout au long de ses murs couleur crème. Je demandai une bière et repris le petit livre de Barth sur Mozart. Derrière moi, à un certain moment, je découvris une peinture qui attira fortement mon attention. Un homme solitaire assis à une table regarde devant lui, plongé dans ses pensées. Il a la tête posée sur le poing de sa main gauche et dans la paume de la droite. Face à lui, à genoux sur la table, se trouve l'esprit d'une femme nue qui semble s'incliner vers l'homme comme pour l'identifier ou attirer son attention. L'esprit féminin est de couleur verte, comme la Salzach. Lui ne se rend pas compte de cette présence fantomatique, il est plongé dans ses pensées, dans sa tristesse ? Il est clair que ce que ce qu'il voit est sans importance. Il est immergé dans son monde intérieur. Il a l'air d'être le dernier client. Vers la droite de la peinture on voit plusieurs tables inoccupées dans le local maintenant éclairé, et un serveur s'approche pour lui dire, sûrement, qu'il est l'heure de fermer. Finira-t-il le verre de bière qu'il semble avoir oublié sur la table ? On m'apporta un autre pot de bière brune et je retournai à mon livre. Une phrase me saisit : « Mozart ne proclame pas de doctrine, il ne se proclame pas lui-même. […] Il se contente de chanter. Ainsi, il n'impose rien à l'auditeur, il ne l'accule à aucune décision, il n'exige de lui aucune prise de position : simplement, il le libère[7]. » Parfois j'avançais mon visage comme si je voulais découvrir, assise en face de ma table, une fantasmagorique figure verte que j'étais incapable de percevoir, puis je regardais vers les autres tables, j'écoutais le brouhaha des joyeux commensaux, j'enviais leur insouciance – leur appartenance à un monde bien défini, la désinvolture de leurs mouvements et de leurs conversations – je buvais une autre longue gorgée de bière, me léchais les babines et me remettais à penser à Mozart. La vision qu'a Bath du compositeur est une ascèse libératrice. Au bout du compte, nous resterons à tout jamais dans l'ignorance de la personne que fut Wolfgang Amadeus Mozart. Ses lettres elles-mêmes ne peuvent pas nous le montrer tel qu'il était, car c'est toujours le génie masqué qui écrit. Que savais-je de Mozart ? Beaucoup de choses et rien, en résumé que c'était un être merveilleux. Qu'il était devenu un de mes meilleurs amis. Je rangeai le livre de Barth et commandai

7. Labor et Fides, 2020.

le dessert de la maison : *Mozart heisse Liebe*, c'est-à-dire « Mozart, ardent amour ». Je réfléchis un long moment à ma vie, à la description que quelqu'un d'autre pourrait en faire sur la base des données insignifiantes que je répandais sur mes pas jour après jour. J'avais vingt-huit ans et plus rien à faire là. Seulement ne pas suivre la recommandation de mon père d'aller me coucher tôt. Les tables commençaient à se vider. La désobéissance m'était agréable. Dans deux jours je me livrerais à son autorité. Ce soir, je pouvais faire encore ce dont j'avais envie. Je commandai une autre bière et me mis à observer les courbes d'une tache d'humidité sur le mur. Presque sans le vouloir, j'adoptai la position de l'homme sur le tableau. La tête appuyée sur mon poing gauche et ma paume droite ; mon pot de bière à moitié plein oublié sur la table et le regard perdu dans le vide. Peut-être même que je m'endormis. Un serveur vint me dire que c'était l'heure de fermeture. Je pris de l'argent dans ma poche, ainsi que mon téléphone et sursautai : il y avait un message de Julia. Le spectre vert m'appelait.

Je retournai à la Haffnergasse, je la parcourus au galop pour aller m'asseoir sur le parapet d'une boutique en face de la faculté de droit, de nouveau l'énorme tête d'*Awilda* me surveillait. Je relus le message de Julia : « Comment vas-tu ? » Le cœur battant, je répondis : « Chère Julia, je vais bien. Et toi ? » La respiration suspendue, j'attendis sa réponse. Mon téléphone m'indiqua que Julia était en train de l'écrire, et il me sembla qu'*Awilda* souriait avec moi. « J'ai secoué de mes chaussures la poussière de Salzbourg » apparut sur l'écran de mon appareil. « Je peux t'appeler ? » demandai-je aussitôt. Les lettres dansaient sur l'écran, il me sembla qu'*Awilda* faisait non et désapprouvait ma demande. « Il ne vaut mieux pas, Vian. Continuons comme ça. » Quelques secondes s'écoulèrent, durant lesquelles je ne sus pas quoi écrire. Tous ces jours passés je désespérais de recevoir de ses nouvelles, de pouvoir lui parler, d'entendre sa voix, et maintenant je ne savais absolument pas quoi lui dire. Ou plutôt, j'avais très peur de poser une question maladroite, de faire le commentaire qui la renverrait dans le profond silence où elle s'était perdue et d'où elle avait décidé de sortir. « Demain a lieu la dernière représentation de *Don Giovanni* », écrivis-je enfin sans savoir s'il était sensé de répondre de cette façon au message de Julia. « Je sais. Et ensuite, qu'est-ce qui se passera pour toi ? » Julia répondait sans attendre, sûre de ses mots, tranquille parce qu'elle n'était pas amoureuse de moi comme je l'étais d'elle. « Je rentre à Mexico avec mon père. – Quel dommage. » Son commentaire me fit mal. « Pourquoi ? » demandai-je, et le message qui apparut me laissa encore plus déconcerté et contrarié : « Tu sais quoi, Vian ? J'ai beaucoup réfléchi et je crois que ta mère aurait dû partir avec la femme qu'elle aimait. » Je n'hésitai pas à répondre : « Comme toi ? » Mais à peine fut-il parti que je m'en repentis, et j'eus l'impression qu'*Awilda* soupirait. « Que l'histoire de ta mère te serve de leçon, Vian. » Il fallait que je change de sujet, ma maman avait-elle quelque chose à voir avec nous deux ? Cette idée m'irritait. « J'aimerais te voir, Julia », réussis-je à écrire. « Plus tard peut-être. Maintenant ce n'est pas possible. Il ne faut pas être amoureux de moi, Vian. » Elle avait raison, et malgré tout je voulais la prendre dans mes bras. Un autre temps long sans message s'écoula. Je relus notre conversation sans plus savoir quoi dire quand arriva un nouveau message : « Prends soin de toi, Vian. » Elle se retirait alors que nous avions à peine commencé ! « Non, attends », écrivis-je avec quelques lettres de trop, courtoisie de mon pouce désespéré. « Oui ? » Que dire ? Je ne voulais pas lui demander des nouvelles de Jacques, cela m'aurait fait mal d'apprendre qu'elle était avec lui ou qu'ils restaient en contact. Je ne pouvais pas lui demander où elle se trouvait, parce qu'elle penserait que je cherchais à la voir. Je ne pouvais pas évoquer les jours passés. « Tes cheveux sont toujours teints en couleurs ? » demandai-je. Elle m'envoya une petite émoticône souriante et précisa que oui, maintenant c'était le jaune qui prédominait. « Je dois partir, Vian. Je t'embrasse et je t'envoie des couleurs. Et s'il te plaît, salue Trazom pour moi. » Suivit une autre émoticône souriante. Je lui envoyai un au revoir plein d'effusion et une question pour essayer de prolonger l'échange. J'attendis sa réponse. *Awilda* m'observait, pleine de compassion. Quand finalement je me résignai à admettre qu'il n'y aurait plus de messages de Julia sur mon téléphone, je pris le chemin du retour. Je croisai un marchand de roses ambulant. Il avait à la main son dernier bouquet triste et il terminait sa journée, tête basse, fatigué. Plus d'amoureux dans la rue. Il s'arrêta, bâilla et étira ses bras. Je m'approchai de lui et lui achetai le bouquet, qu'il me vendit pour presque rien. Avec un des lacets de mes chaussures, j'en attachai les tiges et allai jusqu'à la Toscaniniplatz. Je le lançai de l'escalier latéral et, après plusieurs essais, je finis par réussir à le faire tomber dans la niche, juste aux pieds de la femme en bois.

– De la part de l'homme en bois, lui criai-je. Peut-être que vous ne vous retrouverez jamais tous les deux au même endroit, mais ça n'empêche pas l'homme sur sa sphère d'être amoureux de vous.

Le jour se levait. Deux balayeurs qui commençaient leur journée me dévisagèrent comme je voyais, moi, les gens regarder la folle chantante. J'inspectai mon téléphone. La conversation avec Julia avait disparu. L'avais-je effacée sans m'en rendre compte ? Il y eut un coup de tonnerre long et rauque. Je me sentis léger, épuisé et étrangement nostalgique. Cette nostalgie était comme une médaille. Et elle servait à la même chose que toutes les médailles. Je descendis les marches de pierre. De saut en saut j'évitai de marcher sur les pétales rouges qui s'étaient éparpillés sur le sol. Le ciel grogna de nouveau et je continuai d'avancer sous la pluie.

4

J'avais projeté de dormir toute la matinée. Il n'en fut rien, la sonnerie insistante de mon téléphone me réveilla tôt. La lumière intense qui entrait par la fenêtre blessa mes yeux mi-clos et un concert d'oiseaux qui s'égosillaient dans un arbre voisin accentua mon mal de crâne. Encore à demi endormi, je répondis d'une voix râpeuse. C'était un appel urgent du théâtre. On m'informait que l'interprète de Masetto venait d'annuler sa participation pour cause de maladie, et on me demandait de venir immédiatement pour me préparer à occuper sa place. Je me réveillai complètement, sautai de mon lit. Le chant des oiseaux se transforma en chœur céleste et la lumière qui entrait par la fenêtre, en bain de gloire. Dois-je décrire les pirouettes que je fis après avoir coupé la communication, les coups accélérés dans ma poitrine par lesquels mon cœur fêtait cette proposition merveilleuse et inattendue? J'envoyai un message à mon père: « Aujourd'hui, je chante. Je débute à Salzbourg! » C'était plus que j'aurais pu espérer. J'allais remplir ma promesse d'enfant sous le nez de mon père. En me douchant, je repassai le rôle du personnage. Je ressentis un point d'appréhension en constatant que j'avais oublié quelques lignes de mes récitatifs. Aucune importance, me tranquillisai-je, j'aurai toute la journée pour les apprendre de nouveau et les heures que je passerais avec Claudia à revoir le dessin scénique avant la représentation me serviraient à réviser. Tout marcherait à merveille. Mon cœur dansait.

Je ne sortis même pas de l'appartement. Claudia m'appela quelques minutes plus tard pour me dire que tout le monde était convaincu que je pouvais interpréter un Masetto digne, mais que malheureusement il n'y avait personne, actuellement, pour me remplacer dans le rôle de diable orchestrateur. Elle présenta ses excuses pour la confusion, quelqu'un d'autre chanterait Masetto. J'acquiesçai avec une dignité apparente et raccrochai, imaginant Jacques quelque part dans le monde en train de lancer, à cet instant précis, un de ses éclats de rire glacés. C'était sa vengeance. Je ne pourrais pas chanter Masetto parce que je devais interpréter son diable. « Fausse alerte », écrivis-je à mon père. « Aucune importance », telle fut sa réponse.

Je m'assis à ma table avec la BD de Bilal. Je l'ouvris à l'une des dernières pages contenant une vignette où deux hommes et une femme bavardent. Julia avait colorié les cheveux de la femme.

– Diderot a bien prétendu que les artistes de la scène sont tous de gens simples et peu intelligents, dis-je comme si c'était Jacques qui parlait.

– Tu vas recommencer avec tes envies, dis-je comme si c'était Julia qui parlait.

– Quelles envies? demandai-je comme je l'aurais fait moi-même.

– J'envie les imbéciles pour la joie insondable qu'ils trouvent dans leur imbécillité, petit. Je t'envie, toi.

– Envie la liberté que leur donne leur succès, me défendis-je comme m'aurait défendu Julia.

« Le succès ne produit que de l'esclavage », pensai-je, mais je ne l'exprimai pas, pas plus que je ne l'aurais exprimé devant eux, et je tournai les pages jusqu'à trouver la vignette où l'on voit l'ours polaire qui vole. Je sortis de la maison.

Quand j'arrivai à la librairie, Perec avait déjà préparé le plateau du backgammon. Depuis le soir où il m'en avait appris les règles, nous avions toujours joué au moins une partie chaque jour. Ce matin-là, pendant qu'il me battait, je lui demandai si à son avis ma façon de parler avec des statues était la preuve que j'étais devenu un peu idiot.

– Pourquoi idiot ? Ce sont des jeux, non seulement il n'y a rien de mal à jouer, mais ça nettoie l'esprit.

Je repensai à ce que Barth a écrit : que Mozart avait su dominer l'art du jeu toute sa vie. Il savait rire, non à cause de ce que la vie lui proposait, mais en dépit de ce que la vie lui proposait, parce qu'il savait jouer. Je le dis à Perec en même temps que ma défaite se confirmait, à la fin de la deuxième partie.

– Eh bien oui, continua-t-il en se mettant à ranger les pions du backgammon. Mozart a compris et respecté les règles du jeu, du Jeu avec une majuscule. Ses compagnons de jeu furent la Vie, la Musique, peut-être l'Amour et la Souffrance. La combinaison de ses perles de verre est restée imprimée dans notre culture. Seuls les génies demeurent toujours, à toute heure, à tout instant, immergés dans le Jeu. Et c'est par la maîtrise complète et le respect des règles du grand Jeu qu'ils parviennent à trouver leur liberté. Nous, les autres, nous jouons aux jeux – ses mains se tendirent au-dessus du plateau vide du backgammon – dont les règles nous ont été données. Les jeux sont pour nous, les autres, des îles, des parenthèses, sur le trajet de notre existence – il referma d'un coup le tableau et le rangea dans son tiroir. Si tu veux sentir une goutte de cette liberté qui souffle dans l'âme des génies, ce que tu dois faire, c'est inventer tes propres jeux. Ce n'est pas idiot, Vian.

J'acquiesçai avec joie. Par l'effet de notre conversation agréable et détendue, le temps passa très vite. Mon téléphone vibra. Mon père allait terminer son déjeuner et il me demandait d'être bien attentif à ne pas le faire attendre dès qu'il me convoquerait. Je me levai et dis à Perec que je devais partir, que je reviendrais plus tard ou le lendemain pour lui dire au revoir. Il me sourit.

– Demain c'est mon beau-frère qui sera ici. Je dois aller à Vienne cet après-midi. C'est maintenant que nous nous disons au revoir, mon garçon.

Je sentis que ma poitrine s'ouvrait, qu'un torrent de larmes enflait avec fureur pour atteindre mes yeux, qu'une digue dans ma gorge le retenait. Je ne pouvais pas parler.

– Tu m'écriras, j'espère, me demanda-t-il. Moi je le ferai, je te le promets.

Sa main droite leva deux doigts, comme une statue de saint. J'acquiesçai, toujours sans parler, sans bouger.

– Et où que tu te trouves, Vian, continue de parler avec tes statues.

Je répondis à son sourire par une moue grotesque qui voulait être aussi un sourire. Perec ouvrit les bras, je le serrai longuement contre moi.

Je sortis de la librairie avec des semelles de plomb, en traînant mon ombre, ma tristesse. Une mélancolie morbide s'emparait de chacune de mes pensées. Les démons dansaient au ralenti. L'apathie et la tristesse me dominaient. J'avais mon téléphone à la main, pour le cas où mon père m'appellerait. Je m'assis sur le banc de Herr Wolfgang.

Le vagabond était là, bras croisés. Nous nous saluâmes d'un signe de tête et contemplâmes l'horizon en silence.

– Je m'en vais, dis-je enfin sans le regarder. Je prends demain l'avion pour un autre continent. C'est fini.

Herr Wolfgang me regarda, fit oui de la tête et reprit sa contemplation de l'horizon.

– Moi, je m'en vais toujours dès qu'il commence à faire froid, reprit-il. Pas sur un autre continent. Vers le sud. Toujours vers le sud. Puis je reviens. Un jour, je ne reviendrai plus. Je m'en vais toujours.

D'un geste tranquille, il me montra la rivière. J'imaginai que c'était une métaphore, mais je préférai ne pas faire de commentaire. Il se tapa sur la cuisse, se leva et alla jusqu'au Caddie de supermarché pour échanger ses outils de nettoyage contre ceux de jardinage, avec lesquels il s'apprêta à embellir la frange verte, les tournesols et les fleurs de son jardin oblong. Quelques instants plus tard nous parvinrent, comme une poignée d'étoiles boiteuses et belles, les cris lointains et mélodieux de la folle chantante. Je pensai à l'homme à moustache à la Radetzky et à son inintelligible monologue. Je pensai que mon père serait irrité par tous ces gens extravagants. Ils étaient comme ces déconcertants finals joyeux par lesquels Mozart concluait certaines œuvres de tonalités mineures chargées de pathos et de flux passionnés. Comme celui, heureux, de *Don Giovanni*, qui avait posé tant de problèmes à Schuff, ou celui, espiègle, du concerto en *ré* mineur pour piano qui gênait mon père, ou celui, inattendu et bondissant, de son quintet en *sol* mineur que j'avais à peine écouté pendant un concert au Mozarteum. Ces gens étaient comme cela, joyeux, lumineux, inattendus, aériens en dépit des circonstances dramatiques dans lesquelles ils se mouvaient, des difficultés de leurs existences. Ils vivaient dans une aura de grâce mozartienne, arlequins fils de l'air avec leurs costumes à carreaux d'ombres et de lumières. Je me dis que je voulais être comme eux, fou, libre, audacieux, souffrant.

Assis sur ce banc, je compris que j'avais l'obligation de supporter mes peines, de trouver la clé de la porte qui me mènerait à un endroit où les victoires seraient autres, où les actions mémorables seraient directement proportionnelles à ma souffrance. Des actions insensées et insignifiantes, des élucubrations festives de mon imagination pour transformer le récit pathétique de ma vie en petite odyssée glorieuse. Si mes tragédies étaient minuscules, je pouvais aussi – je devais ! – rechercher des comédies de la même dimension. Des espiègleries radieuses. Des extravagances au goût de triomphe. Regarder tout ce que j'avais vécu du point de vue de l'humour et commencer à produire des étincelles réjouissantes. Les jeux. C'était là la dynamite avec laquelle je ferais exploser les murs de la Forteresse. Et cette dynamite aurait une double fonction : elle rendrait supportables mes jours à venir sous la tutelle de mon père et décrirait mon aventure artistique depuis une lumière réjouissante. Comme un final de Mozart. Je me levai, ramassai une feuille sur la pelouse que Herr Wolfgang entretenait et la glissai dans la fente du petit cochon en céramique.

– Moi aussi je vais faire des folies, annonçai-je.

Et je m'en allai sans attendre de commentaire du vagabond, ni son regard bienveillant. Qui sait, peut-être qu'un jour je pourrais vivre mes folies à la façon dont Herr Wolfgang vivait les siennes, comme les actions normales de chaque jour.

Le message de mon père arriva. Nous nous retrouvâmes devant le Mozarteum. Il m'emmena acheter des valises neuves, m'accompagna chez le loueur pour rendre ma bicyclette, paya ce que je devais et passa la journée tout entière à me raconter ses projets pour mon avenir, m'expliquant les erreurs de mon passé et se désespérant chaque fois que je faisais une plaisanterie hors de propos, comme diriger quelques secondes un orchestre invisible, juché sur ma chaise de l'*Esprit de Mozart*, ou me glisser dans une des plus grandes valises du magasin pour en sortir comme si j'étais un Jack-in-the-Box, ou lui dire que je voulais le présenter à l'un de mes chers amis et l'entraîner en face de Poséidon à la fontaine de la Kapitelplatz. Mon père s'impatientait, mais restait décidé à garder son calme du mieux qu'il pouvait. Il avait compris que ces extravagances étaient des défis et il n'allait pas me permettre de le déstabiliser ni de lui faire perdre son autorité retrouvée. Quand ce fut l'heure de me préparer pour la représentation, il m'accompagna jusqu'à l'entrée du théâtre, me dit qu'il était fier de moi et de l'avenir qui m'attendait.

Le portier m'appela en criant mon nom. Il y avait un paquet pour moi. Je signai le reçu et il me donna une grande boîte qui ne pesait presque rien. Dans le couloir qui menait au vestiaire des figurants, je tombai sur le baryton qui allait interpréter Masetto. Une jalousie insupportable, acide et empoisonnée tourbillonna dans ma gorge. Comme je jetai le volumineux paquet sur une table, je découvris l'étiquette de l'expéditeur et reconnus l'écriture. La jalousie s'évanouit sur-le-champ. Mes doigts impatients arrachaient le carton par tous les côtés, je déchirai l'épais plastique qui l'enveloppait, sortis l'objet ultraléger et l'arc-en-ciel apparut. Je le contemplai, extasié et ému. C'était la perruque rococo montée sur un buste de polystyrène. Les cheveux étaient teints en couleurs. C'était le jaune qui prédominait. Il n'y avait pas de carte. Pas besoin. Les voix qui vocalisaient dans toutes les loges étaient un chœur céleste, les lumières de la scène seraient ma gloire. J'entrai sur le plateau avec la force de dix mille ouragans. Chaque instant était définitif. Les vedettes qui se déplaçaient sur la scène en toute confiance et solidement, interprétant des rôles qu'elles étaient certaines de rejouer, savaient-elles à quel point l'éphémère, ce qui ne sera jamais plus, est beau ? Jamais jusque-là je ne m'étais rendu compte de la chaleur électrique qui monte du public vers la scène pendant une représentation. Jamais je n'avais perçu avec une telle intensité la vibration vivifiante que projettent les applaudissements d'une ovation spontanée. Jamais jusque-là je ne m'étais laissé embrasser par la puissance de chaque note, par le chant qui jaillit du corps près du mien, de la musique qui surgit de ce côté-ci de l'art. Je fus un diable outrancier, je m'approchai avec intensité de chaque personnage dont c'était le tour de chanter et durant les chœurs et les ensembles je chantai moi aussi, indifférent aux regards hostiles de tel ou tel des chanteurs. Je ne quitterais pas la scène sans unir ma voix à l'ultime instant de mon rêve avorté. Je chantai à pleine voix, d'une voix cachée dans la masse, et je jouai à m'imaginer que les applaudissements par lesquels le public célébrait la dernière représentation de *Don Giovanni* s'adressaient tous à moi.

« Tu n'as pas été si mauvais », me dit mon père après le spectacle, et il entreprit aussitôt de commenter minutieusement la mise en scène, le travail de l'orchestre et la participation de chacun des chanteurs. La Tchenova eut droit au meilleur de ses éloges, et le ténor, à son plus écrasant mépris. « Tu n'as pas été si mauvais. » On pouvait s'attendre que mon père me dise quelque chose de ce genre. Non seulement je n'avais pas été si mauvais, mais j'avais été prodigieux.

Je portais ma perruque de couleurs. Nous étions au Triangel. Le brouhaha du restaurant et ma perruque irritaient mon père. Franzi adora. Il n'y eut ni dessert ni café. Mon père partit vers son hôtel, moi je restai dans la rue.

J'aurais aimé qu'une douce lueur bleutée de lune haute et mystérieuse accompagne mon pèlerinage d'adieux (c'est ainsi que je décidai d'appeler ma dernière visite aux statues). Mais le ciel était couvert et je dus me contenter de la lumière électrique. Quelques gouttes tombèrent du ciel, mais je consacrai un bon moment à chaque statue. Je dis au revoir à

Awilda, à Poséidon et à l'homme en bois sur sa sphère dorée. Et à Paracelse et aux concombres géants et à Papageno. Et au cycliste en bronze. Et à la femme dans sa niche et à Schiller et à Trazom. J'inventai à chacune une voix différente et toutes ces voix étaient mes voix. Je résolus de ne pas passer cette nuit-là dans l'appartement de Julia et de Jacques. Je pris le chemin de la montagne. Du mirador, je m'extasiai de la perspective des lumières, des reflets de Salzbourg et de la Salzach. Puis j'allai me coucher à l'endroit où m'avaient bercé les bras de Julia. Je m'allongeai sous les numéros phosphorescents dans l'igloo de Merz. À mesure que je m'endormais, une question prenait forme dans mon esprit, illuminant mon voyage vers l'inconscient, comme un numéro de plus dans la rangée phosphorescente ou comme le résultat de l'opération mathématique infinie de l'œuvre. Une question resplendissante et plate qui se répétait, reprise par les voix de toutes les statues. Une question comme un farfadet : « Et si je restais ? »

5

Salzbourg devenait tout petit. Les gens et les voitures n'étaient plus que des insectes en mouvement ; la rivière, sur laquelle tombaient les rayons du soleil, se transformait en unc petite couleuvre parsemée d'étoiles, et les toits verts, les coupoles des églises disparaissaient peu à peu derrière des nuages effilochés. On ne voyait plus que les pentes enneigées, spectrales, autre nuage épais et capitonné ; puis, de l'autre côté du hublot ovale de l'avion, sur lequel glissaient de petites gouttes rondes comme des notes de musique muettes et transparentes que personne n'écouterait, surgit un fulgurant ciel dégagé. Salzbourg avait disparu. Quelle proportion de ses rues, des façades de ses édifices baroques, du dessin de scs monuments et des couleurs de ses crépuscules resterait nettement gravée dans ma mémoire ? Petite, à coup sûr. Tout s'estomperait peu à peu, se changerait en images vaporeuses, translucides, comme l'esprit vert sur le tableau de la brasserie où je m'étais enivré la veille de la dernière représentation. Comme le souvenir aigre-doux de Julia.

Mon père lisait tranquillement le journal et occupait avec une de ses pages ouvertes la moitié de mon espace. J'avais le visage collé au hublot.

– À quoi penses-tu ? me demanda-t-il.

– À un fantôme de femme de la couleur de la Salzach, lui répondis-je.

Il secoua la tête, leva les yeux à la hauteur de mes cheveux, souffla, exaspéré.

Au moins, je le faisais enrager. Je portais ma perruque rococo, je l'avais poudrée avant de partir avec du talc et chaque fois que quelqu'un, à l'aéroport de Salzbourg, m'avait montré du doigt en riant, mon père avait grogné et m'avait demandé d'ôter « cette cochonnerie ridicule ». Je lui expliquais que la perruque ne tiendrait pas dans mon sac à dos et que dans le bagage à main qu'il m'avait aimablement acheté elle finirait par s'abîmer. L'argument était irréfutable, mon père secouait la tête, se frappait la cuisse du poing et mâchonnait entre ses dents des phrases que je ne pouvais ni ne voulais comprendre. Je n'ôterais pas cette perruque de couleurs qui était le poème que Julia m'avait envoyé. Cette perruque était ma couronne. De plus, avec cette coiffure à la Mozart, je n'étais pas si déplacé dans l'aéroport qui porte son nom. Chaque crise de mon père me faisait peur et m'amusait en même temps. À chacun de ses ronchonnements l'enfant que j'avais été tremblait, caché sous une des voûtes de mon cœur, et l'adulte vaincu et sans projets que j'étais se réjouissait. Maintenant que mon rêve artistique était brisé, je lui livrais la direction de ma vie, mais je lui en ferais au moins payer le prix par mes extravagances.

L'avion fut un peu secoué. Mon père replia son journal, le plaça sur ses genoux, et avant de s'endormir il bâilla en ouvrant très grand la bouche. Je me penchai pour voir ses dents réparées, sa langue charnue qui se repliait, son palais rouge qui se soulevait. Sa lèvre supérieure se releva, fit disparaître le nez et dévora les yeux et le front de mon père, ses dents s'enfoncèrent dans la chair qui prenait une couleur foncée et sa langue recula jusqu'à disparaître, et là où d'habitude se trouvait son visage il y avait maintenant un creux, un vide terrifiant. À travers cet espace sépulcral, je me regardai en train de regarder sur scène le visage vide de la réplique des statues d'Anna Chromý, intrigué de constater tout ce que je n'avais pas su apprécier, et je me vis, à Prague, découvrant ce même visage creux sur la statue du Commandeur, nerveux à cause de la première audition que j'allais passer en Europe, et je me vis regardant d'en bas des arcs de Salzbourg, au début de l'été, le néant du visage de la Pietà, désireux de commencer la dernière étape de mon passage en scène ; et je me vis regardant, regardé, de ce siège d'avion, par le même abîme en miniature installé maintenant sur le visage de mon père. Je ne sus, je ne pus, je ne voulus pas répondre à la question resplendissante que je m'étais posée en m'endormant dans l'igloo de Merz. Mon âme pusillanime et fracassée se répétait sur tous les visages vides face auxquels je m'étais trouvé.

Le crissement des pneus et les vibrations accompagnant l'atterrissage de l'avion, comme si le poing du vent l'avait avec fureur jeté sur la piste, firent sursauter mon père et le tirèrent de sa torpeur. Dès que l'appareil amorça son dernier virage avant de se ranger à la porte de débarquement, il détacha sa ceinture, emprisonna mon bras dans sa main et me dit que nous devions nous préparer à sortir avant tout le monde, qu'il ne voulait pas perdre de temps, qu'être devant facilitait toujours les formalités et les arrivées.

Nous fûmes les premiers à débarquer. Il se fraya un passage à coups de coude, ou presque. Moi, je persistais dans mes espiègleries. Tandis que nous nous dirigions vers les tapis roulants qui permettaient aux passagers de parcourir plus rapidement la distance entre les salles de l'aéroport, je ralentis pour rompre la marche parallèle avec mon père et avant qu'il puisse s'en rendre compte je pris pied sur le tapis de ceux qui venaient en sens contraire. Je faillis tomber. Puis je dus esquiver les marcheurs distraits par leurs téléphones qui me croisaient, et faire la sourde oreille aux protestations et aux quelques insultes provoquées par leur surprise. Mon père m'attendait à l'extrémité du tapis.

– Tu finiras par causer un accident avec tes inepties, grogna-il, contrarié mais résolu à ne pas se laisser vaincre par mes provocations.

Quand nous abordâmes le tapis suivant, il me prit par le bras et me poussa à m'engager sur celui qui nous correspondait. D'un bond, je m'installai sur la main courante, croisai les jambes et commençai à balancer lentement les pieds pour l'empêcher de me faire descendre. Mon cœur éclatait de peur et de joie. La voix de rat me disait, pressante, de descendre de mon perchoir, que ce n'était pas la peine de fâcher le géant, que je le paierais cher en arrivant chez lui à Mexico. La voix de vent entre les montagnes rugissait et essayait de faire taire la voix de rat, puis se transformait en un air sifflé qui était celui d'une mélodie de Papageno. Mon père choisit alors de m'ignorer. Il ne réagit pas quand je sautai au bout de la main courante, les bras levés pour remercier la foule comme si j'étais un heureux gymnaste olympique à la fin de son programme, ni quand je me mis à bavarder avec un mannequin très élégant dans la boutique où il achetait un portefeuille en cuir. Il choisit de m'ignorer et sa stratégie fonctionna. Je me repris. La vitrine de la boutique où il payait avec sa carte de crédit dorée me renvoya soudain l'image d'un dément à moitié déguisé, d'un singe têtu et mal apprivoisé, d'un clown sans maquillage ni public. Et moi qui pensais qu'avec mes jeux je parviendrais à émouvoir mon père, que je ferais exploser la solidité de ses murs, les gonds de ce pont-levis qui écrasait et en même temps permettait d'entrer dans un monde où seules comptaient ses règles. Je me trompais. Ces jeux n'étaient pas la dynamite avec laquelle on détruit une forteresse implacable, mais de ridicules pétards tout juste capables de provoquer d'insignifiantes vibrations sur les cloisons d'un mur. Je me retournai pour ne plus voir mon reflet. Un désarroi total s'installa dans ma poitrine. Les mannequins de cet aéroport n'étaient pas les chères statues de Salzbourg, la main courante où je m'étais assis pour balancer mes pieds n'était pas la chaise de l'*Esprit de Mozart*, derrière les gens qui allaient et venaient dans ce couloir inhospitalier ne coulait pas la verte Salzach, ne s'élevaient pas à l'horizon les façades baroques de la vieille ville et au-delà les ondulations des montagnes. Les corbeaux croassaient. J'inclinai la tête pour cacher mon visage des passants. Je compris quelle était ma véritable défaite : non pas mon passage manqué sur les scènes, ni mon rêve de faire une carrière lyrique en miettes, mais ma soumission acceptée et mon retour non voulu. Les chaînes avec lesquelles je m'étais emprisonné moi-même pour revenir avec mon père et mon incapacité de m'en délivrer. J'avais perdu, oui, mais je devais me remonter le moral, toujours. Les souvenirs de mon aventure naviguaient déjà sur les vastes eaux de ma mémoire ; il me suffirait de jeter mes filets pour les attraper. Et les folies puériles que j'avais eu le temps de commettre depuis que j'en avais décidé ainsi sur le banc de Herr Wolfgang, si elles n'étaient pas de la dynamite, formaient une écume constamment rejetée par les coups de queue des vagues. Et cette écume flottait dans l'atmosphère comme de petits nuages brillants, des poissons d'air, pour lesquels il n'y aurait besoin d'aucun filet. Ils seraient toujours à la portée de l'humour et de la mélancolie. Comme un final de Mozart. J'avais réussi, merde ! Il suffisait de jeter ses filets pour pêcher ses souvenirs. De respirer dans l'air les figures d'écume. Et de tramer d'autres folies. Je détournai les yeux des dalles grises où brillaient obscurément les reflets des lumières du bloc opératoire du terminal. Devant une porte fermée où on lisait *Staff only* était garée une bicyclette. C'était une de celles dont se servent les employés de l'aéroport pour se déplacer entre les terminaux. Elle était comme abandonnée, loin de tout employé en vue. Elle semblait être à la disposition de qui en aurait besoin. Un fou à perruque rococo, par exemple. Au début, j'avançai doucement, comme sans m'en rendre compte. Puis un élan impétueux me poussa à courir vers elle. Les cris de mon père arrivèrent trop tard et se fracassèrent sur mon dos. Déjà je pédalais en agitant une main. De nouveau l'enfant libéré, fou, joyeux, téméraire, et cette fois ce n'était pas Queen qui m'accompagnait. Mozart et sa symphonie « Prague » fleurissaient dans ma mémoire dans tout le triomphe de leur lumière, toute la fête de leur liberté.

6

Une joyeuse lumière intérieure me poussait à pédaler, léger et confiant. Je faisais tinter la sonnette et esquivais adroitement les gens qui marchaient en tous sens. Je fredonnais la symphonie en *sol* mineur, dite « petite », et dans ma joie déchaînée j'avais la confirmation que Mozart aurait adoré aller à bicyclette. Je l'imaginai en train d'apprendre à garder l'équilibre quand la pointe de ses pieds arrivait à peine à toucher les pédales. Et maîtrisant complètement le véhicule à cinq ans, quand il composa sa première œuvre. Je me dis que son père aurait limité ses heures de pédalage pour donner la priorité à l'étude, à l'interprétation de ses œuvres, aux voyages et aux concerts.

En passant très vite devant les tableaux des départs et des numéros des vols, j'imaginai Mozart sur un vélo, un différent dans chaque ville où il résida pendant le long voyage de trois ans qu'il fit avec Nannerl et son papa. Il aurait essayé les bicyclettes les plus variées à Munich, à Vienne, à Mannheim, à La Haye, à Zurich, à Londres, à Paris. Peut-être lui aurait-on permis d'en faire un peu sur celle de la cour de Marie-Thérèse, alors qu'il s'asseyait sur ses genoux. Ou à Versailles, où Madame de Pompadour empêcha le gamin de l'approcher parce qu'il risquait d'abîmer sa robe. Puis je le vis sur des bicyclettes italiennes pendant les voyages qu'il fit avec son père dans ce pays. Peut-être se serait-il échappé une ou deux fois des séminaires du père Giovanni Battista Martini, qui lui enseignait le contrepoint.

Il me sembla repérer du coin de l'œil deux agents de la sécurité qui me montraient du doigt. La rapidité de ma course ne me permit pas de le vérifier. J'aperçus aussi des bras tendus avec des téléphones qui me photographiaient ou me filmaient. Des visages curieux, des visages étonnés, des visages méfiants. Désespérée, la voix de rat me criait d'arrêter ma course échevelée. La voix de vent entre les montagnes continuait à ourdir des images de Mozart à bicyclette pour que mes pieds ne cessent pas d'appuyer sur les pédales, avec le même abandon total et fou que Mozart aurait montré en allant mettre au courrier une lettre drôle et piquante pour sa petite cousine Bäsle. Et avec la même joie lumineuse que lorsqu'il aurait roulé à Mannheim à côté du vélo d'Aloysia Weber, dont il tomba amoureux. Avec le même orgueil que lorsqu'il se serait dressé sur la bicyclette que lui aurait peut-être trouvée l'éclairé baron Grimm à Paris. « C'est la bicyclette de Diderot », lui aurait-il avoué, et c'est sur elle qu'il serait allé au Palais-Royal acheter la glace qu'il s'était offerte en récompense après le succès de sa symphonie « Paris ». C'est aussi juché sur ce véhicule qu'il se serait rendu dans les maisons où il donna des leçons pour gagner sa vie. Il aurait laissé sa bicyclette dans un coin pendant les jours où il resta auprès de sa mère luttant contre la maladie qui finit par l'emporter. Mozart aurait pédalé lentement, tristement, dans les rues de Paris après sa mort inattendue.

Je crus voir d'autres agents qui me poursuivaient. Que faisais-je là à créer ce petit chaos, moi qui avais tremblé rien qu'à la pensée qu'un agent de police puisse trouver dans mon sac à dos le livre de prières que Jacques avait volé? Je traversai la salle qui sépare les terminaux 1 et 2. Il était clair que mes actes me rendaient suspect. Je compris que les démons me poussaient à rester. Je cherchais à me faire arrêter pour que le départ soit retardé et que mon père, dans son exaspération causée par cet incident inacceptable, s'en aille sans moi. Je laissais derrière moi boutiques de mode, d'articles de beauté, maisons de presse, cafés et restaurants. Combien de kilomètres aurait pu parcourir Mozart sur sa bicyclette durant les dix années où son père et lui travaillèrent au service du prince-archevêque Hieronymus, comte de Colloredo, gouvernant de la cour de Salzbourg? Combien de fois Mozart serait-il sorti pour apaiser la colère provoquée par les limites que lui imposait l'autorité? Avec quel mélange de rage et de joie aurait-il pédalé quand, après ses demandes répétées et toujours refusées de quitter la cour, le comte Arco, chambellan de l'archevêque, l'aurait chassé avec un coup de pied aux fesses? Pour ne pas faire peur aux gens, je saluais de la main et souriais. Certains de ceux qui attendaient aux portes d'embarquement me rendaient mon salut, j'entendis des rires d'enfants. La voix qui rappelle aux passagers de ne pas laisser leurs bagages sans surveillance ni d'oublier leurs valises demanda à la personne à perruque de rendre la bicyclette. Mon cœur palpitait, exultant et plein d'audace. J'imaginai Mozart pédalant avec plus de fureur, plus de faim de liberté à Munich pendant la création d'*Idomeneo*, le premier de ses sept opéras majeurs, je l'imaginai monté sur un tandem avec Constance, sa femme, contre la volonté de son père. J'imaginai Mozart à toute vitesse dans les rues encombrées de Vienne, où il s'établit comme musicien indépendant, esquivant voitures, piétons et bicyclettes, sentant l'air sur son visage, écoutant tout en roulant la musique qui naissait dans son cerveau et qu'il devrait écrire pour plaire au large éventail de goûts pour lesquels il la composait : cour, aristocrates, bourgeois, mélomanes, amateurs d'opéra et auditeurs assidus de salles de concert. Et avec laquelle il gagnait son pain (et son champagne) de chaque jour. Et je l'imaginai à Prague, pédalant de chez les Duschek au théâtre où il préparait *Les Noces de Figaro* et plus tard *Don Giovanni*. J'imaginai Da Ponte et Mozart côte à côte, au milieu d'une pluie de feuilles d'automne, discutant des détails du livret de ses trois plus grands opéras.

À ma droite, au-dessus de la porte d'embarquement A3, je lus la destination du vol suivant et dans mon cœur s'ouvrit un paysage de bonheur et de nostalgie : Salzbourg. Pour avoir trop longtemps regardé chacune des lettres blanches du nom de la ville sans m'arrêter, je faillis m'aplatir contre les baies vitrées de l'extrémité où j'étais arrivé. Si je voulais continuer à pédaler, je devais faire demi-tour. Je me dis que Mozart n'aurait pas cessé d'aller à bicyclette même lorsqu'il était revenu à Salzbourg interpréter sa messe en *ut* mineur, craignant les représailles de Colloredo, ni quand il apprenait la mort de ses enfants, ni quand il n'eut plus un sou et dut constamment emprunter à ses amis de la loge maçonnique dont il faisait partie, ni quand il cessa de correspondre avec Nannerl, ni quand son père mourut, à l'enterrement duquel il n'assista pas. Mozart libre et orphelin. Ses promenades à bicyclette auraient peut-être été interrompues par la dépression qui l'atteignait en 1790, année de prostration morale et financière. Ou alors il aurait pédalé seul, lentement, comme s'il traînait son véhicule, comme s'il écrasait son ombre. Mais lors de la dernière année de sa vie, il aurait redoublé ses promenades à vélo avec la même force que pour composer un chef-d'œuvre après l'autre : le concerto n° 27 pour piano, l'*Ave Verum Corpus*, *La Clémence de Titus* et *La Flûte enchantée*, qu'il dirigea lors des premières, et le ravissant concerto pour clarinette. Et sur son lit de mort il aurait imaginé que ses pieds appuyaient sur les pédales pendant qu'il composait la partie de timbales de son *Requiem*, juste avant que la Parque l'emporte… à bicyclette. J'arrivai jusqu'aux baies vitrées, tournai et vis les silhouettes de cinq agents qui s'approchaient, matraque au ceinturon. J'avalai ma salive. Mon pire cauchemar allait devenir réalité. Je commençai à transpirer. J'attendis debout, derrière la bicyclette, interposée entre les agents qui approchaient et mon corps qui commençait à trembler.

Ils m'entourèrent. Leur attitude était menaçante en dépit du calme avec lequel ils me demandèrent de rendre la bicyclette, de leur présenter mes papiers, de mettre les mains dans mon dos et de les suivre. J'obéis, docile et souriant. Celui qui prit la bicyclette l'inspecta comme si c'était une arme de destruction massive. Celui qui reçut mon passeport et mon billet d'avion les consulta comme si mon nom était celui d'un délinquant, d'un terroriste ou d'un trafiquant d'armes recherché sur toute la planète. Ils échangèrent un coup d'œil avec leurs collègues et hochèrent la tête. En fait, il ne s'était rien passé. Nous nous dirigeâmes vers le poste de police de l'aéroport. J'étais en sueur. Mon cœur battait la chamade. Je sentis un poids énorme s'installer dans ma poitrine. Une ombre en bronze. Mon rêve imaginé ne pouvait pas s'achever ainsi. Finir englouti dans de lourdes ombres n'était pas mozartien. Il fallait le terminer comme un final de Mozart. Je commençai à fredonner l'air de Papageno quand il entre en scène : « Oui, je suis l'oiseleur ! »

L'agent qui était à ma gauche leva le bras, non pour me frapper, comme je l'avais craint irrationnellement, mais pour se toucher le front à plusieurs reprises avec l'index. Les autres acquiescèrent. Leur attitude initiale, tendue et féline, s'était changée en une déférence impersonnelle. Je compris qu'ils se rendaient compte que celui avec qui ils luttaient n'était pas un être dangereux mais un simple dérangé. Cela me fit pétiller le moral, tout marchait à merveille, l'heure d'embarquer dans mon avion approchait et on m'emmenait calmement dans un commissariat. Avec un nouvel élan, je relançai mon chant pour eux et pour les curieux qui se dressaient sur la pointe des pieds afin d'apercevoir et photographier le fou coiffé d'une perruque à rouleaux au milieu d'un cercle d'agents de la sécurité.

Nous descendîmes un escalier électrique, je réprimai mon envie de m'asseoir sur la main courante, nous suivîmes un long couloir moins fréquenté, on me pria de ne rien dire et nous entrâmes au commissariat. Assis sur une chaise en plastique, j'attendis mon procès.

D'où m'était venues la témérité, l'audace de me livrer à la folie de ma course à travers les terminaux de l'aéroport et de chanter entouré d'agents de sécurité ? De ma perruque, de mon masque de fou. On allait m'en dépouiller. Mais désormais ma perruque et mon masque étaient en moi. La première bicyclette apparut vingt ans après la mort de Mozart. Ce qui veut dire que l'image de Mozart roulant à bicyclette, sa perruque voltigeant en l'air et une casaque volant comme une cape de superhéros, est impossible. Historiquement impossible mais vraie en imagination. Impossible et vraie. Et par conséquent libre et belle. Impossible, vraie, libre et belle, comme une conversation avec des statues.

7

Je n'eus pas à attendre longtemps la sentence. Ma tentative de rester à Salzbourg échoua. Mon père entra au commissariat, écumant de fureur, pour me récupérer. Il parla dix minutes avec le commissaire, lui expliqua que je souffrais d'un retard mental, que j'avais échappé quelques instants à sa surveillance, que je n'étais pas dangereux, comme on avait pu le voir, que de toute façon nous allions prendre un avion pour les États-Unis. Il promit qu'un tel épisode ne se reproduirait pas avant que nous embarquions. Le commissaire lui rendit mes papiers, le rassura d'un ton compréhensif et nous laissa partir. Nous nous éloignâmes, plongés dans un silence épais et inconfortable. Le silence de nos voix que le brouhaha de l'aéroport rendait plus insupportable encore. La voix d'ouragan avait complètement disparu, et celle de rat s'était défilée, nerveuse. Une peur aiguë me montait du creux de l'estomac et lacérait toutes mes envies de jouer. Je partirais, c'était clair, mais je ne pouvais pas partir comme ça, je ne pouvais laisser cette paralysie de mon moral devenir la norme de mes jours. Il fallait que je jette les dés une dernière fois, que je soulève une dernière vague d'écume pour confirmer au moins ma place dans cette bataille, qui pour être perdue n'en était pas moins honorable.

– C'est la faute de ma perruque, dis-je d'une voix qui se voulait joueuse, mais qu'un tremblement trahissait. Elle m'a raconté des histoires de Mozart à bicyclette que j'ai traduites en véritable pédalage. Par exemple…

Une gifle ferme et sèche m'interrompit. Mes yeux se mouillèrent aussitôt. Ce n'étaient pas des larmes d'émotion, mais une simple et immédiate réaction physique à l'intense brûlure de ma joue. C'était la première fois que mon père me frappait. Mes muscles se tendirent, en proie à une terreur animale. Je perçus un son aigu et constant dans l'oreille – que la gifle avait touchée – et le rythme laborieux de ma respiration entrecoupée. Je regardai mon père avec des yeux exorbités. Stupéfait et effrayé. Les siens brillaient de colère. Ses mains plantèrent leurs doigts dans mes épaules avec une force démesurée. D'entre ses dents serrées sortit une voix grave et pierreuse :

– Putain, Vian, je ne sais pas à quoi tu joues, mais je ne te permettrai pas de me gâcher la vie. Tu m'entends ? Je ne te permettrai pas non plus de gâcher la tienne. Fini, les aventures d'histrion.

D'un geste brusque et rapide il m'arracha ma perruque, emportant du même coup quelques-uns de mes cheveux, et la jeta par terre avec violence.

– Fini les déguisements, fini le théâtre sur scène et hors de scène. Tu n'as pas le talent qu'il faut pour ça. Il est temps que tu grandisses, que tu l'acceptes et que tu te réalises comme honnête homme en suivant la voie que je te propose. Ton ennemi ce n'est pas moi, Vian. Ton ennemi, c'est cette obstination qui te pousse à vouloir faire une chose pour laquelle, c'est démontré, tu n'as pas de véritable talent. Que gagnes-tu à me provoquer, à te battre avec moi ? Tout ce que je fais, c'est te placer dans une position avantageuse qui te permette de gagner ta vie, de t'assagir et qui sait, plus tard, de trouver la femme avec qui tu fonderas une famille. Avec laquelle tu me donneras la joie d'avoir un petit-fils. Cette joie que ton frère, dans sa maladie antinaturelle, et ta sœur dans son égoïsme de garçon manqué ne pourront jamais me donner. Tu es contrarié parce que la vie t'a prouvé que tu n'es pas fait pour l'opéra, mais te servir de moi pour te soulager de ta frustration ne t'aidera en rien. Suis mes instructions, mon fils, et tu verras comme tu seras heureux de te rappeler le moment où tu as décidé d'obéir pour t'épanouir au lieu de jeter ton bonheur par-dessus bord. Ma patience a des limites.

Je voulus dire quelque chose, mais je ne réussis qu'à ouvrir la bouche. Mon diaphragme était la tige d'une rose raide et criblée d'épines qui tournait lentement et déchirait la faible confiance que j'avais mise dans l'invention de mes jeux pour me sauver. Je fixai la perruque jetée par terre. La perruque d'Amadeus. La perruque que Julia avait teintée de couleurs. Et ces couleurs me rappelèrent mon bonheur retrouvé devant les tableaux de Matisse à Munich. Et la course joyeuse qui m'avait conduit jusqu'à eux, et l'araignée de Louise Bourgeois qui m'avait fait connaître une euphorie inattendue, et *La Destruction du père* faite de Barbapapa ensanglantés.

– Papa... dis-je d'une voix apaisée.

– Mon fils.

– Pourquoi n'as-tu pas laissé maman partir avec la femme dont elle était amoureuse ?

Mon père fronça les sourcils, son visage se contracta dans une expression de colère et de dégoût. Il ignorait que je savais. C'était certainement la première fois que quelqu'un lui posait cette question. Ses yeux vampires m'observèrent, plantèrent deux paires de canines dans les miens pour en extraire l'information que j'avais du passé, les images douloureuses de ma mémoire. Je soutins la morsure de ses yeux.

– N'aie pas l'audace de me juger, tu entends ? finit-il par dire d'une voix rauque, après un long moment que je ne pouvais plus supporter. Jamais nous n'aurons cette conversation, c'est clair ? Ça ne te regarde pas et remercie Dieu d'avoir un père disposé à s'occuper de toi, à te tirer de ta misère, à tolérer tes folles stupidités.

Il laissa ses canines plantées dans mes yeux. Mon père me défiait de dire quelque chose, de le contredire, de chercher d'autres vérités. Je savais qu'il était nécessaire que je réponde, mais mon cœur était recroquevillé, craintif. Quand il constata que je restais plongé dans ma stupeur, qu'il m'avait vaincu, il me donna le coup de grâce.

– Tu sais quoi, mon cher Vian ? Pendant de nombreuses années j'ai vécu en pensant que tu n'étais pas mon fils. J'ai accepté de t'élever. Plus tard, quand j'ai découvert avec qui s'amusait ta mère, je compris qu'en fait tu n'étais qu'un accident. Rien d'autre. Rends grâces à Dieu pour le père qui t'est échu et cesse de fouiller dans des affaires qui ne te regardent pas. Allez, on y va, il est l'heure d'embarquer.

Je pensai à mon trajet de retour : Salzbourg-Miami-Mexico. Ou, en d'autres mots : aventures-transition-ordre paternel. Je regardai la perruque sur le sol : Mozart-moi-Julia, ou en suivant le jeu des autres mots : liberté-jeu-amour. Je les plaçai tous ensemble : liberté-jeu-amour-aventure-transition-ordre paternel. Et si je le disais à l'envers, comme lire Trazom à la place de Mozart. Ordre paternel-transition-aventure-amour-jeu-liberté.

Les messages que Julia m'avait envoyés devant *Awilda* me revinrent alors en mémoire. Pas dans leur forme originale de lettres et d'espaces, mais avec le ton de sa voix aimée : « Tu sais quoi, Vian ? J'ai beaucoup réfléchi et je crois que ta mère aurait dû partir avec la femme qu'elle aimait. Que l'histoire de ta mère te serve de leçon, Vian. »

Je sentis mon corps se ramollir, perdre de sa solidité, une fatigue énorme succédait à la terreur qui m'avait affermi et qui parcourait, lente comme du miel chaud, les profondeurs de mon être. Un profond sanglot se dilatait dans ma poitrine. Je ramassai la perruque sur le sol gris, la remis sur ma tête et avec une pleine conviction (« Chante, petit, chante ») je prononçai les mots :

– Papa, je reste.

Mon père réfléchit quelques secondes, prit sa décision, remit son costume en ordre et retrouva sa posture hautaine et calme.

– Bien, dit-il en me regardant, les yeux mi-clos, comme s'il parlait à un employé qu'il connaissait à peine. Tant pis pour toi. J'ai fait ce que j'ai pu. J'ai rempli mes obligations au-delà du compte. Je ne peux pas t'obliger à faire le bon choix. À partir de maintenant, oublie que tu as un père. Tu as toujours été, tu seras toujours un accident.

Il fit demi-tour sans me regarder une seule fois, avança lentement et bien droit, porteur de ses incomparables et mesquines victoires inventées, vers la porte d'embarquement.

Je restai debout, respirant difficilement, et soudain un enthousiasme fébrile s'empara de mes mouvements. Je me hâtai d'aller déclarer que je renonçais à partir et m'occuper de mon billet de retour à Salzbourg. Par chance, mon père avait acheté un vol aller-retour, parce qu'il était moins cher qu'un billet d'aller simple. Je changeai mon retour factice. On m'assura qu'on ferait suivre ma valise à ma nouvelle destination. On me donna une place dans le vol suivant. À travers le hublot Salzbourg grandit progressivement, les petits points sur l'herbe devinrent des toits, des maisons, des gens et la ligne scintillante et mobile se changea en une majestueuse

Salzach. J'eus plaisir à revoir la Forteresse. Finalement, il n'avait pas été nécessaire de la faire sauter. Il avait suffi de lui tourner le dos et de ne pas accepter le poids de son pont-levis ni l'oppression de ses murs épais.

À l'entrée de l'aéroport, je m'arrêtai devant le buste de Mozart.

– Salut, Mozart, dis-je du ton le plus allègre, cronope, pataphysique, prestidigitateur, danseur, diable de lumière et ange d'ombres. Je ne reviens pas, poursuivis-je sans attacher d'importance aux regards furtifs que me jetaient les passagers qui allaient embarquer. En fait, je ne suis jamais parti.

Ma valise n'arriva pas. Elle viendrait avec le vol suivant. À la question de savoir où on devait l'envoyer, je plaisantai : au banc de Herr Wolfgang. Puis je donnai l'adresse de la librairie de Perec. Pendant que j'attendais l'autobus pour la vieille ville, une guêpe voletait autour de mon visage et je laissai mon imagination donner les derniers coups de pinceau au tableau inexistant de ma famille : mon père assis dans son élégant fauteuil capitonné, un trousseau de clés dans une main, et dans l'autre un long cigare allumé. Posture altière, regard inébranlable, vêtements impeccables. On avait envie de voir un puissant molosse à ses pieds chaussés de très fines chaussures brillantes. Pourtant, il est seul dans la pièce, superbe et implacable ; monarque solitaire qui gouverne enfermé entre les murs de sa forteresse vide. De l'autre côté de la fenêtre mon frère, ma sœur et moi tournons le dos à la maison et nous éloignons. Hesse main dans la main avec un homme, Nin traînant une valise et dans son sac un billet pour un autre continent, et moi, saltimbanque à bicyclette vêtu d'une casaque rouge et d'une perruque de couleurs rococo. À côté de la fenêtre pend le portrait de ma mère. Dans l'humidité de ses yeux on distingue clairement une ancienne, profonde et sévère tristesse, mais sur ses lèvres charnues semble s'amorcer, comme sur le dernier portrait de Mozart, un sourire discret, et avec lui le sentiment d'une tardive et sereine victoire.

Le bus arriva et, cette fois, je laissai la guêpe y monter avec moi.

8

Et me voilà. J'ai continué à jouer en écoutant Mozart. Quelques années ont passé depuis ce fameux été, depuis que mon père m'a tourné le dos à l'aéroport et ne m'a plus adressé la parole. Les jours n'ont pas toujours été joyeux mais la joie n'est pas le but de la vie.

Je pousse mon matelas sous le canapé dont les ressorts grincent avec leur bruit métallique bien connu. Il n'y a plus maintenant que le vieux fauteuil moelleux dans l'arrière-boutique de la librairie de Perec. Je range quelques livres qui étaient dispersés la veille sur le bureau et aspire le doux parfum de tabac combiné à celui du papier et du bois. Je regarde les rayonnages couverts de livres. Ma maison. C'est dimanche, la librairie restera fermée. J'irai me doucher dans les vestiaires du théâtre.

À peine fus-je rentré de Francfort, Perec m'accueillit avec un sourire qui couvrit son visage de rides aimables. Son air amusé, sourcils haussés, n'était pas une expression de surprise, mais de complicité. Il semblait me dire que me voir si vite de retour avait toujours été un des dénouements possibles de mon aventure. Sans rien dire d'autre, il se dirigea vers son bureau en désordre, ouvrit le tiroir et en tira le plateau de backgammon. Avec un regard espiègle et un mouvement cérémonieux de la main il m'invita à m'asseoir. Puis, comprenant ma situation, il me dit que, puisque ma valise avait déjà vécu dans l'arrière-boutique, je pouvais maintenant l'y rejoindre. Je le vois chaque jour. C'est l'ami fidèle. Nous parlons de littérature, écoutons de la musique et jouons au backgammon. Il s'est rendu compte que je suis un peu cinglé, mais il continue à me traiter avec la même confiance et la même affection croissante. Je l'aide à la librairie, mais je sais qu'il ne peut pas m'embaucher. Son commerce ne le lui permet pas. Au moins je ne manque pas de lecture.

Je gagne ma vie de diverses manières. Toutes m'amusent et aucune ne tombe dans la routine. Dans la ville des festivals, on a toujours besoin de figurants. Je travaille dans deux ou trois productions par an. Mais je l'ai déjà dit, je ne suis pas né pour être mime, mon truc à moi c'est le chant. J'ai obtenu une licence d'artiste de rue et je chante tous les jours. Je remercie pour les pièces qui tombent dans le chapeau que j'ai trouvé dans une benne à ordures, avec la même dignité que pour recevoir le billet qu'on m'offre parfois. Comme me l'a appris Herr Wolfgang. Il y a aussi un chœur local qui engage des chanteurs amateurs, et on m'appelle de temps à autre pour tel ou tel projet. Parfois aussi je m'habille en Mozart et je me plante des heures durant devant la statue du compositeur avec un écriteau qui dit : « imposteur ». Un après-midi où je posai dans cette tenue, un homme aux cheveux tout ébouriffés, l'allure bohème, s'approcha et me demanda ce que je savais de Mozart. Je lui répondis par deux ou trois détails que seuls connaissent les spécialistes. Il sourit et observa qu'il était difficile de savoir si l'imposteur c'était moi ou la statue. Les deux, lui répondis-je, et il sourit de nouveau. Il alluma une cigarette, déposa quelques pièces dans mon chapeau et partit. Quelques mois plus tard, je vis sa photo dans le journal. On venait de le nommer directeur artistique du festival d'été et, à ma grande surprise, lors de sa première saison les affiches de publicité montraient des esquisses de Louise Bourgeois, l'auteur de la seule araignée qui non seulement ne me fait pas peur, mais me rassure. Ou encore, habillé en Mozart, j'enfourche une bicyclette et je me promène autour d'un public tout en racontant à voix haute la délirante biographie que j'ai conçue lorsque je pédalais dans l'aéroport de Francfort. Il y a deux ans de ça, je me suis fait un ami dans une galerie. Il s'appelle Thomas et travaille à la Fondation Mozarteum pour la Semaine Mozart. Quand arrive le mois de janvier Thomas m'appelle et pendant dix jours je peux me mettre au service du compositeur et gagner quelques euros. Malgré toutes ces opportunités, il m'arrive de traverser des périodes sans argent. Franzi me sauve toujours avec un repas gratuit au Triangel, et mon frère et ma sœur ne manquent jamais de m'envoyer une aide économique dès que je fais appel à eux. Ils disent que je suis fou et je le prends comme un éloge.

Mon père a tenu sa promesse. Nous n'avons plus été en contact. Son absence me fera toujours mal, mais en revanche je vais par le monde, libéré de son joug pervers. D'autres absences, peut-être plus douloureuses, se sont jointes à celle de mon père.

Je n'ai plus eu de nouvelles de Julia. Contrairement à ce que j'avais imaginé, le temps n'a pas pu effacer ses traits de ma mémoire. Je me la rappelle avec la fraîcheur de notre première rencontre dans l'escalier de la Nonnenstiege, sa voix est celle de notre première conversation lorsque nous sommes sortis ensemble de la répétition, à bicyclette, et la chaleur de son corps m'arrive de la nuit où j'ai dormi blotti contre elle dans l'igloo de Merz. Surtout, j'ai gardé le bonheur que me causait sa proximité, mais dépourvu maintenant de la douleur qui l'accompagnait alors. Parfois je rêve d'elle. Elle me rend visite, surtout, dans un rêve récurrent. La Salzach s'élève et devient le fantôme vert de Julia, qui me parle en murmures de courant allant à la mer, avec des clapotis de branches entraînées, avec les claquements baignés d'écume qui sautent sur ses rives herbeuses. Elle me parle patiemment dans un langage millénaire. Et moi j'écoute attentivement et je me réveille au milieu de la nuit, le cœur palpitant de joie, cherchant à comprendre ce qu'elle m'a dit. À ces moments-là, je pense être convaincu que nous nous reverrons un jour. Puis, prudemment, la veille chasse cet espoir.

Je n'ai pas de nouvelles non plus de Jacques, mais parfois, sans m'en rendre compte, je porte un cure-dents à la bouche.

On a enfermé la folle chantante. Apparemment, elle était devenue violente en public. Elle avait agressé deux ou trois personnes, et on a décidé de la boucler chez elle. Elle n'en sort plus. Il est difficile de savoir si dans son enfermement elle continue à lancer ses aigus désaccordés ou si, comme certains oiseaux chanteurs, elle a décidé de rester muette dans sa cage.

Des deux magnifiques saules qui flanquaient la fontaine de Neptune, il n'en reste plus qu'un. Je n'ai même pas fait attention au moment où on a abattu celui de droite, mais quand j'ai découvert cet espace vide j'ai eu l'impression qu'on avait amputé d'un bras un être cher.

J'ai été, inutile de le dire, un visiteur assidu du banc de Herr Wolfgang. Je lui apportais des boules de Mozartkugeln, que nous savourions avec plaisir. Nous passions beaucoup de temps à bavarder ou simplement à observer le cours de la Salzach. En hiver, Herr Wolfgang partait pour le sud, chercher des climats plus chauds. Voilà deux ans qu'il n'est pas revenu. Il me manque, et entre la pensée d'une fin tragique et celle de l'arrivée du vagabond dans un lieu qui a accueilli son imagination et sa bonhomie avec plus de chaleur et une meilleure hospitalité que celles qui lui étaient réservées à Salzbourg, je choisis naturellement la seconde. J'espère le revoir. À un certain moment j'ai pensé m'occuper du jardin oblong devant le banc, tondre le gazon qui avait poussé et planter de nouvelles fleurs, trouver de la peinture pour redécorer le trottoir et le parapet. J'y ai renoncé aussitôt. Il reviendra pour le faire. C'est sa folie à lui. La mienne, ce sont les jeux qui consistent à lancer des fleurs à la femme en bois, à lire des lettres de Nooteboom au Neptune privé de son saule, à surveiller l'homme en bois sur sa sphère dorée pour surprendre le moment où il en descendra enfin, à faire des conjectures sur ma vie et celles des autres près de la statue de Paracelse, à balancer mes jambes au milieu du deuxième rang de l'*Esprit de Mozart* tandis que les pigeons m'ignorent ou picorent dans le gravier, à chanter pour la statue de Papageno, à élaborer d'inutiles formules avec les numéros lumineux sous l'igloo de Merz, à lancer, comme si c'étaient des offrandes à la Salzach, des branches et des pierres du haut du Mozartsteg, à déclamer des vers de Sor Juana dans le *Skyspace* de Turrell et à prendre plaisir à entendre l'écho les multiplier tandis que le ciel change de couleur à travers l'ouverture ovale de son toit, à raconter à *Awilda* les histoires d'amour libres et passagères que j'ai vécues, à venir tous les soirs devant ce monument à Mozart pour rapporter à son nom inversé ce qui m'est arrivé pendant la journée, mes victoires, mes défaites, mes jeux et mes plaisanteries, les attaques des corbeaux, les refuges de lumière dans lesquels je me protège, la mise en scène choisie de ma vie de tous les jours.

J'ai jeté mon filet dans la vaste mer de la mémoire. J'en ai tiré des souvenirs mutilés. Je ne sais avec combien de greffons de mon imagination je les ai complétés. Ils nagent maintenant, pris dans l'aquarium de ces pages. J'ai terminé. Je suis le fou qui parle avec les monuments de Salzbourg.

J'écris aujourd'hui la dernière page de mon odyssée. Et je m'approche de cette statue qui ne ressemble pas à Mozart et je parle à son nom inversé, et je te demande, Trazom, si tu ne détestes pas l'éternité, qui ne te permet pas d'écrire une seule note de plus. Le reflet de la lune sur le bronze d'une des lettres de ton nom me répond avec un éclat pâle et moqueur. Je souris et te remercie. Je te verrai demain. Et je m'en vais en miaulant comme un chat. Je n'envie plus ceux qui ont du succès. Et en arrivant à l'extrémité de la place, je tourne sur mes talons et je le dis et je l'écris et je le chante et je termine : « Vive la liberté ! Bonne nuit, Trazom ! »